KATIE MARSH

DIE LIEBE IST EIN SCHLECHTER VERLIERER

ROMAN

Aus dem Englischen
von Angelika Naujokat

DIANA

Von Katie Marsh sind im Diana Verlag bisher erschienen:
Die Liebe ist ein schlechter Verlierer
Du erinnerst mich an morgen

FSC
www.fsc.org
MIX
Papier aus verantwortungsvollen Quellen
FSC® C014496

Verlagsgruppe Random House FSC® N001967

Taschenbucherstausgabe 02/2018

Die Originalausgabe erschien 2015 unter dem Titel
My Everything bei Hodder & Stoughton Ltd.,
a division of Hachette UK Ltd., London

Redaktion: Melike Karamustafa
Umschlaggestaltung: t.mutzenbach design, München
Umschlagmotive: © shutterstock_AlisaRed,
shutterstock_Nikolaeva, shutterstock_L. Kramer
Satz: Leingärtner, Nabburg
Druck und Bindung: GGP Media GmbH, Pößneck
Printed in Germany

ISBN 978-3-453-35902-4

www.diana-verlag.de
Besuchen Sie uns auch auf www.herzenszeilen.de
Dieses Buch ist auch als E-Book lieferbar.

Katie Marsh

Die Liebe ist ein schlechter Verlierer

Das Buch
Hannah will Tom verlassen. Morgen sagt sie es ihm. Und dann erfüllt sie sich ihren Traum, nach Afrika zu gehen. Tom will an seiner Ehe festhalten, sei sie noch so eingefahren. Er ignoriert die Probleme, will einfach nur neben Hannah einschlafen und morgen ins Büro fahren. Doch dazu kommt es nicht …

Hannah und Tom wissen nicht, dass morgen alles anders sein wird. Dass Hannah ihre Pläne aufgeben muss und Tom nie wieder in sein altes Leben zurückkehren kann. Auch wissen sie nicht, dass ihre Liebesgeschichte noch nicht zu Ende ist und dass manche Träume einen Umweg nehmen müssen, bevor sie in Erfüllung gehen …

»Romantik auf Umwegen: Katie Marsh erzählt die Geschichte einer Ehekrise, die zur Chance wird.« *Für Sie*

Die Autorin
Bevor ihr sensationelles Debüt *Die Liebe ist ein schlechter Verlierer* erschien, war Katie Marsh im Gesundheitswesen tätig. Der zweite Roman *Du erinnerst mich an morgen* erzählt von der Alzheimer-Krankheit. Ihre Bücher sind inspiriert von der Tapferkeit der Menschen, die ihr bei ihrer Arbeit begegnet sind. Katie lebt mit ihrer Familie in London.

Für Max und Evie

Kapitel 1

Hannah öffnet widerwillig blinzelnd die Augen. Ein Stück Toast klebt an ihrer Wange, und ihr Mund fühlt sich pelzig an. Sie blickt angestrengt auf die Wanduhr und schließt rasch wieder die Augen. Zwei Uhr nachts. Warum musste ausgerechnet dieser Tag so beginnen? Dabei sollte sich ab heute alles ändern. Ein Neubeginn.

Hannah zieht sich den durchweichten Toast von der Wange, lässt ihn auf den Teller fallen und reibt sich über den schmerzenden Nacken. Ihr Smartphone ist dank der Shuffle-Wiedergabe in die peinlicheren Tiefen ihrer Playlist vorgedrungen, und sie drückt hastig die Pausetaste. Ihr Körper fühlt sich an, als gehöre er auf die Innenseite der Kreidelinie eines Tatorts.

Sie stemmt sich mit den Ellbogen in die Höhe und betrachtet die korrigierten Seiten, die über den Küchentisch verstreut liegen. »Verdammt«, murmelt sie leise. Irgendwie hatte sie es geschafft, im Schlaf ihr Weinglas umzustoßen, und nun sehen die Essays der zehnten Klasse über Shakespeares *Macbeth* aus, als wären sie mit Blut bespritzt.

Ob sie wohl mit der Behauptung durchkäme, es mit Absicht getan zu haben, um dem Stück Leben einzuhauchen? Angesichts der Vorstellung der skeptischen Mienen ihrer Schüler eher unwahrscheinlich. Teenager besitzen Antennen für Skandale jeglicher Art, und vermutlich würde die Gerüchteküche der Schule dafür sorgen, dass sie spätestens Ende der Woche zum Direktor gerufen wurde.

Ihr Handy gibt einen Piepton von sich. Eine SMS von Steph, die sich wahrscheinlich in einem ähnlichen Korrigiermarathon befindet.

Ist er schon zu Hause? Hast du es ihm gesagt? x

Hannah tippt ihre Antwort ein. Nein und nein.

Steph textet sogleich zurück. Aber du wirst es tun! Versprochen?

Ja. Sonst killst du mich noch. Und ich würde wirklich gern die nächste Staffel von *Scandal* sehen.

Viel Glück. Du schaffst das. x

Als Hannah den Stuhl zurückschiebt, kollidiert sie mit dem Ergebnis ihres letzten gescheiterten Versuchs, an einem Buchladen vorbeizugehen, ohne etwas zu kaufen. Sie streicht über das glatte, tröstliche Cover des obersten Exemplars im Stapel. Die Versuchung ist groß, die ganze Nacht wach zu bleiben und sich in der Geschichte eines anderen zu verlieren. Doch dann fällt ihr wieder ein, was sie heute vorhat. Widerstrebend steht sie auf und atmet dabei langsam aus, um die Nerven zu beruhigen, die sich an jeden Atemzug klammern.

Tom. Ich verlasse dich. Angst durchfährt sie bei dem Gedanken daran, die Worte laut auszusprechen. Zu sehen, wie er den Mund öffnet und sich seine Augen zu schmalen Schlitzen verengen, während er sich darauf vorbereitet, sie ein letztes Mal zu attackieren. Das kann er wirklich gut. Ob mit E-Mails, Mailboxnachrichten oder einfach nur durch gutes, altes Anschreien. Er wusste schon immer, wie er sie am besten verletzen konnte.

Hannah trägt den Teller zur vollen Spüle hinüber und quetscht ihn zwischen eine leere Dose gebackene Bohnen und eine Pfanne, in der sich gerade eine neue Lebensform zu entwickeln scheint.

Morgen. Darum wird sie sich morgen kümmern. Sie schaltet das Licht aus und knöpft auf der Treppe im Hinaufgehen ihr graues Kleid auf. Vor dem Schlafzimmer hält sie überrascht inne.

Der rasselnde Atem ihres Mannes dringt durch die geschlossene Tür. Sie hat angenommen, dass er immer noch im Büro ist. Ein weiterer Deal. Eine weitere Nacht, die sie getrennt voneinander verbrachten.

Leise betritt sie das Zimmer und schlüpft unter die Bettdecke. »Warum hast du mich nicht geweckt, als du nach Hause gekommen bist?«

Toms einzige Antwort ist ein Schnarchen.

Schrrrrrapp.

Hannah zieht sich das Kissen über den Kopf.

Schrrrrrapp.

Sie kann es immer noch hören. Steckt den Kopf hervor und sieht auf die Uhr. Halb fünf. Viel zu früh. Sie fühlt sich wie erschlagen nach nur wenigen Stunden Schlaf.

Da ist es schon wieder.

Sie dreht sich um. »Tom, hey, hör auf zu schnarchen.« Ihre Stimme klingt wie ein Krächzen. »Ich versuche zu schlafen.« Es wäre toll, wenn er ihr ausnahmsweise einmal zuhören würde. Aber das konnte sie sich abschminken.

Stattdessen murmelt er etwas Unverständliches. Seine Stimme klingt belegt und verwaschen. »K…K…Kannni.«

Hannah lehnt sich widerwillig zu ihm hinüber und versucht, in der Dunkelheit etwas zu erkennen. Eine Gestalt liegt auf dem Boden vor dem Bett. Na super. Offenbar hat er sich wieder einmal mehr mit Whisky als mit seiner Arbeit beschäftigt. Sie greift hinüber und stupst ihn an, aber er stöhnt nur. »Herrgott noch mal.« Hannah reibt sich über die schmerzenden Augen.

»Kannni … Hilllllmiiiiiir.«

Erschöpft schaltet Hannah die Nachttischlampe ein und blinzelt in der plötzlichen Helligkeit auf ihn hinab.

Irgendetwas stimmt nicht.

Irgendetwas stimmt ganz und gar nicht.

Tom liegt auf dem Boden, sein Körper ist gekrümmt, und in seinen weit aufgerissenen Augen liegt ein flehentlicher Ausdruck. Sein Gesicht ist kreidebleich und hängt auf einer Seite schief herab, der verzerrte Mund versucht, Worte zu formen, die Hannah nicht versteht. Schockiert sieht sie zu, wie seine rechte Hand kraftlos über das Holz am Fußende des Betts schrammt. *Schrrrapp*. Sein linker Arm liegt unter ihm, die Hand ist in einem unmöglichen Winkel gekrümmt, sodass sie aussieht wie ein missgestalteter Schnabel.

Hannahs Puls beginnt zu rasen. Hastig klettert sie aus dem Bett und versucht instinktiv, ihren Mann hochzuziehen. Doch egal wie sehr sie sich auch anstrengt, sein Körper ist zu schwer für sie, und er sackt wieder auf den Teppich zurück. Sie zuckt zusammen, als sie ihn stöhnen hört. Hoffentlich hat sie nicht alles noch schlimmer gemacht. Ihr Mund ist staubtrocken, und die Panik droht sie zu ersticken.

Sie brauchen Hilfe.

»Keine Sorge, Tom«, flüstert sie, während sie mit zittrigen Fingern nach dem Telefon greift, um den Notruf zu wählen. »Keine Sorge. Alles wird wieder gut. Alles wird wieder gut.« Wenn sie es nur oft genug wiederholt, glaubt sie es vielleicht selbst irgendwann.

Ihre Stimme bebt, als sie dem Rettungsdienst ihre Adresse nennt. Die Worte laut auszusprechen macht sie so entsetzlich real. In Toms Augen steht die nackte Angst, und sie streicht ihm über das dunkle Haar. Es ist so weich. Wie lange ist es her, seit sie es das letzte Mal berührt hat?

Eine Männerstimme stellt ihr Fragen, die sie bisher nur aus dem Fernsehen kennt. Was ist geschehen? Wer? Wann? Wo? Langsam bekommt Hannah das Zittern in ihrer Stimme unter Kontrolle. Der Mann teilt ihr mit, dass ein Krankenwagen auf dem Weg sei. Absurderweise fragt sie sich, wer der Mann am anderen Ende der Leitung ist. Wie er aussieht. Und ob er ihr verraten kann, was die Zukunft bringt. Aber vielleicht ist es besser, es nicht zu wissen.

Sie legt auf und steht für einen Moment wie erstarrt da, bis sie Tom ein Wort nuscheln hört, das ihr Name sein könnte. Sie setzt sich auf den Boden, legt seinen Kopf vorsichtig in ihren Schoß, verdrängt jeden Gedanken an die Zukunft und versucht, ihm all den Trost zu spenden, den sie aufbringen kann. Als sie seine rechte Hand in ihre nimmt, umklammert er ihre Finger. Gemeinsam warten sie auf das, was auch immer als Nächstes kommen wird. Seine Hand fühlt sich kalt an. Schwer. Nach Verantwortung.

Minuten später trifft der Krankenwagen mit zwei Sanitätern ein – ein Mann und eine Frau, deren Namen Hannah sofort vergisst, deren Gesichter sich aber in ihr Gedächtnis brennen. Sie folgt ihren grünen Uniformen die Treppe hinauf ins Schlafzimmer.

»Was ist los mit ihm? Was hat er?« Hannah beginnt wieder zu zittern. In dem vergeblichen Versuch, Wärme und Trost zu finden, verschränkt sie die Arme fest vor der Brust.

Der kastanienbraune Pferdeschwanz der Sanitäterin wippt hin und her, als sie sich neben Tom kniet. Sie scheint kaum alt genug zu sein, um Alkohol kaufen zu dürfen, aber die ruhige, konzentrierte Art, mit der sie sich ihm zuwendet und seinen Puls misst, lässt Hannah ein wenig ruhiger werden. »Ich bin mir noch nicht sicher. Wir müssen ihn erst untersuchen.« Sie blickt ihm forschend ins Gesicht. »Hallo, Tom. Wie geht es Ihnen?«

»Kannni aufschn…«

»In Ordnung.« Die junge Frau nickt, als habe er sich vollkommen verständlich ausgedrückt. »Ich werde jetzt ein paar kleine Tests durchführen, damit wir es Ihnen anschließend etwas bequemer machen können. Würden Sie bitte Ihre Arme heben?«

Hannah hält den Atem an und fleht ihn stumm an. *Komm schon, Tom!*

Er hebt den rechten Arm, aber sein linker bewegt sich nicht. Hannah versucht, ihn durch pure Willenskraft dazu zu bringen, ihn hochzuheben. Doch er rührt sich nicht. Panik steigt in ihr auf, und sie wendet sich an den Sanitäter, der neben ihr steht. »Was ist denn nur mit ihm?«

Er sieht sie mit einem Ausdruck in den Augen an, der ihr bedeutet, dass ihr nicht gefallen wird, was er zu sagen hat. »Die eine Gesichtshälfte hängt herab. Dazu kommen Sprach- und Bewegungsprobleme. Vermutlich hat er einen Schlaganfall erlitten. Aber wir müssen noch weitere Untersuchungen durchführen, um sicher sein zu können.«

»Ein Schlaganfall? O Gott.« Sie versucht, die schreckliche Kindheitserinnerung an ihre Babysitterin zu unterdrücken, die sabbernd in einem Krankenhausbett liegt.

»Wir werden Ihren Mann so schnell wie möglich ins Krankenhaus bringen.« Die Stimme des Mannes ist sachlich und fest.

»In Ordnung.« Es fällt Hannah schwer, sich zu konzentrieren. Ihr Verstand schreit permanent »Schlaganfall«. Ihr Atem kommt stoßweise, und sie gräbt die Fingernägel in die Handflächen, um die Tränen zurückzuhalten. »Kann ich mitkommen?«

»Natürlich.« Der Sanitäter senkt taktvoll den Blick. »Aber vielleicht sollten Sie sich erst etwas anziehen.«

Hannah schaut an sich herab und bemerkt erst jetzt, dass sie nur ein knappes rosafarbenes T-Shirt und einen Slip trägt. Ja, Anziehen wäre sicher eine gute Idee. Sie zerrt rasch ein paar Klamotten aus dem Schrank und geht damit ins Badezimmer.

Sie fummelt noch an dem Knopf ihrer Jeans herum, als sie wieder das Schlafzimmer betritt und sieht, dass Tom in einem Tragestuhl sitzt und die Sanitäter ihn die Treppe hinunterschleppen. Sein kurzes Haar ist schweißnass, und sein Blick hat jeglichen Ausdruck verloren. Das Gesicht sieht wächsern aus, und sein Kopf hängt nach rechts – ein grausamer Kontrast zu dem vitalen, fröhlichen Mann auf den Hochzeitsfotos, die an den Wänden hängen. Was für ein Schock, ihn so hilflos zu sehen. So sterblich.

Tränen schießen ihr in die Augen. Sie muss ihm helfen. Alles tun, was in ihrer Macht steht.

Hannah wirft sich die Jacke über und zerrt ihre Handtasche vom Haken im Flur, bevor sie hinausrennt. Im dunklen Glas der Haustür erhascht sie einen Blick auf ein bleiches Gesicht, wirr um den Kopf stehende Locken und ängstlich aufgerissene Augen, die im Blaulicht des Krankenwagens aufblitzen. Sie braucht eine Sekunde, um zu begreifen, dass es ihr Spiegelbild ist.

Der Krankenwagen rast mit quietschenden Reifen durch die Straßen Südlondons. Zehn Minuten später kommen sie am Krankenhaus an. Es ist offensichtlich, dass jede Sekunde zählt.

Tom ist in Gefahr.

Tom könnte sterben.

Darüber darf sie jetzt nicht nachdenken. Als sich die Tür öffnet, tritt Hannah auf den Asphalt hinunter und wappnet sich gegen den peitschenden Januarwind, indem sie ihre Jacke fest vor dem Körper zusammenzieht.

Die Sanitäter rollen die Trage auf den roten Schriftzug *Notaufnahme* zu, der unheilvoll im Dunkeln aufleuchtet. Hannah greift nach Toms Hand, als sie an einem ausgemergelten Mann vorbeieilen, der neben einem großen *Rauchen-Verboten*-Schild steht. Er qualmt trotzig eine Zigarette und zwinkert ihr zu. Die Geste ist so unangemessen, dass Hannah ihm am liebsten eine Ohrfeige verpasst hätte.

Drinnen kommt ihnen ein groß gewachsener Mann mit eiligen Schritten entgegen. Seine Bartstoppeln sind so dunkel wie seine Tränensäcke. Er steckt sich die Krawatte ins Hemd, und Hannah erahnt die Erschöpfung hinter seinem Lächeln. »Hallo, ich bin Dr. Malik, diensthabender Arzt der Intensivstation für Schlaganfallpatienten. Und Sie sind …?«

»Hannah.«

Doch der Arzt hat sich bereits den Sanitätern zugewandt, die Tom weiter den Flur entlangschieben, und stellt ihnen eine Frage nach der anderen. Begriffe wie »Hirnschlagader« und »mögliche Hämorrhagie« fallen. Jedes einzelne Wort schürt Hannahs Angst.

Tom ist das stille Auge des Sturms. Sie drückt seine Finger, aber er reagiert nicht mehr und hat die Augen geschlossen. Aber sie wird nicht zulassen, dass er aufgibt. Sie nimmt all ihre Kraft zusammen und beugt sich zu ihm hinab, bis ihr Mund ganz nahe an seinem Ohr ist. »Halte durch, Soldat.«

Die Zärtlichkeit aus früheren Tagen lässt seine Lider flattern, bis sie sich schließlich einen Spaltbreit öffnen. Für einen Augenblick treffen sich ihre Blicke, und Hannah spürt Hoffnung in sich aufkeimen. Dann schließt er die Augen wieder.

»Tom?«

Nichts.

»Tom?« Nein. Das hier darf einfach nicht passieren. Hannah wendet sich den Sanitätern zu, aber die schieben ihn bereits durch eine cremefarbene Flügeltür, auf der *Schockraum* zu lesen ist. Sie macht Anstalten, ihnen zu folgen, doch Dr. Malik hält sie davon ab. Bevor sich die Türen schließen, erspäht sie helles Licht und nimmt den metallischen Geruch von Blut wahr. Als sie Übelkeit in sich aufsteigen spürt, atmet sie tief durch.

»Wir werden weitere Untersuchungen bei Ihrem Mann vornehmen«, erklärt ihr der Arzt. »Anschließend kann ich Ihnen dann mehr sagen.« Er deutet zu einer Gruppe von grauen Plastikstühlen. »Warten Sie bitte dort. Sie können auch jemanden anrufen, wenn Sie möchten.«

»Ich …« Aber er ist bereits verschwunden, und sie ist allein. Beängstigend allein.

Als sie sich setzt, stellt sie fest, dass die Stühle offenbar konstruiert wurden, um einen Bandscheibenvorfall zu verursachen. Sie springt wieder auf und starrt auf die abblätternde Wand vor sich. Die Farbe erinnert sie an Toms Gesicht an dem Morgen, als er am Vorabend einen verdorbenen Döner gegessen hatte. Sie denkt daran, wie er jetzt dort liegt. Hilflos. Sie ballt die Fäuste. *Halte durch, Tom.*

»Alles in Ordnung, Schätzchen?« Hannah fährt herum, als sich der Raucher von draußen schwerfällig auf zwei Stühle gleichzeitig fallen lässt. Als er sich in ihre Richtung lehnt, wird sie in eine unappetitliche Wolke aus abgestandenem Biermief gehüllt.

»Nein. Es ist nicht alles in Ordnung.« Hannah macht einen Schritt zur Seite. Auf einmal ist es doch ziemlich verlockend, allein zu sein.

Als der Mann hustet, hört Hannah den Schleim in seiner Brust rasseln. »Ist das Ihr Mann da drin?« Er nickt in Richtung der cremefarbenen Flügeltür, lehnt sich dann zurück und setzt sich noch breitbeiniger hin.

Hannah wendet angesichts des unglücklich platzierten Lochs in seiner Hose den Blick ab. »Ja«, erwidert sie mit gepresster Stimme.

»Schon lange verheiratet?«

Hannah blickt zur Flügeltür hinüber. Sie muss unbedingt wissen, was dahinter vor sich geht. »Fünfeinhalb Jahre.«

Er nickt. »Hab's nie so weit geschafft.«

Hannah ist nicht überrascht.

Sie zuckt zusammen, als Dr. Malik durch die Tür tritt. Der Ausdruck in seinem Gesicht ist so ernst, dass sie gar nicht erst versuchen will, ihn näher zu ergründen.

»Kommen Sie bitte herein, Hannah. Wir sind jetzt so weit.«

»Viel Glück.« Der Mann reckt beide Daumen in die Höhe. »Wird schon wieder.«

»Das will ich hoffen«, erwidert Hannah und fühlt sich, als würde sie nach dem letzten Strohhalm greifen. Dann holt sie tief Luft und folgt Dr. Malik in den Schockraum.

Sommer 2006

Untersetzer aus Coco's Diner, Soho

Er trank einen Milchshake, als er ihr zum ersten Mal begegnete. Hannah. Eine Kellnerin in einem unglaublichen Minirock, die widerwilligen schwarzen Locken unter einer pinkfarbenen Baseballkappe zusammengebunden. Er hätte am liebsten augenblicklich die Hand ausgestreckt und sie befreit.

Sie war lebhaft, lachte viel, redete gern und spielte ganz offensichtlich in einer anderen Liga als er. Wenn er sich umsah, kam es ihm so vor, als wären die meisten Männer im Diner in sie verliebt – eingeschlossen derer, die zum anderen Geschlecht neigten. Er war lediglich der stille Student in der Ecke. Immer wenn sie ihn bediente, versteckte er sich hinter seinen Jurabüchern, und jegliches Selbstvertrauen löste sich in undeutlichem Gemurmel auf und dem schrecklichen Drang, irgendeinen Verlegenheitswitz zu machen. Trotzdem wartete er immer wieder auf den richtigen Augenblick und trank dabei so viele überteuerte Milchshakes, dass er Überstunden im Pub machen und außerdem ein Loch in seinem Gürtel hinzufügen musste. Doch eines Tages wurde seine Geduld belohnt.

Er traf gerade beim Diner ein, als sie aus der Tür trat, um eine Zigarettenpause einzulegen. Schüchtern begrüßte er sie und hielt ihr sein Union-Jack-Feuerzeug hin. Eine Chance, sie zu beeindrucken. Eine Unterhaltung zu beginnen. Endlich.

Doch das Feuerzeug funktionierte nicht. Er versuchte es erneut – ohne Erfolg. Panik stieg in ihm auf.

Doch dann legte sie ihre kleine Hand beruhigend auf seine, und wie durch ein Wunder erwachte die Flamme zum Leben. Forschend sah sie ihn aus ihren großen braunen Augen an, bis sich ihre roten Lippen zu einem Lächeln verzogen.

Sie war ihm so nah, dass er keinen klaren Gedanken mehr fassen konnte. Der Geruch der Marlboro Red parfümierte die Luft. Jetzt oder nie.

Seine Lippen bewegten sich. Sie schienen plötzlich ein Eigenleben zu führen. »Eigentlich steh ich sonst nicht auf Frauen, die Baseballkappen tragen.« Nicht gerade seine Sternstunde. Stille machte sich breit, die ihn um mindestens zehn Jahre altern ließ. Er senkte den Blick. Mist. Das hatte er ordentlich vergeigt. Doch dann …

»Und ich steh eigentlich nicht auf Jungs, die nicht mal eine Zigarette anzünden können.« Ihr Tonfall war todernst. Er hob den Blick, um ihr prüfend ins Gesicht zu sehen. Da war ein verschmitzter Ausdruck in ihren braunen Augen, als sie eine perfekte kleine Rauchwolke über die Lippen blies. »Ich hab mich schon gefragt, wie oft du wohl noch vorbeikommen würdest, ehe du mich endlich ansprichst.« Sie lächelte. »War eine lange Reise, Soldat.«

Langsam atmete er aus. »Na ja, ich wollte eben den richtigen Moment erwischen.« Im selben Augenblick zog kreischend eine Horde Junggesellinnen auf ihrem Weg durch die Bars und Pubs von Soho an ihnen vorbei. Er grinste sie an und fügte hinzu: »Du weißt schon – nur wir beide, ganz allein.« Eine Taube flatterte über sie hinweg, und mit einem Mal spürte er etwas Warmes auf seiner Stirn. Er berührte die Stelle mit der Hand und stöhnte laut auf. »Vogelscheiße war allerdings nicht Teil des Plans.«

Erst kicherte sie verhalten, doch dann warf sie den Kopf in den Nacken und brach in schallendes Gelächter aus.

Er sah sie an und stimmte in ihr Lachen ein. Und gleichzeitig schwor er sich, einfach alles zu tun, um dieses umwerfende Mädchen zu kriegen. Einfach alles.

Kapitel 2

Als Hannah den Schockraum betritt, sticht ihr sofort der scharfe Geruch von Antiseptika in die Nase. Sie blinzelt, um ihre Augen an das Neonlicht zu gewöhnen.

Als Dr. Malik sie bemerkt, wendet er sich ihr zu und fährt sich mit der Hand durch sein immer unordentlicher werdendes Haar. »Würden Sie mir bitte noch einmal sagen, wann genau Sie die ersten Anzeichen bemerkt haben, dass etwas nicht stimmt, Hannah?«

Hannah sucht nach einer Antwort, doch sie kann an nichts anderes denken als an Toms Körper auf dem Boden. An seine langsam zufallenden Lider. Den linken Arm, der wie tot an seiner Seite liegt.

Sie schüttelt den Kopf, um die Bilder zu verscheuchen. Sie muss sich erinnern, muss helfen. »Ich weiß es nicht genau. Vor ungefähr einer Stunde vielleicht.«

»Und wissen Sie, ob er vorher schon irgendwelche Symptome gezeigt hat?«

»Nein.« Es fühlt sich an, als würde sie bei einem Test durchfallen. »Tut mir leid. Er schlief tief und fest, als ich um zwei ins Bett kam.« Hinter einem rosafarbenen Vorhang zu ihrer Linken erhascht sie einen Blick auf einen Mann, der röchelnd in eine Sauerstoffmaske atmet, als könnte jeder Atemzug sein letzter sein.

»Wie würden Sie seinen allgemeinen Gesundheitszustand beschreiben? Ist er körperlich fit?«

»Ich denke schon. Er spielt Fußball. Und joggt gelegentlich. Na ja, zumindest hat er beides mal getan.« Ein Gefühl der Frustration macht sich in ihr breit. Sie sollte mehr über ihren Ehemann wissen. Sollte mehr sagen können. Aber die Wahrheit ist, dass sie in den letzten Wochen häufiger mit dem Zeitungshändler gesprochen hat als mit ihrem Mann.

»Raucht er?« Dr. Malik setzt sich in Bewegung, Hannah folgt ihm.

»Ja. Aber eigentlich nicht viel.« Sie gehen an Regalen vorbei, die mit Schläuchen und Nadeln gefüllt sind. »In den letzten Monaten ist es allerdings mehr geworden.«

»Hat er irgendwelche wiederkehrenden Beschwerden gehabt?«

Es fällt ihr schwer, sich zu konzentrieren. »Was zum Beispiel?«

»Kopfschmerzen? Unachtsamkeiten? Vergesslichkeit?«

Sie versucht, sich zu erinnern. »Er bekommt häufig Kopfschmerzen, wenn er etwas getrunken hat.«

»Und wie oft kommt das vor?«

»In letzter Zeit eigentlich täglich.«

»Und Sie sind sich ganz sicher, dass er davor immer Alkohol zu sich genommen hat?«

»Ja.« Sie nickt, obwohl sie sich bereits im selben Moment nicht mehr sicher ist. Sie macht sich schon länger nicht mehr die Mühe, ihren Mann zu fragen, was er am Abend so treibt.

Hannah folgt Dr. Malik zum letzten durch Vorhänge abgeteilten Bett, in dem ein Mann in einem rosafarbenen Krankenhaushemd liegt. Ein Gewirr aus Kabeln und Schläuchen ist mit seiner Brust verbunden, und ein schwarzer Monitor zeigt piepsend die Vitalzeichen an. Eine Krankenschwester in einer dunkelblauen Uniform legt ihm gerade eine Sauerstoffmaske an und spricht beruhigend auf ihn ein, als sie das Gummiband über seinen Kopf zieht.

Hannah will gerade weitergehen, als sie bemerkt, dass Dr. Malik stehen geblieben ist und das metallene Seitengitter am Bett des Patienten in die Höhe zieht.

Sie schaut sich den Mann genauer an. Seine dunklen Haare. Den Ehering.

Es ist Tom.

Ein Schluchzen entfährt ihr, das sie nur mühsam unterdrücken kann, indem sie sich die Hand auf den Mund presst. Der Körper vor ihr scheint nur aus Kabeln, Venen und Gliedmaßen zu bestehen. Dies kann unmöglich derselbe Mann sein, der sie vor so vielen Jahren jauchzend über die Schwelle getragen hat, der auf ihrer Verlobungsparty einen furchtbaren violetten Cocktail mit dem Namen »Hantini« erfunden hat, der mit seinem in die Jahre gekommenen Ford Escort die ganze Nacht durchgefahren ist, um ihr an ihrem ersten Schultag als Lehrerin einen Korb mit Kuchen, Blue Stilton und Amaretto vorbeizubringen.

Plötzlich kann sie sich nur noch an die guten Zeiten erinnern.

»Wir müssen weiter.« Dr. Malik bugsiert Toms fahrbares Krankenbett auf den Flur. Ein bärtiger Pfleger übernimmt, damit sich der Arzt auf seinen Patienten konzentrieren kann. Die Schwester bleibt am Kopfende, um sie durch den Hindernisparcours aus leeren Rollwagen, Pappkartons und sperrigen Metallkäfigen zu steuern, in denen sich Betttücher stapeln.

Hannah muss beinahe rennen, um Schritt zu halten. »Wohin gehen wir?«

Dr. Malik hebt Toms linken Arm leicht an, doch er fällt kraftlos auf das Laken zurück. »Wir werden ein CT machen, um zu sehen, was in seinem Gehirn vor sich geht.«

Hannahs Magen krampft sich zusammen. »Wonach suchen Sie?«

Sie betreten einen Aufzug. Die schweren grauen Türen

schließen sich, und er setzt sich ruckelnd und scheinbar viel zu langsam in Bewegung.

Dr. Malik überprüft Toms Puls und hebt dann den Blick, um Hannah anzusehen. »Schlaganfälle passieren, wenn die Blutzufuhr des Gehirns unterbrochen wird – entweder durch die Verstopfung einer Arterie oder eine Blutung im Kopf. Verstehen Sie?«

Hannah schluckt. »Ich glaube schon.«

»Das CT wird uns zeigen, was genau bei Tom passiert ist.«

Hannah hat sich den Riemen ihrer Handtasche so fest um die Hand gewickelt, dass er ihr in die Handfläche schneidet.

Dr. Maliks Blick wandert wieder zu Tom hinüber. »Sobald wir wissen, was genau vor sich geht, können wir ihn entsprechend behandeln.«

»Okay.« Hannah starrt auf Tom herab, bis der Aufzug endlich das richtige Stockwerk erreicht hat. Seine Reglosigkeit macht ihr Angst. Sie denkt an ihren letzten Streit zurück. Toms unbändige Wut, mit der er um sie herummarschiert war und alle ihre Schwächen aufgezählt hatte. Sie sei naiv. Egoistisch. Immer dieselbe alte Leier. Jetzt wo er so still daliegt, wünscht sie sich nichts sehnlicher, als dass er sie wieder anschreit.

Dr. Malik hilft dabei, das Bett aus dem Aufzug zu manövrieren. Sie laufen einen Gang hinunter, biegen um eine Ecke und betreten die Radiologie. Der Empfangsbereich ist dunkel und wenig einladend. Der Arzt gibt ihr ein Zeichen stehen zu bleiben. »Bitte warten Sie hier, Hannah.«

»Nein.« Sie ballt die Hände zu Fäusten. »Ich möchte bei ihm bleiben.«

Er schüttelt den Kopf. »Tut mir leid. Sie können nicht mitkommen.«

»Bitte!«

»Die Strahlenbelastung ist zu hoch. Sie müssen hier draußen warten.« Ungeduldig trommelt er mit den Fingern auf Toms

Krankenblatt. »Wir müssen ihn jetzt reinbringen – jede Sekunde zählt.«

»Okay.« Hannahs Schultern sacken nach vorn, als Tom davongefahren wird und sie schon wieder allein zurückbleibt. Sie geht zum Wasserspender hinüber, aber es gibt keine Plastikbecher mehr. Ihr Magen knurrt. Als sie auf die Uhr ihres Handys schaut, stellt sie fest, dass es bereits halb sechs ist.

Sie hört, wie irgendwo in der Nähe surrend eine Maschine anspringt, während sie auf der Suche nach etwas Essbarem in ihrer Handtasche herumkramt. Sie fördert eine alte Tüte Maltesers-Schokokugeln zutage und reißt sie auf. Die Schokohülle der ersten Kugel ist zwar schon ziemlich gequetscht, aber der Zucker beruhigt ihre Nerven, und sie steckt sich eine weitere in den Mund. Und dann noch eine. Und noch eine. Plötzlich stopft sie die Kugeln nur so in sich hinein, als könnte das ihre Welt daran hindern entzweizubrechen. Neun. Zehn. Elf. Sie schließt die Augen, und alles reduziert sich auf die Schokolade und das Knirschen der Malzfüllung zwischen ihren Zähnen.

Wenig später hört sie Schritte, und Dr. Malik setzt sich neben sie. »Hannah.«

»Ja?«

»Der Scan hat bestätigt, dass Tom einen Schlaganfall erlitten hat.«

Das kann unmöglich sein. »Aber er ist doch erst zweiunddreißig!«

Dr. Malik schüttelt den Kopf. »Ich fürchte, das spielt keine Rolle. Der Blutfluss zu dem Teil seines Gehirns, der seine linke Seite kontrolliert, ist blockiert, und wir können auf dem Scan einen kleinen geschädigten Bereich erkennen.«

»O Gott!« Hannah hat ihre Hände so fest ineinander verschlungen, dass ihre Finger langsam taub werden.

»Da wir nicht genau wissen, wann die ersten Symptome aufgetreten sind, müssen wir ihn auf der Intensivstation behalten und sorgfältig überwachen. Wir werden ihn gleich hinaufbringen.« Der Arzt steht auf, schenkt ihr ein angespanntes Lächeln und geht mit großen Schritten davon.

Hannah sitzt da und starrt zu Boden, während die letzte Schokokugel langsam in ihrer Handfläche schmilzt. Sie schließt die Augen und versucht, sich daran zu erinnern, wie man betet.

Als die Schwestern Tom aus dem CT-Raum rollen, springt Hannah auf und nimmt seine Hand. Sie ist eiskalt.

Der Aufzug transportiert sie widerwillig nach oben, und bei ihrer Ankunft im richtigen Stockwerk wird Tom durch eine weitere Flügeltür geschoben. Ein Blick auf das Schild darüber sagt Hannah, dass sie die Intensivstation für Schlaganfallpatienten betreten.

Dr. Malik ist zurück. »Wir werden uns vorerst hier um Tom kümmern.« Er zeigt auf die dunkle Station hinter sich. »Zurzeit ist sein Zustand stabil, aber wir werden ihn genau beobachten.« Die Station ist erfüllt von Atemzügen und nächtlichen Geräuschen. Der Arzt vollführt eine Bewegung in Richtung einer Schwester, die hinter dem Empfangstresen steht. Sie kommt hervor und hilft dabei, Tom auf den freien Platz zu schieben. »Wir werden Tom jetzt in ein Bett legen und alles Nötige in die Wege leiten, damit er bestens versorgt ist. Würden Sie bitte dort warten?« Dr. Malik zeigt zu einer Tür hinüber, auf der *Ruheraum* steht. »Es wird nicht lange dauern.«

»Warum?« Zorn wallt in Hannah auf. »Ich sollte bei ihm sein.«

»Wir brauchen nur ein paar Minuten. Dann können Sie zu ihm.«

Erneut ist Tom von Menschen umgeben, während Hannah alleine bleibt. Sie betritt den Ruheraum und geht zum Fenster, von wo sie auf eine hässliche, mit viel zu grellen Schweinwerfern angestrahlte Skulptur im Hof hinabblickt. Sie denkt an all die Anrufe, die sie machen, die schlimmen Neuigkeiten, die sie überbringen muss, und würde am liebsten ihren Kopf gegen einen spitzen Gegenstand schlagen. Sie begreift ja selbst kaum, was hier gerade geschieht, wie soll sie es da anderen Menschen erklären?

Sie lässt sich auf einen der Plastikstühle fallen und kramt ihr Handy aus der Tasche. Dann holt sie tief Luft und ruft Julie an. Während es am anderen Ende läutet, stellt sie sich vor, wie sich Toms Schwester aus der Umarmung des Mannes befreit, mit dem sie in dieser Woche gerade zusammen ist. Nicht dass sie überhaupt damit rechnen würde, dass ihre Schwägerin ans Telefon geht. Julie befindet sich erfahrungsgemäß bis mittags im Tiefschlaf und ist davor nur selten ansprechbar.

Zu Hannahs Überraschung ertönt jetzt jedoch ein gedehntes: »Jaaaa?«

»Julie. Hier ist Hannah.« Sie versucht, ihrer Stimme einen ruhigen, tröstlichen Klang zu verleihen, worin sie kläglich scheitert. Julie ist ein Mensch, der geradezu nach Katastrophen hungert. Selbst unter den glücklichsten Umständen findet sie noch das berüchtigte Haar in der Suppe.

»Was ist los? Was ist passiert?«

Hannah senkt ihre Stimme. »Tom ist im Krankenhaus. Er hatte einen Schlaganfall.«

»*Was?*« Julie nimmt die Nachricht mit einem Hustenanfall auf, der in einer TB-Klinik behandelt werden sollte. »Ist er …? Ist er noch …?«

»Ja, Julie. Er lebt. Sein Zustand ist im Augenblick stabil, und sie überwachen ihn jetzt im Krankenhaus.«

»Scheiße.« Hannah hört ein Rascheln und dann das wiederholte Klicken eines Feuerzeugs. »Scheiße!«

»Julie?«

Die einzige Antwort ist ein Klatschen wie von einer Hand, die auf nackte Haut schlägt. Im Hintergrund ertönt ein entrüstetes

Knurren. Julies Bettgenosse wird heute Nacht sicher nicht mehr viel Schlaf bekommen. Julie fährt ihn wütend an. »Könntest du vielleicht dafür sorgen, dass dieses blöde Feuerzeug funktioniert?«

Eine tiefe Stimme antwortet: »Wir haben gerade mal sechs, Jules. Schlaf weiter.«

Hannah reibt sich die Augen, um die schmerzhafte Anspannung über ihren Brauen zu lösen.

Weiteres Knurren ist zu hören, dann sagt Julie: »Ich hab gerade echt schlechte Nachrichten bekommen, also könntest du mir verdammt noch mal 'ne Kippe anzünden?«

Hannah seufzt. »Julie?«

»Ja. Eine Sekunde.« Hannah hört wieder das hektische Klicken. »Das Scheißding funktioniert nicht. Bring's in Ordnung, okay? Mein Bruder hatte gerade einen Schlaganfall.«

Hannah beschleicht der dumpfe Verdacht, dass diese Beziehung keine Zukunft hat. Sie holt tief Luft. »Hör zu, Jules, es geht ihm wirklich schlecht, aber er liegt jetzt auf der Intensivstation, wo sie ihn genau überwachen und behandeln können.«

»Also kommt er wieder in Ordnung?«

»Das weiß ich nicht.« Die Erschöpfung droht sie zu überwältigen. »Ich muss jetzt Schluss machen, aber komm bitte so schnell wie möglich her, ja?«

»Aber das Auto ist kaputt. Ich habe keine Ahnung, wie ich …«

Hannah fällt ihr ins Wort. Julie würde sich ausnahmsweise einmal selbst helfen müssen. »Nimm den Zug oder was weiß ich. Wir sind auf der Intensivstation für Schlaganfallpatienten im King's Lane Hospital. Tut mir leid, aber ich muss jetzt wirklich zurück zu Tom.«

»Okay.« Julies Stimme klingt mit einem Mal brüchig. »Sag ihm, dass ich ihn liebe, ja?«

»Mache ich. Bis bald.« Bevor sie das Gespräch beendet, hört sie, wie Julie zu schluchzen beginnt.

Als Hannah endlich auf die Station darf, liegt Tom festgezurrt in einem Bett. Der gesamte Raum scheint nur aus Piepstönen und Nadeln zu bestehen. Ein durchsichtiger Infusionsbeutel hängt an einem Ständer über ihm. Furcht steigt wie bittere Galle aus ihrem Magen auf, als sie sich in einen Sessel an der Seite seines Betts sinken lässt und seine Hand ergreift.

Dr. Malik lehnt sich gegen die Wand und sieht sie an. Dann sagt er mit leiser Stimme: »Die nächsten vierundzwanzig Stunden sind entscheidend. Wir werden darauf achten, ob es Komplikationen gibt, und versuchen herauszufinden, warum er den Schlaganfall erlitten hat und wie viel Reha er benötigen wird.«

Hannah beobachtet Toms Brustkorb, der sich langsam hebt und senkt. Ein. Aus. Sie hat das Gefühl, nicht wegsehen zu dürfen, weil er sonst aufhören könnte zu atmen.

Tränen schießen ihr in die Augen. »Wie lange kann ich hier bei ihm bleiben?«

»Solange Sie möchten.«

»Danke.«

Nachdem der Arzt gegangen ist, wendet sie sich Tom zu. Sie ist erstaunt, wie jung er aussieht. Im Halbdunkel scheinen die tiefen Furchen auf seiner Stirn, die er der Kanzlei verdankt, wie weggewischt. Plötzlich sieht er wieder aus wie der Mann, der in dem Diner in Soho den Blick nicht von ihr wenden konnte. Glückliche Zeiten … Sie blickt zu den verhängnisvollen Linien auf dem Monitor, und die Tränen laufen ihr über die Wangen. Das Gefühl, wie viel sie beide verloren haben, ist plötzlich geradezu überwältigend.

Als Hannah einen leichten Druck an ihren Fingern spürt, blickt sie hinunter und sieht, dass sich Toms rechte Hand um ihre geschlossen hat. Seine Augen schimmern feucht. Sie hat ihn schon seit Jahren nicht mehr weinen sehen.

Tom. Oh, Tom.

Sie streichelt sein Gesicht und wartet schweigend, bis er die

Augen wieder schließt. Als seine Atmung tiefer wird, denkt sie darüber nach, was sie ihm heute hatte sagen wollen. Die Worte, die sich seit Wochen – Monaten – in ihr angestaut haben. Sie legt den Kopf in die Hände und flüstert eine Bitte in die Dunkelheit der Station. Doch niemand hört sie.

Sommer 2006

Bewirtungsbeleg: £ 35.75, Rainbow Bar

Ihre erste Verabredung endete in einer Schwulenbar.

»Nicht ganz die romantische Atmosphäre, die mir vorgeschwebt hat.« Tom spürte, wie er langsam von dem Barhocker im Leopardenfell-Look hinunterrutschte, und stützte sich mit den Ellbogen auf den winzigen Metalltisch ab.

»Ich weiß wirklich nicht, was du meinst.« Hannah ließ die Lederjacke von den Armen gleiten und hängte sie an einen Haken unter der Bar. Dann fuhr sie sich mit der Hand durch die üppigen Locken. Ein Lächeln umspielte ihre glänzenden Lippen. Er sehnte sich danach, sie zu küssen, doch jedes Mal, wenn er seinen Mut zusammengenommen hatte, schien sie gerade einen Schluck aus ihrem Glas oder einen Bissen von ihrem Essen zu nehmen.

Das machte ihn verrückt.

Hannah saß anmutig auf ihrem Hocker. »Was könnte romantischer sein, als Margaritas aus einem fluoreszierenden pinkfarbenen Eimer zu trinken?«

»Das ist allerdings wahr«, erwiderte er. »Das ist das Material, aus dem Filme gemacht werden.« Er saugte an seinem Strohhalm und wandte den Blick ab, als sich zwei Brustkästen an die Bar lehnten, die wesentlich männlicher waren als sein eigener. »Ich meinte eher die Musik.«

»Wie bitte?« Hannah machte ein übertrieben schockiertes

Gesicht. »Und ich dachte, dass du dem DJ extra was zugesteckt hast!«

Er schüttelte den Kopf, als der Refrain von a-has *Take on Me* aus den Lautsprechern dröhnte. »Nicht schuldig.« Er legte eine Hand auf ihre und jubilierte innerlich, als sie sie nicht wegzog. Ihre Finger waren warm.

»Typisch Jurastudent. Viel zu sehr damit beschäftigt, sich selbst ernst zu nehmen, um einen guten, altmodischen Popsong wie diesen zu schätzen zu wissen.«

Er verdrehte die Augen. »Sagt die unkultivierte Englischstudentin, die es nicht besser weiß.« Er schüttelte in gespieltem Entsetzen den Kopf. »Falls du ein Fan von diesem Mist sein solltest, dann fürchte ich, dass ich deinen Namen von meiner Liste für zweite Dates streichen muss.«

»Ach, wirklich?« Sie lehnte sich so weit zu ihm hinüber, dass er ein weiteres Mal an diesem Abend den Ausblick genießen konnte, den ihm ihr tief ausgeschnittenes Top gewährte. »Und wer sind meine Konkurrentinnen auf dieser Liste?«

Er zog vielsagend die Augenbrauen hoch. »Da gibt es viel zu viele Kandidatinnen, um sie alle einzeln aufzuzählen, fürchte ich.«

Sie lehnte sich wieder zurück. »Verstehe. Also warst du an all diesen Abenden in der letzten Woche, als du behauptet hast, du müsstest im Pub arbeiten, in Wahrheit mit anderen Frauen aus?« Sie hatte es in einem neckenden Tonfall gesagt, aber für einen Moment sah er Besorgnis in ihren Augen aufblitzen, ehe sie ihren Blick auf den Tisch senkte. »Gut zu wissen, wo ich stehe.«

Tom war sich nicht sicher, ob sie es ernst meinte. Er lehnte sich vor, um wieder ihre Hand zu nehmen, doch der Barhocker machte ihm einen Strich durch die Rechnung. Für einen Moment schwankte er gefährlich hin und her, ehe er sein Gleichgewicht zurückerlangte.

Cool, Tom, supercool.

»Glaub mir, Hannah, mir rennen die Frauen wirklich nicht die Bude ein. In meinem Leben gibt es nur meine Mutter und meine Schwester. Und ich mag die Frau vom Kiosk, die mir die Samstagszeitung verkauft. Sie ist wirklich nett, auch wenn es etwas nervig ist, dass sie mir dauernd Fotos von irgendwelchen Enkelkindern zeigt. Das sind dann aber wirklich auch schon alle.«

Hannah hielt den Blick gesenkt. »Ehrlich?«

»Ehrlich.«

Als sie den Kopf hob und einen Schluck trank, war er erleichtert, ein Lächeln auf ihrem Gesicht zu sehen. »Ich hab mir natürlich nicht ernsthaft Sorgen gemacht«, sagte sie schließlich. »Immerhin werde ich geradezu von Bewunderern belagert, wo ich auch gehe und stehe.«

Tom vermutete, dass das sogar der Wahrheit entsprach, obwohl sie sich ihrer Wirkung offensichtlich gar nicht bewusst war. Und dafür mochte er sie umso mehr. »Nun, ich werde sie alle vermöbeln. Was offensichtlich kein Problem für mich ist.« Er versuchte, einen Bizeps anzuspannen, was ihm kläglich misslang.

Hannah lehnte sich wieder zu ihm hinüber. »Offensichtlich. Das würde ich wirklich gerne sehen.«

»Würdest du das?«, entgegnete er möglichst gelassen und mit so viel gespielter Coolness, wie er nur aufbringen konnte.

»Ja.« Sie zog eine Augenbraue hoch. »Aber verrate mir lieber, was ich verpassen würde, wenn ich nicht in die Auswahl für ein zweites Date kommen sollte.«

Tom machte eine Geste mit den Fingern, als würde er einen imaginären Reißverschluss vor seinem Mund zuziehen, und schüttelte den Kopf.

»Oh, ich verstehe.« Ein Lichtstrahl der Discobeleuchtung traf den Silberanhänger an ihrem Hals. »Du spielst wieder den Geheimnisvollen.«

»So ist es.« Er lehnte sich ebenfalls vor, sodass ihre Lippen nur noch Zentimeter voneinander entfernt waren. Endlich.

»Vibriert dein Handy in der Tasche, oder freust du dich einfach nur, mich zu sehen?«

Tom brauchte einen Moment, um zu begreifen, was sie meinte. Er zog das Handy aus seiner Hose. »Ist bloß meine Mum.« Er schaltete es aus und steckte es wieder in die Tasche.

»So spät noch?« Hannah wirkte besorgt. »Bist du sicher, dass alles in Ordnung ist? Du kannst sie ruhig zurückrufen, wenn du willst.«

»Es ist alles okay. Sie klingelt nur gern mal durch, wenn ihre Schicht zu Ende ist«, sagte Tom und nahm dann all seinen Mut zusammen, um Hannah eine Haarsträhne aus dem Gesicht zu streichen. »Lass uns noch mal darauf zurückkommen, wie geheimnisvoll ich bin. Das hat mir gefallen.«

Sie legte ihm einen Finger auf die Lippen. »Halt die Klappe und küss mich endlich.«

Und das tat er. Sie schmeckte nach Zitrone und Hoffnung. Im Hintergrund erklang ein Song von Take That, aber das bemerkte er nicht einmal.

Kapitel 3

»Mir geht's gut.« Julie nickt entschlossen. »Alles gut.«

Hannah wirft einen Blick in den Abfallbehälter neben Toms leerem Bett. Sie zählt die Cola-Light-Dosen, die darin liegen.

Vier Stück.

Es ist gerade neun Uhr morgens.

Julie geht es ganz und gar nicht gut.

»Bist du sicher?«

»Ja.« Während Hannah Toms Schwester forschend ansieht, greift die in ihre Tasche und zieht einen Schokoriegel hervor. Mit ihren zitternden Händen und dem hohen Koffeinkonsum kommt Julie Hannah eher vor wie eine panische Schülerin vor der Abschlussprüfung als die dreiundzwanzigjährige Frau, die sie in Wahrheit ist. Wenn sie jetzt noch eine Dose Red Bull trank, wäre das Bild komplett.

»Hättest du gern etwas Wasser, Jules?« Hannah deutet auf den Plastikkrug auf dem schwenkbaren Tisch neben dem Bett. »Es ist furchtbar warm hier drin.« Der Schweiß kribbelt in ihren Achselhöhlen, und sie versucht, ihren Tee abzustellen, um die Strickjacke auszuziehen. Zwischen den Karten, Blumen und Geschenken auf dem weißen Schrank neben Toms Bett ist jedoch kaum ein freier Fleck zu finden. Toms Firma hat sich selbst übertroffen und einen Früchtekorb von Selfridges von der Größe eines Labradors geschickt. Gekrönt wird das Ungetüm von einer Ananas, die eine Schleife in einem aufdringlichen Türkiston ziert, und das Ganze ist umhüllt von mehreren Lagen silbriger Folie, die bei jeder Berührung knistert.

Hannah verdreht frustriert die Augen. Toms Kollegen haben ganz offensichtlich keine Ahnung, wie schlimm es um ihn steht. Eine Woche nach seinem Schlaganfall ist er immer noch so geschwächt, dass er kaum kauen kann, ganz zu schweigen davon, sich mit dieser exzellenten Leistung aus der Geschenkverpackungsabteilung von Selfridges abzumühen.

Julie gibt entnervt auf, den Schokoriegel mit den Fingern zu bearbeiten, und versucht es stattdessen mit den Zähnen. »Ich will kein Wasser«, knurrt sie. »Verdammt.« Sie beugt sich vor und vergräbt den Kopf in den Händen.

»Schon gut, Schätzchen«, ertönt eine Stimme aus dem Nachbarbett, wo ein Mann gerade voller Konzentration die buschigen Augenbrauen zusammenzieht und versucht, seine Frühstückscornflakes zu essen. Milch tropft auf die Vorderseite seines blau gestreiften Pyjamas, als seine rechte Hand ruckartig nach oben zuckt. Das wächserne Gelb seiner Haut bildet einen grausamen Kontrast zu dem betont fröhlichen Rosa der Wände, einzelne weiße Haarsträhnen stehen von seinem Kopf ab, als versuchten sie, dem Elend mit letzter Kraft zu entkommen.

»Guten Morgen, John. Wie geht es Ihnen?«, fragt Hannah und schenkt ihm ein Lächeln, als Julie sich ebenfalls in seine Richtung umdreht. Einen grässlichen Moment lang befürchtet Hannah, dass ihre Schwägerin heute zum vierten Mal seit ihrer Ankunft in die Luft geht.

»Prima«, erwidert John mit einem schiefen Lächeln. Er verliert seinen Kampf mit dem Löffel, und die orangefarbenen Cornflakes verteilen sich über die graue Krankenhausbettdecke. Seine durchdringenden blauen Augen funkeln, als er den Kopf mit einem unbeholfenen Rucken in ihre Richtung dreht. »Könnte schlimmer sein, Schätzchen.« Sein heiseres Kichern scheint eher in einen Pub zu gehören, wo nach der Sperrstunde noch in geschlossener Gesellschaft weitergesoffen wird. »Wenigstens schmücken Sie sich nicht mit Ihrem Frühstück.«

Julie verzieht ihre Lippen zu einer Art Lächeln.

Hannah weiß, dass sie nicht besonders begeistert von solchen Unterbrechungen ist, und schreitet ein, bevor sie etwas sagen kann. »Aber Sie tun es mit so viel Stil, John.«

»Ja, nicht wahr?« Der alte Mann deutet auf die milchige Schweinerei in seinem Schoß. »Die reinste Verkörperung von Stil und Anmut. Früher, da …«

»Jaja, wirklich interessant. Aber ich brauche kurz mal einen Moment. Sorry.« Julie steht auf und zieht den grün gestreiften Vorhang zwischen den Betten zu. Hannahs Lippen formen eine stumme Entschuldigung in Johns Richtung, bevor er aus ihrem Blickfeld verschwindet.

»O Mann! Hier drin hat man wirklich null Privatsphäre.« Als Julie sich gereizt nach den anderen beiden Patienten in ihren Betten umsieht, zieht Hannah für einen kurzen Moment in Betracht, sich das Wort »Entschuldigung« auf die Stirn tätowieren zu lassen. Das könnte ihr eine Menge Zeit ersparen.

»Ich brauche einfach etwas Freiraum, um das hier zu verarbeiten, verstehst du?« Julie versucht immer noch, die Verpackung des Schokoriegels zu öffnen. Endlich reißt sie sie mit einem Ruck auf und schiebt sich zwei dunkle Schokoquadrate in den Mund, ohne Hannah etwas anzubieten. Keine große Überraschung. »Ich mach mir einfach Sorgen, weißt du. Wenn bei Tom so einfach diese …«

»Die Karotis«, ergänzt Hannah hilfreich.

»Ja, genau.« Julie nickt ungeduldig. »… die Karotis reißen kann und er einen Schlaganfall bekommt, dann …« Entsetzt reißt sie die Augen auf und verstummt.

Hannah schweigt und überlegt verzweifelt, was sie ihr antworten könnte. Etwas Tröstendes. Etwas Wahres. Denn sie weiß, was Julie denkt. Was ihr Angst macht. Was auch ihr Angst machen würde.

Julie steckt sich ein weiteres Stück Schokoriegel in den Mund. »Dann könnte es doch sein, dass … dass …«

»Dass es dir auch passiert?«, beendet Hannah den Satz für sie.

»Ja«, sagt sie leise.

Hannah bemerkt die Schatten unter ihren großen grünen Augen und die Angst darin. Sie will etwas sagen, doch Julie knüllt die Verpackung zu einem Ball zusammen und schleudert ihn in den Abfalleimer. Der Moment ist vorbei.

»Was soll's. Bringt ja nichts, darüber nachzudenken.« Julie steht auf und beginnt, um Toms Bett herumzulaufen. »Bringt überhaupt nichts.« Sie bewegt sich schnell. Zum Fenster. Zurück. Zum Vorhang. Zurück.

Hannah runzelt die Stirn. Sie spürt die ersten Anzeichen des Kopfschmerzes, der sie inzwischen täglich quält. In dem vergeblichen Versuch, den Schmerz aufzuhalten, presst sie die Handflächen gegen die Schläfen und atmet einmal tief ein. Doch da sind nur der Geruch nach abgestandenem Frühstück und der Zitrusduft der Antiseptika. Sie sehnt sich nach frischer Luft, einem Feld oder einem Blumenstrauß. Selbst der Krankenhausparkplatz voller Londons feinster Abgase wäre jetzt wohltuend.

Sie schaut Julie an. »Erinnern wir uns doch lieber daran, was gut läuft, okay? Tom ist stabil. Er spricht wieder. Er weiß, wer er ist.« Sie schluckt. »Die Ärzte sagen, dass er sich gut macht.«

Julie schnaubt verächtlich und richtet sich zu ihrer vollen Größe auf. Sogar auf ihren höchsten Absätzen würde Hannah immer noch eine Leiter benötigen, um bis an ihr Schlüsselbein zu reichen. »Na klar. Das haben sie auch von meiner Mutter behauptet. Heißt also überhaupt nichts.«

Darauf weiß Hannah keine Antwort. Stattdessen starrt sie auf Toms leeres, zerwühltes Bett und erinnert sich an die höllische, endlose erste Nacht im Krankenhaus. Auch wenn Tom stabil ist, kann sie nicht aufhören, ihn zu beobachten. Während aus Tagen Nächte und wieder Tage werden, beobachtet sie, wie sich seine Brust hebt und senkt, sein Mund versucht, Worte zu formen, seine Gliedmaßen zuckende Bewegungen machen. Wenn sie auch nur für eine Sekunde nicht hinschaut, könnte es wieder passieren. Das darf sie nicht zulassen, sie fühlt sich ohnehin schon schuldig genug.

Als Julie sich zu ihr umdreht, machen ihre Stiefel ein quietschendes Geräusch auf dem Boden. »Was weißt du im Übrigen schon davon?« Hannah seufzt, als Julie zum Fenster stolziert und auf die inspirierende Betonmauer gegenüber starrt. Sie ist es gewöhnt, die Zielscheibe von Julies Wut zu sein. »Du hast dir ja nicht mal die Mühe gemacht aufzukreuzen, als Mum krank war.«

Hannah öffnet den Mund, um sich zu verteidigen, schließt ihn jedoch gleich wieder. Seit einem Jahrzehnt versucht sie nun schon, Julie dazu zu bringen, ihre Sicht der Dinge zu verstehen. Doch die angespannte Situation hier würde sie kaum dazu ermuntern, ihre Meinung zu ändern.

Julie wirft ihr langes dunkles Haar über die Schulter zurück. »Kannst du mir einen Zehner leihen?«

»Noch einen?«, entfährt es Hannah, bevor sie sich eines Besseren besinnen kann.

»Ja.« Julie verschränkt die Arme vor der Brust, sodass sich ihr grüner Pulli noch enger über ihrer Brust spannt. »Ich brauch noch was zu essen, damit ich das hier durchhalte. Ist nicht gerade leicht für mich, weißt du.«

»Ja. Ich weiß.« Hannah ist versucht, sie darauf hinzuweisen, dass sie sich auch nicht gerade königlich amüsiert. Seit sie Tom in jener Nacht neben dem Bett gefunden hat, findet sie keinen Schlaf mehr. Sobald sie ihre Augen schließt, sieht sie ihn wieder dort liegen. Jetzt wo er stabil ist, darf sie nicht mehr über die Besuchszeiten hinaus bei ihm bleiben. Also verbringt sie die

Nächte zu Hause, starrt auf die Uhr und trinkt sich durch die Stunden, bis es wieder Zeit fürs Krankenhaus ist.

Ihre Augen brennen vor Müdigkeit. Die Haut spannt. Sie kann förmlich spüren, wie sie altert. Hannah holt tief Luft. »Kannst du nicht den Geldautomaten im Foyer benutzen?«

Julie sieht sie an, als sei sie der letzte Dreck. »Ich brauche nur einen Zehner.« Sie klopft sich ungeduldig auf den Oberschenkel. »Ihr zwei schwimmt doch im Geld. Da dürfte es ja wohl kaum ein Problem sein, mir einen Zehner zu leihen, oder?«

Hannah unterdrückt ein weiteres Mal den Drang, Julie zu belehren und ihr etwas über Furcht einflößende Hypotheken oder die Tatsache zu erzählen, dass die Hälfte der Menschen, die einen Schlaganfall erleiden, danach nie wieder arbeiten können. Stattdessen versucht sie es mit einer anderen Taktik. »Ich kann dir was aus der Cafeteria mitbringen. Ich wollte sowieso gerade frühstücken gehen.« Sie lächelt. »Oder hast du Lust mitzukommen?«

Julie denkt ungefähr eine Nanosekunde über ihren Vorschlag nach, bevor sie den Kopf schüttelt. »Nein. Geh du nur. Ich will hier sein, wenn sie Tom zurückbringen. Er soll nicht allein sein, weil … weil …« Ihre Stimme klingt erstickt. Sie streicht mit der Hand über das Bett, während sie versucht, sich zu sammeln. Ihre Augen glänzen verräterisch, und sie atmet einmal hastig tief ein. Als sie das Kissen glatt streicht, sagt sie eher zu sich selbst: »Als wir klein waren, haben wir nach der Schule jeden Tag Krankenhaus gespielt. Nichts und niemand konnte uns davon abhalten. Ich war besessen von der australischen Soap *Home and Away*, deshalb hat Tom immer so getan, als sei er dieser australische Arzt auf einem Surfboard: Dr. Monk.«

Hannah nickt nur. Sie wagt nicht, etwas zu sagen, das den Bann brechen könnte. Julie zieht die Bettdecke gerade. Hannah sieht die Zärtlichkeit in ihrem Gesicht und kann sie sich gut als kleines Mädchen vorstellen, das als Krankenschwester verkleidet in der Nähe der Haustür darauf wartet, dass der geliebte große Bruder nach Hause kommt. Tom hat oft erzählt, wie nah sie sich damals standen.

Julie seufzt. »Er kam immer reingerannt und hat das Leben meines Teddys oder meiner Barbie gerettet, bevor er auf sein Fantasie-Surfbrett sprang und davonpreschte.« Als sie lächelt, erhellt sich ihr ganzes Gesicht. »Er hat sich wohl von meiner Begeisterung anstecken lassen – oder zumindest hat er das immer behauptet. Er hat stundenlang mit mir gespielt, selbst wenn er zum Fußballtraining musste oder mit einem Mädchen verabredet war.« Julie wischt sich mit dem Handrücken über die Augen, ihre Stimme bricht. »Er hat so gerne Fußball gespielt. Ich frage mich, ob er das wohl jemals wieder können wird.«

»Natürlich wird er das.«

»Das weißt du nicht.«

»Nein. Aber ich glaube daran.« Hannah streckt die Hand aus und legt sie vorsichtig auf Julies Arm. »Wenn es jemanden gibt, der das schaffen kann, dann er.« Julie bleibt stumm, aber Hannah versucht es weiter. »Ich weiß, wie du dich fühlen musst, aber …«

Julie reißt ihren Arm weg. »Nein. Tust du nicht.« Ihr Gesichtsausdruck verhärtet sich. »Du hast nicht die geringste Ahnung. Ich weiß nicht mal, warum ich dir das alles erzähle. Hör zu, ich brauche einfach nur einen Zehner, okay?«

Seufzend holt Hannah ihr Portemonnaie heraus und reicht ihr das Geld.

Julie nimmt es ohne ein Dankeschön entgegen. »Ich zahl es dir zurück.«

Hannah ist sich absolut sicher, dass sie das nicht tun wird. »Klar.«

»Glaubst du mir etwa nicht?«

Hannah hebt den Blick zur Decke. Ihre Geduld ist beinahe erschöpft. Wenn sie noch länger hierbleibt, könnte sie etwas sagen, das sie nachher möglicherweise bereuen würde. »Ich werde jetzt frühstücken gehen.« Sie greift nach ihrer Tasche und wendet sich ab.

Julies wütende Stimme folgt ihr. »Was ist dein Problem, Hannah?«

Mein Mann hatte einen Schlaganfall. An dem Tag, an dem ich ihn verlassen wollte.

Eine Schrecksekunde lang befürchtet Hannah, dass sie die Worte laut ausgesprochen hat. Sie schluckt jeden weiteren Kommentar hinunter und geht Richtung Tür. John zwinkert ihr zu, als sie an seinem Bett vorbeikommt. Aber sein Gesicht ist grau und sein Lächeln gequält. Sie gibt sich große Mühe, es zu erwidern.

»Gerade rechtzeitig, Hannah.«

Hannah beschleunigt ihren Schritt, als sie sieht, dass Tom aus dem Bad zurück ist, das schwarze Haar vom Duschen feucht und aus dem Gesicht gekämmt. Julie ist schon wieder verschwunden – vermutlich, um sich mal wieder irgendetwas Süßes zu besorgen. Oder Zigaretten. Oder beides.

Neben Tom steht Sandra. Sie trägt das weiße Oberteil und die dunkelblaue Hose des Physiotherapieteams, ihre Hand liegt auf der Rückenlehne seines Rollstuhls. Toms Körper steckt in einem Trainingsanzug und ist mit Kissen gepolstert, die beinahe so weiß sind wie seine Haut. Sein linker Arm hängt schlaff über der Armstütze. Der wuchtige grau-schwarze Rollstuhl, dessen Räder ihren ganz eigenen Willen zu haben scheinen, erinnert an die Ära der Dampflokomotiven.

»Möchten Sie ihm ins Bett zurückhelfen, Hannah?« Vermutlich würde es einer Machete bedürfen, um das unermüdliche Lächeln aus Sandras Gesicht zu entfernen.

»Gern«, sagt Hannah und stellt traurig fest, dass sie immer geübter im Lügen wird.

»Ich.« Tom holt tief Luft. »Kann das.« Er artikuliert jedes Wort mit größter Sorgfalt. Zwar lässt das nach, wenn er müde wird, aber seine Sprache wird von Tag zu Tag deutlicher. Ebenso wie die Tatsache, dass er wütend ist. Verloren.

Hannah hat noch nie erlebt, dass er sich geschlagen gibt. Sie beißt sich auf die Lippe, um die Tränen zurückzuhalten, von denen sie weiß, dass er sie hasst. Sie kann sie später weinen.

»Noch ist es nicht ganz so weit, Tom.« Sandra schüttelt den Kopf. »Aber es dauert nicht mehr lange. Bis dahin müssen wir Ihre Kraft noch ein wenig aufbauen, in Ordnung?«

Tom gibt ein Knurren von sich.

»Großartig.« An Sandra scheint alle Negativität einfach abzuprallen – ein Selbstschutz, der sicherlich vonnöten ist, um hier arbeiten zu können. Sie sieht Hannah an und fragt: »Bereit?« Dann drückt sie auf einen Knopf, und das Krankenhausbett senkt sich, bis es sich auf derselben Höhe befindet wie der Rollstuhl.

»Ja.«

»Stellen Sie sich bitte auf seine linke Seite.«

Toms nackte Füße sehen seltsam verletzlich aus, als Hannah an die gewünschte Stelle tritt. Die graue Sporthose schlabbert ihm traurig um die Beine.

»Gut. Machen Sie sich bereit, seinen Oberkörper zu stützen, während er sich hochdrückt.«

Hannah legt ihm locker die Arme um den Körper.

»Jetzt zu Ihnen, Tom. Drücken Sie sich mit rechts hoch. Hannah, Sie stabilisieren ihn falls nötig … ja, genau. Richtig so!«

Aber es fühlt sich gar nicht richtig an. Hannah wird furchtbar heiß, und in ihrem rechten Arm spürt sie wieder dieses nervöse Zittern, das auch immer dann auftritt, wenn sie im Pub mehr als ein Glas zum Tisch tragen muss. Tom zittert ebenfalls vor Anstrengung. Hannah steht breitbeinig neben ihm und bemüht sich, ihn nicht fallen zu lassen. Zwar hat er im Krankenhaus bislang kaum etwas gegessen, aber trotzdem hat sie Angst, ihn nicht stützen zu können. Hinter dem Vorhang, der sie vom Nachbarbett trennt, hört sie John würgen. Sie fühlt sich ähnlich.

Sandra fährt mit forscher Stimme fort: »Sehr gut, Tom. Sie stehen. Jetzt greifen Sie das Bett mit Ihrer rechten Hand. Hannah, bereiten Sie sich darauf vor, sein Knie zu unterstützen.«

»Was?«

»Sie wissen doch. Stützen Sie sein linkes Knie mit Ihrem eigenen, falls es wegknicken sollte.«

»Okay.« Hannah verändert ihre Position und wirft einen Blick in Toms Gesicht. Es ist kreidebleich. Sein Arm rudert schlaff in der Luft. Hannah merkt, wie ihr der Schweiß zwischen den Brüsten hinabrinnt. Ihr rechtes Auge beginnt zu tränen.

Tom bekommt endlich das Bett zu fassen.

»Sehr gut, Tom!« Sandra klatscht begeistert in die Hände. »Und jetzt verlagern Sie Ihr Gewicht auf diesen Arm und drehen sich zum Bett. Hannah ist da, um Sie zu stützen.«

Die Frage ist nur, wie lange noch, denkt Hannah. Sie befürchtet, dass sie schon bald eine Rückenverletzung außer Gefecht setzen wird. Trotzdem nimmt sie all ihre noch verbliebene Kraft zusammen. »Komm schon, Tom. Wir schaffen das.«

Schweißperlen stehen auf Toms Stirn, als er sich dreht und schwer aufs Bett fallen lässt.

Sandra verhindert, dass er nach links kippt, und grinst, wobei sie eine Reihe außergewöhnlich gerader Zähne entblößt. »Gute Arbeit.«

Als Tom sich abwendet, bemerkt Hannah, dass ihm eine Träne über die Wange läuft.

Sandras Stimme befindet sich immer noch im Aufmunterungsmodus. »Und so bekommen Sie Tom wieder ins Bett zurück.«

»Super.« Hannah streckt die schmerzenden Arme über dem Kopf. »Das war ja ein Kinderspiel.«

»Und auch auf die Toilette und wieder herunter.« Sandra nickt zufrieden. »Das werden wir als Nächstes üben.«

»Juhu«, entschlüpft es Hannah sarkastisch.

Die Physiotherapeutin wirft ihr einen strafenden Blick zu und fährt rasch fort: »Wir werden bei Tom ab sofort mit dem vollen Therapieprogramm weitermachen, um ihm dabei zu helfen, seine körperlichen Fähigkeiten wiederzuerlangen.« Sie gestikuliert mit einer Hand. »Rasieren, sitzen, kochen und so weiter. Und schon bald werden wir ihm mit einer Gehhilfe wieder auf die Füße helfen.«

Tom seufzt. Hannah legt ihm eine Hand auf die Schulter, doch er schüttelt sie mit einem Achselzucken ab. Und wieder einmal kommt sie sich wie eine Versagerin vor. Sie hat keine Ahnung, wie sie ihm helfen soll.

Er blickt zu Sandra auf. »Ich will … reden … mit …« Er nickt mit dem Kopf zu Hannah hinüber.

Sandra wirft einen ungeduldigen Blick auf die Uhr. »In Ordnung.« Ihre weißen Turnschuhe quietschen, als sie sich umdreht. »Ich bin bald wieder da.«

Hannah sieht Tom an. »Was ist los, Soldat?«

Er starrt zur Decke hinauf und scheint darum zu ringen, die Worte herauszubringen. »Nicht. Nenn mich nicht so«, stößt er schließlich hervor.

»Tut mir leid.« Sie hält ihm ein Wasserglas hin.

Er schiebt es beiseite. »Ich kann nicht mal trinken. Ohne dich.« Wut flackert in seinen Gesichtszügen auf.

Sie zuckt zusammen und stellt das Glas auf dem Tisch ab. »Ich weiß, dass es schwer ist, aber …«

»*Schwer?*« Er starrt sie ungläubig an. »Sieh mich an.« Die Frustration über seine Situation treibt ihm die Tränen in die Augen. »Ich kann nicht alleine pissen. Rasieren. Kann mich nicht hinsetzen. Eben war ich noch Anwalt mit …« Sein Gesicht ist jetzt fast grau vor Erschöpfung, aber er zwingt sich weiterzusprechen. »Mit einem Sportwagen, und jetzt schicken sie mir Obstkörbe.« Er greift hinüber und versucht, das verhasste Objekt vom Tisch zu stoßen. »Dabei mag ich das Grünzeug nicht mal.« Der Korb bewegt sich nicht von der Stelle, aber einige Karten segeln lautlos hinunter und bilden ein buntes Mosaik falscher Hoffnung auf dem Boden.

Hannah steht wie erstarrt da und wünscht sich nichts sehnlicher, als ihm irgendwie den Schmerz nehmen zu können, den sie in seinem Gesicht zwischen den wütenden Zügen liest.

»Scheiße.« Tränen fließen seine Wangen hinunter. »Warum ist das nur passiert?« Hannah holt ein Papiertaschentuch aus der Hosentasche und wischt ihm schweigend das Gesicht ab. »Und warum heule ich?« Er schließt die Augen, als könne er damit die Tränen zurückhalten. »Ich weine nie.«

Als Hannah den Mund öffnet, kommt ihr die eigene Stimme seltsam angespannt vor. »Ich weiß es nicht.«

»Natürlich weißt du es nicht.«

Die Wut in seinen Augen ist nichts Neues für Hannah. Bereits seit Monaten lebt sie damit. Vor dem Schlaganfall hat er behauptet, dass sie der Grund dafür sei. Weil sie so egoistisch sei und so viel Aufmerksamkeit fordere. So viele Fehler mache. Sie kann nichts für seinen Schlaganfall – und trotzdem fühlt sie sich schuldig.

Tom versucht weiterzureden, obwohl seine Stimme immer gepresster klingt. »Keine Ahnung, warum ich so was sage. Du kannst schließlich auch nichts daran ändern.«

»Ich weiß, Tom. Aber wir können uns zumindest gemeinsam darauf konzentrieren, alles zu tun, damit es dir bald besser geht.«

»Besser?« Er spuckt das Wort förmlich aus. »Es wird nicht besser werden.« Sein Blick ist kalt, als er sie ansieht. »Finde dich damit ab. Ich bin ein Krüppel.«

»Nein, Tom.« Hannah sucht verzweifelt nach den richtigen Worten. »Das bist du nicht.«

Er hebt seine linke Hand mit der rechten an und lässt sie aufs Bett zurückfallen. »Doch, das bin ich.«

»Die Ärzte sagen …«

»Die Ärzte …« Er tut ihre Worte mit einem Kopfschütteln ab.

»Komm schon, Tom.«

»Nein.« Er deutet auf seine reglose linke Seite. »Das ist die Realität. Du Glückspilz.«

»Tom, ich …«

»Hey, Kumpel«, unterbricht sie eine tiefe Männerstimme, »was soll dieser schreckliche Trainingsanzug? Du weißt doch, dass Grau nicht deine Farbe ist!«

»Nick.« Hannah war noch nie glücklicher, ihn zu sehen.

»Hey.« Tom wischt sich hastig die Tränen weg, als sein bester Freund auf das Bett zutritt.

Ein kleines Zucken in Nicks Mundwinkel ist das einzige Zeichen, das verrät, wie erschrocken er ist, Tom so zu sehen. Groß und breitschultrig, wie er in seinem blauen Anzug vor dem Bett steht, sieht er fast schon unverschämt gesund aus. »O Mann, du senkst den Altersschnitt hier drin aber gewaltig, Tom.« Er lehnt sich zu ihm runter und flüstert: »Ich hab doch immer schon gesagt, dass du tief im Innern ein alter Sack bist. Hast du auch deine Hausschuhe dabei?«

Tom lächelt beinah.

Nick wendet sich Hannah zu und legt ihr eine Hand auf die Schulter. »Wie geht es dir? Ich wette, du leistest ganze Arbeit bei unserem Albtraumpatienten hier.«

Hannah runzelt die Stirn. »Da bin ich mir nicht so sicher.«

»Ich schon.« Nicks Blick weicht nicht von ihr. »Hundertprozentig.«

Hannah beißt sich auf die Lippe, um die Tränen zurückzuhalten, und greift nach ihrer Jacke. »Ich lasse euch mal allein und gehe ein bisschen an die frische Luft.«

»Mach das.« Nick nimmt in dem Sessel neben dem Bett Platz.

»So, Kumpel, du hast die Wahl, was die Lektüre angeht. A: Geschichten über Wunderheilungen bei Schlaganfallpatienten, b: der neueste John Grisham oder c: der Sportteil der *Times*.«

Ein Lächeln zuckt über Toms Gesicht. »Blöde Frage. C.«

»Okay.« Nick schlägt schwungvoll die Zeitung auf. »Aber wenn du von mir verlangst, was über die verdammten Spurs vorzulesen, werde ich dir diese alberne Ananas da in den Hintern rammen.«

Hannah wirft im Weggehen einen Blick auf ihr Handy. Eine weitere SMS wird angezeigt.

Ich vermisse dich.

Sie verlässt die Station, lehnt sich neben den Fahrstühlen an die Wand und starrt auf die Worte hinab.

Ich muss immer an dich denken.

Sie berührt für einen Moment den Bildschirm. Ihre Finger sind begierig darauf zu antworten. Nein. Das ist der falsche Moment. Und das wird er von jetzt an immer sein. Sie löscht die Nachricht und betritt den Fahrstuhl.

SEPTEMBER 2006

EINE ZWEI-PENCE-MÜNZE

»Also …« Hannah lächelte und zog die violette Bettdecke bis zum Kinn hoch. Ihr Atem entwich in der kühlen Luft ihres winzigen Zimmers in kleinen Nebelwölkchen. »Was möchtest du mal werden? In deinen kühnsten Träumen.«

Er ließ seine Hand über die zarte Haut ihres Oberschenkels gleiten. »Eigentlich möchte ich hier nie wieder weg.«

Sie lachte und reckte sich über ihn hinweg, um nach der Zigarettenpackung auf dem Nachttisch zu greifen. »Ich glaube nicht, dass du viel Geld verdienen wirst, wenn du genau hier bleibst.« Sie legte etwas Kaltes, Rundes auf seine Brust. »Das ist so ziemlich alles, was ich dir zahlen kann. Mehr kann ich mir nicht leisten.«

Als er nach unten sah, erblickte er eine Zwei-Pence-Münze. »Hmmm … Und ich dachte, du hättest richtig Kohle.«

Sie grinste. »Falsch gedacht.«

»Tja, das ist nicht gerade das Einstiegsgehalt, das mir nach meinem Abschluss vorschwebt. Ich wäre schon ganz gern in der Lage, mir was zu essen zu leisten.«

Sie lächelte, steckte sich eine Zigarette zwischen die Lippen, zündete sie mit dem Union-Jack-Feuerzeug an und stieß kleine Rauchkringel aus. »Dann wirst du wohl halbtags für mich arbeiten müssen. Und ich werde dir aus Dank meine Gunst schenken. Wie eine Königin.«

»Das geht in Ordnung.« Er schlang einen Arm um ihren warmen Körper. »Ich fand schon immer, dass du etwas Majestätisches an dir hast.«

Hannah kicherte. »Meine Mutter würde sich kaputtlachen, wenn sie das hören könnte. Sie sagt immer, dass ich ein echtes Trampeltier bin.«

»Tut sie das?« Tom bemerkte die kleine vertraute Furche auf ihrer Stirn, die immer erschien, wenn sie von ihrer Mutter sprach.

»Ja.« Hannah kuschelte sich an seine Brust. »Sie erzählt jedem, wie tollpatschig ich bin.«

Tom versuchte, sie aufzuheitern. »Was weiß sie denn schon? Sie hat dich ganz offensichtlich noch nie auf dem Tisch tanzen sehen, nachdem du dein Körpergewicht in Weißwein getrunken hast. Du könntest dich glatt beim Royal Ballet bewerben!«

Als das Lächeln auf Hannahs Gesicht zurückkehrte, war Tom erleichtert. »Das stimmt. Aber jetzt mal im Ernst.« Sie drehte den Kopf und sah ihn an. »Was würdest du gern machen, wenn du es dir aussuchen könntest?«

Er streichelte ihren Arm. Darüber hatte er noch nie nachgedacht. Abgesehen von dem kurzzeitigen Traum, einmal in der englischen Fußballnationalmannschaft zu spielen, hatte er eigentlich immer nur Jurist werden wollen. Seit er mit dreizehn diesem Anwalt im Zug nach Bristol begegnet war. Der Typ hatte ihm eine Dose Bier spendiert und davon gesprochen, wie er die Welt verändern würde. Die Fehler anderer wiedergutmachen. Die kleinen Leute beschützen. Das Leben, das er beschrieb, klang aufregend. Erfüllend. Weit entfernt davon, sich auf irgendwelchen Feldern mit Apfelwein zu betrinken oder mit einer Mutter zu leben, die jeden Abend aus dem Fenster starrte und sich wünschte, dass ihr Mann zurückkommen würde.

Hannah stupste ihn an. »Verrat es mir.«

Er zog den Bauch ein, als er sie an sich drückte. Seit sie

zusammen waren, beschränkte sich sein Lauftraining auf den gelegentlichen Sprint zum Kiosk, um Zigaretten oder Bier zu besorgen. Jeden Morgen wachte er mit dem festen Vorsatz auf, joggen zu gehen, doch jedes Mal scheiterte er daran, sich von ihr loszureißen. Er wickelte eine ihrer Locken um den Finger. »Was ich in meinen Träumen einmal werden möchte? Ich wäre gerne Nichtstuer. Mit einer Jacht und einer eigenen Insel.«

»Klingt aufregend.« Sie nahm einen weiteren Zug von ihrer Zigarette. »Und wohin würdest du mit deiner Jacht fahren?«

»Überallhin.«

»Wow! Das wird eine ziemlich lange Reise.« Sie kicherte. »Kann ich mitkommen? Ich glaube, ich wäre auch eine gute Nichtstuerin.«

Er lächelte. Wie beiläufig sie über eine gemeinsame Zukunft gesprochen hatte. »Klar. Ich spendiere dir sogar ein paar Bikinis und gebe dir den Schlüssel zu meiner Luxuskabine.«

Sie nickte zufrieden. »Das könnte mir gefallen.«

»Glaube ich gerne.« Er beugte sich vor und küsste sie.

Sie löste sich von ihm, um ihre Zigarette in dem hässlichen Aschenbecher auszudrücken, den ihr einer ihrer zahllosen Freunde geschenkt hatte. Das unförmige braune Ding erinnerte Tom an die Haufen, die der Terrier seines Vaters hinterlassen hatte, wenn wieder mal der Inhalt des Küchenabfalleimers in seinem Magen gelandet war. Aber Hannah hing an dem Ungetüm. Sie lehnte sich ins Kissen zurück. »Und im wirklichen Leben, warum ausgerechnet Jura?«

Er grinste. »Weil man damit jede Menge Kohle machen kann.«

Sie verzog das Gesicht. »Ernsthaft? Steckt da nicht etwas mehr dahinter?«

»Klar.« Er verkniff sich eine schärfere Erwiderung. Die Leute aus ihrer Clique hatten alle vor, nach der Uni für irgendwelche Wohltätigkeitsorganisationen zu arbeiten oder Musiker zu werden. Was nicht schwer war, wenn einem die Eltern das echte Leben finanzierten. Er schob den Gedanken beiseite. »Das ist nicht der einzige Grund. Es ist interessant. Und es hat was von einem Wettkampf.«

»Na, dann passt es ja zu dir.« Sie verdrehte die Augen. »Ich habe dein Gesicht gesehen, als die Spurs letzte Woche verloren haben.«

Bei der Erinnerung daran zuckte er zusammen. »Das hat mir gar nichts ausgemacht.«

»Klar. Du hast ja auch nur drei Gläser Bier gebraucht, bis du wieder einen Satz rausbringen konntest.« Sie stützte sich auf einen Ellbogen. »Und selbst dann hast du hinterher noch darauf bestanden, ein schärferes Curry zu bestellen als alle anderen. Bloß um dich zu beweisen.« Sie drehte seine Handfläche nach oben und küsste sie. »Was für ein Anwalt möchtest du denn werden? Einer wie Atticus Finch, der entschlossen für etwas eintritt und für das Gute kämpft? Oder einer …«, sie verzog das Gesicht, »wie Gordon Gekko?«

»Der war Banker.«

Sie knuffte seinen Arm. »Ach, jetzt komm schon. Du weißt genau, was ich meine. So ein Großstadtsnob eben.«

Es machte ihm Spaß, sie zu ärgern. »Ganz ehrlich? Ich weiß es nicht. Aber ich will auf jeden Fall diese roten Hosenträger.«

»Bloß nicht!« Dieses Mal schlug sie ihn mit einem Kissen. »Ich hasse die Dinger.«

»Wieso denn? Ich würde damit sicher heiß aussehen.« Er wich ihr aus, als sie erneut das Kissen schwang, packte sie an beiden Armen und rollte sich auf sie. Ihr Lachen verklang, und alles, was zählte, waren sie beide.

Hinterher zog Tom ihren Kopf auf seine Brust. Ihre dunklen Locken legten sich wie ein Fächer auf seine Haut. Er spürte nichts als innere Ruhe. Vollkommene Erfüllung. »Und was möchtest du werden?«

»Wenn ich groß bin?« Sie beschrieb mit der Hand eine ausgreifende Geste. »Sieh dich doch um. Was glaubst du, was ich mal werden will?«

Er ließ den Blick durch den Raum schweifen und deutete schließlich auf eine Grünlilie, die einen langsamen Tod auf dem Schreibtisch starb. »Ich hoffe, du hast nicht vor, Gärtnerin zu werden.«

Sie schüttelte den Kopf. »Nicht für alles Geld der Welt. Rate weiter.«

Er betrachtete die Wände. Eine Lichterkette hing von einem Regal herab, das sich unter der Last von mehr Büchern bog, als die meisten Menschen in ihrem ganzen Leben lasen. Die dunklen Buchrücken von Penguin-Klassikern waren neben den gedeckten Grau- und Grüntönen von Lehrbüchern der Vergleichenden Literaturwissenschaften gestapelt. Ein Notizbuch in DIN-A4-Format lag geöffnet auf dem Schreibtisch. Die Seiten waren mit unleserlichem Gekritzel gefüllt. Weitere Bücher stapelten sich in der winzigen Küche und auf dem Boden. Tom rieb sich nachdenklich das Kinn. »Also, ich bin mir wirklich nicht sicher. Aber könnte es vielleicht was mit Büchern zu tun haben?«

»Wow!« Sie kicherte. »Du solltest definitiv als Quizkandidat bei einer Fernsehshow mitmachen.«

»Ich wäre sicher unschlagbar. Fachgebiet: das Offensichtliche.«

»Bei mir musst du dir allerdings schon ein bisschen mehr Mühe geben.«

»Möchtest du Schriftstellerin werden?«

Sie schüttelte den Kopf. »Zu einsam. Versuch's noch mal.«

»Verlagswesen?«

»Habe darüber nachgedacht.« Sie ließ ihre Finger sanft über seine Brust gleiten. »Aber leider auch daneben.«

»Verdammt.« Er seufzte. »Lehrerin?«

»Bingo – aller guten Dinge sind drei.« Er spürte, wie sie sich in seinen Armen versteifte. »Aber erzähl bloß meiner Mutter nichts davon. Sie hofft immer noch, dass ich eine Persönlichkeitstransplantation vornehmen lasse und Buchhalterin werde wie sie.«

Tom zog eine Augenbraue hoch. »Eher unwahrscheinlich?«

»Total. Erstens hab ich's nicht so mit Mathe, und zweitens ist sie ständig mies drauf und unglücklich. Redet nur über den Verkehr und Steuern. Wieso um alles in der Welt sollte ich so werden wollen?«

»Okay.« Tom machte sich im Geiste eine Notiz, ihre Mutter so schnell nicht mehr zu erwähnen. »Warum also Lehrerin?«

»Schwierige Frage.« Hannah gab ihm einen Kuss auf die Wange. »Das wird wie ein totales Klischee klingen.« Sie lachte leise. »Mir kam der Gedanke vor etwa zwei Jahren. Damals habe ich in einem Sommerlager für benachteiligte Kinder ausgeholfen, und das hat mir einen Riesenspaß gemacht. Es ist so toll, mit anzusehen, wenn sie dieses Aha-Erlebnis haben und mit einem Mal etwas begreifen.« Hannah strahlte, dann zuckte sie mit den Schultern. »Natürlich kommen solche Momente höchstens ein- oder zweimal die Woche vor, aber wenn man auch nur bei einem einzigen Kind etwas bewirkt, dann ist es die Sache wert.« Sie lächelte. »Und außerdem bin ich eine ziemliche Leseratte ...«

»Was du nicht sagst.«

»Deshalb fände ich es gar nicht schlecht, wenn ich den ganzen Tag über Bücher reden dürfte und dafür auch noch bezahlt würde.«

Er lächelte. »Also fühlst du dich zur Lehrerin berufen.«

Sie grinste. »Ich schätze schon.« Sie sah zu der Weltkarte, die an der Decke klebte. »Und es ist eine verdammt gute Möglichkeit, meine Reisesucht zu finanzieren. Die ganze Welt steht mir offen.«

Er blickte ebenfalls zu der Karte hinauf, auf der eine große

Zahl von Ländern mit Textmarker ausgemalt worden war. »Sind das die Länder, in denen du schon gewesen bist? Die gelben?« Er war erschrocken darüber, wie sehr er sich wünschte, sie würde nicht fortgehen. Jetzt schon. Nachdem sie erst ein paar Wochen zusammen waren.

»Yep. Damit bleibt dann nur noch der klitzekleine Rest des Planeten übrig.« Sie lächelte. »Tansania ist mein Traumland, seit mir mein Vater, als ich klein war, einmal ein Buch über die Serengeti gekauft hat.« Sie seufzte. »Aber ich würde überallhin reisen. Ich will, dass mein Pass irgendwann so voll ist, dass kein Platz mehr für weitere Stempel bleibt.«

»Verstehe.« In Toms Pass gab es kaum Stempel.

Sie kaute an einem Fetzen loser Nagelhaut. »Ich fahre übers Wochenende weg.«

»Ach ja?«

»Mit ein paar Freunden.«

Tom widerstand dem Drang zu fragen, wie viele davon Männer waren. »Wohin geht es denn?« Der unnatürlich hohe Klang seiner Stimme machte jeden Versuch, unbekümmert zu klingen, zunichte.

»Nach Spanien. Zu einem Musikfestival.« Er spürte ihren Blick auf sich ruhen. »Ich fände es toll, wenn du mitkommen würdest. Wir fahren heute Abend los.«

Einfach so. Das war Hannahs Art. Auf den letzten Drücker. Aus dem Bauch heraus. Tu. Es. Jetzt.

Frust machte sich in Tom breit. Eigentlich war an diesem Wochenende wieder mal ein Besuch bei seiner Mutter fällig, und sein Bankkonto war bereits überzogen. »Also …«

»Dein Handy klingelt.« Hannah schwang ihre Beine aus dem Bett. »Ich gehe mal pinkeln.«

Tom fand es toll, dass sie kein Blatt vor den Mund nahm und sich in seiner Gegenwart nicht verstellte. Sie putzte sich die Nase ebenso laut wie er, redete übers Furzen und konnte einen

Hähnchenschenkel in weniger als einer Minute verputzen. Ihr Auftreten war derber als das jedes anderen Mädchens, mit dem er bisher zusammen gewesen war. Diese Frauen waren im Morgengrauen aus dem Bett geschlüpft, um ihr Make-up aufzufrischen, bevor er aufwachte, und hatten ihm damit stets das Gefühl gegeben, irgendwie ungepflegt zu sein.

Hannah gab ihm das Gefühl, zu Hause zu sein.

Er beobachtete, wie sie das Zimmer durchquerte, während er den Anruf entgegennahm.

»Tommo?«

»Hey, Jules.«

Hannah zog einen langen, seidenen Morgenmantel über, der aus einem ihrer geliebten Schwarz-Weiß-Filme hätte stammen können. Sie schlüpfte aus dem Zimmer, und Tom ließ sich zurück in die Kissen sinken.

»Wie läuft's? Bist du diese Woche wieder Klassenbeste, Schwesterherz?«

»Ach, halt die Klappe.« Julie waren ihre guten Noten peinlich, obwohl sie ihr ein Stipendium an einer Schule mit einem eigenen Polofeld eingebracht hatten. »Da hab ich keine Chance. In meiner Klasse sind alle wahnsinnig schlau. Und in diesem Jahr strengen sich alle ganz besonders an, jetzt, wo die Prüfungen anstehen.«

Wie immer weckten Julies Worte sofort den Beschützerinstinkt in ihm, gleichzeitig war er jedoch vor allem sehr stolz auf seine kleine Schwester. »Nun ja, es ist ja auch leicht für sie, so unglaublich gebildet zu sein, wenn ihnen Mummy und Daddy schon im Mutterleib die Romane von Jane Austen vorgelesen haben.«

»Was soll's.« Sie seufzte. »Ich wollte eigentlich bloß wissen, um wie viel Uhr du dich morgen auf den Heimweg machst. Mum macht sich Sorgen, dass sie gerade arbeiten ist, wenn du kommst, und sie sagt, dass du nicht auf ihre Anrufe reagiert hast.«

Sofort meldete sich sein schlechtes Gewissen. »Ja, tut mir leid.«

»Wir können es kaum erwarten, dich zu sehen.« Ihre Stimme klang hoch. Mädchenhaft.

Er sollte sie öfter besuchen. Zurück nach Somerset fahren und etwas mit ihr unternehmen. Er vermisste ihr Geplapper über die Geschichten, die sie schrieb, und wäre ihr gern auf ihrem neuesten Abenteuerspaziergang in das Waldgebiet gefolgt, das hinter ihrer Siedlung lag.

Julies Stimme sprudelte beinahe über vor Begeisterung. »Ich habe so viel geplant. Außerdem muss ich noch Geschichtshausaufgaben erledigen, bei denen ich wirklich deine Hilfe brauchen könnte.«

Tom stellte sich vor, wie sie in ihrer geliebten blauen Jogginghose mit ihrem langen dunklen Haar, das ihr gerade bis auf die Schultern reichte, neben dem Telefon saß und die Schnur zwischen den Fingern drehte.

»Ich bin mir sicher, dass du meine Hilfe gar nicht brauchst, Jules.« Er trank einen Schluck Wasser aus einem Glas neben dem Bett und verzog das Gesicht, als er bemerkte, dass es Wodka war. »Ich habe das Gefühl, dass du sehr gut ohne mich klarkommst.«

Für einen Moment war es still am anderen Ende. Er bemerkte ein leichtes Zittern in der Stimme seiner Schwester, als sie weitersprach. »Aber du kommst doch nach Hause, oder? Es ist schon ewig her, seit du hier warst.«

Hannahs Handy gab einen Piepston von sich, und Tom sah eine Nachricht auf dem Display aufleuchten. Er konnte einfach nicht anders, als einen Blick darauf zu werfen.

Hey Han, kann unseren Trip kaum erwarten. Ich sorge für den Wagen, du für die Unterhaltung. Küsse, D.

Damian. Ihr Ex. Groß und arrogant und mit einem Portemonnaie, das mindestens so groß war wie sein Ego. Tom schluckte und schubste das Handy ein Stück beiseite, als Hannah zurück ins Zimmer kam.

»Tommo?« Die Stimme seiner Schwester rückte in den Hintergrund. Er sah fasziniert zu, wie Hannah ihren Morgenmantel auszog. Blasse Haut. Umwerfender Hintern. Sie hatte ja keine Ahnung, wie schön sie war.

Hastig sagte er: »Tut mir leid, Jules, ich schaffe es einfach nicht.«

»Wirklich nicht?« Die leise Stimme seiner Schwester stach ihm ins Herz. »Aber ich wollte doch deine Lieblingslasagne machen.«

Sein Entschluss geriet ins Wanken, doch ein Blick zu Hannah, und die Sache war klar. »Tut mir leid, Kleine. Ich muss wirklich lernen.«

»Okay.« Ihre Stimme klang jetzt heiser. Er hörte ein Schniefen, doch dann fing sie sich wieder. »Sorg bloß dafür, dass ich ein Penthouse bekomme, wenn du deine Millionen in London verdient hast. Klar?«

Tom grinste. Seine kleine Schwester würde klarkommen. Das tat sie immer. »Abgemacht. Ich komme bald vorbei. Versprochen.« Er versank in Hannahs Lächeln, die gerade wieder zu ihm ins Bett krabbelte. »Hab dich lieb.«

Als er das Gespräch beendete, sah Hannah ihn erwartungsvoll an. »Du kommst also mit?«

»*Si*«, sagte Tom und begrub die letzten Schuldgefühle in einem langen Kuss. Im Augenblick interessierte er sich kaum für zu Hause und noch weniger für all den Stoff, den er lernen musste. Wenn Hannah ihm so nah war, gab es für ihn nichts anderes als sie. »*Si, Señorita.*«

»Mit diesen umwerfenden Spanischkenntnissen an Bord werden wir nicht mehr zu stoppen sein. Ich bin froh, dass du mitkommst.« Sie sah ihn für einen Moment ernst an, dann lächelte sie. »Ich hätte dich sonst vielleicht sogar ein bisschen vermisst.«

Tom spürte, wie sein Herz höher schlug. »Freut mich zu hören.« Er griff nach der Zwei-Pence-Münze. »Ich werde die hier mitnehmen, damit wir es auch richtig krachen lassen können.«

Sie grinste. »*Viva España.*«

Kapitel 4

»Ist das Ihr Ernst? Mein Bruder hatte einen Schlaganfall, und Sie tun mir so etwas an?«

Beim Klang der vertrauten Stimme wird es Hannah schwer ums Herz. Sie tritt aus dem Aufzug und erblickt einen langen dunklen Pferdeschwanz in der Nähe des Fensters am anderen Ende des Flurs, der in einem alarmierenden Tempo von rechts nach links schwingt, während seine Besitzerin in ihr Handy brüllt. Hannah schleicht möglichst unauffällig in Richtung Physiotherapieraum, kommt jedoch nicht umhin, Julies Seite der Unterhaltung mit anzuhören. Ihre Stimme ist so durchdringend, dass in diesem Moment vermutlich auch einige Bewohner von Brighton zu unfreiwilligen Zuhörern werden.

»Ich glaub das einfach nicht. Ich habe verdammt hart für Sie gearbeitet, und jetzt feuern Sie mich?« Sie lässt eine Salve von Kraftausdrücken los. Eine Frau, die gerade in den Aufzug steigt, bedeckt rasch die Ohren ihrer Tochter mit den Händen. Hannah sieht zu, wie Julie für einen Moment mit ihrer Schimpfkanonade innehält, um die nötige Sauerstoffaufnahme zu sichern, dann beginnt sie aufs Neue zu fluchen.

Hannah weiß inzwischen, dass es das Beste ist, sich einer tobenden Julie nicht zu nähern, daher geht sie weiter auf den Physiotherapieraum zu. Julie hat gerade mal sechs Wochen als Barista bei Costa Coffee gearbeitet. Ihr dritter Job in einem Jahr.

Alle waren Julie zufolge »großartig« gewesen, bis sie gefeuert wurde oder eine leidenschaftliche Affäre mit einem verheirateten Kollegen anfing, der zu keinem Zeitpunkt wirklich beabsichtigt hatte, seine Frau zu verlassen.

Hannah verharrt für einen Augenblick mit der Hand an der Türklinke, senkt den Kopf und holt tief Luft. Tom hier drin zu sehen ist so furchtbar, dass sie am liebsten wild um sich schlagen würde, um ihrer Wut über die Ungerechtigkeit des Lebens Luft zu machen. Wenn er im Bett liegt, dann sieht er aus wie alle anderen – heil und gesund. Ein ganz normaler Mensch. Aber bei der Physiotherapie ist das anders. Er wirkt entblößt. Manchmal kann sie kaum hinsehen, wenn er zu gehen versucht und jede seiner zögernden, schwankenden Bewegungen von dem grellen Licht der Halogenlampen über ihm gnadenlos in Szene gesetzt wird. Sie kann nur ahnen, wie *er* sich dabei fühlen muss. Sie beißt die Zähne zusammen und drückt die Tür auf.

Tom befindet sich mitten im Raum und schleppt sich mühsam vorwärts. Stolpernd. Sein graues T-Shirt ist klatschnass, sein Gesicht wie versteinert. Bei seinen Bemühungen, einen langsamen Schritt nach dem anderen über den grünen Gummiboden zu machen, wird er von Sandra und ihrer scheinbar ebenso vergnügten Kollegin Amy gestützt. Sein Kopf ist gesenkt, und das Gesicht verzerrt sich jedes Mal, wenn er versucht, sein linkes Bein vorwärtszubewegen.

Hannah ballt die Fäuste. Es scheint so grausam, ihm diese Tortur anzutun. Sie sollten ihn einfach liegen lassen. Ihm Zeit geben, sich zu erholen. Er ist noch nicht bereit für das hier.

Sie wendet den Blick ab und starrt durch die großen Fenster hinaus auf die Londoner Skyline. Sie kann das Parlamentsgebäude auf der anderen Seite des Flusses sehen, ein schwarzes Schnellboot durchschneidet das kabbelige graue Wasser der Themse. Davor ein Ausflugsboot voller Touristen in knallgelben Schwimmwesten. Selbst aus dieser Entfernung ist zu sehen, wie sie begeistert auf etwas deuten. Lachen. Leben.

Hannah wendet sich wieder dem Raum zu. Toms Welt. Ein Schritt. Zwei.

»Sie machen das wirklich gut, Tom.« Amy fängt ihn auf, als er nach rechts kippt. Sie hat ihren Arm fest um seine Schulter geschlungen. »Und jetzt lassen Sie uns bis da drüben zurückgehen.« Sie deutet auf den blauen Sockel in einer Ecke des Raums.

Tom gibt sich alle Mühe, den Kopf zu schütteln. »Kann nicht.«

»Sie wissen doch, ›kann nicht‹, gibt es nicht. Nicht hier drin, Tom.« Eine kastanienbraune Strähne löst sich aus Amys Haarknoten. Ihre weißen Turnschuhe quietschen auf dem Boden, die Venen in ihren schmalen Armen treten hervor, während sie ihn stützt. »Je mehr Sie sich jetzt bewegen, desto eher werden Sie wieder allein gehen können, okay? Und ich weiß, wie sehr Sie das wollen.«

»Kann nicht.«

»Versuchen Sie es einfach.« Amys penetrant fröhlicher Tonfall klingt, als würde sie eine Frühstückssendung im Radio moderieren.

»Okay, okay.« Tom versucht es noch einmal. Eine weitere winzige Bewegung. Sandra stützt ihn auf der anderen Seite, behält sein versagendes Bein im Auge, das jeden Schritt sabotiert.

Als Tom den Kopf hebt und zu ihr hinübersieht, erkennt Hannah die Verzweiflung in seinen Augen. Er schaut rasch wieder fort. Auf den Boden.

Hannah weiß, dass er sich schämt. Er hat es schon immer gehasst, Schwäche zu zeigen. Sie denkt an die Zeit zurück, als er einmal vom Rad gefallen war und sich das Handgelenk gebrochen hatte – wie er in der Nacht eine Schmerztablette nach der anderen geschluckt und erst die Notaufnahme aufgesucht hatte, als er am nächsten Morgen die Lenkstange nicht festhalten konnte.

Sie möchte etwas sagen, die Filmversion ihrer selbst sein, auf die Holzstufen in der Ecke springen und eine inspirierende Rede halten, die Tom anspornt, wieder an sich selbst zu glauben. Sie öffnet den Mund: »Gut gemacht, Tom.« Die Worte klingen albern, nichtssagend, und verhallen kraftlos in der von Schweißgeruch erfüllten Luft.

Hannah schüttelt den Kopf und lässt sich auf den Boden neben einen Plastikeimer voller Gymnastikbälle sinken. Hinter ihr öffnet und schließt sich die Tür. Sie wendet sich nicht um. Wahrscheinlich ist es ohnehin nur die wütende Julie auf der Suche nach jemandem, an dem sie ihren Frust auslassen kann.

»Tom schlägt sich gut.« Hannah blickt auf und sieht Dr. Malik neben sich stehen. Er hat die Arme verschränkt und beobachtet Tom konzentriert aus zusammengekniffenen Augen.

Sie rappelt sich wieder auf. »Wirklich?«

»Ja.« Dr. Malik nickt ernst. »Er ist erst seit ein paar Tagen auf den Beinen und bereits auf einem guten Weg, seine Körpermitte wiederzufinden.«

»Was meinen Sie damit?« Hannah betrachtet Toms kraftlose Schritte, bei denen er ständig nach links kippt, sein Gesicht zu einem grimmigen, resignierten Ausdruck verzogen, während sein Bein es nicht schafft, das Gewicht zu tragen. Sie kann beim besten Willen keinen Fortschritt erkennen.

»Er beginnt, seine Schwäche auszugleichen, indem er mehr nach rechts zieht. Schauen Sie. Sandra stützt ihn schon viel weniger als zu Beginn seiner Therapie.« Der Arzt fährt sich nachdenklich über die Bartstoppeln an seinem Kinn. »Es sind zwar bislang noch winzige, kaum erkennbare Erfolge, aber es geht voran.«

Hannah versucht, Trost in seiner Zuversicht zu finden. »Das hoffe ich.«

Tom ist inzwischen am Podest angekommen. Er hat zwar gerade einmal zehn Schritte gemacht, sieht aber aus, als habe er einen Marathon hinter sich. Sandra hilft ihm dabei, sich zu setzen, und hält ihm ein Glas Wasser hin. Seine Brust hebt und senkt sich schwer, und das verschwitzte Haar klebt ihm am Kopf. Hannah denkt daran zurück, wie er früher über Zäune gesprungen oder über den Fußballplatz gerannt ist, und für einen Moment raubt ihr der Kontrast den Atem.

Sandra stellt das Wasser wieder ab. »Wie wäre es, wenn wir jetzt das Aufstehen aus dem Sitzen üben?«

»Sadistin.« Toms Gesicht ist eingefallen und blass. Ein Muskel zuckt in seiner Wange.

Sandra lacht laut, als hätte er gerade einen zum Schreien komischen Witz gemacht. Sie stupst ihn herausfordernd an. »Los geht's. Wenn Sie aufstehen können, dürfen Sie nach Hause.«

Nach Hause? Hannah hat das Gefühl, als würde die Welt mit kreischenden Bremsen zum Stehen kommen. Das Krankenhaus ist schlimm genug, aber noch viel schrecklicher ist die Vorstellung, zu Hause alleine zurechtzukommen. Wo es schier unüberwindliche Stufen gibt und keine Mut machenden Fachkräfte, die ihr sagen, was zu tun ist.

Sie wendet sich Dr. Malik zu, und die Worte sprudeln aus ihr heraus, bevor sie auch nur eine Sekunde darüber nachdenken kann. »Ist das nicht etwas früh?« Sie spricht lauter als beabsichtigt und wirft rasch einen Blick zu Tom hinüber. Hoffentlich hat er sie nicht gehört.

»Ganz und gar nicht.« Dr. Malik schüttelt den Kopf. »In dem Augenblick, in dem die Patienten aufgenommen werden, beginnen wir damit, ihre Entlassung zu planen. Tom wird schon bald wieder alleine gehen können. Vermutlich in zwei bis drei Wochen, wenn er weiter gut trainiert.«

»In drei Wochen?« Hannah fühlt sich einer Ohnmacht nahe und stützt sich für einen Moment an der Wand ab. »Aber das Ganze ist doch erst vor zehn Tagen passiert.«

»Ich weiß.« Dr. Malik nickt. »Aber Tom ist jung und gesund.

Er hat alle Chancen, sich gut zu erholen. Insbesondere wenn er wieder in seiner vertrauten Umgebung ist und …« Er wendet sich Hannah zu, und sie spürt augenblicklich den Druck der Erwartungen auf ihren Schultern lasten. »Und wenn er vertraute Leute um sich hat. Er braucht jetzt die Menschen, die ihm nahestehen, um ihm dabei zu helfen, sich an die neue Situation zu gewöhnen.«

Hannah steht stumm da und kämpft gegen das heftige Verlangen an, in Tränen auszubrechen. Sie will Tom helfen. Die Hannah sein, die er jetzt braucht.

Sie wünschte nur, sie wüsste, wie.

»Tom hat uns bereits mitgeteilt, dass er lieber nach Hause möchte, als in eine Rehaklinik zu gehen. Aber das wird er sicher schon mit Ihnen besprochen haben.« Hatte er nicht. Dinge miteinander zu besprechen, gehörte noch nie zu ihrer beider Stärke. »Es mag vielleicht nicht so scheinen, aber Tom gehört zu denen, die Glück hatten.«

»Wirklich?«

»Ja.« Dr. Malik sieht ihr in die Augen. »Der Schlaganfall hat lediglich in der rechten Gehirnhälfte stattgefunden und beeinträchtigt nur die linke Seite seines Körpers und dessen Bewegungsabläufe. Die Physiotherapie wird ihn weiter in seinem Heilungsprozess unterstützen.«

»Wird er sich vollständig erholen?«

»Wir rechnen damit, dass es gewisse Verbesserungen geben wird.«

»Verstehe.« Hannah atmet langsam aus. *Gewisse Verbesserungen.* Das konnte laufen bedeuten. Oder auch ein Leben im Rollstuhl. Sie will etwas Konkretes hören. Fakten. Dinge, auf die sie sich verlassen kann.

Dr. Malik fährt fort. »Aber seine Sprachfähigkeit ist größtenteils unbeeinträchtigt. Das ist ein gewaltiger Vorteil.«

Hannah weiß, dass sie dankbar sein sollte, aber dann sieht sie wieder Tom, wie er versucht aufzustehen und scheitert. Es wieder versucht und wieder scheitert. Der Verlust ist einfach zu groß. Zu offensichtlich. »Es gibt doch sicherlich Erfahrungswerte, was wir von jetzt an erwarten dürfen, Dr. Malik?«

Er zuckt mit den Schultern. »Das ist schwer zu sagen. Der Heilungsprozess verläuft bei jedem anders.«

»Aber es muss doch irgendwelche Anhaltspunkte geben.«

»Wir werden ihn entlassen und ambulante Rehamaßnahmen verordnen. Sie sollten Ihr Haus überall dort, wo nötig, mit Rampen und Haltegriffen ausstatten, damit er sich möglichst viel selbst helfen kann.«

Hannah lässt sich schwach gegen die Wand sinken. Rampen würden ihnen allerdings nicht dabei helfen, ihre Beziehung wiederaufzubauen – und auch nicht dabei, einander in die Augen zu sehen.

Dr. Malik legt eine Hand auf Hannahs Arm. »Er besitzt die nötige Willensstärke, und er ist jung. Besser könnten die Voraussetzungen nicht sein.«

Hannah schaut zu ihrem Mann hinüber.

»Und jetzt probieren Sie es einmal allein, Tom. Auf geht's!« Sandra tritt einen Schritt zurück.

»Nein.« Frustriert sackt er auf der Bank zur Seite. »Ich kann nicht.«

»Doch, Sie können das.« Sandras Ton duldet keinen Widerspruch. »Sie müssen es nur versuchen. Sie schaffen das, Tom.«

Hannah sieht zu, wie sich Tom langsam hochdrückt, einen glorreichen Moment lang auf den Füßen steht, schwankt, aufgefangen und wieder hingesetzt wird.

»Und noch einmal.« Sandra könnte eine zweite Karriere als Ausbilderin beim Militär machen.

Tom schüttelt den Kopf und stößt keuchend hervor: »Sie. Sind. Der. Teufel.«

Sandra lächelt. »Das sagen alle. Aber je härter Sie arbeiten, desto weniger Zeit werden Sie hier drinnen mit mir verbringen müssen. Die Physiotherapeuten da draußen sind viel netter als ich.«

»Das glaube ich nicht.«

Sie schüttelt den Kopf. »Wie kann man nur so pessimistisch sein, und dabei haben wir gerade erst angefangen. Los.« Sie sieht ihn erwartungsvoll an. »Aufstehen!«

Hannah schaut zu, wie Tom sich abermals hochmüht, taumelt, wegsackt, aufsteht, taumelt, wegsackt. Und das immer und immer wieder. Es ist das Tapferste, was sie jemals gesehen hat.

Dezember 2006

Mary und ihr Löffelchen voll Zucker

»Und wo ist Mum heute angeblich?«

Julie beugte sich vor und nahm konzentriert die Süßigkeiten in Augenschein, die zur Auswahl standen. Sie runzelte nachdenklich die Stirn, bevor sie einen Plastikdeckel aufklappte und mehrere weiße Mäuse in ihre gemischte Tüte schaufelte. »Sie sagte, sie würde arbeiten. Eine Sonderschicht im Premier Inn. Weil sie da um diese Jahreszeit immer zusätzliches Reinigungspersonal brauchen.«

Tom fügte seiner bunten Mischung noch ein paar rote Lakritzschnüre hinzu. »Hat sie das nicht letztes Jahr schon behauptet?«

»Ja.« Julie beäugte die Colafläschchen. Ihr Blick ist so fokussiert, als wäre sie eine NASA-Wissenschaftlerin beim Start eines Spaceshuttles. »Aber wir wissen ja, was sie in Wahrheit macht.« Sie sah ihn vielsagend an. Ihre Mutter würde sich, wie jedes Jahr an dem Tag, an dem ihr Vater die Familie verlassen hatte, in dem Pub ausheulen, in dem sie ihre erste Verabredung gehabt hatten. Eine halbe Flasche Gin später würde sie nach Hause torkeln, ins Bett fallen und am nächsten Morgen wieder sie selbst sein – die ruhige, besonnene Frau, als die sie ihre Kinder kannten.

Tom seufzte, während er eine Schokowaffel in seine Tüte fallen ließ. Jedes Jahr erfand sie eine neue Geschichte, und jedes

Jahr taten Julie und er so, als wüssten sie von nichts, obwohl sie bereits Mick, den Barkeeper, angerufen und gebeten hatten, ein Auge auf sie zu haben.

Derweil folgten Tom und Julie an diesem Jahrestag ihrer eigenen Tradition, zu der *Mary Poppins* und zwei gemischte Tüten gehörten.

Während Julie versuchte, sich zwischen Zitronen- und Karamellbonbons zu entscheiden, erinnerte sich Tom daran, wie er vor vielen Jahren die blinkende Lichterkette der Weihnachtsdekoration betrachtet hatte, derweil in der Küche zuerst das Gebrüll und dann das Schluchzen immer lauter geworden waren. Als sie mit den Türen zu knallen begonnen hatten, hatte er seine sechsjährige Schwester an der Hand genommen und war mit ihr einfach aus dem Haus gestürmt, ohne einen Plan – abgesehen davon, ihre Tränen zum Versiegen zu bringen. Letztendlich waren sie ins Kino gegangen, wo damals *Mary Poppins* lief. Perfekt.

Während des gesamten Films hatte er Julie im Arm gehalten und sie mit Süßigkeiten gefüttert, bis sie aufgehört hatte zu weinen. Und dabei hatte er seinen Vater von ganzem Herzen gehasst. Irgendwie war ihm damals klar gewesen, dass er diesmal nicht wiederkommen würde. Dass er sie verlassen würde.

Seitdem pflegten sie jedes Jahr ihre Tradition. Gott sei Dank war ihr Vater zur Weihnachtszeit verschwunden. Mary und ihr Löffelchen voll Zucker konnte man in diesen Tagen immer irgendwo anschauen.

»Hallo, Julie.« Ein blondes Mädchen in unglaublich engen Jeans tauchte neben ihnen auf. Ihre Augen waren stark geschminkt, und die roten Lippen verzogen sich zu etwas, das wohl ein Lächeln sein sollte.

»Sacha.« Julie richtete sich auf und zog verlegen an ihrer Trainingsjacke. »Hi.«

Sachas Blick wanderte an Julies Outfit herab, dann wieder

hinauf. Ganz offensichtlich gefiel ihr nicht, was sie sah. »Welchen Film siehst du dir an?«

»Ach, wir …« Julie warf Tom einen flehenden Blick zu, sie nicht zu verraten. Sie scharrte verlegen mit ihrem Turnschuh über den Boden. »*Dreamgirls.*«

»Aha …« Sacha zog eine Augenbraue in die Höhe. »Den hab ich letzte Woche gesehen. Ganz okay.«

Ein Junge erschien neben ihr. Sein rotes Rugbyshirt spannte sich über der muskulösen Brust.

»Hi, Rob.«

Tom begann sich langsam Sorgen zu machen. Julie schien vor den beiden Neuankömmlingen förmlich zu schrumpfen. Sie zupfte nervös an einer Haarsträhne und ließ die Schultern immer weiter nach vorne sacken, als schäme sie sich ihrer Größe.

»Hallo, Julie.« Rob strich sich den langen Pony aus den Augen, bevor er besitzergreifend einen Arm um Sachas Schultern legte. »Unser Film geht los. Bis dann.« Er drehte sich um und navigierte seine Freundin auf den Mann zu, der an der Treppe die Eintrittskarten abriss.

Tom sah seine Schwester an, die den Eindruck erweckte, als würde sie jeden Moment in Tränen ausbrechen. »Wer waren die beiden?«

Julie starrte zu Boden. »Kenne ich aus der Schule.«

»Reizendes Paar … Also, wenn du mich fragst, dann solltest du die …«

»Hör auf, Tom!« Julies ängstlicher Gesichtsausdruck überraschte ihn. »Ich will nicht über sie reden. Nicht heute. Okay?«

»Okay. Kein Problem.«

»Danke.«

Tom wollte ihr unbedingt wieder ein Lächeln ins Gesicht zaubern. »Was hältst du davon, wenn wir dir eine extragroße Portion saure Pommes besorgen?«

»Nein.« Ihr Blick war immer noch auf die Stelle gerichtet, wo Sacha und Rob gestanden hatten, während sie geistesabwesend mit dem Reißverschluss der Trainingsjacke spielte. »Ich sollte es nicht übertreiben.«

Tom hasste den Selbstzweifel in ihrer Stimme. Als sie sich mit ihren Tüten an der Kasse anstellten, versuchte er, sich etwas einfallen zu lassen, um sie abzulenken. »Wie läuft es denn im Moment mit dem Schreiben? Gibt es tolle neue Kurzgeschichten von dir zu lesen?«

Sie lächelte, und die Welt war wieder in Ordnung. »Nein. Ich konzentriere mich gerade mehr auf Mathe.«

»Ach.« Er reichte die Tüten über die Theke, um sie abwiegen zu lassen. »Willst du plötzlich Bankerin oder Ingenieurin werden?«

»Nein, nein. Ich habe mir überlegt, Medizin zu studieren.«

Tom sah sie überrascht an. »Wirklich? Jules, du wirst bestimmt eine tolle Ärztin!«, sagte Tom mit Nachdruck. Er war beeindruckt von der Ernsthaftigkeit, mit der sie über ihre Zukunft sprach.

Sie wurde rot. »Ich muss es erst mal so weit bringen. Das bedeutet verdammt viel Arbeit.«

»Du kannst es schaffen. Denk doch nur mal daran, wie du an deine Schule gekommen bist. Mit einem Vollstipendium! Und das ohne jede Nachhilfe!«

Ein niedergeschlagener Ausdruck huschte über ihr Gesicht. »Na ja, ist bloß schade, dass ich …«

Er blickte sie forschend an. »Dass du was?«

»Ach nichts.« Sie schüttelte den Gedanken ab. »Ich muss eben einen richtig tollen Abschluss hinlegen, sonst kann ich das Studium vergessen.«

Tom bezahlte die Süßigkeiten, und sie nahm ihre Tüte, griff hinein und zog ein Colafläschchen daraus hervor. »Sollen wir uns jetzt *Mary* anschauen?«

»Klar.« Julie strahlte wieder, während sie zum Kinosaal gingen und sich wie immer einen Platz in der letzten Reihe suchten. »Und hinterher essen wir gebackene Bohnen, und du liest mir aus *Biggles* vor – wie früher.«

Schuldgefühle überkamen ihn. »Tut mir leid, Jules, aber ich muss heute Abend noch nach London zurück.«

»Wirklich?« Da war sie wieder, diese Traurigkeit in ihrer Stimme. »Musst du arbeiten?«

Beim Anblick des treuen Ausdrucks auf ihrem Gesicht fühlte Tom sich noch schlimmer. »Nein. Aber Hannah hat uns für heute Abend Tickets für ein Spiel der Spurs besorgt.«

»Oh.« Julie senkte den Blick. Sie war offensichtlich gekränkt.

Tom versuchte, sich einzureden, dass alles nur halb so schlimm war und er keinen Grund hatte, sich schlecht zu fühlen. »Ich weiß, dass wir sonst immer zusammen nach Hause fahren, aber ich hatte gehofft, dass es dir nichts ausmachen würde, wenn ich mich dieses Jahr nach dem Film direkt auf den Weg nach London mache.«

Sie blieb stumm, während um sie herum die Geräuschkulisse des Kinos zu vernehmen war. Popcorntüten knisterten. Ein Kind kreischte.

Das schlechte Gewissen nagte an ihm. »Also, ich kann auch bleiben, wenn du das gerne willst.«

Sie schüttelte mit versteinerter Miene den Kopf. »Nein, ist schon in Ordnung. Mach dir keine Gedanken um mich. Fahr zurück, wenn du willst.« Sie brachte ein kleines Lächeln zustande. »Hannah muss ja wirklich toll sein.«

»Ja. Das ist sie.«

Julie strich sich das dunkle Haar aus dem Gesicht. »Also, dann freue ich mich für dich, Tom. Ich bin froh, dass du glücklich bist.«

Als sie sich der Leinwand zuwandte, fragte sich Tom, ob er

seine Pläne nicht doch noch ändern sollte. Er zog sein Handy aus der Tasche, aber der Gedanke an Hannah verdrängte jegliche Zweifel.

Julie würde schon klarkommen. Das tat sie immer.

Kapitel 5

»Iss was.«

Hannah tippt weiter. »Ich will nur noch schnell die Mail abschicken.«

»Jetzt nimm schon.« Ihre beste Freundin wedelt ein großes Stück Pizza vor dem Bildschirm ihres Laptops herum. »Ich weiß doch, dass du es willst.«

»Einen Moment noch.« Hannah schiebt ihre Hand beiseite. »Ich muss erst diesen verdammten Vertretungsplan fertig kriegen.« Sie tippt die Mail zu Ende und drückt auf Senden.

Die Pizza taucht wieder auf. Dieses Mal liegt ein Post-it auf der blasigen Käseschicht. *Iss mich,* steht darauf.

»Sekunde, Steph. Ich sehe nur noch kurz nach, ob die Mail auch wirklich rausgegangen ist.« Hannah überprüft den Postausgang. »Jawohl. Erledigt. Hoffentlich bedeutet das, dass Margaret die Fürchterliche in den nächsten vierundzwanzig Stunden keine weitere Entschuldigung findet, um mich zu schikanieren.«

Steph schüttelt so energisch den Kopf, dass ihr langes blondes Haar fliegt. »Ich glaube kaum, dass sie irgendetwas davon abhalten kann.« Sie schneidet den Rest der Pizza in längliche Dreiecke und verteilt sie auf zwei Teller. »Ich vermisse Oliver. Der war mir als Vorgesetzter lieber.«

»Kann ich verstehen. Er hat mir fast das Gefühl gegeben, eine gute Lehrerin zu sein.«

»Stimmt.« Steph schiebt einen Stapel Hefte und Bücher zur Seite und stellt die Teller auf den Tisch. »Ist schon eine Weile her, seit ich dieses Gefühl hatte.«

Hannah streckt ihre Arme über den Kopf, was ihr Nacken mit einem Knacken quittiert. Sie fühlt sich alt und erschöpft. »Du wärest als Fachleiterin viel besser gewesen, Steph. *Sehr* viel besser.«

Steph greift in einen Schrank und holt zwei riesige Weinkelche heraus, in die sie jeweils eine Hälfte der Weinflasche gießt. »Ich weiß.«

»Habe ich dir eigentlich jemals erzählt, welchen Kommentar meine Mutter dazu abgegeben hat?« Hannah nimmt ihr Glas entgegen. »Sie sagte, *ich* hätte versuchen sollen, mir den Job zu angeln.« Hannah trinkt einen Schluck. »Dass es der perfekte nächste Schritt auf der Karriereleiter gewesen wäre, den ich bei meinem Fünfjahresplan hätte berücksichtigen sollen.«

»Was für ein Fünfjahresplan?«

»Genau das habe ich auch gefragt.« Der strenge Gesichtsausdruck ihrer Mutter schiebt sich vor Hannahs inneres Auge, und wie immer verspürt sie bei dem Bild den Drang, sich schreiend die Haare zu raufen. »Dabei bin ich überhaupt nicht auf so einen Job aus. Das wäre mir viel zu viel Papierkram.«

»Da hast du recht. Ich wette, Margaret findet es toll.«

»Ich wette, sie liebt es.« Hannah dreht vorsichtig den Kopf von einer Seite zur anderen, um die Verspannungen in ihren Schultern zu lösen. »Wahrscheinlich entspannt sie sich abends im Bett mit den neuesten Prüfungs- und Unterrichtsvorgaben und einem Glas Sherry.«

»Und vergiss nicht den *Mandarin*-Audio-Kurs, der dabei im Hintergrund läuft.« Steph stellt ihr Glas auf dem Tisch ab und zieht einen der zusammengewürfelten Holzstühle unter dem Tisch hervor. »Lass uns was essen. Du siehst furchtbar aus.«

»Vielen Dank für das Kompliment.« Hannah greift nach dem

Pizzastück auf ihrem Teller. Augenblicklich beginnt ihr Magen, sich zu verkrampfen, und sie zieht die Hand rasch wieder weg.

»Hannah, du warst die vergangenen zwei Wochen in einem Krankenhaus eingesperrt, umgeben von Rentnern und Krankheit. Kein Wunder dass du nicht so aussiehst, als wärest du gerade einer L'Oréal-Werbung entsprungen.«

Hannah zieht eine Augenbraue hoch. »Ich glaube, man kann mit ziemlicher Sicherheit behaupten, dass ich *niemals* so aussehe, als wäre ich gerade einem Werbespot entsprungen.«

»Unsinn.« Steph nimmt einen herzhaften Bissen von ihrer Pizza. »Die fänden dich bestimmt klasse. Das Einzige, was deiner Modelkarriere im Weg steht, ist deine Größe. Oder besser gesagt, das Fehlen derselben.«

»Jetzt werde mal nicht unverschämt!« Hannah trinkt einen weiteren Schluck von ihrem Wein. »Ich habe eine durchschnittliche Körpergröße.«

»Ja, klar.« Steph grinst. »Du kommst doch selbst mit Fünfzehnzentimeterabsätzen kaum an deine eigene Türklingel.« Sie schiebt den Teller weiter zu Hannah hinüber. »Und jetzt iss bitte etwas. Du siehst schrecklich dünn aus.«

»Okay.« Hannah greift nach einem Pizzastück und beißt hinein. Im ersten Moment hat sie Angst, nicht imstande zu sein zu schlucken, aber dann schmeckt sie Tomate und einen Hauch von Peperoni, und ihr Mund füllt sich mit Speichel. Sie kaut und schluckt und nimmt einen weiteren großen Bissen. Ihr Magen dankt es ihr mit einem Glucksen.

»Das ist schon besser.« Steph lehnt sich auf ihrem Stuhl zurück. »Jetzt wo dein Blutzuckerspiegel wieder steigt, erzähl mir, wie es dir geht.«

Darüber will Hannah nicht reden. Schnell beißt sie wieder in die Pizza und zuckt lediglich mit den Schultern.

»Sehr aussagekräftig …«

Hannah schluckt. »Was soll ich denn sagen? Dass das gerade die beste Zeit meines Lebens ist?«

»Nein.« Steph schüttelt den Kopf. »Du bist eine grässliche Lügnerin, und ich würde dir kein Wort glauben.«

Hannah stopft sich noch mehr Pizza in den Mund. Essen ist leichter, als zu reden oder den Blick auf die Zukunft zu richten.

Steph beugt sich vor und sagt mit sanfterer Stimme: »Wie geht es ihm? Irgendeine Besserung?«

»Nein. Er kann seine linke Körperhälfte so gut wie nicht benutzen. Bei allem braucht er Hilfe. Beim Anziehen, Rasieren, Duschen ...« Sie hält inne. Die Liste ist endlos. Worte helfen nicht, sie unterstreichen nur, was verloren gegangen ist.

»Gott, Hannah, das tut mir alles so leid.«

Doch das Mitleid, das Steph ins Gesicht geschrieben steht, macht es nur noch schlimmer.

Zeit für mehr Wein.

Steph fährt mit dem Finger um den Rand ihres Glases. »Und was willst du jetzt tun?«

»Was kann ich denn schon tun?« Hannah stellt fest, dass ihr der Appetit wieder vergangen ist, und lässt den Rest der Pizza auf den Teller fallen. »Ich werde meine Klamotten aus deinem Gästezimmer wieder nach Hause verfrachten und auspacken. Dann werde ich versuchen, Tom dabei zu helfen, gesund zu werden. Und als wäre das noch nicht lustig genug«, stößt sie verbittert hervor, »werde ich mit meinem Scheißjob weitermachen, wo mir meine Scheißvorgesetzte im Nacken sitzt, weil meine Ergebnisse angeblich zu schlecht sind. Obwohl sie mir sämtliche Problemschüler aufgedrückt hat, während sie selbst nur die einfachen Klassen unterrichtet, die – was für eine Überraschung – alle einen super Notendurchschnitt haben.«

»Das ist nicht fair.«

»Ich weiß.« Hannah blinzelt die Wuttränen weg, die in letzter Zeit ständig in ihren Augenwinkeln lauern. »Aber all das spielt im Augenblick keine Rolle.« Sie denkt daran, wie sie sich heute von Tom verabschiedet hat, um nach Hause zurückzukehren, während er von einer Krankenschwester im Rollstuhl zur Toilette gefahren wurde. »Wenn du Tom sehen könntest … Es ist einfach so traurig.«

»Das glaube ich dir gern.« Steph legt ihre Hand auf Hannahs. »Aber es ist nicht nur schwer für ihn, sondern auch für dich.«

»Aber für ihn ist es schlimmer.«

Steph seufzt. »Ja, schon, aber …«

»Kein Aber.« Hannah bemerkt, dass sie ihren Wein ausgetrunken hat. Seit Toms Schlaganfall ist sie jeden Tag mit einem Kater aufgewacht – ihre neue Bestleistung. »Ich würde das, was er gerade durchmacht, nicht mal meinem ärgsten Feind wünschen.«

Steph zieht eine Augenbraue hoch. »Nicht mal Margaret?«

»Nicht mal der.«

Steph steht auf und holt eine zweite Flasche Weißwein aus dem Kühlschrank. »Jetzt sag mir aber bitte nicht, dass du so dumm warst, die Stelle schon abzusagen.«

»Natürlich habe ich das!« Regen klopft leise ans Fenster, und eine leere Einkaufstüte wird gegen die Scheibe geweht. Hannah stößt einen Seufzer aus. Sie war nie weiter entfernt von Tansania als in diesem Moment. Vielleicht war das die letzte Chance gewesen, dort zu arbeiten. Sie schiebt Steph ihr leeres Glas zu. »Die Ärzte haben keine Ahnung, wie lange Toms Reha dauern wird. Da kann ich wohl kaum einfach für ein Jahr verschwinden, oder?«

»Aber das ist dein Traumjob! Du warst so begeistert davon, dass du mich sogar überredet hast mitzukommen.«

»Ich weiß.« Hannah seufzt wieder. »Auch wenn es eigentlich keiner großen Überredungskunst bedurfte, nachdem dir Margaret die Fachleitung weggeschnappt hatte.«

»Ach was«, erwidert Steph kopfschüttelnd. »So scharf war ich darauf nun auch wieder nicht.«

»Wie auch immer.« Hannah nimmt sich ein weiteres Stück Pizza. »Du kannst mir ja mailen und erzählen, wie es ist.«

Steph füllt ihre Gläser auf. »Aber wir haben doch erst Februar. Die Dinge könnten sich ändern. Es hat schon Wunderheilungen gegeben.«

»Das müsste aber ein verdammt großes Wunder sein. Er kann nicht mal gehen, Herrgott noch mal.«

Steph stützt die Ellbogen auf den Tisch und lässt den Kopf darauf sinken. »So ein Mist. Nach diesem beschissenen Jahr, das du mit ihm hattest, jetzt auch noch so was – ich kann es einfach nicht glauben!«

»Ich auch nicht.« Mit einem Mal wird Hannah etwas bewusst, und sie beißt sich auf die Lippe. »O Gott, du bist doch nicht etwa sauer auf mich, weil ich nicht mitkomme, oder?«

»Natürlich nicht. Es tut mir nur so leid für dich.«

»Aber du weißt, dass es mir furchtbar leid …«

»Hannah …«

»Ich zahle dir natürlich vorerst die Miete, wenn du willst. Wenn ich jetzt doch nicht bei dir einziehe.«

»*Hannah!*« Steph hat den Gesichtsausdruck aufgesetzt, mit dem sie Schüler zum Nachsitzen verdonnert. »Hör auf damit!« Sie zuckt mit den Schultern. »Jetzt, wo du nicht mit einziehst, ist das für mich die perfekte Gelegenheit, eine total ungeeignete Mitbewohnerin übers Internet zu finden. Jemanden, der den ganzen Gin wegtrinkt und mir in den frühen Morgenstunden Blicke auf Körperteile gewährt, die ich lieber nie gesehen hätte.«

»Jetzt fühle ich mich noch schlechter.«

»Ich mache doch nur Spaß.« Steph grinst, und ihre blauen Augen funkeln. »Natürlich bin ich dir nicht böse. Allerdings hätte ich große Lust, dem Schicksal eine Ohrfeige zu verpassen. Nur gut, dass du ihm noch nicht gesagt hattest, dass du ihn verlassen willst. Stell dir mal vor!«

Hannah erschaudert bei dem Gedanken. »Lieber nicht.«

Steph trinkt einen Schluck von ihrem Wein. »Wenigstens etwas, wofür du dankbar sein kannst.«

Hannah verdreht die Augen. »Juchu.«

»Weiß er von der anderen Sache?«

Hannah rutscht unruhig auf ihrem Stuhl hin und her. »Welche andere Sache?«

»Na, du weißt schon.« Steph pflückt eine Champignonscheibe von ihrer Pizza und steckt sie sich in den Mund. »Was nach dieser gewissen Party passiert ist …«

Hannah spürt, wie sie rot wird. »Oh … *das*.«

»Ja. *Das*.« Steph kneift die Augen zusammen. »Weiß Tom von Raj?«

»Nein.« Hannah spürt den Stich ihres schlechten Gewissens in der Magengegend.

»Schickt er dir immer noch Nachrichten?«

»Seit zwei Tagen nicht mehr.« Hannah atmet vernehmlich aus. »Er ist inzwischen sowieso zurück in Brighton und arbeitet dort als Aushilfslehrer. Vermutlich versucht er gerade wieder, mit seiner Ex zusammenzukommen. Er wird sich bestimmt nicht mehr melden.«

»Bist du dir sicher?« Steph sieht sie skeptisch an. »Er hat doch so ein Riesentheater um dich gemacht. Und er sieht so gut aus! So groß. Und geheimnisvoll. Und diese Wangenknochen …«

Hannah seufzt. Sie hat das Gefühl, als wäre die Party schon ewig her. Eine andere Hannah. In einem anderen Leben. »Klingt so, als wärest du diejenige, die scharf auf ihn ist.«

»Nicht mein Typ.«

»Ach nein?«

Steph steht auf und stellt ihren Teller in die Spüle. »Du kennst mich doch. Ich steh nur auf Männer, die aussehen, als könnten sie ein Rugbyteam auseinandernehmen.«

»Da ist was dran.«

»Außerdem ist er kein Australier. Oder im Begriff auszuwandern. Was für mich die wesentlichen Kriterien zu sein scheinen.« Steph lässt Wasser über den Teller laufen.

»Und der Grund dafür sein könnte, dass du immer noch Single bist.«

»Möglich.« Steph nickt. »Ich bilde mir allerdings ein, dass es eher daran liegt, dass ich wählerisch bin.«

»Versuch dir das nur weiter einzureden.« Hannah nimmt ihr Glas und steht auf. »Ich sollte besser mal nach oben gehen und mit dem Packen anfangen, bevor ich zu betrunken bin, um mich zu rühren. Ich habe Tom versprochen, um sieben noch mal vorbeizukommen, und es ist schon fast sechs.«

»Kannst du dir nicht mal einen krankenhausfreien Abend gönnen?«

»Nein.« Hannah wendet sich in Richtung Flur. »Es ist schon komisch. Nach all den Monaten, in denen er mich angeschrien oder ignoriert hat, scheint er es plötzlich zu hassen, wenn ich nicht da bin. Er fragt andauernd, wo ich gewesen bin und was ich mache. Und er nimmt meine Hand und hält sie fest. Als wäre sie so eine Art Rettungsanker für ihn.«

»Vielleicht ist es ja auch so. Soll ich dir beim Packen helfen?«

»Nein danke, das geht schon. Ich glaube, ich muss das alleine machen.«

Steph sieht aus, als wolle sie etwas einwenden, nickt dann aber zustimmend. »Okay. Ich bin hier, falls du mich brauchst. Ich habe Schokolade. Und Gin.«

Hannah lächelt, doch es fühlt sich unnatürlich an. Als hätte ihr Mund vergessen, wie das geht. »Danke.«

Sie geht den schmalen Flur entlang zur Treppe und denkt darüber nach, wie anders sie sich diesen Moment einmal vorgestellt hatte. Vor zwei Wochen noch hatte sie geglaubt, sie würde die Treppe zu Stephs Gästezimmer hinaufstürmen – voller Erleichterung darüber, endlich frei zu sein. Frei von Toms verletzenden Kommentaren über ihre Fehler und Schwächen. Frei von dem Schmerz, sich selbst durch seine Augen zu sehen. Nun gehört diese Hoffnung der Vergangenheit an.

Sie steigt die Treppe hinauf und öffnet die Tür. Als ihr Blick auf das Doppelbett in der Ecke mit dem Überzug im fröhlichen pink-blauen Patchworkmuster fällt, spürt sie einen Kloß im Hals. Es sieht so warm und kuschelig aus, so viel einladender als die grau-schwarzen Bettbezüge, die Tom bei ihnen zu Hause bevorzugt. Sie setzt sich auf die Bettkante und erinnert sich an den Abend, als Steph die Sachen für sie gekauft hat. Sie hatte sie »Scheiß auf Tom«-Laken getauft und Hannah versprochen, dass dieses Bett auf sie warten würde, wann immer sie sich endlich entschied, ihn zu verlassen. Hannah schaut sich um und entdeckt ihren alten Teddy, der am Fenster lehnt, und die Elmo-Pantoffeln, die unter der Kommode hervorlugen. Ihr Blick fällt auf den Tansania-Reiseführer, der auf dem Nachttisch liegt. Sie greift danach, lässt ihre Finger über die Seiten gleiten, mit denen sie so viel Zeit verbracht hat, während sie ihr großes Abenteuer plante. In der Buchmitte steckt noch das kleine Bündel von Zeitungsartikeln, das sie irgendwann dort hineingeschoben hat – Geschichten über lächelnde Kinder und Stammesgesänge unter Sternen. Sie sammelt sie seit Monaten. Einmal hatte sie einen dieser Artikel aus einer Sonntagszeitung herausgerissen und auf Toms Frage, warum sie so glücklich aussehe, die Wahrheit verschwiegen. Sie wusste, dass er sie nur auslachen und ihr sagen würde, dass sie eine Träumerin sei. Dass sie sich am Riemen reißen und aufhören solle, so naiv zu sein. *Hör auf, in einer Traumwelt zu leben, Hannah. Werde endlich erwachsen.*

Vorne im Buch erblickt sie die Widmung in Stephs Handschrift.

Für meine unglaubliche Freundin Hannah, die all den Spaß verdient hat, der sie erwartet. Dies ist dein Jahr, S. x

Als sie die Worte liest, beginnen die Tränen zu fließen.

Nach einem Moment wischt sie sich die Augen trocken und steckt das Buch in den schwarzen Rucksack, der an der Rückseite der Tür hängt. Dann geht sie im Zimmer hin und her, räumt Schuhe und Kleidungsstücke aus dem Schrank und den Schubladen der Kommode, bis kein Anzeichen mehr davon übrig ist, dass sie jemals geplant hatte, hier zu wohnen.

Das Bettzeug lässt sie zurück. Sie wird es nicht mehr brauchen.

Als Hannah auf der Intensivstation eintrifft, ertönt gerade ein Alarm. Personal rennt über den Gang in Richtung des Zimmers, in dem Tom liegt. Adrenalin schießt durch ihren Körper.

Bitte nicht!

Die Angst setzt ihre Füße automatisch in Bewegung. Erst langsam, dann immer schneller. Sie schließt zu der Gruppe auf. Ihre Hand streift den weißen Wagen, den Dr. Malik vor sich herschiebt.

»Treten Sie bitte zurück«, ruft er ihr über die Schulter hinweg zu.

Hannah bleibt stehen, doch sie kann nicht wegsehen. Die Vorhänge vor Toms Bett sind geschlossen. Sie spürt Übelkeit in sich aufsteigen. *Er darf nicht sterben. Er darf einfach nicht sterben.* Sie schnappt nach Luft, während in ihrem Kopf Bilder ablaufen. Toms strahlendes Gesicht, das sich ihrem nähert, um sie zu küssen. Sein weit aufgerissener Mund, als er ein Tor auf dem Fußballfeld feiert. Das dunkle Haar unordentlich auf dem Kissen. Ihr Tom.

Sie blinzelt, als sie sieht, dass das Team die Vorhänge des Nachbarbetts aufzieht. Hannah atmet tief durch, aber ihr Herz hämmert noch immer wie wild. Auch wenn die Vorhänge sofort wieder zugezogen werden, kann man alles hören, was dahinter geschieht. Es ist John. Das Herz des lächelnden alten Mannes ist stehen geblieben.

»Defibrillator laden.«

»Alle weg vom Bett.«

Hannah denkt an Johns Freundlichkeit und an seinen Humor, während sie hinter den Vorhang schlüpft, hinter dem Tom liegt. Sie ist so dankbar, dass er noch am Leben ist, dass er noch eine Chance hat.

»Hannah.« Schweißperlen stehen auf seiner Stirn.

»Tom.« Ihre Atmung beruhigt sich langsam, als sie sich auf sein Gesicht konzentriert.

»Der arme Kerl.« Seine Augen sind vor Sorge weit aufgerissen. »Er war in Ordnung. Wir haben uns über Kricket unterhalten. Und die Spurs.« Er schließt seine Hand um ihre. »Und darüber, wie schön du bist.«

Hannah streichelt sein Gesicht. »Schsch.«

»Laden.« Dr. Maliks Stimme wird lauter.

Tom runzelt die Stirn. »Mach das nicht, Han.«

»Was denn?«

»Es einfach so abtun. Du bist wunderschön.«

»Aber …«

»Han, es tut mir so leid.«

»Was?«

»Alle weg.« Ein dumpfes Geräusch. Dann herrscht Stille.

»Ich wollte nur sagen …« Tom sieht sie ernst an, und Hannah spürt, dass er all seinen Mut zusammennehmen muss, um die nächsten Worte auszusprechen. »Ich habe dein Gesicht gesehen, als Sandra darüber sprach, wann ich nach Hause darf. Während du dich mit Dr. Malik unterhalten hast.«

Ihre Brust zieht sich schmerzhaft zusammen. Die Schuldgefühle sind unerträglich. »Tom, ich …«

Er hält seine gesunde Hand in die Höhe. »Ich wollte dir sagen …« Er starrt an ihr vorbei zu den Geschenken auf seinem Nachtschrank, dann senkt er den Blick. »Dass du mich verlassen kannst, wenn du willst. Ich könnte es dir nicht verdenken.«

Hannah schluckt. »Tom …«

»Nein, hör zu.« Sie sieht ihm in die Augen. »Hannah, ich weiß, dass ich ein Mistkerl war. Ich wusste, dass ich dir wehtue, wie traurig ich dich mache. Ich habe mitbekommen, wie dein Lächeln verschwunden ist. Und dein Lachen. Du bist immer stiller geworden.« Er schluckt. »Es tut mir unendlich leid.«

Und da sind sie, die Worte, auf die sie so lange gewartet hat. Worte, die ihr bei jedem schweigsamen Frühstück gefehlt hatten. Bei der bedrückenden Stille, bevor der Wechsler die nächste CD startete, und bei jeder Autofahrt, während der er stumm neben ihr gesessen hatte. Sie erinnert sich daran, wie ihre Fehler und Schwächen zu Waffen geworden waren, die er jeden Tag gegen sie verwendet hatte. Als ob all seine Probleme nur ihre Schuld wären. Die Wut auf ihn ist immer noch da. Sie kann spüren, wie sie in ihr brennt. Trotz des Schlaganfalls. Trotz seiner Entschuldigung. Aber sie ist sich auch bewusst, dass sie darüber hinwegkommen muss. Um seinetwillen. Um ihrer beider willen.

»Alle weg.«

Toms Mundwinkel zittern, als er weiterspricht. »Hannah, ich weiß nicht, wie ich es ausdrücken soll, aber als ich den Schlaganfall hatte, dachte ich, ich könnte dir nie wieder etwas sagen.« Er schluckt und hebt den Blick. Hannah sieht die Liebe in seinen Augen und bekommt plötzlich Angst. »Und dann hast du dich so großartig verhalten, obwohl ich immer noch so wütend war, weil mir das hier passiert ist. Weil alles so verdammt ungerecht ist. Und du warst der einzige Mensch, an dem ich meinen Zorn auslassen konnte. Verstehst du?«

Sie legt ihre Hand auf seine. Sein Gesicht ist gerötet, und seine Finger zittern. »Tom …«

Doch er fährt fort, als hätte sie gar nichts gesagt. »Aber jetzt kann ich es dir sagen. Ich … ich weiß, dass ich nicht mehr der Mann bin, den du geheiratet hast. Der dich mit Leichtigkeit hochheben konnte, der auf dich aufgepasst hat. Der dir eine

Tasse Tee gemacht hat – dieser Mann war nicht …«, er deutet auf sich selbst, »*so.*« Er blinzelt eine Träne fort, und der Schmerz, den Hannah in seinen Augen sieht, bringt sie selbst fast zum Weinen. »Und ich weiß, dass ich schon lange nicht mehr dieser Mann gewesen bin. Ich habe dich wie den letzten Dreck behandelt, und ich hasse mich dafür. Ich weiß, dass du …« Er hält inne, den Blick voller Verzweiflung auf sie gerichtet.

»Dass ich was?«

Tom öffnet den Mund. Schließt ihn wieder, dann sagt er: »Nichts. Aber ich könnte es dir nicht verübeln, wenn du nicht bei mir bleiben willst. Ich werde das schon durchstehen.« Als er ihr in die Augen sieht, erblickt sie eine längst verloren geglaubte Tapferkeit darin.

Hannah beugt sich vor und gibt ihm einen Kuss auf die Wange. »Ist schon okay.«

»Nein.« Er hebt die rechte Hand und lässt sie kraftlos zurück aufs Laken fallen. »Ich hätte mehr daraus machen sollen. Mehr aus … uns. Aus dem Leben.«

»Das kannst du immer noch.« Sie küsst seine Finger. »Wenn es dir besser geht.«

»Glaubst du, dass das jemals passieren wird?«

»Ja.« Sie klingt überzeugter, als sie in Wahrheit ist. »Und ich werde da sein. Die ganze Zeit.«

Eine Träne kullert ihm über die Wange. »Trotz allem, was ich getan habe? Wie kannst du da noch bei mir bleiben wollen?«

»Ich will es.« Hannah nickt langsam. »Ich möchte bei dir bleiben, Tom.« Ein ungläubiger Ausdruck huscht über sein Gesicht. Sie erkennt, dass die Worte nicht genug sind. Er muss an sie und an ihre gemeinsame Zukunft glauben. Sie streicht ihm mit der Hand durchs Haar, um sich auf die Lüge vorzubereiten, von der sie weiß, dass er sie hören muss. »Ich liebe dich, Tom.« Sie beugt sich zu ihm hinab und drückt ihm einen Kuss auf die Lippen. »Ich werde dich nicht verlassen.«

Die Erleichterung, die ihm ins Gesicht geschrieben steht, ist ihre Unehrlichkeit wert.

Hannah weicht ein Stück zurück. »Aber nur unter einer Bedingung.«

Sein panischer Ausdruck bricht ihr fast das Herz. »Und die lautet?«

»Dass du nicht aufgibst, Tom. Egal, wie schwer es auch wird. Du darfst wütend sein. Weinen. Schreien. Aber du darfst nicht aufgeben. Niemals.«

»Okay.« Er nickt, hebt dann die gesunde Hand und streichelt ihr über die Wange, als sei sie das Kostbarste auf der Welt. »Du bist unglaublich, Han. Du bist«, er legt seinen rechten Arm um sie, »mein Ein und Alles.«

Sie zieht ihn an sich, damit er ihr Gesicht nicht sehen kann.

»Zeitpunkt des Todes neunzehn Uhr zehn.«

Januar 2007

Batmanmaske

Hannah füllte gerade eine Reihe Tequilagläser, als Tom ihr zum ersten Mal sagte, dass er sie liebte.

»*Was?*« Vor Schreck verschüttete sie den Alkohol, der eigentlich für das letzte Schnapsglas bestimmt gewesen war, auf dem Küchentisch. Mit großen Augen sah sie ihn durch die Schlitze ihrer Maske hindurch an. Ein Funkeln stand darin, aber auch Panik.

Tom ignorierte die Schreie, die aus dem Wohnzimmer schollen. Das Einzige, was jetzt zählte, war, ihr begreiflich zu machen, was er für sie empfand. Er sprach lauter, um sich über den Megamix von Capital FM hinweg Gehör zu verschaffen, der aus der blechern klingenden Stereoanlage dröhnte. »Das war nicht ganz die Reaktion, die ich mir erhofft hatte.«

Sie schüttelte den Kopf, und die Katzenohren wackelten zwischen ihren wilden Locken hin und her. »Ich bin mir nicht sicher, ob ich dich richtig verstanden habe. Vielleicht spricht ja nur der Tequila aus dir.« Die schwarzen Schnurrhaare, die sie sich auf die Wangen gemalt hatte, wanderten beim Lächeln in die Höhe. »Oder du bist einfach nur von meinem Kostüm überwältigt.«

»Du bist schon eine verdammt atemberaubende Catwoman.« Er küsste sie. »Aber mal im Ernst, du musst doch inzwischen mitbekommen haben, was ich für dich empfinde.«

»Kann schon sein.« Sie legte ihm eine Hand auf die Wange. »Zumindest weiß ich, dass du gewisse Körperteile von mir sehr magst. Der Zettel, den du heute Morgen in meinem BH versteckt hast, war zumindest ein ziemlich guter Hinweis.«

Er lächelte. »Freut mich, dass er dir gefallen hat.«

Sie suchte im Schrank nach Salz und schüttete es auf einen Teller, während sie seine Worte zitierte. »›Lieber BH, bitte pass gut auf diese Süßen auf. Sie bedeuten mir sehr viel, und ich habe vor, eine Menge Zeit mit ihnen zu verbringen.‹ Wie könnte mir das nicht gefallen?« Sie schlang ihre Hände um seinen Nacken. »Aber Liebeserklärungen scheinen weniger dein Ding zu sein. Wir sind jetzt über ein halbes Jahr zusammen, und das höchste der Gefühle war bisher die Aussage, dass du gern in meiner Nähe bist.« Sie stellte sich auf die Zehenspitzen und gab ihm einen sanften Kuss auf den Mund. »Aber vielleicht ist das ja einer der Gründe, warum ich dich so mag. Du lässt mich im Ungewissen.«

»Weil du mich *magst?*« Panik stieg in Tom auf. »Mehr nicht?«

Sie zuckte mit den Schultern und grinste. »Na ja, wenn du heute Abend ein paarmal deinen Umhang für mich wirbeln lässt, dann könnte ich mich eventuell dazu hinreißen lassen, etwas überschwänglicher auf dich zu reagieren.«

»Ach, wirklich?« Er schob seine Batmanmaske hoch. »Das Versprechen solltest du besser halten.«

»Ellison!« Ein muskelbepackter grüner Arm landete schwer auf Toms Schulter, als sein Mitbewohner Nick mit einer kichernden Superwoman im Schlepptau in der Küche auftauchte. Sie war genau sein Typ: groß und blond und kicherte ständig, egal ob jemand einen Witz gemacht hatte oder nicht. Nick schlug ihm kräftig auf den Rücken. »Wo bleibt der verdammte Tequila?«

»Kommt sofort, unglaublicher Hulk.« Hannah deutete auf die Gläser.

»Klasse.« Im Vergleich mit Nicks eindrucksvollem Rugbyspieler-Oberkörper, der bis zur Taille nackt und in grellem Grün bemalt war, wirkte das Schnapsglas geradezu lächerlich winzig. »Wo sind die Zitronen?«

Hannah hielt ein Fläschchen Limettensaft in die Höhe. »Äh … reicht dir das?«

Nick hatte das Stadium der Trunkenheit erreicht, wo nur noch der nächste Schluck zählte. »Klar.« Er griff nach der grünen Plastikflasche in Limonenform, warf einen kurzen Blick auf das Etikett und schien drauf und dran, den gesamten Inhalt hinunterzukippen.

Bevor es zu spät war, befreite Hannah die Flasche mit sanfter Gewalt aus seinen Fingern. Dann nahm sie sich ein Glas und hielt es in die Höhe. »Prost.«

»Jaaaaa! Proooscht!«, lallte She-Ra vom Küchenfußboden, bevor sie wieder besinnungslos in sich zusammensackte.

»Prost!« Sie alle kippten ihre Drinks und verzogen die Gesichter.

»Mehr!« Tom spürte, wie der Alkohol durch seine Blutbahn strömte und seine Wirkung tat. Er ließ eine weitere Runde in die Gläser schwappen. »Auf Hannah. Danke, dass du diese Superheldenparty organisiert hast.« Er torkelte leicht. »Scheiße. Ich glaube, ich bin ziemlich dicht.«

»Nicht so dicht wie dieser Damian.« Nick kippte den Schnaps hinunter und griff sich ein Bier aus dem Paket in der Spüle. »Er schläft im Badezimmer und kuschelt mit einer Klopapierrolle. Wer hat den eigentlich eingeladen?«

»Ich.« Hannah zuckte mit den Schultern. »Sein Date hat ihn sitzen lassen, und er brauchte eine kleine Aufmunterung.«

Tom biss sich auf die Zunge. Er war nicht sehr erfreut gewesen, als Damian aufgetaucht war, und dann hatte der Typ noch nicht mal den Anstand besessen, etwas zu trinken mitzubringen.

Nick schüttelte den Kopf. »Typisches Cranbourne-Gewächs – was kann man von denen schon erwarten. Mithalten können sie auf jeden Fall nicht.« Er wandte sich an Superwoman. »Die haben wir beim Rugby immer plattgemacht.«

»Wie nicht anders zu erwarten«, kicherte sie. *War ja klar.*

»Okay, Mr. Posh.« Tom konnte den Tequila in seinen Adern singen hören. »Keiner will was über deine sportlichen Erfolge hören. Warst wahrscheinlich der schnellste Nerd in deiner Privatschule, richtig? Vermutlich beim Eierlaufen …«

»Jetzt werde mal nicht frech, Kleiner!« Nick boxte ihn gutmütig in die Schulter. »Zu schade, dass du mich damals noch nicht gekannt hast.« Nick richtete sich zu seiner vollen Größe auf. »Sogar die Schulzeitung hat damals über meinen legendären Sieg berichtet. Die schnellsten Eier weit und breit.« Das grelle Küchenlicht hob die grüne Farbe in seinem normalerweise blonden Haar hervor.

»Jaja.« Tom grinste ihn an. »Aber ich bezweifle, dass der Rest der Welt Notiz davon genommen hat.«

Nick verdrehte die Augen. »Aus dir spricht der blanke Neid. Du hast doch damals noch zitternd bei Kerzenlicht in einer Bretterbude gesessen und davon geträumt, Schuhe zu besitzen.«

»Haha, wirklich saukomisch.« Tom wollte eigentlich noch mehr sagen, doch Hannah kam ihm zuvor.

»Wie wäre es, wenn wir Damian wecken und ihn von der Klopapierrolle loseisen?«

Ihr Vorschlag fand johlende Zustimmung. Tom wollte sich gerade den anderen anschließen, die Richtung Bad stürmten, als er spürte, wie sich eine Hand um seine schloss.

»Psssst.« Hannah stellte sich auf Zehenspitzen, um ihm etwas ins Ohr zu flüstern. »Ich liebe dich auch, Batman.« Sie küsste ihn zärtlich auf die Lippen. »Obwohl du mein Erzfeind bist und leider auch nicht Gitarre spielen kannst.«

»Daran arbeite ich noch.« Überschäumende Freude erfüllte Tom, während er ihren Kuss erwiderte.

»Das will ich hoffen.« Hannah tänzelte vor ihm durch die

Küchentür und ließ ihren Schwanz in einer Weise über der Schulter wirbeln, dass Tom ihr den Catsuit am liebsten sofort vom Leib gerissen hätte – mit den Zähnen.

Tom wollte ihr gerade folgen, als sein Handy klingelte. Er nahm es aus dem Ikea-Regal, das er irgendwann zusammen mit Nick betrunken aufgebaut hatte und das sich verdächtig nach links neigte. Ganz offensichtlich ein Fehler des Herstellers. »Hallo?« Er hörte wildes Gekreische und einen schrillen Schrei aus dem Badezimmer. Hoffentlich bereiteten sie Damian ein unsanftes Erwachen.

»Tom?«

»Mum?« Als Tom die Angst in ihrer Stimme hörte, zog er sich die Maske vom Kopf. »Was ist los?«

Für einen kurzen Moment herrschte Stille. »Schatz …« Ihre Stimme versagte.

»Ja?«

»Es … es …«

»Was ist denn, Mum?« Am Ende des Flurs tauchte ein klatschnasser Damian auf. Sein langes Haar triefte, und er stützte sich schwer auf Hannahs Schulter. Ihr Katzenschwanz hatte bereits einige Tropfen abbekommen und hing schlapp herunter. Brennende Eifersucht erfüllte Tom, aber er versuchte, sie zu unterdrücken. »Ist etwas passiert?«

»Es geht um Julie.«

Es dauerte einen Moment, ehe Tom ihre Worte begriff. Bei Julie war doch immer alles in Ordnung. »Was hat sie? Lass mich mit ihr reden.«

»Das geht nicht.« Seine Mutter begann zu schluchzen. »Sie ist nicht hier.«

»Wo ist sie denn?«

»Ich weiß es nicht.«

»Mum.« Toms Kehle war trocken. »Es ist beinahe Mitternacht. Was ist passiert? Wieso weißt du nicht, wo sie ist?«

»Weil … weil sie weg ist.«

»*Was?* Wohin ist sie gegangen?« Er schob She-Ra, die noch immer ausgestreckt auf dem Boden lag, ein Stück mit dem Fuß zur Seite und schloss die Küchentür, um den Partylärm zu dämpfen.

»Keine Ahnung.« Wieder war Schluchzen zu hören und dann das Rascheln eines Taschentuchs.

Ein Schauer lief Tom über den Rücken. Auf einmal war ihm kalt vor Angst. Bilder aus der Boulevardpresse schossen ihm durch den Kopf. Entführte Mädchen. Leichen in Wäldern. Er presste das Handy ans Ohr. »Wie lange ist sie schon weg?«

»Seit heute Morgen. Sie wollte nur kurz etwas einkaufen gehen. Ich habe alle ihre Freunde und die Polizei angerufen, und jetzt weiß ich nicht mehr, was ich noch machen soll.«

Die Angst ließ ihn erstarren.

»Ist sie vielleicht bei dir?«

Wenn er doch nur weniger getrunken hätte. Sein Gehirn funktionierte einfach nicht richtig. »Wieso sollte sie hier sein, Mum?«

»Sie wollte mit dir über etwas reden.«

»Über was?« Seine Angst verwandelte sich in Wut, als er zu Boden blickte und sah, dass She-Ra gerade auf seinen Schuh kotzte. Er stapfte zum Küchenfenster, das noch immer verdreckt war von Nicks letztem explosiven Versuch, Spaghetti Bolognese zu kochen. Sein Blick glitt über die Straße hinweg zu der rumpelnden Straßenbahn hinüber, die in die oberirdische Station einfuhr. Er hielt Ausschau nach ihr. Nach ihrem dunklen Haar. Ihrer blauen Jogginghose.

Nichts. Stattdessen hörte er ein paar Straßen entfernt eine Sirene heulen und erkannte durch die offenen Vorhänge, dass der Mann in der gegenüberliegenden Wohnung gerade einen Porno ansah. Nur eine weitere ganz normale Samstagnacht. Außer dass Julie irgendwo dort draußen war. Fünfzehn Jahre alt und ganz allein.

Er holte tief Luft. »Hör zu, Mum. Versuch, dir keine Sorgen

zu machen. Ich werde sie anrufen. Und ich fahre zu dir runter, falls sie nicht bald wieder aufkreuzt.« Aber das würde sie, er wusste das. Sie musste einfach.

»Okay, mein Schatz.« Seiner Mutter versagte erneut die Stimme, und sie schluchzte. »Aber ruf mich an, falls sie doch noch bei dir auftauchen sollte. Sie wollte wirklich dringend mit dir reden.«

»Werde ich machen, Mum, versprochen. Es geht ihr bestimmt gut.« Doch das Einzige, was er hörte, als er das Gespräch beendete, war Schluchzen.

Er rief sofort Julie an. Als ihre Mailbox ansprang, schloss er die Augen und presste die Hand gegen die Stirn. Er konnte ihr Gesicht vor sich sehen, dieses schelmische Lächeln, mit dem sie die Ansage aufgenommen hatte. Er hatte einen Monat lang Sonderschichten übernommen, um ihr das Handy zu Weihnachten schenken zu können. Nun hoffte er inständig, dass sie auch so vernünftig war, es zu benutzen.

»Hi. Hier ist Jules. Ihr wisst, was zu tun ist.«

Sie klang so jung. Tom wurde schlecht vor Angst. »Jules? Ich bin's. Wo steckst du? Ruf mich bitte an, es ist dringend!«

Er griff nach dem nächstbesten Getränk und kippte es in einem Zug hinunter. Die aufdringliche Süße ließ ihn erschaudern. Hannah und ihre Schwäche für Amaretto.

Tom starrte auf sein Handy und versuchte, es durch pure Willenskraft zum Klingeln zu bringen, während in seinem Kopf in einer Endlosschleife Szenen aus der Fahndungssendung *Crimewatch* und irgendwelchen Slasher-Filmen abliefen.

Es musste klingeln. Es musste einfach.

Doch das tat es nicht.

KAPITEL 6

»Pass auf!« Tom hält schützend seine rechte Hand in die Höhe.

»*Stopp!*« Hannah versucht verzweifelt, den Rollstuhl zum Stehen zu bringen, bevor er den Poller rammt. Aber wie gewöhnlich ignoriert er ihr Flehen.

Toms Bein streift das Hindernis, ehe der Stuhl zurückhüpft und dabei beinahe Hannahs Kniescheiben zertrümmert. Sie beugt sich zu ihm hinunter. »Scheiße! Tut mir leid, Tom.« Sie befürchtet einen Wutausbruch.

»Was soll's.« Er sieht sie an. »Wenigstens hast du dieses Mal mein linkes Bein erwischt. Bei dem kannst du ja ohnehin nicht mehr viel Schaden anrichten.«

Hannah sieht, wie sich seine Mundwinkel heben. Sie erwidert sein Lächeln. »Ich bin wirklich schlecht hier drin, nicht wahr?«

»Ja, das könnte man so sagen. Und dabei dachte ich, dass wir unser schlimmstes Fahrerlebnis schon hinter uns hätten. Weißt du noch, wie du meinen Mini in die Hecke gefahren hast?«

»Ich muss doch sehr bitten.« Hannah reibt sich ihre schmerzenden Kniescheiben. Einmal im Monat schwimmen zu gehen war offensichtlich nicht die ideale Trainingsvorbereitung, um den schwersten Rollstuhl der Welt aus dem Krankenhaus heraus und durch die Straßen von South Bank zu schieben. »Diese Hecke kam wie aus dem Nichts. Und die Lenkung an deinem Wagen war defekt, wenn du mich fragst.«

»Natürlich.«

»Da seid ihr ja.« Julie ist zurück und steckt ihr Handy mit einem finsteren Blick in die Hosentasche.

»Alles in Ordnung, Jules?«, erkundigt sich Hannah. »Keine schlechten Nachrichten, hoffe ich.«

»Nein, alles wunderbar«, erwidert sie knapp. Wütend. Sie vergräbt ihre Hände in den Taschen ihrer grünen Jacke und blickt sich um. Als sie den Eiswagen am anderen Ende des Platzes entdeckt, nickt sie in die Richtung. »Willst du ein Eis, Tommo?«

Hannah fragt sich, ob es Julie tatsächlich entgangen sein könnte, wie kalt der schneidende Februarwind ist. Aber wieder einmal ruft sie sich in Erinnerung, dass Toms Schlaganfall ein Schock für seine Schwester gewesen ist und man von ihr im Augenblick nicht erwarten kann, dass sie sich wie ein normaler Mensch benimmt.

Tom antwortet etwas, aber die Worte werden von einem kleinen Jungen übertönt, der schreiend auf einem Roller an ihnen vorbeisaust, dicht gefolgt von seinen schwitzenden Eltern, die vermutlich bedauern, ihn jemals in die Nähe dieses Gefährts gelassen zu haben.

Während Hannah den Rollstuhl unbeholfen von dem bösen Poller wegsteuert, lehnt sie sich nach vorn, bis sich ihr Mund auf Höhe von Toms Ohr befindet, das unter einer roten Skimütze versteckt ist. »Was hast du gesagt, Tom?«

»Ist nicht gerade Eiscreme-Wetter. Sehen wir zu, dass wir weiterkommen. Aber versprich mir, dass du von jetzt an aufpasst, wo du hinfährst!«

»Okay, okay.« Hannah atmet tief ein und kämpft gegen das Bedürfnis an, gleich wieder kehrtzumachen.

Langsam und schwer atmend schiebt sie den Rollstuhl den ansteigenden Weg hinauf. Das hier ist bereits ihr vierter Ausflug mit Tom, aber es gibt noch immer keine Anzeichen dafür, dass ihre Armmuskeln kräftiger werden. Sie hat vermutlich gar keine.

»Wir könnten ja in diesen Coffeeshop gehen, in dem wir früher öfter waren.« Hannah ist so atemlos, dass ihr das Sprechen schwerfällt. »Den mit der Vespa im Schaufenster.« Warum war ihr früher bloß nie aufgefallen, wie uneben Londons Straßen sind? Die Steigung lässt sie jedes einzelne Pfund von Toms sechsundsiebzig Kilo spüren. Sie muss sich so weit vorbeugen, dass ihr Oberkörper praktisch in der Waagerechten ist, während sie den Stuhl vorwärts zwingt.

»Vespa?« Julie verdreht die Augen. »Ein bisschen taktlos, oder? Ist ja nicht gerade so, als würde Tommo in naher Zukunft wieder auf irgendein Zweirad steigen können.«

Hannah wäre vor Scham am liebsten im Boden versunken. »O Gott, daran habe ich nicht gedacht. Tut mir leid.«

»Sei nicht albern.« Tom tut Julies Bemerkung mit einer schwachen Handbewegung ab. »Ignorier meine zickige Schwester einfach, Han. Das Café ist eine tolle Idee.«

Es ist so lange her, dass Tom für sie Partei ergriffen hat, dass seine Worte Hannah vollkommen durcheinanderbringen. Stumm schiebt sie weiter.

Als sie um die nächste Kurve biegen, starrt Hannah entsetzt auf die Menschenmengen, die sich vor ihnen auftun. Hunderte von Leuten tummeln sich auf dem Weg zum London Eye oder spazieren am Flussufer der Themse entlang. Wie sollen sie hier bloß durchkommen?

Langsam schiebt sie den Rollstuhl über die unregelmäßigen Pflastersteine. Sie ruckelt auf eine große Gruppe japanischer Touristen zu, die gerade ihre Kameras auf die Skyline richtet, und Hannah wünscht sich wieder einmal, sie hätte eine Hupe. Sie versucht, um das Gedränge herumzusteuern, ist dabei aber andauernd gezwungen, die Richtung zu ändern, um an den Menschen vorbeizukommen. Die Erschütterungen übertragen sich über die Griffe auf ihre Hände und Arme und erschweren das Festhalten. Außerdem nutzt der Rollstuhl jede Gelegenheit, die

Richtung zu ändern und den Leuten wahlweise in die Kniekehlen zu fahren oder Arme und Hände zu rammen – da scheint das Ungetüm nicht weiter wählerisch zu sein.

Genau in dem Moment, als ein ganz in Gold gekleideter Straßenkünstler an ihnen vorbeischreitet, rutschen Hannah die Griffe aus den Händen, und der Rollstuhl schießt nach vorn, um ein paar Meter weiter gegen einen Abfalleimer zu prallen.

Hannah rennt hinterher. »Tut mir leid!«

»Sei doch vorsichtig!«, ruft Julie kopfschüttelnd.

Hannah platzt langsam der Kragen. »Hör zu, ich gebe hier wirklich mein Bestes, aber der Boden ist verdammt uneben, und das Ding lässt sich beschissen lenken.«

Julie sieht sie herablassend an. »Das geht schon, man muss nur wissen, *wie*. Lass mich mal.«

Hannah hat bereits erlebt, wie Julie Auto fährt. Eine furchterregende Erfahrung. »Bist du sicher?«

»Ach, stell dich nicht so an.« Julie legt ihre Hände auf die Griffe und drängt sie zur Seite. »Ich habe Mum ständig durch die Gegend gefahren. Ich glaube kaum, dass sich die Rollstühle seitdem groß verändert haben.«

Hannah zuckt mit den Schultern. Eine Pause ist ihr recht. Sie streckt ihre müden Arme über den Kopf und sieht zu, wie Julie mit irritierender Leichtigkeit durch eine Gruppe von Teenagermädchen steuert, die aussehen, als würden sie gleich auf eine Strandparty gehen. Sie kann die Gänsehaut auf ihren zitternden orangefarbenen Gliedmaßen sehen und die Bräunungscreme riechen.

Julie kann gerade noch verhindern, dass sie einen alten Mann auf Krücken über den Haufen fährt, bevor sie sich triumphierend umdreht. »Siehst du?«, schreit sie. »Ist ganz leicht.«

Hannah ist froh, dass sie Toms Gesicht nicht sehen kann.

Julie bleibt abrupt stehen, als ihr plötzlich ein Mädchen, den

Blick fest auf ihr glänzendes pinkfarbenes Handy gerichtet, in den Weg tritt. Julie räuspert sich laut. »Entschuldigung!«

»Was ist?« Das Mädchen sieht erst sie an und wirft dann einen Blick auf Tom. Sie wendet sich rasch wieder ab, und für einen flüchtigen Moment meint Hannah so etwas wie Verlegenheit in ihren Augen aufblitzen zu sehen.

Tom sieht zu ihr hoch. »Du bist uns in den Weg gelaufen.«

Das Mädchen ignoriert ihn und richtet ihre Antwort stattdessen über seinen Kopf hinweg an Julie. »Und? Ist doch nicht meine Schuld. Ich war mit meinem Handy beschäftigt.«

Julie starrt sie wütend an. »Pass das nächste Mal besser auf, wo du hinläufst.«

Doch das Mädchen zuckt nur mit den Schultern.

Julie fährt weiter. Als Hannah sie einholt, fragt sie: »Soll ich sie für dich verprügeln?«

Julie lacht, und Hannah denkt für einen Moment, wie jung sie aussieht, wenn sie lächelt. »Nein danke. Ich glaube, das würde kein gutes Ende nehmen.«

Sie betreten den glatt asphaltierten Weg, der am Fluss entlangführt. Am gegenüberliegenden Ufer erhebt sich Big Ben, daneben reckt sich das Parlamentsgebäude in den grauen Himmel. Überall drängen sich Touristen. Kameras glitzern im trüben Sonnenlicht, und kalte Hände umklammern Pappbecher mit Tee. Hannah beugt sich zu Tom hinunter. »Alles in Ordnung bei dir?«

»Klar.« Im selben Moment rutscht sein linker Fuß von der Stütze und schleift über den Boden.

»Wartet mal kurz. Ich muss aufs Klo.« Julie lässt die Bremsen auf beiden Seiten des Stuhls einrasten und verschwindet in Richtung der Toiletten am Rande des Parks.

Hannah kniet sich neben Toms linkes Bein und wird sich mit einem Mal der unzähligen Hosen, Röcke und Leggings bewusst, die um sie herumwirbeln. Als sie aufschaut, erblickt sie Gürtel und Handtaschen, die an ihr vorbeigehen, nur gelegentlich ist da ein Kindergesicht, das ihr das Gefühl gibt, wieder Teil der Welt zu sein. Sie kommt sich winzig vor. Unbedeutend. Ein Gefühl, das Tom vermutlich jedes Mal empfindet, wenn er in diesem Rollstuhl herumgefahren wird. Als sie seinen Fuß vorsichtig wieder auf die Stütze stellt, blickt er starr geradeaus. Hannah gibt ihm einen Kuss auf die Stirn. »Wir sind fast da.« Sie sieht ihn forschend an. Der Wind hat seinen Wangen einen Hauch von Farbe verliehen, und in seinen Augen blitzt völlig unerwartet der Schalk.

»Bei diesem Schneckentempo werde ich mir einen Whisky im Kaffee gönnen.«

Sie lächelt und richtet sich auf. »Du kannst einen doppelten haben.«

»Und eine Zigarette?«

»Wir wollen mal nicht übertreiben.«

Beide lachen auf.

Hannah versucht sich zu erinnern, wann dies das letzte Mal passiert ist. Doch es fällt ihr einfach nicht ein.

»Danke«, sagt Tom gähnend, als Hannah den Kaffee vor ihn auf den Tisch stellt. Die gelbe Tasse wirkt viel zu klein, um seine augenscheinliche Erschöpfung auch nur ansatzweise bekämpfen zu können. »Wo ist der Zucker?«

»Hier.« Hannah schiebt eine Schale voller goldfarbener Zuckertütchen in seine Richtung.

»Danke.« Tom nimmt eine in die Hand und starrt sie an. Dann versucht er, sie mit nur einer Hand gleichzeitig festzuhalten und aufzureißen.

»Ich mach das für dich«, bietet ihm Julie an und greift nach einem Tütchen.

»Nein, ich komme schon klar.« Tom runzelt die Stirn, als er das Päckchen zum Mund hebt und es mit den Zähnen aufreißt. »Seht ihr?« Er grinst sie triumphierend an. Doch im selben Moment rutscht ihm die Tüte aus den Fingern, und der Inhalt ergießt sich über seine Jacke.

Hannah lehnt sich vor, um den Zucker abzuwischen, doch er schubst ungeduldig ihre Hand weg. »Geht schon.«

»Okay. Entschuldige.« Hannah lässt sich auf ihren Stuhl zurücksinken. Wieder einmal überkommt sie das vertraute Gefühl, versagt zu haben. Wenn sie doch nur wüsste, wie sie ihm helfen kann.

Julie öffnet schweigend ein neues Päckchen und schüttet den feinen Zucker in Toms Kaffee. »Soll ich umrühren?«

»Nein.« Ein Muskel zuckt in seiner Wange. »Das schaffe ich noch selbst, danke.«

»Gut.« Julie nippt an ihrem Kakao. »Sonst rostest du uns noch ein.«

Als ihn eine Frau beim Verlassen des Coffeeshops mit ihrer Handtasche am Kopf trifft, zuckt Tom zusammen. Hannah sieht, wie die Frau nach unten schaut, zuerst den Rollstuhl wahrnimmt und dann Tom. »Oh, das tut mir ja *so* leid.« Sie beugt sich vor, und Hannah bemerkt, dass sie einen Croissantkrümel auf der Wange hat. Sie spricht langsam und so laut, als rede sie mit einem Kind, das sich verlaufen hat.

Toms Wangen glühen.

»Kein Grund zu schreien.« Julies grüne Augen funkeln. »Er ist durchaus in der Lage, Sie zu verstehen.«

»Ja. Natürlich.« Die Frau errötet. »Also, das tut mir wirklich leid. Aber Sie stehen auch ein bisschen nahe an der Tür.«

Tom seufzt. »Machen Sie sich keine Gedanken. Es ist alles in Ordnung.« Er blickt sich in dem vollen Café mit den Tischen aus alten Holzkisten und abgewetzten Sesseln um. Die Lücken dazwischen sind vollgestellt mit Kinderwagen, Einkaufstüten und Rucksäcken. Julies anfänglicher Versuch, den Rollstuhl in eine hintere Ecke zu quetschen, war von entsprechend wenig Erfolg gekrönt gewesen. »Es war leider nirgendwo anders Platz«, sagt Tom und sieht die Frau an, scheint dabei aber regelrecht in seiner Jacke zu versinken, als wolle er sich unsichtbar machen. Hannah weiß, dass gar nichts in Ordnung ist. Sie würde auch unsichtbar sein wollen.

»Na dann.« Die Frau winkt unbeholfen, zieht sich die Handtasche höher auf die Schulter und tritt auf die überfüllte Straße hinaus.

Der Vorfall drückt Hannahs Stimmung. Das Café ist voll mit gut gelaunten, lachenden Menschen, in deren Gegenwart Tom noch kleiner wirkt. Trauriger. Während er im Krankenhaus nicht weiter auffällt, wird er hier von allen wahrgenommen. Die Leute starren ihn einen Wimpernschlag zu lange an, bevor sie hastig den Blick abwenden und die Lippen zu einer schmalen Linie des Mitleids verziehen. Dann wenden sie sich wieder ab, um Tom und seine Tragödie zu vergessen und sich schnell in ihr eigenes Leben zurückzuflüchten. Aber für Tom gibt es kein Entkommen.

Hannah seufzt leise. Sie trinkt lustlos einen Schluck von ihrem Kakao und verbrennt sich die Zunge. Klar, was auch sonst.

Sandra, die Physiotherapeutin, wird nicht müde zu betonen, dass diese Ausflüge Spaß machen sollen. »Eine Chance für Tom, sich wieder zu akklimatisieren, bevor er nach Hause darf. Eine Möglichkeit für Sie alle, sich an die neue Situation zu gewöhnen«, hatte sie zu ihnen gesagt. Aber stattdessen laugen sie Tom aus und machen ihn traurig, während Hannah danach nach Hause fährt und über ihren immer weiter schrumpfenden Alkoholvorrat herfällt. Inzwischen ist sie beim Limoncello angelangt. Sie muss bei jedem Schluck eine Grimasse ziehen, trinkt ihn aber trotzdem, während sie sich irgendeinen Schund im Fernsehen ansieht und dabei Müsli aus der Packung isst. Meist wacht sie erst in den frühen Morgenstunden auf dem Sofa auf, die Schuhe noch an den Füßen und Müsliflocken auf ihren Klamotten. Wenn das keine Klasse hat.

Hannah zuckt zusammen, als ein weiterer Gast auf seinem

Weg nach draußen gegen den Rollstuhl stößt. »Tut mir leid, Tom. Wir wären wohl besser woanders hingegangen.«

»Ist schon okay.« Er nippt an seinem Kaffee. »Es ist eine gute Motivation für mich, so schnell wie möglich aus diesem verdammten Ding rauszukommen.«

»Großartige Idee.« Julie lehnt sich nach vorn und stibitzt ein Stück von seinem Kuchen. »Und ich glaube, ich kann dir dabei helfen.«

»Ach ja, und wie?« Tom mustert seine Schwester. »Hast du einen Zauberstab in deiner Handtasche?«

Hannah betrachtet Julie nervös. Ihre Ideen sind meist von eher ausgefallener Natur und nicht selten ziemlich kostspielig.

»Ich ziehe bei euch ein und kümmere mich um dich, sobald Hannah wieder arbeiten geht.« Julie lächelt und legt ihre Hand auf Toms.

Hannah blinzelt. Wie großmütig von ihr – und wie praktisch, wo sie doch gerade gefeuert wurde. Hannah überlegt, den Telefonanruf zu erwähnen, den sie zufällig mit angehört hat, entscheidet sich aber dagegen. Stattdessen sagt sie: »Aber ich dachte, du wolltest nach Bristol zurück zu Zac?« Ein Ausdruck der Unsicherheit huscht über Julies Gesicht. »Das hast du zumindest erzählt.«

»Ja, ich weiß.« Julie schüttelt unwirsch den Kopf, sodass ihr das dunkle Haar ins Gesicht fällt. »Aber ich habe beschlossen, dass mir mein großer Bruder wichtiger ist.«

Hannah spürt, wie sich ihr Magen verkrampft. Tom braucht jemanden, auf den er sich verlassen kann. Jemand Verantwortungsbewussten. »Das ist eine Menge Arbeit.«

»Na und? Ich schaffe das.« Julie schiebt trotzig die Unterlippe vor. »Immerhin hat es mit Mum auch funktioniert.«

»Ja, ich weiß, aber …«

»Willst du damit sagen, dass ich das nicht auf die Reihe kriege, Hannah?«

»Aber nein.« Hannah nimmt einen Bissen von ihrem Kuchen und fragt sich, warum sich jede Unterhaltung mit Julie so anfühlt, als befänden sie sich in einem Duell. »Ich habe nur an Zac gedacht, das ist alles.«

»Er kann mich an den Wochenenden besuchen kommen.« Julie weicht ihrem Blick aus. »Und wieso sollte ich alle meine Entscheidungen von ihm abhängig machen? Schon mal was von Emanzipation gehört?«

»Natürlich habe ich das, aber …«

»Na also.« Julie nimmt einen weiteren Bissen von dem Kuchen und nickt entschieden. Doch während sie kaut, vermeidet sie es, Hannah anzusehen.

Hannah mustert sie forschend. Sie ahnt, dass hier noch etwas anderes vor sich geht. Sie will gerade nachhaken, als sie das Lächeln auf Toms Gesicht sieht.

»Es wäre schön, etwas mehr Zeit mit dir zu verbringen, Jules.« Er trinkt seinen Kaffee aus und stellt die Tasse vorsichtig auf dem kleinen Kaffeetablett ab. »Das haben wir schon viel zu lange nicht mehr getan.«

Julie nickt. »Aber komm bloß nicht auf dumme Gedanken. Ich habe nicht vor, deine Sklavin zu spielen oder so. Ich werde dir weder mit Palmblättern Luft zufächeln noch die Schläfen mit Duftöl einreiben.«

Tom lächelt. »Gott sei Dank.« Er legt eine Hand auf ihren Arm. »Das ist wirklich lieb von dir. Ehrlich gesagt, fand ich die Vorstellung, von irgendwelchen Fremden malträtiert zu werden, nicht gerade prickelnd.«

Hannah weiß, dass er sich immer gefragt hat, wie er die Beziehung zu seiner Schwester kitten könnte. Ganz offenbar glaubt er, dass dies nun seine Chance sei.

»Tja.« Julie schiebt sich den letzten Bissen Kuchen in den Mund. »Stattdessen wirst du jetzt wohl mit mir vorliebnehmen müssen.«

Hannah rutscht unruhig auf ihrem Sessel hin und her. »In Ordnung, wenn du also definitiv für längere Zeit zu uns ziehst, dann werde ich mal den ganzen Kram vom Schlafsofa im Arbeitszimmer wegräumen.«

Tom runzelt die Stirn. »Warum kann sie denn nicht ins Gästezimmer ziehen?«

Hannah schluckt und überlegt eine Sekunde, wie sie ihm den nächsten Satz möglichst schonend beibringen kann. »Weil wir dich dort unterbringen müssen, Tom.«

»Wieso das denn?«, fragt er entgeistert.

Die Enttäuschung auf seinem Gesicht ist schwer zu ertragen. »Weil es im Erdgeschoss liegt und gleich nebenan die Toilette ist. Das erleichtert die Sache.« Ihr Blick wandert zum Rollstuhl.

»Oh.« Er sieht sie traurig an. »Stimmt.«

Hannah kann ihm nicht in die Augen sehen. In einem Bett mit ihm zu schlafen, das wäre ihr im Augenblick zu viel Nähe. Es würde sich einfach falsch anfühlen. Sie legt ihre Hand auf seine. »Es ist ja nicht für lange. Nur bis du wieder auf den Beinen bist. Wir drei kriegen das schon hin.« Sie ringt sich ein Lächeln für Julie ab. »Wir werden Tom in null Komma nichts wieder fit machen, stimmt's?«

»Klar.« Julie grinst. »Im April wirst du wieder beim Marathon mitlaufen, Tommo.«

»Nein«, erwidert Tom mit ernstem Gesicht. »Ich werde ihn verdammt noch mal gewinnen.« Er sieht sie beide an. »Meine Frauen und ich. Was für ein Team!«

Hannah zwingt sich zu lächeln. Sie hat nicht das Gefühl, Teil eines Teams zu sein. Wenn sie darüber nachdenkt, hat sie sich in ihrem ganzen Leben noch nie einsamer gefühlt.

März 2007

Ein Geburtstagskuchen in Fussballform

Tom starrte das Mädchen an, das ihm die Haustür öffnete. »Jules?« Seine Mutter hatte ihm zwar am Telefon gesagt, dass sich seine Schwester seit seinem letzten Besuch »ein bisschen« verändert habe, doch er hatte ihren Hang zur Untertreibung nicht bedacht.

»Hey, Tommo.« Julie schauderte, als die kalte Luft von draußen hereinwehte, und vollführte dann eine halbe Pirouette. »Na, was sagst du?«

»Wow.« Tom blinzelte, als er sie aufs Neue musterte. Ihr langes dunkles Haar war kürzer, und ihre Beine steckten in hautengen Jeans, die er noch nie an ihr gesehen hatte. Dazu trug sie schwarze Doc Martens, und um ihren Hals hing ein Silberanhänger in Form eines bluttriefenden Dolchs. »Du siehst … toll aus.« Doch das tat sie nicht – jedenfalls nicht für ihn. Er mochte sie viel lieber in Jogginghose und mit einem Roman in der Hand.

»Danke.« Julie grinste. »Kommst du jetzt rein?«Sie spielte nervös mit den dunklen Lederarmbändern, die um ihr Handgelenk gewunden waren.

Tom trat in den Flur und öffnete die Arme.

Julies Augenlider glitzerten silbrig, als sie auf ihn zutrat und sich von ihm umarmen ließ. »Herzlichen Glückwunsch, Tommo.«

Ihr Haar duftete immer noch nach Äpfeln. Tom hielt sie so fest er konnte. Plötzlich war er von einer seltsamen Angst ergriffen, sie wieder loszulassen.

Julie wich als Erste zurück. »Machen wir lieber die Tür zu. Ist ja eiskalt da draußen.«

Tom machte einen weiteren Schritt in den kleinen Flur. Die scheußliche grüne Tapete und der Nippes, der auf dem kleinen Tisch arrangiert war, hatten eine tröstliche Wirkung auf ihn. Tom atmete den vertrauten Geruch aus Bohnerwachs mit einem Hauch von Katze darin ein. Als er zu seinen Füßen hinunterblickte, entdeckte er Lion, der um seine Beine strich. »Hallo, kleiner Freund.« Tom hockte sich hin und strich mit der Hand über das dichte rötlichbraune Fell des Katers. »Er sieht prima aus. Ihm scheint es richtig gut zu gehen.«

»Na, wenigstens einem von uns.« Julie runzelte die blasse Stirn.

»Was soll denn das heißen?« Tom richtete sich wieder auf. »Ist alles in Ordnung mit dir?«

Sie seufzte und schüttelte den Kopf. »Ach, vergiss es. Es ist nicht wichtig.«

»Bist du dir sicher? Es macht nämlich nicht gerade den Eindruck, als wäre alles in Ordnung.«

Julie wich seinem Blick aus und strich sich eine Haarsträhne aus dem Auge. »Doch, doch. Alles wunderbar.«

Tom verstand nicht, wohin die Unbeschwertheit, mit der sie immer miteinander umgegangen waren, plötzlich verschwunden war. Er versuchte es noch einmal. »Wieso der neue Look?«

Sie verlagerte ihr Gewicht verlegen von einem Bein aufs andere. »Ich fand, es war an der Zeit, mich nicht mehr wie ein Kind anzuziehen. Ich bin schließlich fast sechzehn.«

Toms Ansicht nach sah sie eher wie zwanzig aus. Er wünschte, sie wäre wieder klein. Damals waren die Dinge weniger kompliziert gewesen. Damals hatte er gewusst, was er sagen oder tun musste, damit sie sich besser fühlte.

»Wie geht's Hannah?« Julie verschränkte die Arme vor der Brust.

»Gut.«

»Freut mich«, sagte sie mit tonloser Stimme. »Hatte sie heute was anderes vor?«

»Wie meinst du das?«

Julie wendete sich ab und ging ins Wohnzimmer. »Na, ihr zwei scheint doch unzertrennlich zu sein. Wann immer ich anrufe, bist du bei ihr oder willst dich gerade mit ihr treffen. Ich habe gedacht, dass sie an deinem Geburtstag auf jeden Fall bei dir sein will.«

»Sie hatte da so eine Familiensache.«

»Ach so.« Sie nickte. »Verstehe.«

Toms Frust über Julies Verschlossenheit und ihre merkwürdigen Andeutungen wurde immer größer. Er hielt sie am Arm fest und sah sie eindringlich an. »Worauf willst du hinaus?«

»Keine Ahnung, Tommo. Es kommt mir nur so vor, als wenn sie uns gar nicht kennenlernen *will*.«

»Wie kommst du denn auf die Idee?«

Sie zuckte nur mit den Schultern.

»Jules, du bist ihr doch noch nie begegnet. Sie ist wirklich toll.«

»Das sagst *du*.«

Was zum Teufel war nur los mit ihr? »Habe ich irgendetwas falsch gemacht, Jules?«

Sie schüttelte den Kopf. »Nein. Es ist nur …«

»*Was?*«

»Im Moment passiert so wahnsinnig viel.« Als er die Tränen in ihren Augen schimmern sah, begann Toms Gewissen sich zu regen. »Ich vermisse unsere Unterhaltungen, Tommo. Ich vermisse es, dich zu sehen. Das ist alles.«

Nun fühlte Tom sich wirklich schlecht. Er wusste, dass er sich mehr um sie kümmern sollte, aber er war einfach überfordert. Da waren die Prüfungen. Sein Job im Pub. Die Miete, die er zu zahlen hatte. Das Geld, das er nach Hause schickte.

Und natürlich Hannah. Sein Silberstreif am Horizont.

Er umarmte Julie ein weiteres Mal, zog sie in einer stummen Entschuldigung an sich. »Aber jetzt bin ich hier.«

»Ja.« Julie nickte, befreite sich aus seinen Armen und ließ sich dann in den durchgesessenen Lieblingssessel ihrer Mutter fallen.

Tom nahm auf dem alten Sofa Platz und lehnte sich gegen die Cordkissen, die seine Mutter kurz nach dem Verschwinden seines Vaters gekauft hatte. Vermutlich war es kein Zufall, dass ihn die Farbe an Scheiße erinnerte. Er fuhr sich mit der Hand durchs Haar und betrachtete den unordentlichen Stapel Schulbücher, der auf dem Couchtisch lag. »Was liest du im Moment?«

Sie schüttelte den Kopf. »Nichts.«

»Wirklich nicht? Du liest doch eigentlich ständig irgendwas.«

Sie kaute auf ihrem Daumennagel herum und antwortete nicht.

Tom versuchte es noch einmal. »Was macht die Schule? Nicht mehr lange bis zu den Abschlussprüfungen, oder?«

»Alles okay.«

»Und deine Freunde. Wie läuft's mit denen?«

Julie zuckte wieder mit den Schultern. »Welche Freunde?«

Langsam begann Tom sich ernsthafte Sorgen zu machen. »Ich dachte, es gefällt dir auf der Schule.«

»Ja, klar.« Sie zog die Mundwinkel herunter. »Ich passe ja auch so wunderbar in diese elitären Kreise.« Sie zupfte nervös an ihrem Ärmel. »Ich würde sagen, ich bin eher Prolo als Polo.«

Sie hatte immer Freunde gehabt. Seit ihrem ersten Tag in der

Grundschule war sie beliebt gewesen. Tom runzelte irritiert die Stirn. »Es dauert eine Weile, bis man sich eingewöhnt ha…«

»Ich bin jetzt anderthalb Jahre da, Tommo«, fiel Julie ihm ins Wort.

Als Tom sie ansah, erkannte er mit Entsetzen die Verzweiflung in ihrem Gesicht. »Kann ich dir irgendwie helfen?«

Julie machte eine wegwerfende Handbewegung. »Nein. Ich komm schon irgendwie klar. Ich … ich vermisse einfach meine alten Freunde.«

»Verstehe.« Es waren genau diese alten Freunde, wegen denen Tom Bedenken hatte. Insbesondere wegen Gary, zu dem sie im letzten Dezember abgehauen war. Tom würde ihm am liebsten eine verpassen. »Aber deine Noten sind doch immer noch gut, oder? Diese ganze Sache mit dem Stipendium und der Privatschule war immerhin dazu gedacht, dass du bessere Lehrer bekommst.«

»Ja.« Julie biss sich auf die Lippe. »Die sind in Ordnung.«

»Gut.« Tom entspannte sich ein wenig. »Also hast du immer noch vor, Medizin zu studieren?«

Julie runzelte die Stirn. »Das ist doch schon ewig her.«

»Weihnachten wolltest du es noch.«

»Was auch immer …«

Und damit war die Sache offenbar für sie erledigt. Tom stützte sich auf die Armlehne und vernahm das vertraute Knarren und Ächzen des alten Leders. Ihr Verhalten brachte ihn völlig aus dem Konzept. Er kam sich so unbeholfen vor. Das alles fühlte sich falsch an. Er erinnerte sich daran, wie sie als kleines Mädchen immer angerannt gekommen war, um auf den Arm genommen zu werden. Wie sie ihn in ihr Spiel mit eingeschlossen und lautstark protestiert hatte, wenn er zur Schule musste. Wie sie seine Hand genommen und ihn angebettelt hatte, ihr noch eine weitere Gutenachtgeschichte vorzulesen. Er vermisste diese Nähe. Er vermisste seine Schwester.

Julie hatte mit abwehrend übereinandergeschlagenen Beinen dagesessen, nun stellte sie die Füße nebeneinander und bemühte sich um ein Lächeln, offensichtlich versucht, die Stimmung aufzuheitern. »Wie läuft's denn bei dir? Bist du bereit für die Examensprüfung?«

Er spürte, wie sich sein Magen vor Angst zusammenzog. Ein mittlerweile viel zu vertrautes Gefühl. Es gab einfach zu viele Bücher, zu viele Fälle, die er sich einprägen musste. Zu viele Anordnungen und Delikte und nicht genug Zeit, um sie sich alle zu merken. »Das ist man wahrscheinlich nie«, stieß er hervor. »Aber ich hoffe, dass es ausreicht. Ich tue zumindest nichts anderes als Lernen.«

»Du wirst das schon schaffen. Wann geht's denn los?«

»Anfang Mai.« Tom schluckte schwer. »Drück mir die Daumen und schick mir deine klügsten Gedanken.«

»Werde ich machen.« Der vertraute Schalk blitzte wieder in ihren Augen. Tom war erleichtert, sie endlich lächeln zu sehen. »Ich weiß ja, wie sehr du sie brauchen wirst.«

»Du kleines Luder!« Tom warf ein Kissen nach ihr, verfehlte sie aber knapp.

Julie schmiss eins zurück und traf ihn voll ins Gesicht. »Siehst du? Ich werfe sogar besser als du.«

Tom lachte. »Also schön. Du bist in allen Dingen hundert Prozent besser als dein schwachköpfiger älterer Bruder.«

Ihr Gesicht wurde plötzlich wieder ernst, und sie zog die Knie an die Brust. »Aber du passt trotzdem noch auf mich auf, oder? Wenn du bald einen tollen Job in London hast?«

Die Frage schien sie wirklich zu beschäftigen. Tom brachte es nicht übers Herz ihr zu gestehen, dass er im Augenblick nicht die geringsten Aussichten auf irgendeine Stelle hatte. Alle anderen hatten bereits Verträge für ihre Referendarzeit in der Tasche. Nick. Jim. Sämtliche seiner Freunde. Nur er nicht. Rasch schob Tom den Gedanken daran beiseite. »Natürlich pass ich auf dich auf. Auf euch beide. Wie ich es jetzt auch tue. Das weißt du doch.«

»Gut.« Ihr Lächeln kehrte zurück. »Und da du ganz offensichtlich bei deinen großen Fällen meine Hilfe brauchen wirst, werde ich deine persönliche Erin Brockovich sein. Nur mit weniger Dekolleté.«

Tom grinste. »Abgemacht.« Im selben Moment erklang von oben ein dumpfer Knall. »Ist das Mum?«

Julie schien mit einem Mal großes Interesse für ihre Füße zu entwickeln. »Äh … ja.«

»Ist sie denn nicht arbeiten? Sie sagte, sie würde jetzt die Tagesschicht haben.«

»Sie …« Julie verstummte.

»Was ist denn?«

Julie schien nicht recht zu wissen, was sie sagen sollte. Schließlich schüttelte sie den Kopf. »Ach, was soll's. Eigentlich darf ich dir das nicht erzählen, aber Mum … Sie hat im Moment keinen Job.«

Er erstarrte. Seine Mutter hatte in über zwanzig Jahren nicht einen Tag bei der Arbeit gefehlt. »Jules, was ist los?«

»Sie will nicht, dass ich es dir sage«, erwiderte sie.

»Dass du mir *was* sagst?«

Julies Gesicht verzog sich, als habe sie Schmerzen. Sie schien den Tränen nah. »Sie ist krank.«

»Krank? Im Sinne von Grippe oder …«

Julie schloss die Augen. »Nein, keine verdammte Grippe. Schön wär's. Geh doch nach oben und sieh selbst nach.«

Tom rannte die Treppe hinauf. Seine Mutter war nicht in ihrem Zimmer, das wie immer ordentlich aufgeräumt war und die Ruhe und Behaglichkeit ausstrahlte, die so typisch für sie waren. Ihr gestreiftes Nachthemd lag gefaltet auf dem grauen Baumwollkissenbezug, und auf dem Nachttisch war das neueste Buch aufgeschlagen, das sie sich aus der Bibliothek ausgeliehen hatte. »Mum?« Tom hörte ein Klappern aus dem Bad und dann, wie seine Mutter schwer Luft holte. »Mum? Alles in Ordnung?« Er geriet in Panik und drehte den Knauf, ausnahmsweise einmal froh, dass seine Mutter nie dazu gekommen war, das Schloss reparieren zu lassen. Die Tür ließ sich ohne Weiteres öffnen.

Vor dem Spiegel stand eine alte Frau. Sie hatte keine Haare. Ihr Gesicht war blass und eingefallen. Die Kleidung hing an ihr herab, als wäre sie einige Nummern zu groß für sie. Übelkeit stieg in ihm auf. »Mum?«

Sie hielt eine kastanienbraune Perücke in die Höhe und versuchte sich an einem verlegenen Lächeln. »Ich weiß einfach nicht, wie ich dieses Ding dazu bringen soll, an meinem Kopf zu halten.« Ihre Stimme klang gepresst, als würde sie Tränen unterdrücken.

Tom war wie erstarrt. »Mum?«, sagte er noch einmal.

»Hallo, mein Schatz.« Scham erfüllte ihn, als sie seinen Blick mied. Als ob sie das Gefühl hätte, nicht gut genug für ihn zu sein. »Ich wollte hübsch für dich aussehen.« Er sah, dass ihre Hände zitterten. »Aber ich hab's nicht geschafft. Nie bekomme ich etwas richtig hin.«

Tom ging auf sie zu und umarmte sie. Sie hatte sich noch nie so zerbrechlich angefühlt wie in diesem Moment. »Mum, hast du …« Er rang nach Atem. Das Wort laut auszusprechen erschien ihm plötzlich völlig unmöglich. Krebs.

»Ja, mein Schatz.« Ein Schluchzen ließ ihre schmalen Schultern erzittern. »Ich hatte einen Knoten in meiner Brust entdeckt, und jetzt bekomme ich eine Chemo.« Sie wich einen Schritt zurück. »Nicht weinen. Es wird alles gut.«

Er hatte die Liebe, die er in ihren Augen sah, nicht verdient. Er hätte es wissen und für sie da sein müssen.

Sie tätschelte seine Wange.

»Aber …« Tom fuhr sich mit der Hand durchs Haar. »Wieso hast du mir nichts gesagt?«

Sie drehte sich zum Waschbecken um und wischte mit dem Finger über einen imaginären Fleck am Spiegel darüber.

Tom trat einen Schritt auf sie zu. »Mum, wieso hast du mir nichts gesagt?«

Er hörte ein Geräusch hinter sich, Julie war im Türrahmen erschienen. Sie hatte die Arme vor der Brust verschränkt, und ihr Gesicht war von Traurigkeit erfüllt. »Wegen deines Examens. Sie wollte es dir erst hinterher erzählen. Ich habe ihr immer wieder gesagt, dass sie zu krank ist. Dass sie es dir vorher sagen soll. Aber sie wollte nicht auf mich hören.«

Die Schuldgefühle schienen ihn niederzuringen. Er konnte nicht aufhören zu zittern. »Aber ich kann doch helfen. Ich kann die Prüfung ein Jahr aufschieben und …«

»Nein.« Seine Mutter richtete sich auf. Ihr Stolz war in jede einzelne Falte ihres Gesichts eingeschrieben. »Nein. Das wirst du nicht.« Sie zog das Taschentuch hervor, das wie immer in ihrem Ärmel steckte, und tupfte sich damit die Augen. »Du hast zu hart dafür gearbeitet.«

Als sie vor Schmerz zusammenzuckte, trat Julie vor und nahm sich ihrer mit offenbar geübter Sorge an. »Alles in Ordnung, Mum? Brauchst du etwas Wasser oder Tee? Willst du dich hinlegen?«

Tom sah zu, wie sich seine Schwester behutsam um ihre Mutter kümmerte, und stellte sich vor, wie die beiden die ganze Zeit über allein gewesen waren. Klarkommen. Durchhalten. Nur um ihn zu schützen. »Mum. Ich …« Tränen der Scham brannten ihm in den Augen. »Es tut mir so leid.« Er versuchte weiterzureden, doch es kam nur ein Schluchzen heraus.

Mit einem Mal war seine Mutter an seiner Seite. Sie nahm seine Hand und flüsterte: »Ist schon gut.« Tom konnte kein Wort mehr herausbringen. Er spürte, wie sie ihre Arme um ihn legte. »Ich habe dir einen schönen Kuchen zum Geburtstag gebacken. Einen Fußball. So wie du ihn immer bekommen hast, als du noch klein warst.« Sie wich zurück, und er sah den mütterlichen Stolz in ihrem Lächeln. »Sollen wir runtergehen und ihn anschneiden?«

Dass sie diejenige war, die ihn tröstete, brach ihm das Herz.

Er riss sich zusammen und aß zwei Stücke Kuchen. Kaute. Schluckte. Kaute. Schluckte. Doch bei jedem Bissen hatte er das Gefühl, daran zu ersticken.

Kapitel 7

»Ich dachte, Sie wären tot, Miss.«

»Tut mir leid, dich enttäuschen zu müssen, T'shan.« Hannah betrachtet den dick mit Lipgloss eingepinselten Schmollmund des Mädchens in der dritten Tischreihe.

»Quatsch, du Dummerchen.« Der blonde Junge hinter T'shan rappelt sich von seinem Stuhl auf und versetzt ihr einen Klaps auf den Hinterkopf. Justin und T'shan sind augenblicklich das angesagte Paar der Jahrgangsstufe elf und ihr Verhalten der letzte Beweis dafür, dass die Romantik in der Tat mehr als tot ist. Justin atmet zischend durch die Zähne aus. »Doch nicht sie. Ihr Mann!« Er verdreht die müden Augen. »Du bist so dämlich.«

T'shan scheint auf sein Benehmen zu stehen, denn sie wirft ihm einen Blick zu, der eher in einen Stripteaseklub gepasst hätte. Justins Lippen verziehen sich zu dem anzüglichen Grinsen eines Jungen, der bei der Frage, ob er sein erstes Mal schon hinter sich hat, nicht lügen muss. Hormone vernebeln die Luft.

Hannah hebt die Stimme, um sich über das Schrammen der Stühle über den Boden und das dumpfe Knallen der Bücher, die auf Tische geschmissen werden, Gehör zu verschaffen. »Also schön. Heute werden wir …«

Als sich im selben Moment die Tür öffnet, könnte Hannah schwören, dass die Temperatur im Klassenzimmer augenblicklich um einige Grad fällt. Es ist Margaret.

»Hannah, könnte ich dich kurz sprechen?«

Hannah weiß inzwischen, dass die Antwort auf diese Frage niemals Nein lauten sollte. »Natürlich.« Bevor sie durch die Tür tritt, wendet sie sich noch einmal der Klasse zu. »Holt bitte alle eure Bücher heraus. Wir werden uns heute weiter mit *Macbeth* beschäftigen.«

Sogleich erhebt sich das vertraute Gemurre.

»Kommt schon, Leute. Ich bin den ersten Tag wieder da. Seid nett und vertragt euch.« Sie kehrt dem stöhnenden Chor den Rücken zu und schließt die Tür hinter sich. »Was gibt es denn so Wichtiges, Margaret?«

Ihre Vorgesetzte zieht an der weißen Manschette ihrer Bluse, sodass diese vollkommen gerade über ihrem Handgelenk liegt. »Ich fahre gleich zu einer Konferenz und wollte vorher noch einmal mit dir sprechen.«

»Ach ja, und wieso?« Hannah starrt auf den grauen Schal um Margarets Hals und verspürt mit einem Mal den Drang, sie zu fragen, wie sie es schafft, die Enden in zwei genau gleich langen Strängen um ihren Hals zu drapieren. Sie stellt sich vor, wie sie vor dem Spiegel steht und nachmisst. »Habe ich irgendetwas vergessen, das ich erledigen sollte?«

»Nein, nein.« Margaret schüttelt den Kopf. Ihr kurzes schwarzes Haar wagt es nicht, sich auch nur einen Millimeter zu rühren. »Ich wollte nur mal nachfragen, wie es dir geht.«

Hannah ist klar, dass es absolut unmöglich ist, diese Frage ehrlich zu beantworten. Um zwei Uhr war sie aus dem Schlaf geschreckt, weil sie ein dilettantischer Meuchelmörder mit einem sehr stumpfen Messer durch London jagte – ein Albtraum, den sie nicht zum ersten Mal gehabt hatte. Um vier Uhr hatte sie die Hoffnung aufgegeben, in dieser Nacht noch einmal einzuschlafen, und die restlichen Stunden bis zum Morgen mit einem Stephen-King-Roman verbracht. Gerade fühlt sie sich einfach nur todmüde und vollkommen ausgelaugt. »Mir geht's gut.«

»Ganz bestimmt? Das muss doch im Moment eine schwierige Zeit für dich sein.« Margaret löst ihre Arme, die sie vor der Brust verschränkt hatte, und eine schreckliche Sekunde lang glaubt Hannah, dass sie auf sie zutreten und sie in die Arme schließen würde. Das musste sich anfühlen, als würde man von einem Bügelbrett getröstet.

Hannah weicht vorsichtshalber einen Schritt zurück, entspannt sich aber, als sie erkennt, dass Margaret lediglich eine winzige Fluse entfernt, die es gewagt hat, auf dem Ärmel ihrer marineblauen Kostümjacke zu landen. »Alles okay. Ich bin froh, wieder hier zu sein.« Aus dem Klassenzimmer ertönt ein erstickter Schrei.

Margaret verzieht keine Miene. »Na, schön«, sagt sie nur, und die Zornesfalte zwischen ihren Augen vertieft sich. »In diesem Jahr gilt es, viel zu erreichen, und ich muss wissen, ob ich mich auf dich verlassen kann.«

Darum ging es hier also in Wahrheit. »Du weißt doch, dass du das kannst, Margaret.« Hannah hätte nur zu gern hinzugefügt, wie wichtig ihr die Schüler sind und dass sie alles für sie tun würde. Aber seit Margaret an der Queensdale angefangen hat, ist schnell deutlich geworden, dass sie sehr viel mehr an Resultaten als an den Schülern interessiert ist. Was für sie zählt, sind gute Noten und Statistiken.

Margaret schürzt die schmalen Lippen. »Jetzt, wo du aus dem Sonderurlaub zurück bist, Hannah …«

»Ja?«

»Es wäre toll, wenn du für den Elternabend der Neunten morgen die Präsentation vorbereiten könntest. Du weißt schon, ein Überblick über die kommenden Wahl- und Pflichtfächer, eine Aufstellung der Kursanforderungen etc.«

»Eine Präsentation?« Hannah spürt Panik in sich aufsteigen. Sie muss heute Abend ins Krankenhaus und hat den ganzen Tag über Unterricht. Da würde ihr unmöglich Zeit für die Vorbereitung bleiben.

Margaret nickt. »Das ist eine tolle Chance für dich. Und ich kann gar nicht genug betonen, wie wichtig …«

»Dafür bin ich dir auch wirklich dankbar«, wagt Hannah, sie zu unterbrechen. »Aber ich bin noch mit der Erstellung des Kursverzeichnisses beschäftigt, um das du mich gebeten hattest, und ich weiß wirklich nicht …«

»Wenn du dich nicht in der Lage fühst, die Aufgabe zu übernehmen, dann sag es ruhig.«

»Ich …«

»Mir ist durchaus bewusst, dass du sehr *kreativ* bist, wenn es um deinen Unterricht geht.« Aus Margarets Mund klingt dies ungefähr so, als würde sie jemanden für seine Cracksucht loben.

»Aber …«

»Aber wir benötigen Resultate, Hannah. Und die Eltern sollten ihre Kinder zu guten Leistungen motivieren. Es ist wichtig, sie miteinzubeziehen, das dürfte dir hoffentlich bewusst sein. Und ich möchte, dass du deinen Teil dazu beiträgst.«

Hannah hat eigentlich geglaubt, dass sie das bereits zur Genüge tut. Sie seufzt. Dieser Job ist jetzt ihr Leben. Es gibt keinen Plan B mehr, sie muss das Beste daraus machen. »Ich übernehme natürlich gerne die Präsentation.«

»Gut.« Margaret nickt. »Und jetzt – husch – zurück in deine Klasse!«

Noch bevor Hannah antworten kann, ist Margaret bereits den Flur hinuntergestürmt. Während sie ihr hinterherstarrt, ballt sie die Hände zu Fäusten und murmelt ein paar Schimpfworte in sich hinein, ehe sie wieder ins Klassenzimmer zurückkehrt. Sie lässt ihren Blick über die Klasse wandern und atmet den vertrauten Geruch von zu viel Deodorant und verbotenen Zigaretten ein. »Ruhe bitte.« Die Schüler ignorieren sie. »*Ruhe!*« Wie durch ein Wunder gehorchen sie. Hannah lehnt sich gegen den Schreibtisch. »Wenn Lady Macbeth ein Sandwich wäre, was für eins wäre sie dann?«

Verdutzte Gesichter.

»Kommt schon. Lasst eure Fantasie spielen.«

»Was meinen Sie denn damit, Miss?« T'shan verschränkt die Arme vor der Brust und lümmelt sich in klassischer Teenagermanier auf ihrem Stuhl, um deutlich zu machen, wie schrecklich gelangweilt sie ist.

Hannah trotzt den Parfümwolken, die ihr Tränen in die Augen treiben, und geht auf sie zu. »Wäre sie vielleicht ein Erdnussbuttersandwich mit Marmelade?«

»Nee! Das ist ja eklig, Miss!«

»Also, was für ein Sandwich wäre sie?«

Justin aus der letzten Reihe scheint aus seiner Trance zu erwachen. »Na, ein Lachsschnittchen oder ein Kaviarhäppchen, ist doch klar!«

Hannah dreht sich zu dem Sprecher um, der eine daumennagelgroße Narbe an der Seite seines Gesichts hat. »Und wieso?«

»Weil sie piekfein ist.«

»Warum glaubst du das?«

Für einen Moment herrscht Schweigen. Dann erhebt sich eine Reihe spöttischer Rufe, unter denen T'shans Stimme am lautesten ertönt. »Weil sie ein Nachthemd trägt, Miss!«

Und plötzlich sind alle eifrig bei der Sache, gestikulieren, argumentieren, lachen.

Als die Klingel ertönt, stellt Hannah fest, dass ihr die Stunde Spaß gemacht hat. Sie hatte ganz vergessen, wie gut sich das anfühlt.

Zu Beginn der Pause steht Hannah am Fenster und sieht zu, wie die Schüler in ihren schwarzen Blazern die große graue Fläche des Schulhofs stürmen. Sie vernimmt das laute Schreien und Kreischen und wünscht sich, sie könnte die gleiche Begeisterung für ihr Leben empfinden.

»Na, wie unerträglich waren sie heute?«, erkundigt sich Steph, die gerade das Klassenzimmer mit einem Stapel roter Hefte im Arm betritt. Ein Kugelschreiber steckt in ihrem scheinbar hastig zum Pferdeschwanz gebundenen Haar. Sie knallt die Hefte auf den Tisch. »Ich habe hier dreißig Meisterwerke über *Der Herr der Fliegen*«, fügt sie grinsend hinzu. »Sollen wir tauschen?«

Hannah hebt ihren Stapel in die Höhe. »Das würde ich dir nicht antun. Metaphern und Symbole in *Macbeth*. Vermutlich keine Glanzleistungen.«

Steph blickt sie von der Seite an, als sie sich gemeinsam auf den Weg ins Lehrerzimmer machen. »Wie ist es, wieder hier zu sein?«

»Ganz okay. Abgesehen von Margaret der Schrecklichen. Sie hat keine Sekunde gezögert, sofort wieder an meiner Selbstachtung zu kratzen.«

»Die gönnt sich auch niemals eine Pause.« Steph verdreht die Augen. »Jetzt, wo ich weggehe, nimmt sie offenbar dich ins Visier. Lass bloß nicht zu, dass dir das an die Nieren geht.«

»Ich werd's versuchen.« Hannah betrachtet die neuen Bilder, die in den Schaukästen an der Wand im Flur hängen. »Du meine Güte! Was haben die Kinder denn da gemalt? Ungeheuer?«

Steph kichert. »Nein, ihre Eltern.«

»Oh.« Hannah mustert stirnrunzelnd eine besonders gruselige Kreatur mit verzerrtem Gesicht und blutunterlaufenen Augen. »Jetzt, wo du es sagst – die erinnern mich tatsächlich ein bisschen an den letzten Elternabend.«

»Psst. « Stephs Blick huscht zu einer Gruppe von Schülern hinüber, die ihnen entgegenkommen. »Die verpetzen dich.«

»Was denn, Miss?« Ein Mädchen mit Extensions, die sogar Rapunzel vor Neid hätten erblassen lassen, blickt zu ihnen auf.

»Schon gut, du warst nicht gemeint«, beruhigt sie Hannah. »Tolle Haare übrigens. Hast du das selbst gemacht?«

Das Mädchen grinst. »Nein, Miss. Dafür hab ich meinen

persönlichen Stylisten.« Als sie albern kichert, sieht sie auf einmal fünf Jahre jünger aus.

»Kannst du mir den mal ausleihen?« Hannah deutet auf ihre widerspenstigen Locken. »Ich könnte auch einen neuen Look vertragen.«

Das Mädchen neigt den Kopf zur Seite. »Ich werde sehen, was ich tun kann.«

»Mach das«, sagt Hannah, wendet sich ab und geht mit Steph weiter auf das Lehrerzimmer zu. Hinter ihnen ist lautes Gekicher zu hören.

»Freche Luder.« Steph grinst. »Also ich persönlich mag ja deinen Finger-in-der-Steckdose-Look.«

»Ach, halt die Klappe. Es ist harte Arbeit und dauert viele schlaflose Nächte, bis die Frisur so perfekt aussieht.« Hannah versucht möglichst streng zu klingen, kann sich das Lachen aber nicht verkneifen.

»Schön, dich mal wieder fröhlich zu sehen.« Steph stupst sie mit dem Ellbogen in die Seite. »Vielleicht geht es langsam aufwärts. Vielleicht ist das der Wendepunkt. Vielleicht …«

Sie biegen um die Ecke. Und da steht er.

»Oder vielleicht auch nicht.«

Wie auf Kommando bleiben die beiden Freundinnen stehen.

Steph lehnt sich zu Hannah hinüber und flüstert: »Was zum Teufel macht der denn hier?«

»Keine Ahnung.« Hannah versucht, wie ein Chamäleon mit der Steinmauer hinter ihr zu verschmelzen.

»Hallo, die Damen.«

Hannah blickt sich verzweifelt nach einem Fluchtweg um. Aber es ist weit und breit keiner in Sicht. Keine Streithähne, die sie trennen muss, keine Kinder, die sich draußen vor dem Fenster eine Zigarette anstecken. Sie denkt kurz darüber nach, den Feueralarm auszulösen. Ihr wäre gerade so ziemlich jedes Mittel recht, um hier wegzukommen.

»Wie geht es dir?« Sie spürt, wie sein Blick auf ihr ruht.

Hannah öffnet den Mund. Schließt ihn wieder. Wie ein Karpfen auf dem Trockenen.

Sehr lässig.

»Raj.« Stephs Stimme klingt ungewöhnlich schrill. »Was machst du denn hier? Ich dachte, du wärest an diese Schule in Brighton zurückgegangen.«

»War ich auch.« Er tippt mit einem seiner langen Finger auf die gelbe Mappe in seiner Hand. »Aber dann wurde ich wieder herbeordert, um für jemanden einzuspringen. So leicht werdet ihr mich nicht los.«

»Sieht ganz so aus.« Hannah traut sich endlich, ihn anzusehen, blickt aber schnell wieder auf den Boden.

»Schön, dass du wieder da bist.« Steph hat noch nie weniger überzeugend geklungen.

»Danke.« Raj macht einen Schritt auf Hannah zu. Sie weicht zurück.

Steph plappert munter weiter, um die merkwürdige Situation zu überspielen. »Wen vertrittst du denn jetzt, Raj?«

»Tyler ist wieder mal krank.«

»Der Typ ist ein echter Drückeberger«, lästert Steph. »Er hat sich sogar mal wegen eines entzündeten Zehs krankschreiben lassen.«

Raj zuckt mit den Schultern, und ein Lächeln huscht über sein Gesicht. »Für mich waren es auf jeden Fall gute Neuigkeiten.«

»Wenn du das sagst.« Steph tritt an ihm vorbei und legt ihre Hand auf die Türklinke des Lehrerzimmers. »Kommst du auf einen Kaffee mit rein, Hannah?«

»Ähm … ja …« Hannah blickt immer noch auf ihre Füße herab, die sich einfach nicht bewegen wollen.

Raj berührt sie am Arm. »Kann ich dich kurz sprechen, Hannah?«

Gott, alles, nur das nicht.

»Das halte ich für keine gute Idee.« Endlich gehorchen ihre Beine wieder, und sie macht einen Schritt auf Steph zu.

»Bitte!«

Hannah bleibt stehen und wendet sich ihm zu. Raj schaut sie mit seinen großen braunen Augen an. Sie hatte ganz vergessen, wie lang seine Wimpern sind. Und mit einem Mal ist sie wieder da, die vernebelte Erinnerung an die ausgelassene Feier zu ihrem dreißigsten Geburtstag. Monate der Wut und der Traurigkeit hatten sich mit dem Alkohol in ihren Adern vermischt, und mit einem Mal hatten sie auf der Straße gestanden und sich geküsst. Und es hatte nichts anderes mehr als Haut und Hände und das berauschende Gefühl gezählt, wieder begehrt zu werden.

Rajs Haut. Rajs Hände. O Gott!

Steph durchbricht das unangenehme Schweigen. »Ich warte drinnen auf dich, in Ordnung? Es wird ja sicher nicht lange dauern.«

Hannah versucht, sich zusammenzureißen. Sie muss nur mit ihm reden, um ihm klarzumachen, dass es ein One-Night-Stand gewesen ist und nie wieder geschehen darf. »Also …«, beginnt sie und verflucht die Röte, die ihr augenblicklich ins Gesicht steigt.

»Wie geht es dir?«

Sie senkt den Blick. »Super. Könnte nicht besser sein.«

»Ich habe gehört, was mit Tom passiert ist. Wie macht er sich?«

Hannah sieht sich genötigt, eine positive Einstellung zu heucheln. »Gut. Ja, es geht ihm gut. Er kommt nächste Woche nach Hause. Er wird noch ein bisschen Hilfe brauchen, aber …« Sie verstummt und beißt sich auf die Lippe. Tom wird bei *allem* Hilfe brauchen.

»Du siehst traurig aus, Hannah.«

Sie weicht einen Schritt zurück. »Findest du? Na, vielleicht kennst du mich nicht so gut, wie du zu glauben scheinst. Das ist mein fröhliches Gesicht.« Sie wünschte, sie könnte besser lügen.

»Du hast meine SMS nicht beantwortet.« Sein Ton klingt vorwurfsvoll.

»Ich hatte einiges zu tun.«

Als er fortfährt, ist seine Stimme leise. Er spricht schnell, fast eifrig. »Ich habe mich so gefreut, hierher zurückzukommen, Hannah, und dich zu sehen.«

»Dazu gibt es keine Veranlassung«, erwidert sie schärfer als beabsichtigt. »Wolltest du nicht wieder zu deiner Freundin zurück?«

»Nein. Ich … Es passt einfach nicht mehr.«

Er ist so nah. Sie hasst sich dafür, dass ihr Herz schneller klopft. Sie blickt zu Boden, betrachtet ihre Schuhe, als seien sie das Faszinierendste auf der Welt.

»Hannah?« Er macht noch einen Schritt auf sie zu. »Mir ist klar, dass sich die Dinge für dich geändert haben, aber unsere gemeinsame Nacht hat mir wirklich etwas bedeutet.« Sie blickt auf, als er sich mit der flachen Hand gegen die Stirn schlägt. »Eine Welt voller Poesie, und das ist das Einzige, das mir einfällt.« Er verdreht die Augen. »Klasse, was?«

Für einen Moment erlaubt sie sich ein Lächeln, als sie sich daran erinnert, wie nett er bei ihrer Party gewesen ist. Wie er sie beruhigt hat, als Tom nicht erschienen ist – ihr stundenlang zugehört hat, als sie ihm erzählte, wie unglücklich sie sei, und dass sie Toms Verachtung nicht eine Minute länger aushalte.

Er hatte sie zum Lachen gebracht. Als sie zum Rauchen nach draußen geschlichen waren, hatte er eine ihrer Locken um den Finger gewickelt und einen Kuss darauf gedrückt. Ihr gesagt, dass er verrückt nach ihr sei. Dass er seit seinem ersten Einsatz als Aushilfslehrer an der Queensdale vor einem halben Jahr in sie verliebt sei. Sie erinnert sich daran, wie er ihren Schmerz weggeküsst hat.

Doch dann kehrt sie gedanklich wieder in den grauen Flur zurück und sieht vor sich einen Mann, der nicht ihr kranker Ehemann ist. Und sie hasst sich dafür. »Wir können das nicht tun, Raj. *Ich* kann das nicht tun.« Sie versucht, die Tür zum Lehrerzimmer zu öffnen, doch er hält sie mit erhobener Hand davon ab. »Nein.« Ihre Stimme ist laut. »Nein, Raj. Das wird nicht passieren.« Sie drückt gegen die Tür. »Halt dich von mir fern. Bitte.«

Er lässt sie gehen. »Aber …«

»Nein.« Sie stößt die Tür auf und tritt in das Stimmengewirr des Lehrerzimmers.

Juni 2007

Eine Eintrittskarte fürs London Eye

»Du hast also immer noch keinen Job, Tommo?« Julie stand lässig an die Glaswand des London Eye gelehnt, ohne den goldenen Wolken, die in ihrem Rücken Big Ben umrahmten, auch nur die geringste Aufmerksamkeit zu schenken, während die Kabine langsam Richtung Themse hinabglitt.

Tom sah zu seiner Mutter hinüber, die fasziniert auf die berühmteste Uhr der Welt starrte und dabei unbewusst die Sicherheitsstange vor sich mit der Hand umklammert hielt. Sie nahm alles so begierig in sich auf, als könnte es das Letzte sein, was sie sah. Er schluckte. Nach der achtwöchigen Chemo und ihrer Brustamputation im letzten Monat war seine Mutter so gebrechlich, dass er sich fragte, ob sie sie in diesem Sommer verlieren würden. Er blickte auf das tiefschwarze Wasser der Themse hinab, schob den Gedanken mit Nachdruck beiseite und wandte sich seiner Schwester zu. »Nein, ich habe noch keinen Job, Jules, aber …«

Hannah fiel ihm ins Wort: »Aber er hat morgen ein Vorstellungsgespräch in einer tollen Kanzlei.« Sie lächelte stolz. »Ich bin mir sicher, dass wir morgen Abend die Sektkorken knallen lassen können.«

Julie zog einen Schmollmund. »Ich kann einfach nicht glauben, dass dieser Blödmann Nick früher einen Job gefunden hat als du.«

Tom seufzte. Die Kabine begann langsam, sich bedrückend klein anzufühlen. Er hatte sich so gefreut, als sie eine für sich allein bekommen hatten, aber nun wünschte er sich, da wären noch ein paar aufgeregte italienische Touristen mit ihnen an Bord, um Julies Pessimismus zu übertönen. Er nahm all seine noch übrig gebliebene Geduld zusammen und sagte: »Dieser ›Blödmann‹, wie du ihn nennst, ist zufällig mein bester Freund. Und er hat mir das Vorstellungsgespräch durch einen seiner alten Schulfreunde verschafft, also …«

Julie schüttelte herablassend den Kopf. Ihr Nasenstecker glitzerte in der späten Abendsonne. Als Tom ihr in die Augen sah, erkannte er darin keine Spur mehr von seiner Schwester. Das kleine Mädchen mit den großen Augen, das ihm die Welt geschenkt hätte, wenn sie in ihrem Besitz gewesen wäre, war verschwunden. Die Julie vor ihm roch nach Zigaretten und sah aus, als würde man ihr ohne Ausweiskontrolle Alkohol servieren. Diese Julie sah so aus, als könnte sie jemanden mit einem einzigen Wort zu Stein erstarren lassen. Er sah verlegen zur Seite, als ihm bewusst wurde, dass er die Spitze ihres BHs durch das dünne violette Oberteil sehen konnte.

»Wenn du meinst.« Julie knabberte an einem spitzen schwarzen Fingernagel. »Sieht dir gar nicht ähnlich, dich mit dem zweiten Platz zu begnügen.« Sie sah Hannah an. »Früher hat er fast ein Loch in die Wand geboxt, wenn ich ihn beim Monopoly geschlagen habe.« Sie lachte trocken. Hämisch. So wie in letzter Zeit immer, wenn sie mit ihm sprach. Sie stieß sich vom Glas ab und legte ihrer Mutter behutsam den Arm um die dünnen Schultern. »Alles klar bei dir, Mum? Ist dir warm genug?« Tom sah die Zärtlichkeit in ihrem Gesicht, und mit einem Mal war sie wieder die alte Jules. Mitfühlend. Fürsorglich. Lieb.

»Mir geht's gut, Liebes.« Ihre Mutter zog die dicke Strickjacke enger um sich, obwohl es einer von Londons milderen Sommerabenden war. Sie starrte auf den Fluss und Somerset

House hinaus, und Tom fiel wieder auf, wie blass sie trotz des weichen Abendlichts aussah. »London ist so groß, nicht wahr?«, bemerkte sie mit leiser Stimme. »Man sollte meinen, dass sich die Leute zwischen all diesen großen Gebäuden verlaufen.«

»Ich weiß, Mum. Zu Hause ist es gemütlicher.« Julie drückte noch einmal ihre Schultern, hob dann eine Hand und fuhr sich mit einer ruckartigen Bewegung übers Gesicht, als würde sie versuchen, sich eine Träne wegzuwischen, bevor jemand sie sah. Dann setzte sie sich auf die Bank in der Mitte der Kabine, verschränkte die Arme vor der Brust und starrte auf die dicken Metallspeichen des Riesenrads. Ihr Mund war zu einer schmalen Linie zusammengepresst, als sie sich ihre Kopfhörer in die Ohren schob und die Musik laut aufdrehte.

Tom hatte geglaubt, dass sie sich durch die Krankheit ihrer Mutter wieder annähern würden. Doch das Gegenteil war der Fall – Julies Feindseligkeit ihm gegenüber schien stetig zuzunehmen.

Hannah stellte sich neben seine Mutter. Das heitere Rosa ihres Kleides wurde durch das sanfte Abendlicht betont. »Ich weiß, was Sie meinen. Noch immer bin ich erstaunt, dass ich mich in dieser riesigen Stadt nicht öfter verlaufe. Ich bin auf dem Land aufgewachsen. Manchmal gefällt es mir in London, doch dann gibt es Zeiten, da will ich mich vor dem ganzen Lärm verstecken.«

Seine Mutter sah Hannah an. »Und was machst du dann?«

»Ich suche mir einen Buchladen und hole tief Luft. Danach fühle ich mich besser.«

Die dunklen Schatten unter den Augen seiner Mutter verschwanden vorübergehend, als sie lächelte. »Ja, genauso geht es mir mit Gartencentern.«

Tom betrachtete Hannahs dunkle Locken neben der schlecht sitzenden Perücke seiner Mutter und sein Herz prickelte so warm, dass er Angst hatte, es könnte schmelzen. Er sah zu, wie sich seine Mutter zu Hannah hinüberlehnte und ihr etwas ins Ohr flüsterte. Hannah lächelte und umarmte seine Mutter.

Tom wandte sich ab und betrachtete die Kuppel von St. Paul's, während sie sich immer weiter der Themse näherten. Als er einen lauten Bassbeat hörte, ging er zu Julie hinüber und zog ihr vorsichtig einen Stöpsel aus dem Ohr. »Jules, ich …«

Sie funkelte ihn so böse an, dass er vergaß, was er hatte sagen wollen. »*Was?*«, fauchte sie.

Tom hatte keine Ahnung, warum sie ständig so wütend war. Und warum anscheinend immer nur auf ihn. Er spürte den Blick seiner Mutter auf ihnen beiden ruhen und holte tief Luft. »Ich wollte nur wissen, ob du auch alle Sehenswürdigkeiten gesehen hast.«

»Klar habe ich das.«

»Ich wollte nur sichergehen.«

»Musst du nicht«, antwortete Julie mit trotziger Miene. »Ich komme sehr gut allein zurecht. Du musst dich nicht um mich kümmern.« Sie wandte sich von ihm ab und fügte leise hinzu: »Ist vielleicht auch besser so.«

»Was? Jules, ich …«

Eine Durchsage ertönte: »Sie haben das Ende Ihrer Fahrt erreicht.«

Ein Blick auf Julies hochgezogene, abweisende Schultern ließ Tom kapitulieren. Er musste raus an die frische Luft.

Julie nahm seine Mutter am Arm und führte sie vorsichtig Richtung Fußgängerweg. Tom beobachtete, wie sie sich unterhielten und auf verschiedene Straßenkünstler deuteten, die als lebende Statuen auf Sockeln entlang des Flussufers standen. Touristen drängten sich in Scharen um sie und machten genug Fotos, um ihre Verwandten daheim nach ihrer Rückkehr zu Tode zu langweilen.

»Alles in Ordnung?« Hannah schaute lächelnd zu ihm auf, als sie ihre Hand in seine schob.

Tom trat zur Seite, um eine Frau in einem Rollstuhl vorbeizulassen, geschoben von einem schwitzenden Mann, der ganz offenbar Mühe hatte, sich sein Lächeln zu bewahren. Tom begegnete für einen Moment dem Blick der Frau und sah rasch wieder weg. Er fühlte sich verlegen. Aufdringlich.

»Tom?« Er spürte Hannahs eindringlichen Blick. »Alles okay?«

»Ja. Mir geht's gut.«

Hannah zog eine Augenbraue hoch.

»Wirklich.« Er rieb sich über die müden Augen. »Mum sieht nur ziemlich mitgenommen aus. Und Julie ist so …« Er wich zur Seite und zog Hannah mit sich, als ein kleines Mädchen vor ihnen versuchte, ein Foto von der Themse zu machen. »Sie ist so verdammt wütend.«

»Sie ist sechzehn, Tom. Ihre Mutter ist schwer krank. Und sie hat Angst, dass sie ihre Abschlussprüfung versaut hat. Natürlich ist sie wütend.« Der leichte Wind wehte ihr das Haar aus dem Gesicht. »Vielleicht solltest du nach deinem Vorstellungsgespräch eine Weile zu ihnen fahren. Es muss schwer sein für Julie, sich ganz allein um deine Mutter zu kümmern.«

Wut stieg in ihm auf. »Sie ist nicht allein. Ich habe dafür gesorgt, dass sie von Pflegern unterstützt wird. Das habe ich dir doch erzählt.«

Hannah nickte. »Ich weiß. Ich wollte damit auch nicht sagen, dass …«

Die ganze Frustration, die sich in letzter Zeit in ihm aufgestaut hatte, schien sich mit einem Mal zu entladen. »Und ich muss mehr Schichten machen, um Mums Rechnungen zu zahlen. Ihre Heizkosten sind in diesem Monat irre hoch gewesen, obwohl Sommer ist. Man könnte meinen, Somerset läge in der verdammten Arktis.«

»Okay.« Hannah drückte beruhigend seine Hand und sah dann zu Boden. »Es war nur so ein Gedanke.«

Ein Teil von Tom wusste, dass er eigentlich nicht wütend auf sie war, aber ein weit größerer Teil von ihm konnte sich nicht dazu durchringen, es zuzugeben. »Für mich ist das auch nicht leicht, Han.«

»Ich weiß.« Ihr Blick blieb aufs Pflaster gerichtet.

»Mum hat im September ihre nächste Bestrahlung und wird noch eine Ewigkeit nicht in der Lage sein zu arbeiten, was bedeutet, dass ich dafür sorgen muss, dass Geld reinkommt und …«

Hannah sah ihn ruhig an, und als er die Wärme in ihren Augen sah, war ihm zum Heulen zumute.

»Ich weiß, Tom, und es tut mir leid. Du tust alles in deiner Macht Stehende, um zu helfen.« Sie blieb stehen und umfing sein Gesicht mit beiden Händen. »Und sie ist so stolz auf dich, wegen deines Vorstellungsgesprächs und allem anderen auch.«

Er spielte mit den Schlüsseln in seiner Tasche. »Woher willst du das wissen?«

Hannah küsste ihn sanft auf die Lippen. »Das hat sie mir eben gesagt.«

Er biss sich hart auf die Innenseite der Wangen, um die Tränen zurückzuhalten.

Seine Mutter und Julie waren stehen geblieben. Seine Mutter schaute sich blinzelnd um, während die Energie und das Tempo Londons um sie herumschwirrten. Ein Mädchen in einem leuchtend pinkfarbenen Sari pustete Seifenblasen in den Himmel. Ein Clown mit dicker weißer Schminke saß auf einem ramponierten Lederkoffer und rauchte eine Zigarette. Ein kleiner Junge kicherte, als er auf einem Dreirad an ihnen vorbeisauste, gefolgt von einem rotgesichtigen Mann, der vermutlich sein Vater war.

Die Worte waren heraus, bevor Tom noch richtig darüber hatte nachdenken können. »Möchtest du irgendwann auch mal

Kinder haben, Han?« Für einen Moment herrschte Schweigen. Ihm drehte sich der Magen um. Hatte er sich zu weit vorgewagt? Doch dann sah er, wie sich ein Lächeln auf Hannahs Gesicht ausbreitete, das so hell leuchtete, dass man damit ein Feuer an einem dunklen Wintermorgen hätte anzünden können.

»Ja.« Sie drückte seine Hand. »Ja, das möchte ich.«

Ein Hochgefühl erfasste ihn, und er hob sie in die Luft und wirbelte sie im Kreis herum. »Ganz sicher?«

Sie gab ein kleines Kreischen von sich. »Natürlich bin ich sicher. Und jetzt lass mich runter!«

Er stellte sie wieder auf den Boden.

»Freu dich nicht zu früh.« Ein schelmisches Glitzern stahl sich in ihre Augen. »Wer sagt denn, dass ich *deine* haben will?«

»He!« Er griff nach ihr, aber sie duckte sich weg und lief zu seiner Familie hinüber.

»Wie schön, dass heute doch noch jemand Spaß hat.« Julie verschränkte die Arme vor der Brust.

Seine Mutter trat vor. »Ich glaube, es ist an der Zeit für uns zu gehen.« Sie schenkte Hannah ein freundliches Lächeln. »Ich habe mich sehr gefreut, dich kennenzulernen.« Der grausame Wind ließ ihre Perücke zur Seite rutschen und entblößte ein bleiches Stück Kopfhaut. Sie richtete sie rasch wieder, während alle so taten, als hätten sie es nicht bemerkt.

»Die Freude war ganz meinerseits.« Hannah gab ihr einen Kuss auf die Wange. »Lassen Sie es mich wissen, wenn Sie irgendetwas benötigen. Jederzeit.«

»Ich habe alles unter Kontrolle, keine Sorge.« Julie legte ihrer Mutter schützend den Arm um die Schultern und warf Tom einen Blick zu. »Ich hab das in den letzten Monaten auch ziemlich gut hingekriegt.«

»Aber, aber, Schätzchen. Lass uns nicht wieder davon anfangen.« Seine Mutter machte den Eindruck, als würde sie jeden

Moment vor Erschöpfung umfallen. »Machen wir uns auf den Weg zum Bahnhof.«

»Wir können Ihnen den Weg zeigen, wenn Sie wollen«, bot Hannah an.

Julie schüttelte den Kopf. »Das schaffe ich schon.« Sie bot ihrer Mutter den Arm, damit sie sich bei ihr unterhaken konnte. »Lass uns gehen, Mum.«

Seine Mutter kam der Aufforderung nach, blieb jedoch noch für einen Moment stehen und sah Hannah an. »Er ist ein guter Junge.«

Hannah nickte ernst. »Das ist er.«

Ihre Mundwinkel verzogen sich zu einem schelmischen Lächeln. »Du musst dich allerdings vorsehen. Wenn du nicht aufpasst, dann guckt er nur Fußball und isst dir den ganzen Toast weg.«

Hannah grinste. »Niemand isst mir meinen Toast weg!«

»Richtig so, mein Kind!« Seine Mutter küsste Tom auf die Wange und umschloss seine Hand mit der ihren.

Erschrocken stellte er fest, wie knochig ihre Finger waren. Sie trug heute die marineblaue Handtasche bei sich, die er ihr vor ein paar Jahren zu Weihnachten geschenkt hatte. Er hatte es längst aufgegeben, sie zu fragen, wann sie sie endlich einmal benutzen würde. Sie hatte immer darauf bestanden, sie nur bei »einem besonderen Anlass« benutzen zu wollen, der scheinbar nie kam. Im Weggehen zog sie die Tasche höher auf die Schulter. Es machte ihm Angst, dass der Anlass nun gekommen zu sein schien.

Kapitel 8

»Willkommen zu Hause, Tom.« Hannah stellt den Teller vor ihn hin. »Ich habe dir dein Lieblingsgericht gekocht.«

Tom runzelt die Stirn.

Sie wirft einen Blick auf das Steak. Ausnahmsweise hat sie einmal daran gedacht, es vom Grill zu nehmen, bevor es zäh werden konnte. Das Kartoffelpüree ist sahnig und locker. Die grünen Bohnen glänzen. Sie war sich so sicher gewesen, dass er sich freuen würde.

Doch stattdessen schüttelt er den Kopf.

»Hast du keinen Hunger?« Hannah lässt sich neben ihn auf einen Küchenstuhl sinken. »Oder habe ich etwas falsch gemacht? Ich …«

»Nein«, murmelt Tom, »das ist es nicht. Es sieht toll aus. Nur wie soll ich …« Er deutet auf das Messer und die Gabel neben seinem Teller.

»O Gott.« Hannah schlägt sich mit der flachen Hand gegen die Stirn. »Was bin ich doch für eine Idiotin!« Sie zieht den Teller zu sich herüber und beginnt, das Fleisch in kleine Rechtecke zu schneiden. »Ich habe nicht nachgedacht.« Sie schaut auf, aber er weicht ihrem Blick aus. Sie schiebt ihm den Teller wieder hin.

»Danke.« Er nimmt die Gabel mit der rechten Hand und beginnt zu essen, während Hannah sich über ihr eigenes Essen hermacht. Sie kauen beide schweigend vor sich hin.

Hannah greift über den Tisch hinweg zu der weißen Papiertüte, die man ihr heute im Krankenhaus bei Toms Entlassung mitgegeben hatte. »Mal sehen, was sie uns da für nette Sachen eingepackt haben.«

Tom verzieht das Gesicht. »Kann's kaum erwarten.«

Hannah öffnet die Tüte, die einen Aufkleber mit Toms Namen und seinem Geburtsdatum trägt. Sie zieht eine große Packung Aspirin und eine Reihe von Broschüren heraus. *Schlaganfall und Inkontinenz. Sex nach dem Schlaganfall – Herausforderungen und Lösungen.* Sehr ermutigend. Hastig stopft sie die Sachen wieder in die Tüte zurück.

Tom spießt ein weiteres Steakstück auf. »Was Interessantes?«

»Können wir uns ja später mal ansehen.« Hannah steht auf und verstaut die Tüte in einem Schrank. Dann setzt sie sich wieder hin. »Und wie ist es so, wieder zu Hause zu sein?«

Tom blinzelt im hellen Sonnenlicht, das durch das Küchenfenster hereinfällt. »Toll.« Er lächelt. »Ich war noch nie so glücklich, wieder Tageslicht zu sehen. Und in einer Küche zu sitzen. Und eine ordentliche Tasse Tee zu trinken.« Doch als sein Blick auf die graue Gehhilfe fällt, verdüstert sich sein Gesichtsausdruck sofort wieder. »Ich wünschte nur, ich hätte dieses Ding hier nicht mitbringen müssen.«

»Das wirst du nicht lange brauchen.« Hannahs Stimme klingt überzeugter, als sie sich fühlt.

»Denk doch nur daran, wie schnell du aus dem Rollstuhl raus warst – den benutzt du inzwischen kaum noch«, sagt Julie, die in diesem Moment hereinstolziert und sich ein Stück Steak von Toms Teller klaut. Sie steckt sich das Fleisch in den Mund und geht zum Radio in der Ecke hinüber.

Tom seufzt. »Ich werde zur Feier des Tages einen kleinen Stepptanz hinlegen.«

»Versuch einfach, positiv zu denken.« Julie fummelt ungeduldig am Radio herum. »Wieso geht das nicht?«

»Heute Morgen hat es noch funktioniert.« Hannah geht zu Julie hinüber. »Hast du es seitdem benutzt?«

Julie schüttelt den Kopf. »Nein.« Ihr Gesichtsausdruck sagt etwas anderes. Seit sie mit ihrem ganzen Kram eingezogen ist, hat sie es geschafft, alle aufgenommenen Sendungen auf dem Receiver zu löschen und Hannahs Fahrrad gegen eine Mauer zu fahren. Wenn sie so weitermachte, gab es bis Ende des Monats sicherlich noch einen Hausbrand zu löschen. »Das kann Zac in Ordnung bringen, wenn er kommt.«

»Wann kommt er denn?« Hannah macht sich keine allzu großen Hoffnungen. Sie fragt sich langsam, ob es sich bei Julies angeblichem Freund nicht um eine reine Fantasiegestalt handelt. In den sechs Wochen, die Tom im Krankenhaus verbracht hat, hat Julie mindestens zweimal pro Woche behauptet, dass Zac kommen wolle, aber aus irgendeinem Grund hatte er es nie geschafft, tatsächlich zu erscheinen.

»Steht noch nicht fest.« Julie klopft mit der flachen Hand auf ihre Oberschenkel, die in einer hautengen schwarzen Jeans stecken.

Hannah bemerkt den Topshop-Schriftzug auf dem Knopf. Sie hat eine ganz ähnliche Hose im Schrank hängen.

Sie wird doch nicht etwa …?

Hannah will sie gerade zur Rede stellen, als sie aus dem Augenwinkel sieht, wie Tom langsam nach vorn sackt. Sie springt auf und packt ihn an der Schulter.

»Tom! Alles okay?«, fragt sie ängstlich.

Er öffnet die geröteten Augen. »Oh, tut mir leid. Muss wohl eingedöst sein.«

Julie nimmt ihm gegenüber Platz und macht sich über sein Essen her. »Sie haben dir ja gesagt, dass du in den ersten Monaten noch ziemlich kaputt sein wirst.«

»Ich weiß.« Tom seufzt. »Aber das ist doch verrückt. Wir haben gerade mal halb eins mittags, Herrgott noch mal!«

Julie schaufelt sich Kartoffelpüree in den Mund. »Du musst dich bloß erst an alles gewöhnen, Tom. Wie gut, dass du eine umwerfende Schwester hast, die sich für eine Weile um dich kümmern wird.« Sie grinst. »Es ist wie damals, als du mit dem Fahrrad gegen einen Zaun gefahren bist und diese Riesenschnittwunde am Bein hattest. Da habe ich auch die Krankenschwester gespielt.«

Toms Gesicht hellt sich auf. »Ich erinnere mich. Nachdem die ganzen Pflaster aus dem Badezimmerschrank aufgebraucht waren, dachtest du dir, du könntest es stattdessen mit dem Prittstift versuchen.«

»Immer praktisch denken.« Julie verschlingt einen weiteren Bissen Steak. »Keine Sorge, wir werden dich in Windeseile hinkriegen, Tommo. Ehe du dichs versiehst, bin ich wieder in Bristol.«

Tom nickt und versucht zu lächeln. »Ich werde einen neuen Rekord aufstellen: der Mensch, der sich am schnellsten von einem Schlaganfall erholt hat.«

»Das ist die richtige Einstellung!« Nick, der Tom gemeinsam mit Hannah abgeholt hat, kommt aus dem Wohnzimmer, wo er ein weiteres dringendes Telefonat geführt hat.

Bei seinem Anblick muss Hannah unweigerlich an all die Abende denken, die sie damit verbracht hatte, auf Tom zu warten, der in seinem dunklen Nadelstreifenanzug auf und ab marschierte, seinen Blackberry unerbittlich ans Ohr gepresst, während ein finsteres Stirnrunzeln zwei tiefe Falten zwischen seine Augen grub. Wie viel weicher er jetzt aussieht in der Sporthose und dem Kapuzenshirt. So ähnelt er wieder viel mehr dem Tom, in den sie sich damals verliebt hatte.

»Wie sieht's aus, Kumpel?« Nick setzt sich auf einen Küchenstuhl und öffnet den obersten Knopf seines weißen Hemdes.

»Ganz gut.« Toms Handy erwacht mit einem Schlachtruf der Spurs zum Leben. Er versucht, mit seiner rechten Hand darüberzuwischen, doch das Handy rutscht über den Tisch. Mühsam zieht er es wieder zu sich heran und versucht es erneut. Und wieder gleitet es ihm aus den Fingern.

Hannah sieht, wie Nick die Hand ausstreckt, dann jedoch in der Bewegung innehält. Es geht ihr genauso. Sie ist ständig bereit, ihm zu helfen, und dabei doch immer unsicher, ob sie es wirklich tun soll.

Tom schüttelt den Kopf und lehnt sich auf seinem Stuhl zurück. Ein Muskel zuckt in seiner Wange. »War wahrscheinlich eh nicht wichtig.«

Nick hustet. »Glaub nur nicht, dass dich das jetzt davor bewahren wird, eine Kanzlei mit mir zu gründen, mein Lieber. Denk nur an die PR! ›Anwalt kehrt von den Toten zurück, um die Spitzenkanzlei Masters und Ellison zu leiten.‹«

»Ellison und Masters, vielen Dank auch.« Tom schüttelt den Kopf. »Versuch bloß nicht, meinen geschwächten Zustand auszunutzen und all die Lorbeeren einzuheimsen.«

»Das würde ich nie wagen.«

Hannah füllt den Wasserkocher an der Spüle. »Ich finde, es ist noch etwas zu früh, darüber nachzudenken, ob Tom wieder arbeiten sollte. Ganz zu schweigen davon, eine eigene Firma zu gründen.« Sie nimmt ein paar Becher aus dem Schrank. »Wer will Tee?«

»Ich nicht, danke.« Tom schiebt seinen Stuhl vom Tisch zurück. »Ich muss … du weißt schon.« Er packt die Gehhilfe mit beiden Händen, um sich daran hochzuziehen.

Hannah sieht, wie seine Arme zittern. Sie weiß, dass er es allein schaffen will, doch schließlich kann sie es nicht mehr ertragen und geht zu ihm.

»Schon gut, Han.« Tom sieht sie nicht an. »Jules, kannst du mir helfen?«

Hannah umfasst seine Taille. »Ich kann das machen, Tom.«

»Nein. Ich …« Die Scham steht ihm ins Gesicht geschrieben.

»Julie sollte besser mal mit ihrer Krankenschwesternummer loslegen. Schließlich ist sie deshalb hier.«

Hannah nickt überrascht. »Oh. Okay.«

»Also schön, Tommo.« Julie hat Toms Teller inzwischen leer gegessen. »Packen wir's an.«

Tom schiebt die Gehhilfe zentimeterweise vorwärts, während er das linke Bein mühsam hinter sich herzieht. An der Tür dreht er sich zu Hannah um. »Vielen Dank fürs Essen. Tut mir leid, dass ich ihm nicht gerecht werden konnte.«

»Schon in Ordnung.« Hannah ist es nicht gewohnt, dass er sich für etwas bei ihr entschuldigt. Ihre Worte kommen ihr irgendwie gekünstelt vor, als würde sie in einem Theaterstück mitspielen, ohne den Text zu kennen.

»Wie geht es *dir*, Hannah?«

Sie sieht Nick an, als sich die Küchentür hinter Tom und Julie schließt. »Besser als ihm.« Sie nimmt zwei Teebeutel aus einer Dose und lässt sie in die Becher fallen. »Und dir?«

»Alles im grünen Bereich.« Er nickt. Hustet. Spielt mit seinen Schlüsseln. »Ich hab mich nur gefragt …«

»Ja?«

»Ich hab mich gefragt, worüber du jetzt mit ihm redest?«

Hannah zuckt mit den Schultern. »Keine Ahnung. Ist nicht so leicht.«

Nick fingert an den goldenen Gliedern seiner Armbanduhr herum. »Ich weiß. Ich hab einfach keinen Schimmer mehr, was ich zu ihm sagen soll. Alles, worüber wir uns sonst unterhalten haben – Arbeit, Autos und der ganze Kram –, das fühlt sich plötzlich so falsch an.«

Hannah nimmt die Milch aus dem Kühlschrank und stellt sie auf den Tisch. »Na ja, da wäre immer noch Sport. Darüber konntet ihr doch immer stundenlang reden.«

»Das stimmt, fernsehen kann er ja schließlich noch.« Nick nimmt den Teebecher entgegen.

Hannah setzt sich auf einen Stuhl und schlägt die Beine übereinander. »Aber er muss es mit den Bierchen an Spieltagen wahrscheinlich erst mal etwas langsamer angehen lassen.« Es tut ihr in der Seele weh, wenn sie daran denkt, wie Toms Welt geschrumpft ist. Sie schaut aus dem Fenster in den Garten hinaus und sieht hoch oben am Himmel ein Flugzeug. Auf dem Weg irgendwohin, wo spannende Abenteuer warten. Wieder einmal verspürt sie das bedrückende Gefühl verpasster Gelegenheiten. Sie betrachtet die bunten Weihnachtsstrümpfe an ihren Füßen, die Steph ihr geschenkt hat. Mit einem Mal kommen sie ihr gar nicht mehr so fröhlich vor.

»Was haben die Ärzte bei der Entlassung gesagt?« Nick macht ein ernstes Gesicht. »Ich wollte dich das schon im Wagen fragen, aber Tom sollte es nicht hören.«

Hannah verspürt die inzwischen vertraute Übelkeit in sich aufsteigen. »Nur dass er auf sich achten muss, die Dinge langsam angehen und zur Physio gehen soll. Er darf sich nicht zu viel Druck machen.«

»Wird er wieder ganz gesund?«

»Möglich. Aber das kann wohl niemand mit Sicherheit sagen.«

Nick legt den Kopf in die Hände. »Scheiße.«

»Exakt.« Hannah nippt an ihrem Tee. »Keine Garantie. Kein Zeitrahmen.«

»Besteht die Gefahr, dass er einen weiteren Schlaganfall erleidet?«

»Das ist wohl eher unwahrscheinlich, wenn er auf sich Acht gibt.«

»Wenigstens etwas. Nur gut, dass er dich hat.«

Ihr schlechtes Gewissen meldet sich mit aller Macht zurück. »Da bin ich mir nicht so sicher.«

»Ich schon. Er hat verdammtes Glück.«

Sie seufzt und schüttelt langsam den Kopf. »Er will sich ja nicht mal von mir helfen lassen.«

»Das überrascht mich nicht. Ich würde mir auch nicht von meiner Frau den Hintern abputzen lassen.«

Hannah blinzelt. »So habe ich es noch gar nicht gesehen.«

Nicks Blackberry läutet, und er wechselt wieder in seinen Anwaltsmodus. Nachdem er das Gespräch beendet hat, steht er auf. »Ich sollte jetzt besser gehen. Schließlich kann ich nicht ewig so tun, als wäre ich beim Zahnarzt.«

Hannah erhebt sich ebenfalls. »Aber du kommst wieder, oder?«

»Natürlich.« Sein Blick huscht zu seinem Handy. »Ist doch Ehrensache. Selbst wenn das bedeutet, dass ich mir die Spiele der Spurs auf eurem Sofa ansehen muss.«

Hannah lächelt. »Solange ich nicht mitschauen muss.« Sie begleitet Nick zur Haustür. Als sie sie hinter ihm schließt, bemerkt sie einen kleinen braunen Umschlag, der zwischen den zahlreichen Rechnungen auf der Fußmatte liegt. Sie hebt die Post auf, nimmt sie mit zum Küchentisch und reißt den Brief auf. Als sie die Zeile liest, dass Teach the World ihren Verzicht auf die Lehrerstelle in Tansania bestätigt, droht ihr Entschluss ins Wanken zu geraten. Sie schließt für eine Sekunde die Augen und stellt sich vor, was hätte sein können.

»Was ist das?« Julie steht direkt neben ihr.

Hannah schlägt sich vor Schreck die Hand auf die Brust und stopft den Brief schnell in die Tasche. »Wo kommst du denn so plötzlich her? Hast du irgendwo eine Falltür?«

»Nö.« Julie greift nach ihrer Handtasche und blickt auf ihre pinkfarbenen Converse herab. »Nur Turnschuhe.«

»Gehst du weg?«

»Ja.« Julie nickt. »Er war jetzt das zweite Mal, und ich habe ihn wieder zum Sofa gebracht, also …«

Hannah hält eine Hand in die Höhe. »Okay. Das reicht an Infos …«

»Warum stellst du dich so an?« Julie blinzelt. »Dir ist doch wohl klar, dass du das auch mal machen musst, oder?«

»Sicher. Das heißt aber nicht, dass ich schon jetzt darüber nachdenken will.«

Julie verdreht die Augen. »Vielleicht ist es an der Zeit, dass du dich darauf einstellst. Jetzt, wo er hier ist. Den ganzen Tag. *Jeden* Tag.«

Hannah will nicht darüber nachdenken. »Ich versuch's ja, Jules.«

Julie geht in den Flur und schnappt sich die Jeansjacke, die dort an einem Haken hängt. »Bis nachher.«

Sie ist schon zur Tür hinaus, bevor Hannah klar wird, dass die Jacke ihr gehört.

Sie geht ins Wohnzimmer, wo Tom mit geschlossenen Augen auf dem Sofa liegt. Sie will sich gerade auf Zehenspitzen wieder hinausschleichen, als seine Lider zucken und er die Augen aufschlägt.

»Willst du dich nicht etwas zu mir setzen? Oder wolltest du gerade weg?«

»Nein, ich gehe nicht weg.«

»Willst du dich nicht mit jemandem treffen?« Unsicherheit huscht über sein Gesicht.

»Nein …«

»Vielleicht mit jemandem von der Arbeit?«

»Nein, wirklich nicht.« Um ihren Worten Nachdruck zu verleihen und ihn gleichzeitig zu beruhigen, geht Hannah zum Sofa hinüber, hebt unbeholfen seine Beine und schiebt sich darunter. Sie sind warm. Schwer. Sie denkt an das letzte Mal zurück, als sie zusammen auf diesem Sofa gesessen haben. Ein Abend, der vielversprechend begonnen und böse geendet hatte. Sie hatten sich wegen irgendeiner harmlosen Sache in die Haare gekriegt, und schon bald hatte sich der Streit auf die alten Reizthemen ausgebreitet. Tom hatte sie als egoistische Träumerin bezeichnet und sie ihn als Arschloch. Schließlich waren sie beide schrecklich betrunken gewesen, und der Abend hatte gegen Mitternacht mit gegenseitigen Schuldzuweisungen geendet.

»Das ist schön«, murmelt Tom im Halbschlaf. »Läuft irgendwas im Fernsehen?«

Hannah greift nach der Fernbedienung und schaltet den riesigen Flat-Screen ein, den Tom im letzten Jahr unbedingt hatte kaufen wollen. Er ist fast so groß wie ihr Garten. Sie zappt durch die Kanäle und gerät in Panik, als sie bemerkt, dass es in den Sendungen nur um gesunde Leute geht, die joggen oder Fußball spielen oder sich mit einem Fallschirm von irgendeinem Berg stürzen. Sie schaltet das Gerät wieder aus. »Nichts, was mich interessieren würde.«

»Blödsinn.« Zu ihrer Überraschung lächelt er. »Du liebst doch dieses ganze mit Action vollgepackte Reise-Junkie-Zeug.«

»Gar nicht.« Sie schüttelt vehement den Kopf.

»Du bist so eine schlechte Lügnerin.«

Wenn er nur wüsste …

Hannah hebt zum Zeichen der Kapitulation die Hände. »Ja okay, das bin ich.«

Stille breitet sich zwischen ihnen aus. Seine Atemgeräusche vertiefen sich, und sie glaubt gerade, dass er eingeschlafen ist, als er fragt: »Hast du Lust, mir etwas vorzulesen?«

»Klar.« Sie schaut zu den Büchern und Zeitschriften hinüber, die sich auf dem Tisch neben dem Sofa stapeln. »Wonach ist dir denn?«

»Ist mir egal.«

»Wirklich? Normalerweise bekommst du doch schon Ausschlag, wenn du dich einem Roman nur auf hundert Meter näherst.«

»Was für ein gemeiner Vorwurf.« Er macht es sich mit dem Kopf auf dem Kissen bequemer. »In der Türkei habe ich mindestens zwei Romane gelesen.«

»Vor einem Jahr?«

»Zumindest bin ich kein Kulturbanause.«

»Also schön.« Hannah greift nach dem neuen Buch von Sadie Jones. »Versuchen wir es mal mit diesem hier.«

»Kann's kaum erwarten.« Tom schließt wieder die Augen und nimmt ihre Hand in seine.

Hannah beginnt zu lesen. Ehe sie die zweite Seite beendet hat, schläft Tom bereits. Sie bleibt sitzen, blättert eine Seite nach der anderen um, bis ihre Beine unter seinem Gewicht einschlafen. Dann schlüpft sie darunter weg, stellt sich ans Fenster und starrt in den sonnigen Garten hinaus. Dies ist der erste Tag. Der erste von vielen. Und sie fühlt sich schon jetzt wie eine Gefangene. Sie zieht den Brief von Teach the World aus der Tasche und bringt ihn nach oben, wo sie ihn in ihrem Kleiderschrank in einer Schuhschachtel versteckt. Für alle Fälle.

September 2007
Union-Jack-Feuerzeug

»Bist du dir sicher, dass das die richtige Entscheidung ist, Hannah?«

Tom sah, wie Hannah hinter der laminierten Menükarte, die sie in den Händen hielt, die Augen verdrehte. Sie atmete langsam aus, bevor sie antwortete. »Ja, Mum.« Sie senkte die Karte und legte sie auf das glänzende braune Holz des Restauranttischs. Ihre Nägel waren bis zum Nagelbett abgekaut. Der Muttereffekt. Er hatte seine Wirkung schon am Bahnhof gezeigt, als sie in Paddington Station über den Süßigkeitenstand hergefallen war, und ebenso auf dem ganzen langen Fußweg hierher, auf dem sie eine Zigarette nach der anderen geraucht hatte. »Ich bin mir *absolut* sicher, dass es die richtige Entscheidung ist.« Ihre Stimme wurde lauter und nahm einen für sie ungewöhnlich sarkastischen Klang an. »Komischerweise habe ich beim Ausfüllen des zehnseitigen Anmeldeformulars und der drei mörderischen Vorstellungsgespräche die Zeit gefunden, darüber nachzudenken. Danke übrigens für deine Glückwünsche. Ist echt gut zu wissen, dass du hinter mir stehst.« Sie starrte auf ihr leeres Weinglas, von dem sie sich ganz offenbar wünschte, es würde sich auf magische Weise füllen.

Ihre Mutter lehnte sich nach vorn und legte die Fingerspitzen aneinander. Während sie ihre Tochter forschend betrachtete, bemerkte Tom, wie für einen kurzen Moment ein Ausdruck des Zweifels über ihre ansonsten so selbstbewussten Züge huschte. Doch der Augenblick war rasch vorüber, und sie war wieder ganz sie selbst: Jenny Miles, Buchhalterin. Ihre Bobfrisur machte den Eindruck, als könnte sie problemlos den Kampf mit einem Sturm der Windstärke zehn aufnehmen, und die Goldknöpfe an ihrer marineblauen Bluse glänzten derartig hell, dass sich Tom fragte, ob sie sie jeden Abend vor dem Fernseher während der Spätnachrichten polierte.

Jenny holte tief Luft. »Natürlich hast du eine gute Leistung erbracht, Hannah, aber ich dachte, dass wir uns darauf geeinigt hätten, dass du nach deinem Abschluss wieder zu uns ziehst, dein Referendariat machst und anfängst, an einer Schule zu unterrichten.« Als sie verständnislos den Kopf schüttelte, wackelte ihr Doppelkinn, als bekunde es ebenfalls sein Missfallen an Hannahs Entscheidung.

»Ich glaube, dass du dich ohne mich darauf geeinigt hast.« Rote Flecken erschienen auf Hannahs Wangen. Sie hob den Daumen an den Mund und begann am Nagel zu kauen. Jenny streckte die Hand aus, um sie davon abzuhalten. Hannah verdrehte die Augen und ließ sich gegen die starre Rückenlehne ihres Holzstuhls sinken.

Ihre Mutter schien einen Vorteil zu wittern. »Du musst dich auf deine berufliche Karriere konzentrieren, mein Schatz. Schließlich bist du jetzt keine Studentin mehr. Du kannst nicht ewig in der Welt herumreisen.« Sie wandte sich ihrem Mann zu. »Stimmt doch, oder etwa nicht, Harry?«

Hannahs Vater spähte über die Weinkarte hinweg, hinter der er sich während der letzten fünf Minuten verschanzt hatte, obwohl die Auswahl nicht gerade groß war. Seine Halbbrille funkelte im Sonnenlicht, das durch die Fenster des Restaurants fiel, als er aufsah. Das verdutzte Blinzeln wirkte ein wenig übertrieben. »Wie bitte?«

»Harry. Es wäre hilfreich, wenn du zuhören würdest.« Jenny

atmete so abrupt aus, dass die Kerze in der Tischmitte erlosch. »Ich habe Hannah gerade erklärt, dass sie sich auf ihre Karriere konzentrieren muss.«

»Mhm …« Harry strich sich mit der Hand durch das wenige graue Haar, während er das Wasserglas vor sich einer überaus gründlichen Betrachtung unterzog.

Hannah grinste und versetzte ihrem Vater unter dem Tisch einen kleinen Tritt. »Dad versteht, warum ich gehen will, nicht wahr, Dad?« Sie sah ihre Mutter herausfordernd an. »Er wäre bestimmt kein erfolgreicher Autor geworden, wenn er immer nur zu Hause herumgesessen hätte.« In ihrer Stimme lag Bewunderung. »Und ich werde ja auch unterrichten, wenn ich nach Japan gehe. Das ist doch das Schöne daran. Es ist auch hilfreich für meine berufliche Entwicklung. Stimmt's, Dad?«

Harry erstarrte, und sein Blick huschte nervös zu Jenny hinüber, ehe er Hannahs Lächeln erwiderte. »Es klingt jedenfalls wie ein spannendes Abenteuer, mein Engel.«

»Siehst du?« Hannah sah ihre Mutter trotzig an.

Jenny drehte sich zu ihrem Mann herum – wenn Blicke töten könnten, läge Harry nun in einem Leichensack.

»Woran arbeitest du denn gerade, Dad?«, erkundigte sich Hannah.

Eine tiefe Falte bildete sich zwischen Harrys Augen. »Ach, nur an einer Biografie.«

»Und wer ist es dieses Mal?« Hannah beugte sich mit leuchtenden Augen vor.

Tom beobachtete, wie sich Jenny wütend auf ihrem Stuhl zurücklehnte und den Mund zu einer schmalen Linie zusammenpresste.

Harry tippte sich mit dem Finger gegen die Nase. »Das ist zum gegenwärtigen Zeitpunkt noch topsecret, mein Engel. Wenn ich dir das sagen würde, müsste ich dich anschließend töten.« Er räusperte sich und schob den Stuhl zurück. »Bin gleich wieder da.« Tom konnte das Kleingeld in seiner Tasche klimpern hören, als er aufstand. »Ich muss bloß mal … äh … ihr wisst schon. Entschuldigung.« Er schenkte Tom ein freundliches Lächeln.

Hannahs Mutter erweckte den Eindruck, als würde sie liebend gern das schwere Silberbesteck zweckentfremden, um es nach ihren Mann zu werfen. Doch sie beherrschte sich und richtete ihre Aufmerksamkeit stattdessen auf Tom, der sich zwingen musste, ihrem Röntgenblick standzuhalten. »Was meinen Sie denn dazu, Tom?«

»Ähm …« Er trank einen Schluck Wasser. Das hier war nicht gerade das Gesprächsthema, das er sich für sein erstes Treffen mit Hannahs Eltern erhofft hatte. Sport vielleicht. Im Notfall auch Politik. Aber auf keinen Fall die Lebensführung seiner Freundin. Es war warm im Restaurant, und er schwitzte in seinem neuen Anzug. Um Zeit zu schinden, trank er einen weiteren Schluck Wasser und füllte sein Glas aus der Karaffe nach, die in der Mitte des Tisches stand.

Jenny seufzte ungeduldig. »Sie müssen doch eine Meinung dazu haben. Was sie da vorhat, ist wahnsinnig albern. Nach Japan zu gehen, um ein Jahr herumzubummeln. Es wäre viel besser, wenn sie …«

Tom spürte, wie sich Hannah neben ihm verkrampfte. Die Worte schlüpften aus seinem Mund, ehe er Zeit hatte, darüber nachzudenken. »Ich halte es, ehrlich gesagt, für eine tolle Idee.« Was er natürlich nicht tat. Er würde sie fürchterlich vermissen. Trotzdem fuhr er fort. »Ich finde es wirklich mutig, so weit wegzugehen und in einer fremden Kultur zu leben.«

Hannah schenkte ihm einen dankbaren Blick und drückte unter dem Tisch seine Hand.

Als Jenny widerwillig die Lippen schürzte, verspürte Tom erst recht das Bedürfnis, sie zu überzeugen. »Ich bin sehr stolz auf sie.«

»Ach ja?« Jennys Stimme hätte Lava gefrieren lassen können.

»Ja.« Er sah Hannah an und lächelte.

Jenny schnaubte. »Sie werden sie also nicht vermissen?«

Er hielt ihrem Blick stand. »Natürlich werde ich das. Aber das ist eine ganz andere Sache. Es geht dabei ja nicht um mich.« Dabei wünschte er sich sehnlichst, dass es so wäre. Als Hannah ihm zum ersten Mal von ihrer geplanten Reise nach Japan erzählt hatte, hätte er sein Nein am liebsten laut vom Dach geschrien. Doch stattdessen hatte er sich nur schnell zum Laden an der Ecke verdrückt, um Bier zu kaufen.

Hannah trommelte mit den Fingern auf den Tisch. »Tom hat sowieso keine Zeit, um mich zu vermissen, er hat nämlich einen fantastischen neuen Job.«

Jenny musterte ihn mit einem abschätzenden Blick. »Wo werden Sie denn arbeiten?«

»In einer Kanzlei in London.« Tom konnte immer noch nicht so recht glauben, dass das wirklich stimmte. Inmitten all der Trostlosigkeit, die er wegen der Krankheit seiner Mutter empfand, war es ihm irgendwie gelungen, das Vorstellungsgespräch, das Nick ihm mit einem der Partner – einem ehemaligen Rugby-Kumpel von ihm – verschafft hatte, erfolgreich zu meistern. Nick und er würden in der nächsten Woche beide dort anfangen. Anwälte im ersten Jahr. Nach all den langen Studienjahren würde er endlich der Typ im Anzug sein, der mit der Aktentasche unter dem Arm zu einem großen gläsernen Büro in London unterwegs war. In dem imposanten Gebäude standen Blumen am Empfang, und es gab sogar ein Café.

Jenn sah nicht beeindruckt aus. »Welche?«

»Foster, Smith und Weissburg.«

»Oh.« Sie nickte. »Die kenne ich. Eine meiner ehemaligen Schülerinnen hat dort gearbeitet.« Er fragte sich einen Moment lang, ob sie ihm damit ihre Zustimmung signalisieren wollte. »Aber sie hat gekündigt, als sie ein Chemieunternehmen vertreten haben, das für diese riesige Ölpest im Atlantik verantwortlich gewesen war.«

Vielleicht auch nicht.

»Mum!« Hannah verdrehte die Augen. »Das ist seine erste Stelle. Wir sollten feiern, statt ihm zu sagen, dass sie scheiße ist.«

»Hier wird nicht geflucht, Hannah.«

»Ach, komm schon, Mum. Ich bin zweiundzwanzig, nicht mehr zwölf.« Mit dem Daumen der rechten Hand rieb sie unablässig über die Innenseiten ihrer Finger. Tom hatte sie noch nie so angespannt erlebt.

Endlich ließ sich der Kellner dazu herab, an ihrem Tisch vorbeizuschauen. »Guten Tag, die Herrschaften.« Die überschwängliche Geste, mit der er einen Stift aus der Tasche seiner langen weißen Schürze zog, hätte besser auf eine Bühne im Londoner West End gepasst als in ein Restaurant. Der Pony seines dunklen Haars war perfekt gestylt und sein Hemd von einem so makellosen Weiß, dass es einen Auftritt in einer Persil-Werbung verdient hätte. »Darf ich Ihnen unsere Tagesgerichte vorstellen?«

Hannah lächelte. »Ja, bitte.«

Der Kellner hatte ganz offensichtlich eine Menge Zeit damit verbracht, die Karte auswendig zu lernen, und schien wild entschlossen, das Ergebnis seiner Arbeit nun auch unter Beweis zu stellen. Die umfassende Auflistung von Lamm, Trüffelöl, Caponata und Pecorino war so überwältigend, dass Tom am liebsten Bratfisch mit Pommes gegessen hätte – vorzugsweise an irgendeiner Frittenbude. Die schwarze Decke schien plötzlich von oben auf ihn herabzudrücken, und die Fahrstuhlmusik, die ohne Unterlass im Hintergrund dudelte, bereitete ihm Kopfschmerzen.

Der Kellner ließ den Stift zwischen den Fingern wirbeln. »Was darf ich Ihnen bringen, Sir?«

Tom verspürte den merkwürdigen Druck, etwas möglichst Ausgefallenes zu bestellen, daher schloss er sich Jenny an und entschied sich für die Schwertfischpasta. Er war ein wenig gekränkt, als Hannah einen Hamburger wählte.

Harry kehrte gerade rechtzeitig an den Tisch zurück, bestellte ebenfalls einen Burger und sagte nach einem kurzen Blick auf Jenny, die mit unbeweglichem Gesicht leicht von ihm abgewandt dasaß: »Na, dann können wir uns ja auf ein schönes Essen freuen.«

Tom wurde klar, wo Hannah ihren Optimismus herhatte.

»Tut mir echt leid.« Hannah saß neben Tom und hatte ihren Kopf an seine Schulter gelehnt, als sie mit dem Zug von Oxford nach London zurückfuhren. Felder und Weiden, auf denen vereinzelt Kühe standen, zogen am Fenster vorbei.

»Mach doch keine so große Sache daraus.« Tom zog sie näher an sich. »Mir hat's toll geschmeckt.«

Sie sah ihn mit einem verschmitzten Lächeln an. »Deine Portion war nur ein bisschen klein.«

Er überlegte für einen kurzen Moment, ob er es abstreiten sollte. Die fünf Bissen Nudeln auf seinem Teller hatten gerade einmal ausgereicht, um seinen Magen nicht mehr knurren zu lassen. »Mag sein. Aber es war verdammt lecker.«

Sie kicherte. »Du hättest mal dein Gesicht sehen sollen, als der Kellner mit deinem Teller auftauchte.«

»Willst du etwa behaupten, dass du mir angesehen hast, was ich dachte?«

Sie schüttelte sich vor Lachen. »Natürlich! Sogar das kleine Mädchen am Nebentisch hat es. Du hast so ein langes Gesicht gezogen! Wie damals, als dir an diesem Wochenende in Brighton dein Eis runtergefallen ist.«

»Das war aber auch wirklich ein ganz fantastisches Eis.« Bei der Erinnerung daran schüttelte er den Kopf. »Zwei Bällchen. *Zwei!*«

Hannah versetzte ihm einen Klaps auf die Schulter. »Ist ja schon gut. Es war ein tragischer Verlust.«

»Kann man wohl sagen.« Tom drückte ihr einen Kuss auf den Scheitel. »Na, jedenfalls hoffe ich, dass ich mich gut geschlagen habe.«

»Du warst großartig.« Sie umklammerte seine Hand und senkte die Stimme. »Tut mir leid, dass so eine schlechte Stimmung geherrscht hat. Manchmal frage ich mich, ob es nicht besser gewesen wäre, wenn sie sich schon vor Jahren getrennt hätten.«

Tom schüttelte den Kopf. »Das bezweifele ich.«

»Wirklich?«

»Ja. So eine Trennung ist auch nicht gerade ein Zuckerschlecken. Und sie kamen mir eigentlich ganz okay vor.«

Sie schaute ihn entgeistert an. »Machst du Witze? Hast du etwa nicht all die herabsetzenden Bemerkungen, die Seufzer und enttäuschten Blicke meiner Mutter bemerkt, die an seine Adresse gerichtet waren?«

»Nein.« Tom hatte all dies durchaus bemerkt, aber seiner Ansicht nach hatten sie Hannah gegolten. Und etwas sagte ihm, dass er diese Erkenntnis besser für sich behalten sollte.

Sie strich sanft mit dem Zeigefinger über seinen Handrücken. »Wie war dein Dad eigentlich? Ich meine, bevor er euch verlassen hat?«

Tom schluckte. Er sprach nie über seinen Vater und gab sich normalerweise auch alle Mühe, nicht über ihn nachzudenken. Sein Blick glitt zum Fenster. Eine Schafherde umringte einen Trog auf einer feuchten grünen Weide. »Er war kein glücklicher Mensch. Und ich glaube, er wollte auch nicht, dass andere glücklich sind.«

Ihre Finger fühlten sich tröstlich warm an. »Wie meinst du das?«

»Keine Ahnung. Er hat das Leben wohl einfach nicht besonders gemocht.«

»Was hat er denn beruflich gemacht?«

»Er hat einen Zeitschriftenladen geführt. Da hat er auch meine Mutter kennengelernt.« Er lächelte. »Anscheinend hat er ihr nie etwas für die Snickersriegel berechnet.«

»Wow.« Hannah zog die Augenbrauen hoch. »Der Mann hatte Klasse.«

Tom dachte an seinen Vater in der alten Lederjacke und der zerlumpten Jeans. Mit Klasse hatte das wirklich nichts zu tun gehabt. »Ich glaube nicht, dass er jemals Gefallen an unserer Familie gefunden hat. Er ist viel ausgegangen und hat nie wirklich etwas mit uns unternommen.«

»Das muss traurig gewesen sein.«

»So war es eben einfach.«

»Warst du nicht wütend auf ihn?«

»Nur um Julies willen. Sie war noch so klein, als er abgehauen ist. Erst sechs.« Tom zuckte mit den Schultern. »Sie hat nicht verstanden, wohin er gegangen ist. Im Grunde habe ich mich ab da um sie gekümmert.« Er schluckte den Kloß in seinem Hals herunter, den er immer spürte, wenn er an diese Entschlossenheit auf ihrem süßen Kindergesicht dachte, mit der sie auch Monate nach dem Verschwinden ihres Vaters beim Tischdecken noch ein Gedeck für Daddy aufgelegt hatte.

»Und später? Warst du da wütend?«

»Eine Weile. An seinem letzten Tag bei uns hatte ich eine richtig gute Note für einen Aufsatz bekommen und ihm davon erzählt.« Tom erinnerte sich noch daran, wie aufgeregt und stolz er deshalb gewesen war. »Er hat mich nur angesehen und gesagt, dass es eine Schande sei, dass ich mich nicht besser in Mathe anstellen würde.«

»Wie gemein von ihm!«

»Ach, was soll's.« Tom wollte nicht mehr darüber reden. »Vielleicht habe ich deshalb immer viel gebüffelt und gearbeitet.« Er lächelte sie an. »Es spielt keine Rolle mehr, was er gedacht hat. Und sonderlich geschadet hat es mir auch nicht, oder?«

Sie gab ihm einen Kuss auf die Wange. »Offensichtlich nicht. Auch wenn ich der Ansicht bin, dass du einen seltsamen Geschmack hast, wenn's um Schokolade geht. Vielleicht ist das sein Vermächtnis.«

Er verdrehte in gespielter Genervtheit die Augen. »Bloß, weil du kein Snickers magst.«

»Erdnüsse und Schokolade?« Sie tat so, als müsse sie sich übergeben. »Das ist einfach *falsch*.«

»Das sagst *du*.« Tom knuffte sie in den Arm. »Aber du bist ja auch verrückt!«

Sie küssten sich so tief und innig, bis Tom kaum noch Luft bekam.

Als Hannah schließlich zurückwich, sagte sie: »Bist du dir wirklich sicher, dass es in Ordnung ist, wenn ich nach Japan gehe? Ausgerechnet jetzt, wo deine Mutter so krank ist?«

»Natürlich ist es das.« Tom spürte, wie sich tief in ihm wieder die Panik zu regen begann. »Aber schreib mir bitte, ja?«

»Okay.« Sie drückte seine Hand und gab ihm einen Kuss darauf. »Abgemacht. Und könntest du bitte in der Zeit für mich auf etwas aufpassen?«

»Klar.« Er hoffte nur, dass es nicht ihre schreckliche DVD-Sammlung war.

Sie öffnete ihre Tasche und holte das Union-Jack-Feuerzeug daraus hervor, mit dem er vor all den Monaten vor dem Diner ihre Zigarette angezündet hatte. »Das ist mein Glücksbringer. Er soll auf dich achtgeben, solange ich weg bin.«

Tom strich über das kühle Metall in seiner Hand und grinste. »Ich passe darauf auf. Auch wenn ich mich dumpf daran zu erinnern glaube, dass es einmal mir gehört hat.«

Sie schüttelte den Kopf und sah ihn lächelnd an. »Das kann nicht sein. Ich werde wiederkommen und meinen Glücksbringer bei dir abholen.«

»Das solltest du auch besser tun.« Er holte tief Luft. »Und

wenn du dann schon mal wieder da bist, kannst du auch gleich bei mir einziehen oder …«

Schweigen. Ein Herzschlag. Zwei. Vielleicht ging es zu schnell. Vielleicht …

Er hörte sie kichern. »Oder was?«

»Oder das Feuerzeug wird es nicht überleben«, knurrte er leise.

»Das kann ich natürlich nicht riskieren.« Sie sah ihn verschmitzt an. »Okay, dann ziehe ich bei dir ein. Versprochen.«

Er lehnte sich in seinen Sitz zurück. Wenn das nächste Jahr doch nur schon vorbei wäre.

KAPITEL 9

»Hannah.«

Hannah zuckt so heftig zusammen, dass ihr der Stapel Hefte herunterfällt, den sie im Arm hält. »Margaret.«

»Wartest du auf jemanden?« Margaret zieht eine perfekt gezupfte, bleistiftdünne Augenbraue in die Höhe.

Hannah hockt sich hin, um die Hefte aufzuheben. »Ach, ich …« Eigentlich hatte sie nur aus dem Fenster über den Parkplatz gestarrt und sich gefragt, ob sie jemals wieder sie selbst sein würde. Sie erinnert sich dunkel an eine Zeit in ihrem Leben, als sie nicht das Gefühl hatte, ins Leichenschauhaus zu gehören, weiß aber ums Verrecken nicht mehr, wie sich das angefühlt hat. Sie hatte bis ein Uhr nachts Klausuren korrigiert, war dann um drei geweckt worden, als Tom auf dem Weg zum Klo hingefallen war. Als sie gerade wieder ihre Augen geschlossen hatte, war Julie nach Hause gekommen und hatte Sturm geklingelt, weil sie den Schlüssel vergessen hatte. Wieder einmal. Hannah hatte ihn am nächsten Morgen entdeckt. Er hing in einem Rosenbusch über einer ekligen Lache von Erbrochenem. Entzückend. »Ich habe nur gerade über den Stundenplan für eine meiner zehnten Klassen nachgedacht.« Sie greift nach dem letzten Heft und richtet sich wieder auf.

»Ich verstehe.« Margarets Stirnrunzeln verrät Hannah jedoch, dass sie überhaupt nichts begreift. Sie streicht mit der Hand über ihren gerade geschnittenen schwarzen Rock. An ihrer Hand blitzt ein goldener Ring auf.

Hannah fragt sich, wie Mr. Margaret wohl ist. Vermutlich sind unbedingter Gehorsam und absolute Humorlosigkeit die wesentlichen Anforderungen auf Margarets Liste für die Ehemannsuche gewesen.

Ihre Vorgesetzte presst die Lippen aufeinander. »Ich gehe davon aus, dass du mir die Übersichtsblätter noch im Laufe des Tages vorbeibringst?«

Hannah gerät in Panik. Sie hatte geglaubt, bei der Erledigung der von Margaret als »Karrierechancen« getarnten Sonderaufgaben ausnahmsweise einmal nicht hinterherzuhinken. »Was für Übersichtsblätter?«

Margaret seufzt. »Die Evaluation der Buchstabier- und Lesefähigkeiten der Klassen sieben, acht und neun. Ich habe dir doch heute Morgen eine E-Mail dazu geschickt.«

»Ich hatte den ganzen Tag unterrichtet.«

»Das stimmt nicht ganz, oder?« Margaret schüttelt den Kopf. »Denn wie ich sehe, hast du genug Zeit gefunden, hier am Fenster mit offenen Augen vor dich hin zu träumen.«

»Ich habe nicht geträumt.« Hannahs Stimme ist so schwach, dass sie es selbst kaum glauben kann.

Margaret redet ungerührt weiter. »Bitte leg mir die Blätter bis heute Abend auf den Tisch. Ich muss mir für das morgige Treffen der Führungskräfte einen Überblick verschaffen.«

»Aber dazu fehlt mir wirklich die Zeit.«

Margaret starrt sie wütend an. »Das dürfte ja wohl nicht so lange dauern, oder?«

Doch, das tut es. »Na ja …«

Margaret schüttelt den Kopf. »Ich hatte mir wirklich mehr von dir erhofft, Hannah.«

»Es ist nur so, dass du mir im Augenblick eine Menge zusätzliche Aufgaben überträgst und …«

»Nun, wenn ich mich nicht irre, hattest du mir versichert, den Fachbereich mit aller Kraft unterstützen zu wollen.«

»Das stimmt. Und dazu bin ich ja auch bereit, aber …«

»Wenn es dir zu viel wird, dann sag es.«

Hannah spürt, wie sie regelrecht in sich zusammenfällt. Für eine Diskussion wie diese ist sie einfach viel zu müde. Mit Margaret zu verhandeln ist ungefähr so sinnvoll wie der Versuch, eine schwingende Abrissbirne aufzuhalten. »Nein. Ich kriege das schon hin.«

»Ausgezeichnet.« Margaret nickt zufrieden. Wieder ein Problem gelöst, eine weitere Aufgabe delegiert. Um ihre Mundwinkel herum beginnt es zu zucken, was bei dieser Frau Ausdruck einer gewissen Begeisterung zu sein scheint und selten genug vorkommt. »Hast du den neuen Roman von Howard Jacobson gelesen, der letztes Jahr für den Booker Prize nominiert war?«

»Nein.« Komischerweise hatte sie keine Zeit dafür gefunden.

»Das solltest du aber. Wundervolle Bildsprache.«

Die einzigen Bilder, die Hannah derzeit im Kopf hat, sind die von ihrem Bett, in dem sie sich so lange die Decke über den Kopf zieht, bis es Tom besser geht und sie wieder anfangen kann zu leben. Sie seufzt. Sie hat keine Ahnung, wann es ihm besser gehen wird. Wann sie frei sein wird.

Margaret schwärmt immer noch von dem Buch. »Wir müssen auf dem Laufenden bleiben, um mit gutem Beispiel vorangehen zu können.«

Hannah weiß nicht, was sie darauf antworten soll. Im Augenblick gibt sie ihren Schülern lediglich ein gutes Beispiel dafür, wie es ist, zu müde zu sein, um am Morgen den Laptop hochzufahren.

»Nun ja. Bis später dann.«

Hannah starrt ihr hinterher, als sie mit entschlossenem Schritt davonmarschiert. Immer dann, wenn sie gerade glaubt, dass es nicht schlimmer werden kann, hat sie eine weitere stimmungsaufhellende Begegnung mit Margaret. Sie ist sich sicher, dass sie einmal davon überzeugt war, eine gute Lehrerin zu sein, doch langsam beschleicht sie das Gefühl, dass Big Reg – Hausmeister und erklärter Bücherhasser – bessere Arbeit leisten würde. In der Hoffnung, genug Koffein in sich hineinschütten zu können, um ihre Augen bei der Erstellung der Übersichtsblätter heute Abend halbwegs offen zu halten, macht sie sich auf den Weg zum Lehrerzimmer. Als sie um die Ecke biegt, fällt ihr ein, dass sie noch neue Mappen braucht, und sie schließt die ramponierte blaue Tür zum Materialraum auf.

Als sie hinter ihr zufällt, schaltet sie das Licht in dem kleinen Raum an und atmet die Stille und den Geruch von Papier und Druckertinte ein. Es ist schön, allein zu sein. Das passiert nur noch so selten. Immer ist jemand da, um den sie sich kümmern muss: im Klassenzimmer, in einer Konferenz oder zu Hause, wo sie Tom aufmuntert, wenn sich seine Finger wieder einmal so fest um den Rasierer krallen, dass er ihn nicht mehr loslassen kann. Oder wenn er beim Versuch, den Wasserkocher zu füllen, die Hälfte über sich schüttet. Wann immer sie mit ihm spricht, fühlt sie sich schuldig, dass sie selbst derartig in Selbstmitleid versinkt. Aber jeden Morgen steht sie in dem Bewusstsein auf, dass der neue Tag genauso werden wird wie der zuvor. Arbeit. Tom. Arbeit. Tom. Als wäre sie aus ihrem eigenen Leben herausgeschrieben worden. Kein Wunder, dass sie sich fühlt, als wäre sie hundert Jahre alt.

Sie stützt die Hände auf die kühlen Metallregale an der hinteren Wand und fragt sich, ob genug Platz darunter ist, um sich zusammenzurollen und ein Nickerchen zu halten.

Hinter ihr öffnet sich die Tür. »Hannah. Da bist du ja.«

O nein, bitte nicht!

Sie kauert sich rasch hin und versucht, sich hinter dem Fotokopierer zu verstecken.

»Ich kann dich sehen, Hannah.«

Verdammt!

»Oh. Hallo, Raj.« Sie versucht, möglichst beiläufig zu klingen, ist sich allerdings nicht ganz sicher, wie gut ihr das gelingt. Ein widerspenstiger Ärmel hat sich scheinbar im Papierfach verfangen. Sie zerrt heftig daran, und als er plötzlich freikommt, stolpert sie nach vorn genau auf Raj zu. Das war nicht ihre Absicht gewesen.

Er greift nach ihrem Arm, um sie aufzufangen.

Für einen Moment lässt sie die Berührung zu, dann weicht sie schnell zurück. Sie würde die Sache aufs Berufliche beschränken. Das war doch sicherlich nicht so schwer.

Raj sah sie ernst an. »Du gehst mir aus dem Weg.«

»Nein. Ich hatte einfach viel zu tun.« Hannah spürt, dass sie rot wird. Sie ist wirklich eine schreckliche Schauspielerin. Kein Wunder, dass es bei den Krippenspielen in der Schule immer nur fürs dritte Schaf gereicht hatte.

»Komm schon.« Er runzelt die Stirn. »Du hast gerade mal zwei Worte mit mir gewechselt, seit ich wieder da bin.«

Sie verschränkt die Arme vor der Brust. »Raj, ich hatte keine Zeit, um mit irgendjemandem mehr als zwei Worte zu wechseln.«

»Ja, aber …« Er beißt sich auf die Lippe. »Ich dachte, wir wären Freunde.«

»Nun …«

»Und du kommst auch gar nicht mehr in den Pub.«

Sie ist mit ihrer Geduld am Ende. »Du meine Güte, das hat doch nichts damit zu tun, dass ich dir aus dem Weg gehe. Was glaubst du, wie gern ich mal wieder in den verdammten Pub gehen würde? Aber stattdessen arbeite ich den ganzen Tag und kümmere mich in jeder freien Nanosekunde um meinen kranken Mann!«

»Schon gut, schon gut.« Raj hebt entschuldigend die Hände. »Es tut mir leid.«

»Das sollte es auch.« Hannah wendet sich ab und greift nach einem Stapel giftgrüner Kartonmappen. Als sie sich wieder umdreht, steht er direkt vor ihr. Sie weicht zurück. Oder versucht es zumindest. Der Materialraum ist nicht gerade der ideale Ort, um Distanz zu wahren.

Er senkt die Stimme. Sein Atem riecht nach Pfefferminz. »Ich will dir doch nur helfen, Hannah.«

Ein Teil von ihr würde am liebsten die Arme um ihn schlingen. Ein anderer Teil registriert merkwürdigerweise, dass sich der Fotokopierer in ihren Hintern drückt.

Raj legt wieder die Hand auf ihren Arm. Sie weiß, dass sie ihn eigentlich abschütteln sollte, aber irgendwie fehlt ihr dazu die Kraft. »Wieso gehen wir nicht mal zusammen aus?«

Hannah muss sich auf die Zunge beißen, um nicht in hysterisches Gelächter auszubrechen. Sie hat kaum Zeit, zur Toilette zu gehen, geschweige denn, sich mit einem Mann zu verabreden, mit dem sie nicht verheiratet ist. »Nein, Raj.« Sie zwingt sich, seine Hand wegzuschieben.

»Schau mir in die Augen und sag es.«

»Herrgott noch mal.« Sie hebt den Blick und sieht ihn an. »Hör auf damit.« Sie drückt mit den Mappen gegen seine Brust. »Ich bin verheiratet. Und total erledigt. Die wenige freie Zeit, die mir bleibt, verbringe ich mit so aufregenden Dingen wie Zähneputzen oder nachzusehen, wie weit mein Konto überzogen ist.«

»Ich weiß, aber ...« Er kommt schon wieder näher.

»Kein Aber, Raj.« Sie muss hier raus. Sie drängt sich an ihm vorbei und schafft es beinahe bis zur Tür.

»Geh mit mir aus, Hannah.«

Sie starrt ihn verärgert an. »Spinnst du?«

»Nein. Ich erinnere mich nur daran, wie es sich angefühlt hat, mit dir zusammen zu sein.«

»Also eins kann ich dir garantieren: Wenn wir jetzt eine Nacht zusammen verbringen, dann kannst du mir dabei zusehen, wie ich laut schnarchend dein Kissen vollsabbere.«

Er grinst. »Es klingt sexy, wenn du schnarchst. Wie eine …«

Sie hält das nicht mehr länger aus. »Ich gehe jetzt.«

»Ich werde nicht aufgeben.«

»Hör mir zu, du musst damit aufhören. Das führt doch zu nichts.« Sie greift nach der Türklinke.

»Aufhören? Niemals!«, sagt er mit schelmisch glitzernden Augen.

Angesichts der absurden Situation muss Hannah lächeln. »Na ja, vielleicht solltest du es beim nächsten Mal mit einem etwas romantischeren Ort versuchen. So hübsch es hier drin auch ist, lässt sich das Ganze bestimmt noch toppen.«

»Wie wär's mit der Kantine? Der Bibliothek? Oder …« Er grinst anzüglich. »Oder den Toiletten?«

»Pass bloß auf!«, erwidert Hannah und spürt im selben Moment, dass ihr Handy vibriert. »Wenn du so weitermachst, dann werde ich …« Sie zieht das Telefon aus der Tasche und liest die eingegangene Nachricht. »Oh, Scheiße.«

»Was ist los?«

»Ich muss nach Hause.«

»Kann ich irgendetwas tun?«

»Du kannst mich in Ruhe lassen, okay?«

»Aber …«

»Gib es auf, Raj.« Dann öffnet sie die Tür und rennt los.

»Und ich dachte, es könnte nicht schlimmer werden.« Tom liegt mit dem Gesicht nach unten auf den kalten Badezimmerfliesen.

»Was ist passiert?« Hannah schiebt die Hände unter seine Achseln und zieht ihn hoch.

»Ist doch egal.«

Er ist schwer, und Hannahs Rücken beginnt zu protestieren.

Doch sie beißt die Zähne zusammen. »Ist es nicht. Es soll schließlich nicht noch mal passieren.«

»Ich habe versucht, ohne Gehhilfe zu laufen«, antwortet Tom mürrisch.

»Aber deine Physiotherapeutin hat doch gesagt, dass du noch nicht so weit bist.«

»Ich weiß, was sie gesagt hat.«

»Warum hast du es dann versucht?« Ihre Schultern beginnen zu schmerzen, als es ihr endlich gelingt, ihn gegen die Badewanne zu lehnen.

»Weil ich sehen wollte, ob ich es kann.«

Hannah hört die Traurigkeit in seiner Stimme und verkneift sich einen weiteren Kommentar.

»Und dann wurden meine Muskeln kalt, und ich konnte mich nicht mehr selbst hochdrücken.« Sein Gesicht ist von Enttäuschung gezeichnet. »Ich hab mich auf dem Boden gedreht wie ein verdammter Kreisel. Ich tauge wirklich zu gar nichts mehr.«

Wenn sie ihm doch nur irgendetwas sagen könnte, damit er sich besser fühlt. »Gott sei Dank hattest du wenigstens dein Handy bei dir. Und wo zum Teufel steckt eigentlich Jules?«

Tom schüttelt den Kopf. »Keine Ahnung. Sie verschwindet andauernd.«

»So läuft das aber nicht. Sie soll sich um dich kümmern.«

»Stimmt. Aber es macht im Augenblick nicht gerade Spaß, mit mir rumzuhängen.« Seine Stimme klingt belegt vor Selbstmitleid.

»Darum geht es nicht.«

»Du bestreitest es also nicht?«

Sie ist so müde. »Ach, komm schon, Tom.«

»Was soll das heißen, ›komm schon‹? Das hier ist ein verdammter Albtraum!«

Sie legt ihre Hand auf seine. »Ich weiß.«

»Das tust du offensichtlich nicht.«

Hannah atmet konzentriert aus, um sich zu beherrschen. »Also schön, ich weiß es nicht. Wie sollte ich auch? Aber ich … ich …« Sie versucht verzweifelt, das Brennen in ihren Augen zurückzuhalten. »Ich will nur, dass es dir besser geht. Das ist alles, was ich will, Tom. Ich finde es furchtbar, was dir widerfahren ist. Und ich würde alles dafür tun, wenn ich es wieder in Ordnung bringen könnte.«

Sein Gesicht wirkt erstarrt.

»Bitte, Tom.« Hannah fühlt die Tränen über ihre Wangen laufen. »Du musst verstehen, dass ich versuche, dir zu helfen. Jeden Tag. Immer wieder. Mehr kann ich nicht tun.« Als sie sich resigniert der Tür zuwendet, rutscht sie mit dem Fuß auf einer feuchten Fliese aus und schlägt mit dem Hinterkopf gegen das Waschbecken.

Im ersten Moment tut es so weh, dass sie kein Wort herausbekommt.

»Hannah? Scheiße. Mist. Verdammt.«

Hannah hört, wie er verzweifelt versucht, über die Fliesen zu ihr zu krabbeln.

Sie blinzelt. Einmal. Zweimal. Offensichtlich ist sie nicht tot. Sie ist sich sicher, dass der Himmel keine so großen Risse an der Decke hat.

»Auuuuuuh.« Sie versucht, sich aufzurichten. Die Panik in seinem Gesicht rührt sie.

»Alles in Ordnung?«

»Ich glaube schon.« Sie reibt sich über den Hinterkopf.

»Gott sei Dank!« Tom atmet erleichtert aus. »Ich war schon dabei, mir eine wahnsinnige Rettungsaktion im MacGyver-Stil einfallen zu lassen, aber wahrscheinlich hätte ich fünf Stunden gebraucht, um in Gang zu kommen.«

»Na ja, der gute Wille zählt.« Ein Glucksen steigt in ihrer Kehle auf, und sie kämpft nicht dagegen an.

Tom lacht ebenfalls. Er schleppt sich zu ihr hinüber und legt seinen Kopf auf ihren Bauch. »Irgendwie ist das hier ein bisschen, als wenn der Blinde den Lahmen führt.«

»Wir könnten eine eigene Fernsehserie starten.«

»Gute Idee.« Er schnaubt. »Holen wir uns einen Emmy.«

»Oder einen Golden Globe.«

Ihr Lachen verklingt, und sie liegen für eine Weile schweigend da.

Schließlich blickt Tom zu ihr auf. »Und was machen wir jetzt?«

»Also einer von uns wird irgendwann aufstehen müssen.«

»Und danach?«

»Keine Ahnung. Aber vielleicht sollten wir mal darüber nachdenken, wie wir wieder Spaß haben können.«

»Spaß … Was ist das noch mal?«

»Genau das meine ich.« Hannah versucht, sich an das letzte Mal zu erinnern, das sie unbeschwert zusammen gewesen sind. Das war mindestens ein Jahr her, und es war jede Menge Alkohol im Spiel gewesen. »Wie wäre es, wenn wir für den Anfang Hantinis mixen?« Sie hält inne. »Mist, tut mir leid. Wir können natürlich auch alkoholfreie machen. Im Krankenhaus haben sie ja gesagt, du sollst keinen …«

»Ein oder zwei werden mir bestimmt nicht schaden.« Er stößt einen Pfiff aus. »Hantinis. Wow.«

»Ja.« Bei der Aussicht darauf bessert sich ihre Laune schlagartig. »Kannst du dich noch erinnern, was du damals reingetan hast?«

»Ist schon eine Weile her. Aber auf jeden Fall Amaretto. Und so ziemlich alles, was sonst noch im Barschrank stand.«

»Ich kann einfach nicht glauben, dass du diesen lausigen Kasten über der Spüle immer noch als ›Barschrank‹ bezeichnest.«

»Natürlich!« Sie hört das Lächeln in seiner Stimme. »Das war mein liebstes Möbelstück in der ganzen Wohnung.«

»Na, die Konkurrenz war ja auch nicht gerade groß.« Hannah

schüttelt den Kopf bei dem Gedanken an ihr erstes gemeinsames winziges Apartment, das sie direkt neben einem 24-Stunden-Parkhaus angemietet hatten. »Mit welchem Wort hatte der Makler es noch beschrieben? Als ›schnuckelig‹?«

»Ja. Was nichts anderes hieß, als dass darin kaum Platz für ein Doppelbett war.« Er hält für einen Moment inne. »Aber wir hatten trotzdem Spaß, oder?«

»Und ob.« Hannah rutscht unter ihm weg und steht auf. »Dann lass uns mal loslegen und versuchen, noch etwas mehr davon zu haben.« Sie hält ihm die Hand hin.

Tom grinst und ergreift sie. »Guter Plan.«

Sie nimmt alle Kraft zusammen, um ihn in die Höhe zu ziehen, und schlingt ihren Arm um ihn, als sie auf die Treppe zusteuern.

Um Mitternacht sitzt sie plötzlich kerzengerade im Bett. Sie ist betrunken, ihr Kopf vernebelt. Sie braucht dringend ein Glas Wasser. Dann fällt es ihr wieder ein: die Übersichtsblätter. Sie schleppt sich aus dem Bett und beginnt zu tippen.

November 2007

Kirchenheft zur Trauerfeier für Mrs. Rosemary Jane Ellison Westhayes Krematorium, Somerset

»Hannah. Du bist gekommen!« Tom zog sie aus dem Nieselregen in den Schutz des Gangs, der zur Kapelle führte. »Ich kann's gar nicht glauben.« Er streichelte ihr Gesicht. Es war gebräunt und weich, und in ihren großen braunen Augen standen Tausend Emotionen.

Sie schlang die Arme um ihn und drückte ihn an sich, als wollte sie ihn niemals wieder loslassen.

Tränen stiegen ihm in die Augen. Nach all dem Schmerz, den er in den letzten Lebenswochen seiner Mutter durchlitten hatte, war es nun Hannahs Ankunft, die ihn letztendlich doch noch zum Weinen zu bringen drohte. Sie wiederzusehen traf ihn ins Herz. Wie gern wäre er jetzt mit ihr allein gewesen, um sich an sie zu schmiegen und all die Tränen zu vergießen, die er tief in sich eingeschlossen hatte.

»Natürlich bin ich gekommen.« Sie wich zurück und schob ihre Hand in seine. »Du hättest mich bitten sollen, eher zu kommen.«

Er blickte zur Seite, aus Angst, durch ihr Mitgefühl den letzten Rest seiner Selbstbeherrschung zu verlieren. »Ich wusste doch, wie gut es dir da drüben gefällt. Ich wollte es dir nicht verderben.« Er schluckte, als er seinen Cousin Adam sah, der einen Stapel Kirchenhefte mit dem Ablauf der Trauerfeier trug. Der Name seiner Mutter stand auf der Vorderseite, darin ihre Lieblingskirchenlieder.

»Tom«, Hannah holte ihn mit eindringlicher Stimme in die Gegenwart zurück, »Ich liebe dich. Du bist mir wichtiger als alles andere.«

»Wirklich?«

»Wirklich. Es hat sich nichts geändert. Zumindest nicht für mich.«

Er brachte es immer noch nicht fertig, sie anzusehen.

»Versprochen, Tom.« Ihre helle Stimme weckte Tante Sue, die leise schnarchend auf einer Bank in der Nähe der Kapellentür saß.

»*Bingo!*« Tante Sue war ganz offensichtlich ein wenig verwirrt und schien nicht recht zu wissen, wo sie war.

»Ich hatte gedacht, dass du vielleicht …« Als Tom sich endlich traute, Hannah anzusehen, erkannte er die Entschlossenheit in ihren Augen.

Hannah holte tief Luft. »Ich möchte mit dir zusammen sein.«

Er nickte und drückte leicht ihre Hand. »Ich habe dich so vermisst.«

»Ich dich auch.« Sie küsste ihn. »Gibt es noch irgendetwas, wobei ich dir helfen kann?«

»Eigentlich nicht.« Er schaute zu den versammelten Trauergästen hinüber, die geduldig darauf warteten, dass die Türen der Kapelle geöffnet wurden. »Ich glaube, ich habe alles so weit geregelt.«

»Wann kommt der Bestattungswagen?«

»Müsste jede Minute eintreffen.« Er warf einen Blick auf seine Armbanduhr.

»Und Julie?«

»Die auch. Sie wollte eigentlich um halb elf hier sein. Mit viel

Glück wird sie es noch vor dem Pfarrer schaffen.« Als Tom einen Blick zur Straße warf, sah er ein Taxi vorfahren.

Die Tür flog auf, und Julie stieg aus. Sie hielt einen Typen an der Hand, den Tom gelegentlich im Park gegenüber vom Haus seiner Mutter gesehen hatte, wo er kettenrauchend herumgelungert hatte. Er trug eine enge graue Jeans, und über dem Ausschnitt seines schwarzen T-Shirts schlängelte sich ein Tattoo an seinem Hals hinauf.

Tom biss die Zähne zusammen und ging Arm in Arm mit Hannah auf seine Schwester zu.

»Hallo, hallo.« Julies Stimme war zu laut, als sie sich durch die in gedämpfte Unterhaltungen vertiefte Gruppe von Familie und Freunden schlängelte. Eine von Mums Bekannten, mit der sie ehrenamtlich im örtlichen Jugendhaus zusammengearbeitet hatte, legte für einen Moment die Hand auf Julies Arm, wurde aber rasch abgeschüttelt.

»Was um alles in der Welt hat sie denn an?« Tante Sue hatte ihren Platz auf der Bank aufgegeben und war ihnen gefolgt. Sie starrte entrüstet zu ihrer Nichte hinüber. Onkel Joe gab sich alle Mühe, seine Frau zu beruhigen, verlor den Kampf aber wie gewöhnlich. Tante Sues Doppelkinn wackelte empört. »Ich kann ja praktisch ihren Schlüpfer sehen. Und was ist das da an ihrem Hals? Das ist doch wohl nicht etwa ein …?«

Onkel Joe hustete so laut, dass Tom glücklicherweise die Peinlichkeit erspart blieb, Tante Sue »Knutschfleck« sagen zu hören.

»Morgen.« Julie gab Tom einen flüchtigen Kuss auf die Wange. Sie roch nach schalem Apfelwein und Zigaretten, und das Haar fiel ihr strähnig ins Gesicht. Ihr schwarzes Oberteil hatte einen weißen Fleck am Kragen und war nachlässig in den viel zu kurzen Rock gestopft. Die graue Strickjacke rutschte ihr von den Schultern, als sie versuchte, sich eine Zigarette anzuzünden. Ihre Hände zitterten so sehr, dass Tom auf sie zutrat, um ihr Feuer zu geben.

»Wieso bist du so spät dran?«

Julie verdrehte die Augen. »Das verdammte Taxi ist im Stau stecken geblieben. Ich habe dem Kerl ja gleich gesagt, dass er anders fahren soll. Stimmt doch, Si?«

Si war allerdings so sehr damit beschäftigt, Nikotin zu inhalieren, dass er darauf keine Antwort zu haben schien. Tom verspürte plötzlich auch das Bedürfnis nach einer Zigarette. In diesem Moment wäre ihm alles recht gewesen, um die Zeit totzuschlagen.

»Hallo, Julie.« Hannah machte einen Schritt auf sie zu, um sie zu begrüßen.

Julie musterte sie von oben bis unten. »Oh. Du bist gekommen.«

Hannah errötete und blickte zu Boden. »Sobald ich es gehört hatte, habe ich einen Flug gebucht.«

Julie inhalierte und stieß den Rauch in Hannahs Richtung aus. »Wie nett von dir.«

Als Tom sah, wie Hannah um die richtigen Worte rang, meldete sich sofort sein Beschützerinstinkt. Er musste sie aus dieser Situation befreien. »Wie geht es dir, Jules?«

Julie zog eine Augenbraue hoch. »Ging mir schon mal besser.« Sie trat von einem Fuß auf den anderen, während sie ihre Zigarette in ungefähr drei Zügen aufrauchte.

Hannah streckte Si die Hand hin. »Hi, ich bin Hannah.«

Julies Begleiter zog seine behaarte Hand aus der Tasche und schüttelte Hannahs. »Si.« Dann trat er den Zigarettenstummel mit dem Absatz im Kies aus und starrte in die Ferne.

Tom fragte sich, wie alt er wohl sein mochte und ob er wusste, dass Julie erst sechzehn war.

Julie zündete sich eine weitere Zigarette an der ersten an. »Si ist LKW-Fahrer.«

»Ach ja?«

Julie blies ihm Rauch ins Gesicht. »Ja.« Ihr Blick wanderte zum Eingang hinüber. »Hübsche Blumen.«

»Danke. Wäre schön gewesen, wenn du mir bei der Auswahl geholfen hättest.«

Julie zuckte abwehrend mit den Schultern. »Ist ja nicht so, als würde sie sie noch sehen, oder?«

Tom suchte verzweifelt nach den richtigen Worten, um die Kluft zwischen ihnen zu verringern. »Wo hast du in den letzten Tagen gesteckt?«

»Bei Si.«

»Und was ist mit der Schule?«

»Keinen Bock.«

»Ich hoffe, du gehst bald wieder hin. Du solltest nicht zu viel Stoff versäumen, sonst …«

Sie fiel ihm trotzig ins Wort. »Ich habe beschlossen, nicht mehr hinzugehen.«

»Wie bitte?« Es hatte ihn stundenlange Überzeugungsarbeit gekostet, bis sich ihre vornehme Schule bereit erklärt hatte, sie kostenlos dort unterzubringen. Sie war so verdammt klug. Die Prüfungen zum Abschluss der Sekundarstufe I hatte sie alle mit Bestnoten abgeschlossen. Er war immer davon ausgegangen, dass sie ihre Schulausbildung fortsetzen würde.

Julie seufzte und stocherte trotzig mit einer ihrer fleckigen roten Ballerinas im Kies. »Ich schmeiße die Schule.«

»Aber wieso das denn?«

»Ich will mir einen Job suchen.«

»Seit wann das?«

»Hab ich schon vor 'ner Weile entschieden.« Sie trat die zweite Zigarette auf dem Boden aus. »Als ich mich um Mum gekümmert habe, während du in London groß rausgekommen bist.«

Er ignorierte den bitteren Seitenhieb. Schließlich war es nicht das erste Mal, dass Tom ihn von seiner Schwester zu hören bekam. »Und du bist nie auf die Idee gekommen, das vielleicht auch mal mit mir zu besprechen?«

»Wieso denn?« Julies Unverschämtheit traf Tom wie ein Schlag ins Gesicht. »Du warst doch nicht da.«

»Jules, das ist nicht fair.«

»Ach nein?« Ihre Stimme zitterte vor Wut. »Soweit ich mich erinnere, war ich diejenige, die ihr die Spritzen gegeben, Fieber gemessen, Bettpfannen geleert und versucht hat, sie zu überreden, etwas zu essen und zu trinken. Und ich war es auch, die die Laken gewechselt hat, wenn sie sich übergeben hatte. Ich allein.«

Tom beugte sich zu ihr und sagte mit gesenkter Stimme. »Ich musste arbeiten – um ihre Rechnungen zu bezahlen und meine eigenen. Ich bin so oft vorbeigekommen, wie ich nur konnte.«

Julie schüttelte den Kopf und verschränkte die Arme vor der Brust. »Rede dir das nur ein, Tommo. Aber was ich wirklich von dir gebraucht hätte …« Sie brach mitten im Satz ab.

»Was? Was hättest du gebraucht?«

Julies Gesicht verschloss sich noch mehr. »Nichts.«

»Aber wo willst du denn wohnen, Jules? Du weißt doch, dass du aus dem Haus rausmusst.«

»Mach dir darüber mal keine Sorgen.«

Tom verfluchte ihre Bockigkeit. »Aber ich mache mir Sorgen! Wenn du willst, kannst du natürlich bei mir wohnen.«

»Wirklich?« Für einen winzigen Augenblick schien sie wieder ein wenig zugänglicher.

»Aber sicher.« Tom lächelte sie an. »Hannah wird noch für eine Weile da sein, aber …«

Julies Gesicht verschloss sich sofort wieder. »Nein danke. Ich bleibe bei Si. Er hat eine eigene Wohnung. Stimmt's, Si?«

Si grunzte nur und warf einen Blick auf sein Handy.

»Aber …« Tom spürte Hannahs Hand in der seinen. Sie war kühl. Beruhigend.

»Tom?« Hannah deutete hinter ihn. »Ich glaube, sie sind jetzt so weit.«

Er drehte sich um und sah den Begräbniswagen. Lang. Schwarz.

Endgültig. Die Trauernden verstummten. Tom schritt durch die Menge und kämpfte gegen seine Tränen an, als zwei livrierte Angestellte den Sarg herauszogen und auf einen Ständer stellten. Die Messinggriffe glänzten. Das helle Holz war poliert. Ein einzelner Lilienkranz lag auf dem Deckel. Es war alles genau so, wie seine Mutter es sich gewünscht hatte. Tom blickte sich um und sah, wie seine Schwester in Sis Armen in Tränen ausbrach. Eigentlich sollte er derjenige sein, der sie festhielt und tröstete, aber er war sich sicher, dass sie das nicht zulassen würde. Also blieb er stehen, wo er war, und wartete auf die anderen Sargträger. Onkel Joe, Adam und Aziz, der Chef der Reinigungsfirma, für die seine Mutter gearbeitet hatte. Während sie sich versammelten, blickte Tom auf den Sarg hinab und dachte an die Frau, die darin lag. Seine Mutter, die immer das kleinste Stück Kuchen genommen hatte. Die lauthals über jeden Witz lachen konnte, der Bruce Forsyth in seiner TV-Show jemals über die Lippen gekommen war. Er wünschte, er hätte sich mehr Zeit für sie genommen, öfter mit ihr geredet und sich viel häufiger bei ihr bedankt. Dafür war es nun zu spät. Er biss sich heftig auf die Lippe, um die Tränen zurückzuhalten. Als er sich bückte und das Gewicht des Sargs auf seine Schulter nahm, tauchte Hannah an seiner Seite auf.

Sie flüsterte so leise, dass nur er es hören konnte. »Du bist sehr tapfer, Tom.«

Tom hob die Hände, um den Sarg festzuhalten. Er war froh, dass Hannah auf ihn vertraute. Sich selbst konnte er allerdings nichts vormachen.

KAPITEL 10

»Ach, jetzt komm schon, Hannah«, ertönt Stephs bittende Stimme aus dem Handy. »Du bist seit einer Ewigkeit nicht mehr ausgegangen.«

Hannah blickt in den Garten hinaus. Der Rasen ist voller kahler und brauner Stellen und sieht ungefähr so lebendig aus, wie sie sich fühlt. Der Rosenbusch ist inzwischen ganz umgekippt und scheint bereit, in den Pflanzenhimmel aufzusteigen. Sie reibt mit dem Zeh über den Teppich. »Ich weiß, Steph, aber ich kann nicht.«

»Aber das sind wirklich tolle Karten. War sauschwer dranzukommen.«

»Das glaub ich dir ja.« Hannah läuft durch die Wohnung und sammelt die Teller und Becher zusammen, die sich im Laufe der Woche auf Schränken und Tischen angesammelt haben. »Aber ich kann wirklich nicht mitkommen. Es tut mir leid. Tom googelt immer noch ›Überlebenschancen bei Schlaganfall‹ auf seinem iPad, wenn er glaubt, dass ich nicht hinsehe. Ich *muss* hierbleiben.«

»Hm … Kann Julie sich nicht um ihn kümmern?«

»Das macht sie schon unter der Woche. Ich bin am Wochenende dran.«

»Kannst du sie nicht mit irgendetwas bestechen?«

»Dazu müsste ich sie erst mal finden.« Hannah stellt das

Geschirr in die Spüle und geht in Richtung Gästezimmer, das inzwischen Toms Schlafzimmer ist. »Tut mir leid, Steph. Ich muss jetzt Schluss machen.«

Steph stößt einen frustrierten Seufzer aus. »Ich dachte, dass es dir guttun würde, mal wieder rauszukommen und dich zu amüsieren. Ich mache mir Sorgen um dich.«

»Ich mir auch.« Hannah hebt einen Pullover und eine Socke vom Boden auf.

»Wie geht's ihm?«

»Ganz okay.«

»Mit anderen Worten beschissen?«

»Nein, wirklich ganz okay.« Hannah seufzt.

Für einen Moment herrscht Stille in der Leitung. »Ich vermisse dich, Hannah.«

»Ich weiß. Ich vermisse dich auch. Und jetzt mach dich vom Acker. Ich muss weitermachen. Viel Spaß heute Abend. Und erzähl mir am Montag bloß nicht, wie toll es gewesen ist.« Sie beendet das Gespräch, als sie das Badezimmer betritt. Im Sonnenlicht, das durch das Fenster hereinströmt, muss sie blinzeln.

»Wer war das?« Tom sitzt in ein Handtuch gewickelt im Rollstuhl.

»Nur Steph.« Hannah steckt das Handy in die Tasche. »Nichts Wichtiges.«

»Na dann.« Tom deutet mit der rechten Hand auf sein Kinn. »Wie war ich?«

Hannah mustert ihn.

»Tja … ein bisschen weniger Sweeney-Todd-mäßig als beim letzten Mal, würde ich sagen.«

»Ich mache mich langsam. Nur zwei Schnitte.« Tom beäugt sich im Badezimmerspiegel.

»Glückwunsch.« Hannah reißt zwei Ecken von einem Kosmetiktuch ab und drückt sie auf die beiden winzigen blutenden

Stellen. »Wenn du dir bald dein T-Shirt wieder selbst anziehen kannst, wird es Preise regnen.«

»Das werde ich tatsächlich bald schaffen, nicht wahr?« Tom sieht so stolz aus, dass Hannah sich spontan vorbeugt, um ihn zu umarmen. Da Tom denkt, sie wolle ihm einen Kuss geben, prallen sie mit den Wangenknochen aneinander, als er das Kinn hebt. Sie lässt zu, dass sich ihre Lippen für eine Sekunde berühren, dann weicht sie schnell zurück. Die Enttäuschung steht ihm ins Gesicht geschrieben.

»Okay.« Umständlich hebt sie ein Handtuch auf, das auf den Boden gefallen ist. Das verschafft ihr ein wenig Luft. Dann dreht sie sich wieder zu ihm um. »Als Belohnung für die tolle Rasur werde ich dir mein Spezialfrühstück mit Schinkenspeck und Eiern zubereiten.«

Tom lächelt unsicher. »Das muss mein Glückstag sein.«

Hannah zieht die Gehhilfe über die Fliesen zu ihm herüber. »Na ja, im Krankhaus haben sie uns ja gesagt, dass wir jeden Erfolg feiern sollen, daher finde ich, dass wir uns eine anständige Portion gönnen dürfen. Was denkst du?«

Er nickt eifrig. »Absolut. Und könntest du vielleicht …?«

»Was denn?«

»Könntest du vielleicht Champignons reintun? Und Tomaten? Und diesen besonderen Käse? So wie früher.«

»Meinst du Feta?«, fragt Hannah, während sie die Gehhilfe in Position bringt, damit er sich in den Stand hochziehen kann. »Du kannst dich daran erinnern? Das habe ich seit Jahren nicht mehr gemacht.« Sie ist immer wieder erstaunt, wie genau er sich an die guten Zeiten erinnern kann. Die Zeiten, als sie noch Sex hatten und ausgingen und wussten, wie sie einander zum Lachen bringen konnten. Sie dagegen kann vor allem die unglücklichen Zeiten nicht vergessen.

»Natürlich weiß ich das noch.«

»Also gut. Wurde in die Speisenkarte aufgenommen.« Hannah

greift nach einem blauen T-Shirt mit einem Bild von Captain Caveman auf der Vorderseite. »Mir ist nur gerade eingefallen, dass Julie die Kaffeemaschine kaputtgemacht hat.«

»Ach ja.« Tom seufzt. »Und außerdem hat sie das ganze Brot aufgegessen.«

Hannah streift ihm das T-Shirt über den Kopf. »Vielleicht sollten wir besser irgendwo frühstücken gehen.«

»Ich weiß nicht …«

»Es ist ein so schöner Tag. Was hältst du vom Junction? Das ist nicht weit weg, und außerdem haben sie dort die besten Schinkensandwiches.« Plötzlich kann sie es kaum erwarten, aus dem Haus zu kommen. Endlich einmal wieder die Sonnenstrahlen im Nacken zu spüren und Teil der Welt dort draußen zu sein.

Zweifel huschen über Toms Gesicht. »Aber wir könnten uns doch auch hier Schinkensandwiches machen.«

»Nicht ohne Brot.« Hannah wirft einen sehnsuchtsvollen Blick aus dem Fenster und versucht es erneut. »Komm schon, Tom, wir müssen hier mal raus. Es ist wirklich warm für März. Lass uns abhauen und es auskosten.«

Schweigen.

»Also gut, aber nur, wenn ich meinen Stock benutzen kann. Ich werde auf keinen Fall diesen blöden Rollstuhl nehmen.«

Hannah ist verunsichert. So weit ist er nach dem Schlaganfall noch nie ohne Hilfe gegangen. »Wir können ihn ja mitnehmen. Ich weiß jetzt, wie man ihn faltet und …«

»Nein.« Er schüttelt vehement den Kopf. »Ich hasse dieses Ding.«

»Bist du dir sicher, dass du schon bereit dafür bist? Wir könnten auch mit dem Wagen …«

»Lass es mich wenigstens versuchen. Wenn ich schlappmache, musst du mich eben Huckepack nehmen.«

Es tut gut, die Entschlossenheit in seiner Stimme zu hören.

Hannah weiß, wie viel Mühe es ihn kostet, Witze über seinen Zustand zu machen, und schiebt ihre Bedenken beiseite. »So-weit kommt's noch! Na, schön, probieren wir's.« Sie greift nach seinen Boxershorts. »Und jetzt ist es Zeit für die Unterhose.«

Wie immer an diesem Punkt der Ankleideprozedur macht sich eine peinliche Stille zwischen ihnen breit. Egal wie oft sie ihn schon dabei geholfen hat, es fühlt sich immer noch falsch an. Zudringlich und viel zu intim. Toms grimmiger Gesichtsausdruck sagt ihr, dass er es genauso empfindet. Hannah löst das Handtuch an seiner Taille, und Tom benutzt seinen rechten Arm, um sich schräg in die Höhe zu stemmen, sodass sie es wegziehen kann. Seine Haut ist von der Wärme des Wassers gerötet und riecht nach Moschus. Er benutzt seit Jahren das gleiche Duschgel, und sie erinnert sich daran, wie gern sie diesen Duft gerochen hat, als sie zum ersten Mal in seinen Armen gelegen hat. Ihre Hand schwebt über seinem nackten Oberschenkel. Sie sieht die vertrauten schwarzen Härchen an seinen langen Beinen und das Muttermal an der rechten Hüfte. Zum ersten Mal seit Monaten sieht Hannah seinen Körper richtig an. Normalerweise versucht sie, das Ankleiden so schnell wie möglich hinter sich zu bringen, zieht ihm die Kleidungsstücke im Handumdrehen an oder aus, als wäre er eine Schaufensterpuppe, an der eine neue Kollektion präsentiert werden soll. Aber heute, wo die Sonne scheint und sein Duft in der Luft liegt …

Ein lautes Poltern aus dem Arbeitszimmer im ersten Stock zerstört den Zauber des Moments.

Hannah kichert und lässt das Handtuch auf den Boden fallen. »Wer ist das?«

»Julie scheint wieder mal einen neuen Freund zu haben«, sagt Tom seufzend. »Ich habe keine Ahnung, was mit ihr los ist. Beziehungsweise mit ihr und Zac.«

»Falls Zac überhaupt existiert.«

Er sieht sie überrascht an. »Ist das nicht ein bisschen gemein?«

Hannah zuckt mit den Schultern. »Finde ich nicht. Sie wohnt jetzt schon ein paar Monate hier, und bisher fehlt jeglicher Beweis, dass dieser Zac nicht nur ein Produkt ihrer Fantasie ist.«

Tom senkt seine Stimme zu einem Flüstern. »Ich verstehe das einfach nicht. Ich habe versucht, mit ihr zu reden, aber sie wechselt immer sofort das Thema. Ich mache mir doch nur Sorgen, was aus ihr werden soll. Was sie mit ihrem Leben anfängt. Ich kann mir nicht vorstellen, dass sie einmal lange genug bei irgendeiner Sache bleibt, um wirklich erfolgreich damit zu sein.«

Hannah kniet sich vor ihn. »Warte ab, vielleicht wird sie dich noch mal überraschen.« Sie zieht ihm die Boxershorts behutsam über die Füße. »Wenn du willst, kann ich ja mal mit ihr reden.«

»Das wäre toll. Danke.«

»Keine Ursache.« Hannah zieht die Boxershorts über seine Waden hinauf und schiebt ihre Hand unter seinen linken Oberschenkel, während er ihr hilft, indem er seinen rechten vom Stuhl anhebt. »Und jetzt das große Finale.« Sie tritt hinter ihn und stützt ihn mit einer Hand, während sie die Boxershorts mit der anderen hochzieht. Während sie den Bund zurechtrückt, berührt sie mit der Hand unabsichtlich ganz leicht seinen Oberschenkel. Aus dem Augenwinkel nimmt sie wahr, wie sich etwas regt. Offensichtlich freut sich jemand, sie zu sehen. Doch als Hannah bemerkt, wie Tom sich verkrampft, verwandelt sich ihre anfängliche Verlegenheit sofort in Mitgefühl.

Tom versucht, die unerwartete Regung mit seiner rechten Hand zu bedecken, und lehnt sich in seinem Stuhl so weit wie möglich nach vorn.

Sie sucht verzweifelt nach Worten, aber ihr wollen partout keine einfallen.

Als Tom beginnt, sich zu entschuldigen, erwacht sie endlich aus ihrer Starre. »Kein Grund, sich für irgendetwas zu schämen.« Sie klingt wie eine strenge Oberschwester aus dem Zweiten Weltkrieg.

Tom sagt nichts, sondern sitzt nur weiter zusammengekrümmt da.

»Und außerdem …« Sie geht um den Rollstuhl herum und stellt sich vor ihn. »Es ist ja nicht so, als hätte ich ihn nicht schon mal gesehen.«

Sein Mund verzieht sich zu einem Lächeln. »Und ich hoffe sehr, dass du ihn noch des Öfteren zu sehen bekommst.«

Sie zwingt sich, ihm in die Augen zu blicken. Er muss an ihre gemeinsame Zukunft glauben. »Ganz bestimmt.«

»Und es ist gut zu wissen, dass da unten noch alles funktioniert.«

»Genau.« Sie beugt sich zu ihm hinunter und gibt ihm einen flüchtigen Kuss auf den Mund. »Und jetzt lass uns zusehen, dass wir dich in deinen Trainingsanzug kriegen, und dann nichts wie raus hier!«

»Geschafft.« Tom wirkt erschöpft, als es ihm vor der Eingangstür des Café Junction endlich gelingt, seinen linken Fuß die große Steinstufe hinaufzuziehen. Er nimmt die rechte Hand von Hannahs Schulter und stützt sich schwer auf seinen Gehstock. »Ich hatte ganz vergessen, wie weit der Laden von unserem Haus weg ist.«

Hannah verkneift sich jeglichen Kommentar. Wenn sie auf dem Weg zur Arbeit morgens hier rasch auf einen Kaffee vorbeischaut, benötigt sie für die Strecke ungefähr drei Minuten. Heute hat es zwanzig gedauert.

Tom keucht. »Gib mir eine Sekunde, ja? Ich muss kurz verschnaufen, bevor wir reingehen.«

»Klar.« Hannah starrt auf die Autos auf der Straße vor ihnen.

Sie hatte nicht damit gerechnet, dass es so schwierig werden würde. Dieser Fußweg mit Tom erinnert sie an die Spaziergänge zum Park, die sie mit ihrem Großvater kurz vor dessen Tod unternommen hat. Sie hat immer seinen gebrechlichen Arm gehalten und ihn über die bröckelnden Pflastersteine bis zu der Bank geführt, auf der er und ihre Großmutter vierzig Jahre lang gesessen und die Enten gefüttert hatten.

Tom sieht sie an. »Wie war ich?«

Hannah lächelt. »Ich finde, das hast du klasse gemacht.«

»Wirklich?« Zu ihrer Erleichterung kehrt langsam wieder Farbe in sein Gesicht zurück. »Tut mir leid, dass ich mich unterwegs nicht unterhalten konnte. Hier draußen ist mir im Moment alles ein wenig zu hell und hektisch.« Er runzelt die Stirn. »Und dass mich dieser Knirps als ›Wackelmann‹ bezeichnet hat, war auch nicht gerade hilfreich.«

»Stimmt vor allem gar nicht …«

»Und dass sich mein Stock ausgerechnet in dem Moment in dem Gully verfangen musste, als diese Mädchen vorbeigingen …«

Hannah spürt, wie sich langsam wieder der Frust in ihm aufbaut. Ängstlich wartet sie darauf, dass er sich entlädt.

Doch überraschenderweise zuckt Tom nur mit den Schultern und grinst sie an. »Mal sehen, was ich auf dem Rückweg so alles anstellen werde.«

Beeindruckt von seiner Tapferkeit, drückt Hannah kurz seine Schulter, bevor sie die Tür aufstößt. Die Glöckchen bimmeln fröhlich, und sofort schlägt ihnen der köstliche Duft von Kaffee und gebratenem Speck entgegen. »Du hast dir definitiv eine doppelte Portion verdient, Tom.«

Tom hinkt in die Hitze und den Geräuschpegel des Cafés hinein und steuert mutig auf eine schmale Lücke zwischen zwei Tischen zu. Doch sein Stock verfängt sich gleich am ersten Stuhl in den Griffen einer riesigen roten Handtasche. Er kann sich gerade noch an einem Tischtuch festhalten, stößt dabei jedoch eine Tasse Kaffee um, die sich über den Holzfußboden ergießt. Tom sieht zu Tode beschämt aus. »O Gott, das tut mir leid.«

Die Frau blickt entrüstet auf, doch als sie den Stock und Toms bleiches Gesicht sieht, verwandelt sich ihr Ausdruck augenblicklich in eine mitleidige Miene. »Ist nicht so schlimm.« Ein Lächeln breitet sich auf ihren schmalen Lippen aus.

Etwas flackert in Toms Augen auf. Stolz. »Ich werde Ihnen natürlich einen neuen Kaffee kaufen.«

»Aber nein.« Die Stimme der Frau klingt viel zu freundlich. »Das ist nicht nötig. Wirklich nicht.« Sie macht den Eindruck, als wolle sie aufstehen. »Brauchen Sie Hilfe?«

»Nein«, erwidert Tom scharf. »Ich komme allein zurecht.« Er dreht sich um und humpelt langsam auf einen Tisch am Fenster zu. Dort lehnt er seinen Stock in die Ecke und lässt sich dankbar auf einen stabilen Holzstuhl sinken.

Hannah nimmt gegenüber von ihm Platz, mit Blick auf das riesige Fenster, das auf die Straße hinausgeht.

Er beugt sich über den Tisch. »Das war verdammt herablassend.«

Hannah wirft einen kurzen Blick zurück zu der Frau. »Ja, vielleicht, aber eigentlich wollte sie dir nur helfen.«

Die Frustration über seine Situation steht Tom deutlich ins Gesicht geschrieben. »Die Leute kapieren es einfach nicht.«

»Wie auch?« Hannah greift nach einer Speisenkarte, legt sie jedoch sofort wieder auf den Tisch zurück. Sie bestellt seit ihrem ersten Besuch hier vor fünf Jahren sowieso immer das Gleiche. »Niemand kann verstehen, wie das ist.«

»Ich fühle mich einfach so …« Er spielt mit einem Löffel. »So verdammt aus dem Takt.«

»Ich weiß.« Hannah nimmt seine linke Hand, die still auf der hölzernen Tischplatte liegt. »Aber das wird wieder, da bin ich mir sicher.«

»Wirklich?« Er wirkt müde und alles andere als überzeugt.

»Ja.« Sie sucht nach den Worten, die er hören muss. »Du machst das toll. Durch das, was ich im Internet gelesen habe, weiß ich, dass sich Menschen, die einen Schlaganfall überlebt haben, oft monatelang verstecken, aber du sitzt beim Frühstück mit dem Rest von Südlondon.«

»Ein Gummipunkt für mich.« Er zieht spöttisch eine Augenbraue hoch. »Auch wenn Frühstückengehen wohl kein essenzielles Ziel meiner Reha ist.«

»Na und, wen interessiert das schon.« Hannah grinst. »Lass es uns doch einfach genießen, jetzt, wo wir schon mal hier sind.«

Er lächelt. »Auch wieder wahr. Dann bestell dir um Gottes willen schnell einen Kaffee. Ich weiß zu gut, wie es ist, wenn du auf Koffeinentzug bist.«

»Das sagt der Richtige!« Hannah reicht ihm eine Speisenkarte. »Wenn du Hunger hast, bist du ein echter Stinkstiefel.«

Tom verdreht die Augen. »Vielen Dank auch. Wirklich sehr charmant.«

Hannah gibt der Kellnerin, die orangefarbene Haarclips und ein enges T-Shirt trägt, unter dem sich ihr BH abzeichnet, ein Zeichen, damit sie ihre Bestellung aufnimmt.

Tom lehnt sich auf seinem Stuhl zurück. »Erinnerst du dich noch an die Zeit, als wir das hier ständig gemacht haben?«

»Vor ungefähr hundert Jahren?«

Für einen Moment spiegeln sich Schuldgefühle auf seinem Gesicht wider, doch dann lächelt er. »Ganz genau. Bevor du dich in deine Arbeit gestürzt hast.«

»*Ich?*« Hannah schüttelt ungläubig den Kopf. »Das ist ziemlich dreist, wenn man bedenkt, dass du derjenige gewesen bist, der am liebsten sein Bettzeug mit ins Büro genommen hätte.«

»Wie du meinst.« Er zuckt mit den Schultern.

Hannah neigt den Kopf zur Seite. »Hast du vor, in deine alte Kanzlei zurückzugehen?«

»Vielleicht.« Tom greift nach einer Zuckertüte und klopft damit gegen den Tisch. »Im Augenblick kann ich noch kaum meinen Blackberry entsperren, aber ich will auf jeden Fall wieder arbeiten.«

Sie spürt, wie sich ihr Magen zusammenzieht. »Bist du dir sicher?«

»Natürlich.« Tom runzelt die Stirn. »Wieso sollte ich das denn nicht wollen?«

»Nein, na klar, wenn das dein Wunsch ist.«

Er legt den Zucker hin. »Nick redet immer noch davon, dass wir zwei eine Kanzlei gründen sollten.«

Hannah sieht ihn fragend an und bemüht sich dabei, einen möglichst neutralen Gesichtsausdruck aufzusetzen.

Tom greift mit der rechten Hand nach seiner linken und legt sie vorsichtig in seinen Schoß. Aus den Augen, aber vermutlich nicht aus dem Sinn.

»Und, was hältst du davon?«

»Ich hätte schon Lust.« Tom zieht mit einem Finger die dunkle Maserung des Tisches nach. »Davon haben wir immer geträumt. Die Weltherrschaft und so – du weißt schon.«

Hannah mustert ihn aufmerksam. Ein dünner Mann in einem schlabbrigen Trainingsanzug, der von einem Leben träumt, das er einmal gehabt hat. Ein Teil von ihr hat Angst um ihn, ein anderer ist stolz.

Als die Kellnerin mit dem Kaffee kommt, schenkt Tom ihr ein Lächeln, dann wendet er sich wieder Hannah zu. »Ich bin nur ein bisschen …«

»Was meinst du?«

»Ach nichts.« Er schüttelt den Kopf. »Ich muss einfach nur weiter die Übungen machen, die Tabletten nehmen und mich erholen.«

»Ja, das klingt gut«, sagt Hannah und trinkt einen Schluck von ihrem Milchkaffee.

»Wie läuft es in der Schule, Han?«

»Prima.«

»Soll heißen?«

»Prima eben.« Sie hat keine Lust, über die Arbeit zu reden. Der Sonntagabend-Blues tritt inzwischen meist schon Samstagmittag ein – kein gutes Zeichen.

»Okay.« Er hebt entschuldigend die rechte Hand. »Wie geht's deinen Kollegen? Wie ist Steph so drauf?«

»Ach, wie immer. Laut. Desillusioniert. Ganz die Alte. Sie verschwindet allerdings schon bald nach Tansania und ist deshalb ziemlich aufgeregt.« Sie trinkt schnell noch einen Schluck von ihrem Kaffee, um sich davon abzuhalten, mehr zu sagen.

»Und der Rest?«

Eigenartig. Tom hat sich früher nie nach ihren Kollegen erkundigt. Hannah schaut ihn verwirrt an.

»Zum Beispiel dieser … na, wie hieß er noch? Raj. Den ich im Pub kennengelernt habe. Wie geht's ihm?«

Hannah fällt beinahe die Kaffeetasse aus der Hand. Sie wirft ihm einen Blick zu, um herauszufinden, was er mit der Frage bezwecken könnte, aber außer Interesse ist nichts in Toms Gesicht zu lesen. Das Atmen fällt ihr plötzlich trotzdem seltsam schwer. »Ganz gut. Er ist im Augenblick wieder als Aushilfslehrer bei uns eingesetzt, wird aber bald wieder weg sein.«

»Verstehe.« Da ist mit einem Mal ein harter Zug um Toms Mund.

Hannah hat immer noch Schwierigkeiten, Luft zu bekommen, als sie sich zu ihm hinüberlehnt. »Alles klar bei dir?«

Er starrt auf seinen Kaffeelöffel.

»Tom?«

Sein Mund zuckt, dann richtet er sich auf, hebt den Kopf, und sein Gesicht trägt wieder den gleichen interessierten Ausdruck. »Und, gefällt's dir?«

»Was meinst du?«, fragt Hannah jetzt beinahe panisch. »Die Arbeit?«

»Ja. Früher hattest du so viel Spaß daran, dass du montagmorgens praktisch zur Tür hinausgehüpft bist.«

»Ach, das ist aber schon lange her.«

»Dann erzähl mir doch, warum es jetzt anders ist.«

Hannah fühlt sich elend. Die Arbeit hat ihr einmal sehr viel bedeutet. Doch zurzeit ist die Schule ein kaum weniger deprimierender Ort für sie als ihr Zuhause. »Ich will nicht darüber reden.«

»Warum denn nicht?«

»Ich habe einfach keine Lust.«

»Im Ernst, Han. Warum nicht?«

Sie sieht sich zu einer Antwort genötigt. »Hör zu, ich habe mich gerade erst daran gewöhnt, mit den Dingen allein klarzukommen, okay?«

Er macht ein enttäuschtes Gesicht. »Schon gut, tut mir leid. Ich wollte meine Nase nicht in deine Angelegenheiten stecken. Es hat mich einfach interessiert.«

»Nun, vielleicht braucht es einfach eine Weile, ehe ich mich darauf eingestellt habe, dass du wieder Interesse an Dingen zeigst, die mich angehen.«

Er nickt langsam. »In Ordnung. Ist angekommen.«

Hannah versucht, ihre Fassung wiederzuerlangen, als die Kellnerin mit dem Essen am Tisch auftaucht. Tom hat keine Ahnung von ihr und Raj. Oder vielleicht doch? Nein. Definitiv nicht. Sie holt tief Luft und schaut auf den Teller, der vor ihr steht. Das Junction-Spezialfrühstück für sie. Frühstücksspeck und Pfannkuchen mit Ahornsirup für Tom. Sie hat einen Bärenhunger, schneidet aber zuerst ihm das Essen zurecht, bevor sie sich über ihren eigenen Teller hermacht.

»Danke.« Tom nimmt eine Gabel voll und schließt verzückt die Augen. »Mmmm. Da können unsere langweiligen Weetabix aber nicht mithalten!«

Hannah schluckt gerade einen Bissen ihrer Hash Browns herunter. »Oh, ist das gut!«, seufzt sie. »Möchtest du mal probieren?«

Tom sieht sie misstrauisch an. »Du gibst doch nie was von deinem Essen ab.«

Sie grinst. »Vielleicht habe ich mich ja auch geändert.«

»Wow! Das werde ich gleich schamlos ausnutzen.« Er lehnt sich erwartungsvoll nach vorn und deutet auf die gebratene Blutwurst neben dem Frühstücksspeck. »Davon bitte auch etwas.«

Hannah füllt eine Gabel und zielt damit auf seinen Mund.

Er kaut. Lächelt. »Toll.«

»Ich weiß. Darauf ist Verlass.«

»Nein, ich meinte, dass ich tatsächlich etwas von deinem Frühstück abbekommen habe.«

»Ach, halt die Klappe.« Sie macht ein finsteres Gesicht. »So schlimm bin ich auch wieder nicht.«

»Es gibt zum Tode Verurteilte, die eher bereit wären, etwas von ihrer letzten Mahlzeit abzugeben, als du von deinem Essen.«

Hannah verdreht in gespielter Empörung die Augen, dann kichert sie. »Wenn du meinst. Ich erinnere mich noch an das eine Mal, als du versucht hast, etwas von meinem Karamellbrownie zu stibitzen, und ich ernsthaft überlegt habe, wie ich dich mit meinem Löffel erledigen könnte.«

Sie lachen beide, und für einen Moment begegnen sich ihre Blicke.

»Das hier ist wirklich schön, oder?« Als Tom Anstalten macht, nach ihrer Hand zu greifen, hebt Hannah rasch die Gabel auf.

Sie fühlt sich unbehaglich und starrt auf ihren Teller. Im Café ist es plötzlich viel zu heiß. »Äh … ja.«

»Es tut gut, dich lachen zu hören, Han.«

»Ich lache doch andauernd.«

»Nein, tust du nicht. Früher schon. Ich habe dein ausgelassenes Lachen geliebt.«

»Du meinst mein *damenhaftes Kichern.*«

»Meinetwegen. Man konnte es auf jeden Fall bis in den nächsten Stadtteil hören – ach was, bis in die nächste Stadt.«

»Klappe!« Sie versetzt ihm einen leichten Klaps mit der Hand.

»Ich möchte einfach, dass du wieder fröhlich bist, Han. Dass du deinen alten Schwung zurückbekommst.«

»Ich werde auch nicht jünger.«

»Das ist mein Ernst.« Er tupft einen einzelnen Tropfen Ahornsirup mit dem Finger auf und leckt ihn ab. »Ich möchte, dass du wieder so glücklich bist wie früher.« Er grinst. »Erinnerst du dich noch an unser legendäres Wochenende in Paris?«

»Als wir überhaupt nichts von den Sehenswürdigkeiten zu Gesicht bekommen haben?«

»Genau. Ich fand es super, einfach im Bett zu bleiben und das Essen vom Zimmerservice bringen zu lassen, über das Bidet zu lachen und über den Empfangschef, der zu allen möglichen Zeiten mit einer Flasche Champagner auftauchte. Das war einfach genial.«

»Ja, das stimmt.« Hannah hatte all das vergessen. Dafür erinnert sie sich umso lebhafter an den höllischen Streit, den sie hatten, nachdem Tom bei ihrer Rückkehr direkt vom Flughafen in die Firma abberufen worden war. Eigentlich hatte er ihr mit den Vorbereitungen für ein Bewerbungsgespräch helfen sollen. Für einen Job, der ihr wirklich wichtig gewesen war. Stattdessen musste sie sich allein mit dem Gepäck abmühen, und als sie verschwitzt zu Hause ankam, hatte sie – immer noch stocksauer auf ihn – versucht, sich bei einer Tasse superstarken Kaffee allein vorzubereiten. Sie hatte die Stelle nicht bekommen.

Tom sieht sie ernst an. »Wir müssen dich wieder zum Lachen bringen.«

»Klingt gut, Tom.« Allerdings ist ihr im Leben noch nie weniger zum Lachen zumute gewesen als zurzeit.

»Prima.« Tom kaut auf einem Stück Speck herum. »Ich mache mir nämlich Sorgen um dich.«

Ob er das wohl auch tun würde, wenn er über Raj Bescheid wüsste? Und über Tansania? Wenn er die Wahrheit kennen würde?

»Kommt Nick später zum Fußball vorbei?«

»Hatten wir so vereinbart«, sagt Tom und bleibt für einen Augenblick stehen. Er ist sichtlich außer Atem nach seinem Fußmarsch zurück zum Haus. »Ich glaube, ich werde mich vorher noch etwas hinlegen.«

»Ich muss ohnehin noch Arbeiten korrigieren, also tu das, wozu du Lust hast.«

»Schon wieder Korrekturen?« Tom stupst sie mit dem Ellbogen in die Seite und geht langsam weiter. »Wenn du nicht aufpasst, wirst du doch noch der Workaholic in unserer Beziehung.«

»Haha.« Hannah verzieht das Gesicht. Vor ihrem Haus läuft gerade jemand den Weg von der Eingangstür herunter. »Hallo?«

»Hallo.« Der Fremde wirkt riesig neben Hannah, aber seine Stimme ist unerwartet sanft. »Ist Julie da?« Dem Klang nach stammt er aus dem Südwesten Englands.

»Ich weiß es nicht.« Hannah mustert ihn. Sein fröhlicher roter Pullover steht im Widerspruch zu seinem traurigen Gesichtsausdruck. »Und Sie sind …?«

»Zac.« Der Mann reibt verlegen mit den Fingern über seine dunklen Bartstoppeln. »Ich dachte, Julie würde hier wohnen, aber es hat niemand aufgemacht. Ich will … Ich wollte nur mal Guten Tag sagen.«

Hannah kramt ihre Schlüssel aus der Tasche. »Sie ist wahrscheinlich gerade weg, aber lassen Sie mich noch einmal nachsehen.«

Tom lehnt sich gegen die Gartenmauer. »Ich werde Zac Gesellschaft leisten.«

»Okay.«

»Danke.« Zac stopft die Hände in die Taschen seiner ausgebeulten Jeans.

Hannah schließt die Haustür auf und lässt sie hinter sich zufallen. »Julie?«

»Psssst!« Julie streckt den Kopf hinter der Küchentür hervor. »Ich bin nicht da.«

»Was soll das denn heißen?« Hannah stellt ihre Tasche ab. »Zac ist hier.«

»Ich weiß. Was glaubst du, weshalb ich mich verstecke?«

Hannah verschränkt die Arme vor der Brust. »Aber ich dachte, du wolltest ihn sehen?«

Julies Augen sind verquollen, und ihr Gesicht ist furchtbar blass. »Da hast du falsch gedacht. Werde ihn irgendwie los. Bitte!«

»Warum? Er ist extra wegen dir hergekommen.«

»Dann hat er eben Pech gehabt, okay?«

Julies Flüstern scheint Hannah seltsam übertrieben. »Aber du könntest doch einfach Hallo sagen. Das heißt, wenn dein …« Sie wirft einen vielsagenden Blick in Richtung Treppe, die hinauf zu Julies Zimmer führt. »Wenn dein *Gast* schon weg ist.«

»Jetzt komm mir bloß nicht so.« Julie richtet sich zu ihrer vollen Größe auf. Ihr Versuch, sich auf diese Weise Respekt zu verschaffen, scheitert jedoch kläglich daran, dass ein gelber Klumpen undefinierbaren Ursprungs in ihren Haaren klebt.

»Hey, ich …«

»*Bitte!*« Julies Gesicht wirkt mit einem Mal unglaublich verletzlich. Sie sieht sie flehend an. »Ich kann im Moment einfach nicht mit ihm reden. Ich fühle mich furchtbar.« Sie presst die Finger gegen die Schläfen.

»Hast du etwa schon wieder einen Kater?« Hannah ist mit ihrer Geduld langsam am Ende. »Der arme Zac. Er wartet da draußen auf dich.«

»Ja, schon gut. Ich bin nun mal ein Miststück.« Julies Stimme trieft vor Sarkasmus. »Aber das wusstest du ja längst. Und damit liefere ich dir erneut den Beweis, dass es richtig ist, immer das Schlimmste von mir zu erwarten.«

»Kannst du mir das wirklich verdenken? Du solltest dich eigentlich um Tom kümmern, aber du bist nie zu Hause. Was zum Teufel ist los mit dir?«

»Nichts.« Julie schnürt den Gürtel ihres grünen Morgenmantels enger. Hannah bemerkt, dass sie zittert. »Sieh einfach zu, dass du ihn loswirst, okay?«

»Jaja, schon gut!« Hannah hält ergeben die Hände hoch. »Ich werde ihm sagen, dass du nicht da bist.«

Julie schluckt und entgegnet leise: »Vielen Dank.«

»Aber ich möchte nachher den Grund erfahren.«

Julie nickt langsam. »Okay, nachher.« Dann knallt sie Hannah die Küchentür vor der Nase zu.

Sommer 2008

Landkarte vom Ashdown Forest

Warum mussten sich diese japanischen Touristen ausgerechnet alle heute hier rumtreiben? Kaum hatte er Hannah endlich dazu gebracht, ihre Suche nach einem Stock aufzugeben, der groß genug war, um beim Pu-der-Bär-Spiel zu gewinnen, da hörte er das Surren der Kameras und aufgeregte Rufe. Als Tom sich umdrehte, starrte er in eine Reihe erwartungsvoller Gesichter, aus denen die Hoffnung zu sprechen schien, dass gleich Pu der Bär persönlich auf der Suche nach einem Topf Honig aus den Büschen kriechen würde. Tom wollte, dass es perfekt war. Friedlich. Voller tiefer Empfindungen. Genau so, wie er glaubte, dass sie sich diesen Moment immer vorgestellt hatte. Doch stattdessen schmerzte sein Knie vom Fußballtraining, und er war von einem Blitzlichtgewitter umgeben. Er musste Hannah allein, abseits der Menschenmenge erwischen, wo sie verstehen konnte, was er ihr zu sagen hatte. Einen Platz, an dem er nicht Gefahr lief, als Videoclip auf YouTube oder in der heimatlichen Fotoshow eines Touristen zu enden.

Hannah lehnte über dem Brückengeländer und starrte auf den sprudelnden Fluss hinab. Ihre Korkenzieherlocken standen wild in alle Richtungen vom Kopf ab, und die Sonnenstrahlen, die durch die Blätter über ihren Köpfen hindurchschienen, erhellten die bleiche Haut ihrer Arme. Er berührte sie an der Schulter, und als sie sich ihm zuwandte, leuchteten ihre Augen.

»Überleg doch nur mal, Tom. Irgendwo hier hat sich A. A. Milne all das ausgedacht!«

»Ich weiß.« Tom versuchte sich an einem Lächeln, aber die Nervosität hatte sein Gesicht zu einer Art Totenmaske erstarren lassen.

»Danke, dass du mit mir hierhin gefahren bist.« Das Sonnenlicht brachte die rotbraunen Strähnchen in ihrem Haar zum Schimmern. »Es ist so toll zu sehen, wo I-Aah herkommt.« Sie hatte etwas Blütenstaub auf der Wange. Er wischte ihn behutsam fort.

Scheiß auf die Touris. Er war bereit. Tom holte tief Luft.

»*Sumimasen.* Entschuldigung.« Tom spürte, wie ihn jemand am Arm berührte. »Foto, bitte?« Für einen Moment war er versucht, den Kerl zu meucheln, doch dann drehte er sich um und lächelte in die riesigen Brillengläser des jungen Japaners. »Gern.« Als er die Kamera entgegennahm, zitterten seine Hände so sehr, dass er sie beinahe hätte fallen lassen. Er spürte, wie ein hysterisches Kichern in seiner Kehle aufstieg, als der Mann einen kleinen Pu-der-Bär-Plüschanhänger aus dem Rucksack holte und ihn neben sich hielt, um für das Foto zu posieren.

Als Tom die Kamera zurückgab, zog Hannah ihn am Ellbogen. »Meinst du, er weiß, dass das nicht der echte Bär ist?«

»Nö«, sagte Tom und nahm ihre Hand. »Lass uns von hier verschwinden.«

»Aber wir haben doch noch gar nicht Pu-Stöckchen gespielt!«

»Hannah, seit wir uns kennen, haben wir an jedem Fluss, den wir überquert haben, Pu-Stöckchen gespielt.«

»Spielverderber.« Als Hannah in ihre Tasche griff, hörte er, wie es darin knisterte. Sie förderte eine kleine Chipstüte zutage und riss sie gierig auf. »Ich bin am Verhungern. Muss an der ganzen frischen Luft liegen.« Sie schob sich eine Handvoll in den Mund.

»Könntest du dir bitte den Rest für später aufsparen, Han? Wir haben doch erst vor zwei Stunden gefrühstückt.« Tom versuchte verzweifelt, den Moment zu bewahren. Dieses Gefühl, das ihn seit dem Aufwachen am Morgen erfüllte. Die Aufregung. Heute war der Tag, an dem er der Frau, die er liebte, einen Heiratsantrag machen würde. Genau zwei Jahre nachdem sie sich begegnet waren. Oder besser gesagt, nachdem er es geschafft hatte, sie endlich anzusprechen. Er hatte den Ring. Es war der perfekte Ort. Und sogar der ersehnte Sonnenschein hatte sich eingestellt.

Doch Hannah ignorierte ihn und stopfte sich weitere Chips in den Mund, die sie geräuschvoll kaute. »Mann, sind die gut.« Sie machte Anstalten, erneut in die Tüte zu greifen.

»Komm mal mit.« Tom packte ihre Hand und zog sie in Richtung der Bäume in der Nähe der Uferböschung.

Hannah wischte sich den Mund ab und verteilte dabei Paprikapulver bis zu ihrer Nase hinauf. »Aber was ist mit Schlangen?«

»Schlangen?« Zweige und Blätter knackten und raschelten unter ihren Füßen.

»Ja.« Sie wurde langsamer. »In dem Reiseführer hieß es, dass es im Wald Schlangen geben könnte.«

Langsam kam Tom die romantische Stimmung abhanden. »Was denn für Schlangen?«

»Ottern.« Sie nickte vielsagend, als sie neben etwas Braunem stehen blieb, das verdächtig nach Hundehaufen roch.

Ein Riesenwald, unzählige Stellen mit atemberaubender Aussicht, und sie musste ausgerechnet hier haltmachen. Egal. Tom ging vor ihr auf die Knie und holte tief Luft. Hannah war schon wieder damit beschäftigt, sich weitere Chips aus der Tüte zu angeln. Eine kleine, aber entschlossene Ansammlung von Zweigen versuchte, Toms Knöchel zu durchbohren. Er spürte, dass Feuchtigkeit durch seine Jeans drang, und fragte sich, worin er da wohl gerade kniete. »Hannah.«

»Es könnten auch Nattern sein.« Sie wandte ihm wieder den Blick zu und erstarrte. Die Chips fielen zu Boden. »Oh. Mein. Gott.«

Tom sah sie an, öffnete den Mund, und plötzlich fiel ihm ein, dass er gar nicht daran gedacht hatte, sich irgendwelche Worte zurechtzulegen. Nichts, um einem Mr. Darcy oder Heathcliff oder einem der anderen zahllosen romantischen Helden gerecht zu werden, die sicher durch ihre Träume geisterten. Nun ja, dann würde er sich eben kurz fassen. »Hannah, willst du mich heiraten?«

Überrascht schlug sie die Hände vor den Mund.

Tom litt Qualen, während er auf eine Antwort wartete. Schließlich hielt er es nicht mehr aus. »Hannah?«

»Ja. Ja, das will ich.« Sie sank neben ihn auf den Boden, und sie küssten und küssten und küssten sich.

Hinterher gingen sie Arm in Arm zum Parkplatz – die Knie voller Hundedreck, aber überglücklich. Hannah plapperte ununterbrochen, sprach von Partyplanung und Freunden und davon, ihre Eltern anzurufen, als plötzlich etwas, das sie gesagt hatte, in Toms Kopf widerhallte.

»Damian hat *was* gesagt?«

»Dass ich verrückt gewesen sei, aus Japan zurückzukommen, wo ich doch so einen tollen Job dort hatte, aber ich wusste, dass es eine gute Entscheidung ist. Du bist der Richtige für mich.«

»Toller Job? Das hast du mir nie erzählt. Ich habe von dir immer nur gehört, dass du Spaß hast.« Hannah war nach der Beerdigung nicht mehr nach Japan zurückgekehrt. Seitdem unterrichtete sie an einer Schule in Holborn Ausländer in Englisch, während sie auf einen Referendariatsplatz wartete. Tom hatte ihre Entscheidung nie infrage gestellt. Er fand es großartig, Hannah jeden Abend in seiner Wohnung zu haben und ihr zuzuhören, wie sie ihm etwas über das aktuelle Buch erzählte, das sie gerade las, oder über die melodramatische Liebesaffäre von Cosima und Alberto – zwei ihrer italienischen Schüler, die eine eigene Oper wert wären.

Sie zuckte mit den Schultern. »Ach, das ist völlig übertrieben.«

»Erzähl es mir, Han.« Er drückte aufmunternd ihre Hand.

»Sie hatten mich gerade befördert, und ich war dafür verantwortlich, den Lehrplan für eine Reihe von Schulen in Tokio zu koordinieren. Keine große Sache.« Sie lächelte zu ihm hinauf. »Es war viel wichtiger zurückzukommen, um bei dir zu sein.«

»Aber …«

»Ich bin jetzt, wo ich sein wollte, Tom. Okay?«

»Okay.« Ein Teil von ihm wusste, dass er genauer nachfragen sollte, aber er fürchtete sich vor dem, was er herausfinden könnte. Als sie am Mietwagen ankamen, öffnete Tom die Tür für sie und sagte: »Ich würde jetzt gern mit meiner Verlobten feiern.«

Sie zögerte und sah ihn traurig an. »Da gibt's nur ein Problem …«

»Und das wäre?«

»Ich ziehe es vor, deine *scharfe Braut* zu sein«, sagte sie grinsend.

Tom wurde mit einem Mal bewusst, dass er dieses Grinsen nun ein Leben lang vor Augen haben würde. Er konnte es kaum erwarten.

KAPITEL 11

»Ihr Gesicht sieht irgendwie komisch aus, Miss.«

Hannah, die mit dem Korrigieren von Klassenarbeiten beschäftigt ist, blickt auf. »Komischer als sonst, T'shan?«

Das Mädchen denkt für Hannahs Geschmack viel zu lange über die Frage nach, ehe es zögernd nickt. »Ja, Miss.«

»Na, wunderbar.« Hannah legt ihren Stift hin und lächelt. »Vielen Dank für den Hinweis. Da werde ich mich natürlich noch mal richtig aufhübschen, bevor ich später den ganzen Abend zu Hause weiterkorrigiere.«

»Gern geschehen, Miss.« T'shan streicht mit dem Finger durch ihren Pony. »Cooles Kleid.«

Hannah lächelt, als sie an dem glänzenden schwarzen Stoff herabblickt. »Danke, ich …«

T'shan ist noch nicht fertig. »Ich hätte allerdings andere Schuhe dazu angezogen. Die hier sind …«

»Das reicht!«, unterbricht sie Hannah. Noch mehr derartiger »Komplimente«, und ihr Ego wäre bereit, sich vor die nächste U-Bahn zu werfen. »Ich bin sicher, du hast noch etwas vor, also tu einfach, was du normalerweise nach der Schule so tust.«

T'shans Augen funkeln. »Das würden Sie wohl gern wissen, was, Miss?«

Hannah zieht eine Augenbraue hoch. »Da bin ich mir nicht so sicher.«

»Sie sind witzig, Miss.« Als sie auf die Tür zum Flur zugeht, öffnet T'shan grinsend die oberen Knöpfe ihrer Bluse. Darunter kommt etwas in leuchtendem Pink zum Vorschein, was verdächtig nach einem Bustier aussieht – zurzeit der letzte Schrei an der Queensdale.

Hannah sieht zu, wie ihre Schülerin in einem Meer aus gedeckten Grün- und Orangetönen verschwindet. Das waren noch Zeiten, als ihre einzige Sorge darin bestand, welches Top sie anziehen und welche Schuhe sie kaufen sollte.

»Wie ist es heute gelaufen?« Steph streckt ihren Kopf in den Klassenraum. Sie trägt ein knallrotes Kleid und hat sich die Haare hochgesteckt. Bei ihrem Anblick fühlt sich Hannah farblos und erschöpft.

»Gut.« Sie steht auf und macht sich daran, Exemplare von *Der Herr der Fliegen* im weißen Regal in der Ecke des Klassenzimmers zu stapeln.

»Aha.« Steph hat sich auf einen der Tische in der ersten Reihe gesetzt und lässt die Beine baumeln.

»Ja.« Hannah hat keine Lust, mehr zu sagen. Tage kommen. Tage gehen. Es ändert sich ohnehin nichts.

»Du hast mir jetzt sieben Tage hintereinander die gleiche Antwort gegeben.«

»Machst du dir etwa Notizen?«

»Klar.«

Hannah befördert die Bücher mit einem zufriedenstellenden Knall ins Regal. »Du musst dir wirklich keine Sorgen machen.« Sie reibt sich mit den Handballen die müden Augen. »Es ist alles in Ordnung. Mir geht's gut.«

Steph runzelt die Stirn. »Da, schon wieder dieses Wort.«

Hannah spürt, wie der Frust in ihr aufsteigt. »Hör zu. Es ist bloß ein Wort. Ich hätte auch ›prima‹ oder ›wunderbar‹ sagen können.«

»Hast du aber nicht. Du hast ›gut‹ gesagt, so wie du es seit der

Nacht, in der Tom den Schlaganfall hatte, immer sagst.« Hannah will protestieren, aber Steph hält abwehrend eine Hand in die Höhe. »Ich weiß, dass dies ein einziger Albtraum für ihn ist. Aber du wolltest ihn *verlassen*, Herrgott noch mal, und ich verstehe einfach nicht …«

»Steph!« Hannah schaut sich nervös um. »Hör auf.«

»Ich versuche nur zu helfen.«

»Lass es.« Hannah fühlt sich in die Enge getrieben. Plötzlich ist sie gereizt.

Steph trommelt mit den Fingern auf den Tisch. »Und da ist noch was, wenn wir gerade schon dabei sind. Wieso zum Teufel lässt du dich von Margaret durch die Gegend scheuchen und erledigst sämtliche Aufgaben für sie?«

»Das ist nicht fair. Dieser Job ist alles, was ich noch habe. Das weißt du doch. Ich muss versuchen, das Beste daraus zu machen.«

»Hannah, du *hasst* diesen Job. Du wolltest unbedingt hier weg.«

»Ich hasse ihn nicht. Ich hasse weder die Schüler noch die Bücher.«

»Aber dieser ganze Mist von Margaret, der macht dich fertig.«

»Steph.« Hannah schüttelt den Kopf. »*Alles* macht mich fertig.«

»Das mit Tom muss schlimm für dich sein.«

Hannah verspürt den Drang, ihn zu verteidigen. »Wir kommen klar.« Während sie die Worte ausspricht, wird ihr bewusst, dass es tatsächlich so ist. »Er ist wirklich tapfer.«

»Ja, aber wenn ihr vorher schon Probleme hattet …«

»Steph, es reicht.« Hannah beginnt, die Tafel abzuwischen. »Ich hab dir doch schon gesagt, dass ich nicht darüber reden will. Es bringt nichts.«

Steph stößt frustriert die Luft aus. »Gott, bist du stur.«

Hannah dreht sich zu ihr um. »Lass es einfach, okay? Ich gebe mir wirklich alle Mühe.«

»Ich weiß. Aber ich werde es trotzdem nicht lassen, denn du tust es schon wieder.«

»Was?«

»Du tust alles für *seine* Zukunft. Aber was ist mit *deiner*?«

»Steph, was bleibt mir denn anderes übrig?« Hannah schiebt einige Hefte und Bücher in ihren Rucksack. »Er hatte einen *Schlaganfall.* Natürlich dreht sich im Augenblick alles um ihn.«

»Das ist mir klar, Hannah, aber ich mache mir Sorgen um dich. Was geschieht danach?«

»Wonach?«

»Wenn er wieder gesund ist und arbeiten geht.«

»Er wird vielleicht nie mehr gesund werden.«

»Okay, und was ist dann?«

Hannah kaut auf ihrem Daumennagel. »Keine Ahnung. Ich bin bisher noch nicht dazu gekommen, gründlich darüber nachzudenken.« In Wahrheit jagt ihr der Gedanke an die Zukunft eine Heidenangst ein.

»Auch auf die Gefahr hin, mich zu wiederholen: Ich möchte, dass du auch an *dich* denkst, Hannah. So hart, wie du arbeitest und dich gleichzeitig um ihn kümmerst, leistest du beinahe Übermenschliches. Du hast alle deine Träume aufgegeben und beschwerst dich trotzdem nie. Du brauchst jemanden, der auf *dich* aufpasst!«

»Nein, das tue ich nicht!« Tränen schießen Hannah in die Augen. »Ich bin nicht diejenige, die nur mit einem Stock gehen kann. Oder der man aus dem Bett helfen muss. Ich bin immer noch *ganz.*« Sie stopft das letzte Buch voll zorniger Energie in den Rucksack. Als der Reißverschluss protestiert, zerrt sie wütend daran, bis er schließlich nachgibt. »Wieso greifst du mich so an? Ich dachte, du bist meine Freundin!«

»Ich greife dich nicht an. Ich versuche, dir zu helfen. Ich könnte es nicht mit ansehen, wenn das alles noch mal passiert.«

»Was denn?« Hannah versucht, den Rucksack hochzuheben. Er scheint mindestens eine Tonne zu wiegen. »Ich habe keine Ahnung, wovon du sprichst.«

Steph seufzt. »Erinnerst du dich noch daran, was vor einem Jahr passiert ist, als du Tom zum ersten Mal verlassen wolltest? An dem Morgen, an dem du es ihm eigentlich sagen wolltest, hast du stattdessen bei mir angerufen und erzählt, dass du gerade dabei bist, einen Segelurlaub in der Türkei zu buchen, weil er das immer schon mal machen wollte.«

Hannah spürt, wie sie rot wird. »Na und?«

»Und dann das eine Mal, als du mit mir und ein paar anderen Lehrern nach Edinburgh zum Festival fahren wolltest, aber stattdessen in London geblieben bist, weil einer der Partner aus Toms Kanzlei zu einem langweiligen Abendessen eingeladen hat.«

»Das war etwas anderes.«

»Finde ich nicht. Immer wieder stellst du dich und deine Belange hinter Tom zurück.«

»Nein.« Hannah ballt die Hände zu Fäusten. »Das ist nicht das Gleiche. Er steht immer noch unter Schock, Herrgott noch mal.«

Steph senkt die Stimme. »Ich weiß.«

Hannah hört die Aufrichtigkeit in der Stimme ihrer Freundin, doch sie kann sich ihr einfach nicht öffnen. Wenn sie ihre wahren Gefühle preisgäbe – ihre schreckliche Angst vor der Zukunft, ihre Zweifel an Tom und die Frage, wie sie das Richtige tun und dabei dennoch leben kann –, könnte sie dies niemals wieder ungeschehen machen.

Steph redet immer noch. »Ich möchte einfach nicht, dass du dich selbst dabei verlierst, Hannah.«

»So schlimm ist es nicht.«

»Von wegen! Dein Highlight dieser Woche war es, dir eine Folge *Nashville* anzusehen. Das ist kein Leben mehr – das ist eine einzige Farce.«

»Ich …« Hannah weiß einfach nicht, wie sie es Steph erklären soll.

»Und dann wäre da noch Raj.«

»Was ist mit ihm?«

»Er steht immer noch auf dich.«

»Nein, tut er nicht«, erwidert Hannah wie aus der Pistole geschossen. »Er ist bloß … ein Kollege.«

Stephs hochgezogene Augenbraue spricht Bände. »Das glaube ich nicht. Hast du noch nie seine sehnsüchtigen Blicke im Lehrerzimmer bemerkt?«

Hannah reißt langsam der Geduldsfaden. »Wieso sagst du so was? Glaubst du, das würde mir auf irgendeine Art helfen?«

»Ich versuche nur, zu meiner Freundin durchzudringen«, erwidert Steph leise.

»Ich stehe direkt vor dir.«

»Nein, das meine ich nicht. Ich will mit der echten Hannah reden. Der Hannah, die Margaret sagt, dass sie sich verpissen soll, und die sich verrückte Unterrichtsstunden zum *Herr der Fliegen* einfallen lässt. Die Hannah, die lacht und furchtbare Witze erzählt und wie eine Verrückte tanzt. Ich will die echte Hannah zurück, meine beste Freundin.«

Hannah reckt ihr Kinn. »Tja, Pech gehabt. Das ist eben die neue Hannah. Verantwortungsbewusst. Fleißig. Darauf bedacht, befördert zu werden. Es könnte sein, dass Tom nie wieder arbeiten kann, darauf muss ich vorbereitet sein.«

»Hannah, hör mir zu! Du kannst dir den Arsch aufreißen, und es wird dir trotzdem keine Beförderung einbringen. Margaret ist ein Miststück. Sie wird schon dafür sorgen, dass das nicht passiert.«

»Willst du damit sagen, dass ich nicht gut genug bin?«

»Natürlich bist du gut genug.« Steph verdreht die Augen. »Du kennst doch meine Meinung. Du bist großartig. Was meinst du, warum ich so oft deine Lehrpläne klaue.«

Hannah hievt sich den Rucksack auf die Schulter. »Ich versuche einfach, durch den Tag zu kommen, Steph. Mehr schaffe ich im Moment nicht.«

»Ich weiß, und das finde ich auch toll. Aber …« Steph verstummt. »Scheiß drauf. Lass uns in den Pub gehen. Mal wieder unvernünftig sein und mitten in der Woche Tequila trinken. Um der alten Zeiten willen.«

Hannah schüttelt den Kopf. »Ich kann nicht.«

Sie sieht, dass sich Steph eine Bemerkung verkneifen muss, doch dann nur zum Zeichen der Kapitulation die Hände in die Höhe hebt. »Also schön.« Sie hüpft vom Tisch und geht zur Tür. »Pass nur auf, dass du nicht so sehr mit deinen Gedanken an Tom beschäftigt bist, dass du in zehn Jahren aufwachst und dich fragst, wo dein Leben geblieben ist.«

»So ist es nicht.« Hannah presst fest die Lippen aufeinander. Sie wird jetzt nicht weinen.

»Das hoffe ich für dich.« Steph sieht Hannah noch einen Moment eindringlich an, bevor sie die Tür hinter sich schließt.

Wenig später geht Hannah niedergeschlagen zu ihrem Fahrrad, das sie an einen Baum am Rande des verlassen daliegenden Schulparkplatzes angeschlossen hat. Es ist dunkel und kalt. Auf der Straße steht ein Auto mit eingeschlagenem Seitenfenster. Die Schule liegt nicht gerade im freundlichsten Viertel im Süden Londons. Hannah zieht die Jacke fester um sich. Als sie Schritte auf dem Schotter knirschen hört, läuft ihr ein Schauer über den Rücken und das Adrenalin schießt durch ihre Adern. Sie blickt sich nach dem vermeintlichen Straßenräuber um, der ihrem ohnehin schon beschissenen Tag die Krone aufsetzen würde. »Ich bin bewaffnet.« Sie stopft ihre Hand in die Jackentasche und versucht, es so aussehen zu lassen, als hätte sie eine Pistole darin.

»Gut zu wissen.«

Hannahs ohnehin angespannter Körper verkrampft sich noch mehr.

»Aber wer nur halb so groß ist wie ich, dem wird auch diese wahnsinnig gefährlich aussehende Fingerpistole nicht viel helfen.«

Sie erkennt ihn an seinem Lachen. »Raj?«

Eine schlanke Gestalt tritt aus der Dunkelheit auf sie zu.

Hannah atmet erleichtert auf. »Du Mistkerl! Was machst du hier? Bist du etwa unter die Stalker gegangen?«

»Das hättest du wohl gern!« Er berührt sie sanft an der Schulter. »Steph hat mich gebeten, dich zu überreden, mit in den Pub zu kommen. Ich dachte mir, ich nutze die Chance, da du mir in letzter Zeit ja eher aus dem Weg gegangen bist.«

Diese verdammte Steph!

Hannah schüttelt den Kopf und weicht einen Schritt zurück. »Ich muss nach Hause.«

»Wirklich?«, fragt er mit hochgezogenen Brauen. Seine Augen wirken im schummrigen Licht riesengroß.

»Ja.« Sie spielt an ihrem Rucksack herum, um seinem intensiven Blick auszuweichen, der auf ihr Gesicht gerichtet ist.

»Soll ich dich nach Hause bringen? Du kannst das Rad ja schieben.«

»*Nein.*« Das Wort kommt ein wenig heftiger heraus, als sie es beabsichtigt hat.

»Schon gut, schon gut!« Er hält die Hände in die Höhe. »Schreckliche Idee. Wird nicht wieder vorkommen.«

»Natürlich ist das keine schreckliche Idee.« Als sie Raj in die sanften Augen sieht, drohen all der Frust und die Traurigkeit der letzten paar Monate sie zum Weinen zu bringen. Doch sie drängt die Tränen zurück, schließt energisch ihr Fahrrad auf und schiebt es zwischen sie. »Seit meinem Geburtstag hat sich viel verändert.«

»Bei mir nicht«, sagt er so leise, dass sie es kaum hören kann.

Sie fummelt am Riemen ihres Helms herum.

»Hannah … Ich vermisse dich.«

Sie hasst es, den Schmerz und die Verzweiflung in seiner Stimme zu hören, auch wenn sie sich gleichzeitig seltsam geschmeichelt fühlt. »Tut mir leid.« Sie zieht die Riemen ihres Rucksacks fester. »Im Augenblick enttäusche ich einfach jeden.«

Er legt eine Hand auf ihre. Seine Haut ist warm. »Das stimmt nicht. Du brauchst nur mal wieder etwas Spaß. Komm mit in den Pub!«

»Nein, ich …«

»Nur für eine Stunde.«

Seine Lippen sind so nah. Es wäre ganz leicht, ihn zu küssen und die Realität für einen Moment zu vergessen. Die Fahrt nach Hause. Das Abendessen. Das Korrigieren. Sie sollte einmal etwas anderes tun. Etwas für sich.

»Hannah.« Seine Stimme ist leise. »Ich …«

»*Hannah!*«

Hannah zuckt zusammen, dreht sich um und blickt angestrengt über den Parkplatz hinweg zu dem Zaun hinüber, der entlang der Straße verläuft.

»Julie!« Sie macht rasch einen Schritt von Raj weg, der immer noch ihre Hand festhält.

»Treff dich mit mir.«

Hannah zieht ihre Hand weg und hofft, dass Julie die Berührung in der Dunkelheit nicht gesehen hat. »Hallo, Jules. Was ist los?«, ruft sie zu ihr herüber. Ihr fröhlicher Tonfall klingt zu bemüht.

Raj greift wieder nach ihrer Hand. »Treff dich mit mir.«

Sie weicht noch weiter zurück und starrt ihn wütend an.

Julie rüttelt am Zaun. »Ich hab meinen Schlüssel verloren. Kann ich deinen haben?«

Typisch Julie. Hannah kennt die Kontonummer vom Schlüsseldienst inzwischen auswendig. »Klar. Augenblick, Jules. Ich mache mich jetzt auch auf den Heimweg.«

Sie dreht sich wieder zu Raj um. »Hör damit auf.«

»Nein.« Seine Stimme klingt entschlossen.

»Hör damit auf«, wiederholt sie in übertriebenem Flüsterton und legt beide Hände auf den Lenker.

»Beeil dich!«, schreit Julie.

»Es geht um was Berufliches. Bin sofort da«, ruft Hannah ihr über die Schulter zu.

»Raj.« Er hält das Rad fest. Sie versucht verzweifelt, es wegzuziehen. »Bitte!«

»Treff dich mit mir.«

Offenbar bleibt ihr keine andere Wahl, wenn sie ihr Fahrrad mit nach Hause nehmen will. »Wann?«

»Samstagabend.«

»Wo?«

»Ich schicke dir eine SMS.«

»Okay. Aber wieso? Wir sehen uns doch jeden Tag in der Schule.«

Er drückt kurz ihre Finger, bevor er sie loslässt. »Du weißt, warum.« Für einen winzigen Moment sieht sie sich durch seine Augen, und ihr Herz macht einen Hüpfer.

»Komm schon!« Julie rüttelt wieder am Zaun.

»Schon gut, bin ja gleich da!« Während Hannah auf die Straße zugeht, wirft sie einen kurzen Blick zurück und sieht, dass Raj ihr hinterherstarrt.

»Wer ist das?« Julie trifft sich mit ihr an der Ausfahrt des Parkplatzes.

»Ach, niemand«, erwidert Hannah schulterzuckend. »Nur ein Kollege.«

Sie denkt an Raj. An Samstagabend. Eine gute Gelegenheit, ihm ein für alle Mal klarzumachen, dass nichts zwischen ihnen laufen wird. Nur ein Drink. Mehr nicht.

11. JULI 2009

KIRCHENHEFT ZUR TRAUUNG VON TOM ELLISON UND HANNAH ROSE MILES SUMMERFIELDS BARN, OXFORDSHIRE

»Das ist garantiert das letzte Mal, dass ich so was mache, das schwör ich dir!« Hannah hielt ihn fest an der Hand und zog ihn gnadenlos in Richtung des Ortes, an dem er gerade am allerwenigsten sein wollte.

Doch bevor sie die Ecke der Scheune erreichten und wieder ihren bereits ziemlich angeheiterten Gästen gegenübertraten, blieb er entschlossen stehen. Er wollte einen Moment verschnaufen und mit seiner wunderschönen Frau allein sein.

Hannah drehte sich um und lächelte ihn an. Die Liebe in ihren Augen brachte sein Herz zum Tanzen. Leider konnte er nicht dasselbe von seinen Füßen behaupten. »Komm schon, du Angsthase.« Sie stellte sich auf die Zehenspitzen und küsste ihn zärtlich auf den Mund. »Fünf Minuten. Das ist alles. Ein bisschen hin- und herwiegen und ein paar Drehungen, und dann werde ich dich nie wieder bitten, mit mir zu tanzen. Versprochen.«

Tom hörte ein Lachen hinter der Scheunenecke und zog sie weiter zurück in die Dunkelheit. Während der Zeremonie, des Sektempfangs und des Hochzeitsfrühstücks hatte er sich nach genau diesem Moment gesehnt. Nur er und sie. Tom und Hannah. Mann und Frau. Er strich ihr eine Haarsträhne von der

Wange. Ihre Locken waren heute halbwegs gezähmt, und kleine weiße Blumen zierten den dunklen Haarknoten in ihrem Nacken. Sie sah wunderschön aus, aber ein Teil von ihm hätte am liebsten all das Make-up und den Schmuck entfernt, damit wieder seine Hannah zum Vorschein kam. Er drückte ihr einen sanften Kuss auf die glänzenden roten Lippen. »Aber du bist so gut darin.«

Hannah kuschelte sich enger an ihn und senkte verführerisch die Stimme. »Worin genau?«

Tom lächelte bei dem Gedanken an das, was später passieren würde, wenn er sie endlich von all den goldenen Schichten ihres Kleides befreien durfte. »Im Tanzen.« Er strich mit der Hand über die nackte Haut an ihrem Rücken. »Wobei du natürlich noch über unzählige andere Talente verfügst.«

Sie grinste. »Wie wahr. Was für ein Glück du doch hast, mich geheiratet zu haben.«

»Ich weiß. Wenn da nur nicht dieser blöde Tanz wäre. Ich habe dir doch gesagt, dass es völlig in Ordnung für mich ist, wenn du ein Solo hinlegst.«

Sie verdrehte die Augen. »Das würde den Zweck eines Hochzeitstanzes allerdings ein wenig verfehlen.« Sie drehte den Kopf, als hinter ihnen schallendes Gelächter ertönte, dann sah sie wieder ihn an. »Und ich finde, dass du eigentlich ein ziemlich guter Tänzer wärest, wenn du nur endlich diesen verdammten Stock aus deinem Hintern entfernen würdest.«

Er zuckte mit den Schultern. »Das glaube ich zwar nicht, aber ich werde es versuchen. Aber nur, wenn du hinterher dafür sorgst, dass sich meine Mühe auszahlt.«

Und da war es wieder, dieses Funkeln in ihren Augen, das er so liebte. »Oh, mach dir deshalb mal keine Sorgen. Meine Unterwäsche ist um einiges gewagter als mein Kleid.«

Die Art und Weise, wie sie ihm die Worte ins Ohr flüsterte, weckte in ihm den Wunsch, sich zu vergewissern, ob es stimmte.

Jetzt. Auf der Stelle. Als Hannah ihn küsste und ihren Körper gegen seinen presste, fragte er sich, ob er sie wohl für ein kleines Schäferstündchen entführen könnte. Er wusste, dass sie mitmachen würde. Das war schließlich einer der Gründe, warum er sie so liebte.

»Nehmt euch ein Zimmer, Leute.«

Sie hielten inne und erblickten Nick, der um die Ecke spähte und sie kopfschüttelnd betrachtete. »Ich kann gern noch eine zweite Trauzeugenrede halten, wisst ihr. Mit zusätzlichem Anschauungsmaterial.« Er hielt den Fotoapparat in die Höhe, den Finger am Auslöser.

Tom löste sich nur widerstrebend von Hannah, als sich sein Freund näherte und neben ihnen gegen die Scheunenwand lehnte. Nick holte seine Zigaretten hervor und zündete sich eine an. »Ich kann einfach nicht glauben, dass ihr am Montag um diese Zeit schon in der Karibik sein werdet.« Er inhalierte den Rauch tief. »Ihr Glücklichen. Denkt bloß an uns, während wir uns mit dem verdammten Lindersson-Vertrag rumschlagen.«

Diese Sache zerrte an Toms Nerven. Es war kein guter Zeitpunkt, um in der Kanzlei zu fehlen. Aber eigentlich war es das nie.

»Das wird er auf gar keinen Fall tun, Nick.« Hannah wirkte ernsthaft empört. »Er wird weder an euch noch an euren blöden Vertrag denken. Das ist unsere Hochzeitsreise. Tom wird nicht eine Sekunde lang an die Arbeit denken.«

»Du Glückspilz«, sagte Nick und kippte den Rest seines Drinks hinunter. »Während wir Armen uns durch endlose Aktenordner wühlen dürfen, faulenzt du unterdessen auf einer einsamen Insel, aalst dich in der Sonne und trinkst Mädchen-Cocktails.« Er fuhr sich mit der Hand durch die blonden Haare, dann lehnte er sich zu Hannah hinüber und gab ihr einen Kuss auf die Wange. »Glückwunsch noch mal. Du siehst umwerfend aus. Gott allein weiß, warum du dich an diesen Idioten verschenkst.« Er lächelte und klopfte Tom auf die Schulter. »Jetzt mal im Ernst, Kumpel. Gut gemacht.« Er hob sein leeres Glas. »Auf euch beide.«

»Wo ist eigentlich …?« Tom versuchte verzweifelt, sich an den Namen von Nicks aktueller Freundin zu erinnern.

»Elise?« Nick schüttelte den Kopf. »Wir haben Schluss gemacht. Ich dachte, das hätte ich euch erzählt.«

Hannah schüttelte den Kopf. »Soll das etwa heißen, dass du mal wieder deine übliche Masche abgezogen und einfach aufgehört hast, mit ihr zu reden, bis *sie* mit *dir* Schluss gemacht hat?«

»Ja.« Nick machte angesichts ihrer Zusammenfassung einen überaus selbstzufriedenen Eindruck. »Funktioniert jedes Mal.«

»Du bist ein echter Widerling.« Hannah lächelte, aber Tom hörte trotzdem den leichten Vorwurf, der in ihrer Stimme mitschwang.

»Und genau deshalb findest du mich ja so toll.« Nick grinste und trat die Zigarette aus. »Ich sollte mal wieder reingehen, um mir ein neues Mädchen zu suchen.«

»Super Idee.« Tom wollte wieder mit Hannah allein sein. »Aber rühr meine Schwester nicht an, okay?«

»Nichts leichter als das.« Nick wandte sich ab, um sich wieder unter die Partygäste zu mischen. »Sie reihert übrigens gerade in einen Busch«, rief er über die Schulter zurück. »Kann sich kaum auf den Beinen halten.« Mit diesen Worten verschwand er um die Scheunenecke.

»So ein Mist!« Tom verdrehte die Augen. »Warum muss sie sich nur immer so zuschütten? Ich dachte wirklich, die ganze Situation würde sich beruhigen, jetzt wo sie wieder zur Schule geht.«

Hannah legte eine Hand auf seinen Arm und grinste. »Ist doch nicht so schlimm, Tom. Als ich jünger war, habe ich auf jeder Hochzeit gekotzt. Das gehört zum Erwachsenwerden dazu.«

»Tja, sie ist jetzt achtzehn, das Argument wird also nicht mehr lange ziehen.« Tom runzelte die Stirn. »Ich sollte mal nach ihr sehen.«

»Dir ist jede Entschuldigung recht, um dich um den Hochzeitstanz zu drücken, was?« Hannah lächelte ihn an. »Mach dir keine Sorgen. Ihre Freundinnen werden schon auf sie aufpassen.«

»Das bezweifele ich.« Toms Begegnungen mit den Mädchen, die sich mit Julie eine Wohnung teilten, ließen sich wohl am besten mit dem Wort »schwierig« beschreiben. Sie waren nur deshalb eingeladen worden, weil sich Julie beschwert hatte, dass sie keinen seiner Freunde kannte. Was wieder einmal in einem Streit geendet hatte. Er hatte ihr vorgeschlagen, sie könnte doch mal vorbeikommen, um sie kennenzulernen, und sie hatte gekontert, dass seine Freunde ohnehin alle total von sich eingenommen seien und sie da nicht reinpassen würde. Tom wünschte sich, dass sie es wenigstens einmal versuchen würde. Um seinetwillen. Als Hannah ihn jetzt küsste, zwang sich Tom, die Sorgen um Julie für den Moment aus seinem Kopf zu verbannen.

»Meine Familie ist auch nicht gerade pflegeleicht. Mum hat mit ihrem Hut mindestens fünf Reihen hinter ihr jegliche Sicht genommen. Und mein Dad ist bestimmt der einzige Vater auf der Welt, der Kreuzworträtselfragen als Ausgangspunkt für eine Brautvaterrede benutzt.« Sie kicherte. »Aber irgendwie war es auch süß.«

»Es war toll, Han. Ich hätte beinahe geweint.«

»Wirklich?« Sie grinste. »Gut. Das war wohl insgeheim sein Ziel.« Sie wirkte mit einem Mal schüchtern. »Ich fand *deine* Rede wunderschön, Tom. Und ich danke dir dafür.«

Er hob ihre Hand an seinen Mund und küsste sie. »Gern geschehen.«

In diesem Moment scholl die durchdringende Stimme von

Hannahs Mutter durch die Dunkelheit. »Wo stecken sie denn nur, Harry? Der DJ ist startbereit. Das ist mal wieder typisch für Hannah, einfach so zu verschwinden und alles aus dem Takt zu bringen.«

»Genau aufs Stichwort. Man sollte doch eigentlich meinen, dass sie versuchen würde, wenigstens an einem Tag wie heute mal nett zu mir zu sein.« Hannah stieß ein bitteres Lachen aus, als sie einen Schritt zurücktrat und ihr Kleid zurechtzupfte. »Schließlich hat sie mich schon im Vorfeld oft genug kritisiert.«

»Nicht dich, sondern *uns*.« Während der Hochzeitsvorbereitungen im letzten Jahr hatte Tom sich des Öfteren gewünscht, dass sie einfach heimlich geheiratet hätten. Er versuchte, den aufwallenden Ärger bei der Erinnerung daran mit einem Scherz zu überspielen. »Wir waren aber auch wirklich *sehr* nachlässig, was die Servietten anging.«

»Polyester statt Leinen! Was haben wir uns nur dabei gedacht?« Sie lachten beide.

Im selben Moment tauchte eine furchterregende Gestalt in einem lachsfarbenen Kostüm und einem überdimensionalen cremefarbenen Hut vor ihnen auf. »Ach, *da* seid ihr!« Jenny vollführte eine gebieterische Handbewegung. »Es ist *dringend* Zeit für den Hochzeitstanz.«

»Jawohl, Mum.« Ein Grübchen blitzte auf Hannahs Wange auf. »Auf geht's, Soldat. Jetzt kannst du keinen Rückzieher mehr machen.« Sie nahm wieder seine Hand.

Tom holte tief Luft und spürte ein nervöses Kribbeln in seinem Bauch. »Bist du dir ganz sicher, dass wir das tun müssen?«

»Ist doch nur dieses eine Mal«, erwiderte sie. »Ich weiß ja, wie sehr du Tanzen hasst. Aber mach heute bitte mal eine Ausnahme. Für mich.«

»Kommt schon, ihr zwei.« Es fehlte nur noch, dass Jenny mit den Fingern schnipste. Als Hannah an ihrer Mutter vorbeiging, hob sie die Hand, als wollte sie ihre Tochter vorwärtsscheuchen, und ließ sie erst wieder sinken, als Hannah weitermarschierte. Tom sah, wie ihr Gesicht erstarrte.

Er wünschte sich mit einem Mal sehnlichst, dass seine Mutter hier wäre. Seine liebenswürdige, ruhige, stolze Mum.

Hannah blieb kurz stehen, um sich nach ihm umzusehen. »Du denkst an deine Mum, nicht wahr?«

»Ja, ich wünschte, sie wäre hier.«

»Das ist sie auch. Sie ist hier irgendwo unter uns, auch wenn wir sie nicht sehen können. Sie lächelt bestimmt und denkt sich, dass sie eine viel bessere Hochzeitstorte gebacken hätte.«

»Glaubst du das wirklich?«

»Ganz sicher. Und sie ist so stolz auf ihren Jungen.«

Tom schluckte und drückte dankbar Hannahs Hand.

Sie schenkte ihm ein aufmunterndes Lächeln. »Bereit?«

»Ja. Ich denke schon.«

Sie führte ihn um die Ecke zum Vordereingang der Scheune, vorbei an den Wimpeln und Ballons und den rosa- und cremefarbenen Blumenkreationen. Vorbei an Lichterketten, freundlichen Gesichtern und Tante Sue, die gerade damit beschäftigt schien, eine ganze Etage der Hochzeitstorte in ihre Handtasche zu stopfen. Die Discobeleuchtung tauchte den Boden der Scheune in violettes Licht. Hannah ging mit erhobenen Händen voran und brachte die Gästeschar dazu, im Takt zu ihrem Lied zu klatschen. Dann sah sie Tom in die Augen, und alle anderen wurden unsichtbar. Plötzlich waren da nur noch sie beide.

Tom holte tief Luft und folgte ihr auf die Tanzfläche.

KAPITEL 12

»Kann ich mir diese Handtasche ausleihen?«

Hannah zuckt zusammen und klappt ihren Laptop zu. »Klar.« Sie hofft, dass Julie nichts gesehen hat.

Julie hebt die silberne Tasche vom Boden auf. »Wieso schaust du dir Bilder von Affen an?«

Verdammt!

Hannah spürt, wie sie rot wird. Sie versucht es mit einem Ablenkungsmanöver. »Und wieso trägst du mein Top?«

»Das hier?« Julie blinzelt. Ihre Augenlider glänzen silbrig. »Ich dachte, das gehört mir.«

»Kommt mir auch langsam so vor.«

Julie runzelt die Stirn. »Was soll das denn heißen?«

»Gar nichts.« Hannah hat keine Lust auf eine weitere Auseinandersetzung. »Sieht toll aus.«

In Wahrheit sieht Julie alles andere als toll aus. Ihre Brüste drohen, die schwarze Spitze des Tops zu sprengen, zwischen Saum und Hosenbund sind mindestens zehn Zentimeter nackter Bauch zu sehen, und die Haut unter ihrem neuerdings schnurgerade geschnittenen Pony glänzt.

»Danke.« Julie streicht mit den Händen über ihre Jeans.

»Wieder eine Verabredung?«

»Ja.« Julie verharrt zögernd im Türrahmen, sie wirkt auf einmal unsicher. »Warum fragst du?«

»Kein besonderer Grund.« Hannah zuckt mit den Schultern. Julie scheint den letzten Monat nach Zacs Auftauchen damit verbracht zu haben, dem anderen Geschlecht regelrecht nachzujagen. Jedes Mal, wenn Hannah mit ihr zu reden versucht, schmeißt sie sich eine Jacke über und rennt zur Tür hinaus. Trotzdem versucht sie es erneut. »Ist bei dir alles in Ordnung, Julie?«

Für einen Augenblick tritt ein weicherer Ausdruck in Julies Augen, doch dann verschränkt sie trotzig die Arme vor der Brust. »Hör zu, ich will nur ein bisschen Spaß haben, okay?« Ihre Lippen verziehen sich zu einem höhnischen Grinsen. »Solltest du auch mal versuchen.« Damit stolziert sie hinaus und lässt Hannah mit ihrem Laptop und dem nur allzu vertrauten Gefühl zurück, versagt zu haben.

Hannah trinkt einen Schluck von ihrem Tee, klappt den Laptop wieder auf und betrachtet sehnsüchtig die in das goldene Licht der untergehenden Sonne getauchte Landschaft Tansanias. Vor zehn Jahren hätte sie als bewährtes Mittel gegen die Traurigkeit längst ihren Rucksack gepackt. Und jetzt, wo sie zum ersten Mal seit Monaten einen Samstag freihat, verbringt sie ihn in der Gesellschaft ihres Computers. Julie hat recht, sie hat wirklich kein Leben.

Es klingelt an der Haustür.

»Es klingelt!«

»Ja, danke, Jules.« Hannah stößt einen Seufzer aus. Es wäre sehr viel hilfreicher, wenn sich Julie einfach mal die Mühe machen würde, die Tür zu öffnen, anstatt nur als menschlicher Verstärker für die Klingel zu fungieren. Sie geht nach unten, setzt das Gesicht auf, mit dem sie ihre Schüler immer zum Nachsitzen verdonnert, und öffnet in Erwartung irgendeines Vertreters die Haustür.

»Nick.« Sofort breitet sich ein Lächeln auf ihrem Gesicht aus.

»Guten Morgen, Madam.« Er gibt vor zu salutieren. »Fahrer für Mr. Ellison.«

»Schön, dich zu sehen.« Hannah stellt sich auf die Zehenspitzen und küsst ihn auf die Wange. »Na, wie geht's?«

»Kann nicht *klagen.*«

»Haha.« Hannah hört den alten Anwaltswitz nicht zum ersten Mal. »Komm doch rein.«

Als Nick den Flur betritt, scheint der Raum sofort zu schrumpfen. Seine Zähne blitzen fast unnatürlich weiß in seinem gebräunten Gesicht.

»Folge mir. Du wirst bereits erwartet.« Hannah führt ihn ins Wohnzimmer, wo Tom auf dem Sofa liegt und seine Übungen macht.

Er hebt die linke Hand. Schließt die Finger. Öffnet sie wieder. Legt die Hand ab. Sobald er Nick sieht, hält er in der Bewegung inne. »Hey, Kumpel.«

»Bereit für eine Runde Fußball?«

»Und wie.« Tom stützt sich auf die rechte Hand und schwingt die Beine auf den Boden. »Wie läuft's bei dir?«

»Gut.« Ein geheimnisvolles Lächeln umspielt Nicks Lippen. »Sehr gut sogar.«

Tom greift nach dem Stock, der am Sessel lehnt. »Was ist denn los?«

»Ach, nichts«, sagt Nick, macht allerdings den Eindruck, als müsse er platzen, wenn er seine Neuigkeiten auch nur eine weitere Sekunde für sich behält.

»Glaube ich dir nicht.«

»Komm schon, Nick. Spann uns nicht länger auf die Folter.« Hannah schaut ihn bittend an. »Wir könnten ein paar gute Neuigkeiten gebrauchen.«

»Tja, also …« Nick blickt zu Boden. »Es könnte sein, dass ich gerade Büroräume für die neue Kanzlei gefunden habe.«

»Wow!«, ruft Hannah aus und wirft gleichzeitig einen vorsichtigen Blick zu Tom hinüber. Er lächelt, aber in seinen Augen liegt ein wehmütiger Ausdruck. »Glückwunsch!«

»Danke.« Nick vollführt eine kleine Verbeugung. »Das Gebäude liegt direkt hinter St. Paul's. Hübsches Plätzchen.«

»Mir war gar nicht bewusst, dass du die Sache schon so bald angehen wolltest«, sagt Tom und lässt sich wieder aufs Sofa zurückfallen.

»Na ja.« Nick sieht seinen Freund an. »Carpe diem und so …«

Tom starrt auf den Teppich.

Nickt setzt sich neben ihn. »Jetzt muss ich nur noch meinen besten Freund überreden, mit einzusteigen.«

Tom blickt auf. In seinem Gesicht spiegelt sich eine Mischung aus Bestürzung und Freude. »Du spinnst. Sieh mich doch mal an.« Er deutet auf den Stock. »Wie soll ich denn so arbeiten? Ich kann ja nicht mal tippen.«

»Blödsinn.« Nick legt einen Arm um Tom. »Ich habe mich da mal schlaugemacht.«

»Das letzte Mal, als du das gesagt hast, hast du dir diesen verrückten Roboter zugelegt, der sich geweigert hat, dein Haus zu putzen.«

»Zugegeben, das war ein Fehlkauf«, erwidert Nick grinsend. »Aber dieses Mal habe ich wirklich gründlich recherchiert. Du kannst eine Spracherkennungs-Software benutzen. Und deine Sekretärin tippt dann alles ab. Du wärst in null Komma nichts wieder voll dabei.«

»Aber ich bin nach wie vor so wahnsinnig müde. Ich würde sicher nur den ganzen Betrieb aufhalten.«

»Kein Aber, Tom. Ich brauche dich. Und du brauchst die Arbeit, Kumpel. Ein weiterer Grund, endlich wieder gesund zu werden.«

Tom schüttelt den Kopf, aber Hannah sieht das Leuchten in seinen Augen. Schweigend dreht sie sich um und geht in die Küche. Bei der Vorstellung, dass Tom wieder arbeiten gehen könnte, wird ihr übel. All der Druck, der dann wieder auf ihm lasten würde. Die Gefahr eines weiteren Schlaganfalls. Auch wenn die Ärzte behaupten, dass es unwahrscheinlich ist, macht sie sich dennoch Sorgen. Jeden einzelnen Tag. Eine solche Angst vor der Zukunft war ihr früher völlig fremd.

Hannah hört, wie die Haustür zugeknallt wird. Julie scheint sich auf den Weg zu ihrem nächsten Date gemacht zu haben. Sie füllt den Wasserkocher, macht sich eine Tasse Tee und lehnt sich mit dem dampfenden Becher in der Hand gegen die Kücheninsel. Während sie aus dem Fenster in den wolkigen Himmel starrt, denkt sie an ihre spätere Verabredung. Ihr Puls beschleunigt sich. Sei nicht albern, ermahnt sie sich. Es geht schließlich nur um einen Drink. Sie trägt ihren Tee zur Treppe und will gerade die Stufen hinaufsteigen, um sich oben wieder an ihren Laptop zu setzen, als sie ihren Namen hört.

»Die Sache ist die, Nick, Hannah ist so toll mit allem umgegangen. Ich kann das nicht machen, ohne es vorher mit ihr zu besprechen.«

Hannah erstarrt.

»Ohne Hannah hätte ich es nie so weit geschafft. Wäre sie nicht gewesen, säße ich jetzt immer noch in diesem Stuhl und würde darüber nachdenken, wie ich mich darin am besten vom nächsten Dach stürzen kann. Das kann ich ihr schlecht damit danken, dass ich eine solch große Entscheidung ohne sie treffe.«

Nicks Stimme klingt eindringlich und entschlossen, als er ihm antwortet: »Aber das hier ist unsere Chance, Tom. Wir müssen es *jetzt* machen, wo die Klienten bereit sind, uns zu folgen.«

»Sie sind bereit, *dir* zu folgen. Nicht mir.«

Hannah schleicht sich auf Zehenspitzen zur Tür und sieht durch den Spalt, wie Tom den Kopf schüttelt.

»Ich muss mit ihr reden, um herauszufinden, ob es das Beste für uns beide ist und nicht nur für mich. Die Dinge haben sich geändert.«

»Okay, Kumpel. Okay.« Nick macht Anstalten aufzustehen, und Hannah huscht schnell in Richtung Treppe. Als die beiden aus dem Wohnzimmer kommen, blickt sie von der obersten Stufe auf sie hinab. Nick erscheint neben dem in sich zusammengesunkenen Tom noch größer als sonst.

»Viel Spaß, Jungs. Vorwärts Spurs!« Sie reckt die Faust in die Luft. Enthusiasmus sieht anders aus.

Tom schüttelt den Kopf. »Du meine Güte. Jetzt sind wir schon so lange zusammen, und das ist das Beste, was du zu bieten hast? Ich glaub's nicht!«

»Tut mir leid. Bis nachher.« Hannah will sich schon abwenden, als sie stattdessen, einer plötzlichen Eingebung folgend, die Treppe hinunterspringt und ihm einen Kuss auf den Mund drückt. Dann steigt sie die Stufen rasch wieder hinauf, ohne sich zu erlauben, über den Grund für ihren überraschenden Zuneigungsbeweis nachzudenken.

Auf dem Weg zum Pub wird Hannah klar, dass sie eindeutig nicht für Geheimniskrämereien geschaffen ist. Jedes Mal, wenn sie einen dunkelhaarigen Mann sieht, duckt sie sich hinter einen Laternenpfosten oder versteckt sich in einem Ladeneingang. Sie sieht überall falsche Toms – in haltenden Autos, an Briefkästen, in Fußballkluft im Park. Noch bevor sie die Hälfte des Weges hinter sich gebracht hat, wünscht sie sich bereits, sie hätte Geld in eine Sturmhaube investiert. Sie steht an der Kreuzung der High Road und betrachtet das Menschengewühl. Scharen von Käufern mit bunten Tüten, in denen sie die Beute ihrer samstäglichen Shoppingtour nach Hause tragen, drängen sich auf dem Bürgersteig. Ein grimmig dreinblickendes Paar scheint in einen Streit verwickelt zu sein, und ein kleines Mädchen drückt stolz eine Einkaufstüte an die Brust, als enthielte sie den größten Schatz der Welt. Eine junge Frau mit dunklem Haar und hängenden Schultern tritt eine Zigarette mit dem Fuß aus, bevor sie ihre schwarze McDonald's-Kappe aus der Tasche zieht und auf den Kopf setzt. Hannah beobachtet, wie sie in den Fast-

Food-Laden zurückkehrt, um es mit der Samstagabendschlange aufzunehmen. Und dann erkennt sie sie: Es ist Julie. Hannah wird von einer riesigen Welle der Wut erfasst. Das also war der Grund, warum Julie so unzuverlässig war. Sie hatte heimlich einen anderen Job angenommen. Hannah will gerade über die Straße in die Filiale eilen und sie zur Rede stellen, als sie sie hinter dem Tresen erblickt. Sie steht mit leerem Blick neben dem Milchshakeautomaten, während ihr Leute Bestellungen zuschreien. Sie sieht so einsam aus. Ihre Wut wird von Sorge verdrängt. Hannah ist sich plötzlich nicht mehr sicher, was sie tun soll. Schließlich senkt sie den Kopf, überquert die Straße und geht weiter Richtung Pub. Sie wird morgen mit Julie reden.

Hannah schlängelt sich an kichernden Mädchen in Miniröcken und Männern in Anzügen vorbei, die ihre Biergläser auf den Fensterbänken der Pubs abgestellt haben. London verlagert das Leben nach draußen – dabei ist noch nicht einmal T-Shirt-Wetter.

Als sie den Dog Pub erblickt, wird ihr plötzlich schlecht. Das blaue Schild der Kneipe ist mit Union Jacks geschmückt, und durch das Fenster kann sie eine große dunkle Gestalt inmitten des Gedränges an der Bar erkennen. In der Luft liegt der Geruch nach Bier und Burgern. Es ist Monate her, dass sie zum letzten Mal aus war, doch statt sich darüber zu freuen, ist alles, was sie jetzt spürt, ihr schlechtes Gewissen.

Ein Drink. Mehr nicht.

Sie betritt den Pub, überlegt, ob sie wieder umkehren soll, doch im selben Moment hört sie ihren Namen.

»Hannah.« Raj hat sie entdeckt und bahnt sich einen Weg durch das Gewühl auf sie zu. Sein leuchtend blaues T-Shirt spannt sich über der Brust, dazu trägt er schlabberige Jeans und ausgetretene Converse.

Er sieht gut aus. Dennoch fühlt Hannah … nichts.

»Ich hätte nicht gedacht, dass du kommst.« Er versucht, sie auf den Mund zu küssen, aber sie duckt sich weg.

Hannah beginnt zu schwitzen und schlängelt sich aus ihrer Jacke. Sie blickt zu Raj auf. »Natürlich bin ich gekommen. Immerhin habe ich es dir versprechen müssen.«

»Aber ich war mir nicht sicher, ob du es auch wirklich durchziehst. Du hättest mich versetzen können.«

Hätte sie es doch nur getan! Raj kommt ihr heute Abend so anders vor. Irgendwie angeberisch und aufdringlich. »Ja, aber …«

»Du konntest mir nicht widerstehen, stimmt's?« Er versucht wieder, sie zu küssen.

»Raj!« Sie drückt ihre Hände sachte gegen seine Brust. »Was machst du da?«

Seine Lippen verharren nicht weit von ihren entfernt. »Ich dachte, das sei offensichtlich.«

Hannah blickt sich nach etwas mehr Platz um, aber weit und breit scheint kein Zentimeter mehr frei zu sein. Eine Gruppe Cheerleaderinnen – offensichtlich ein Junggesellinnenabschied – hat sie nach links gegen die Bar gedrängt, hinter ihr beginnt ein Mann, *Rule Britannia!* zu singen. Die Cheerleaderinnen stimmen ein und lassen ihre Pompons rascheln. Hannah spürt, wie angespannt ihre Schultern sind. Sie fühlt sich gereizt.

Raj muss schreien, damit sie ihn über den Lärm hinweg verstehen kann. »Möchtest du was trinken, Süße?«

Süße? Hannah nickt irritiert. »Gern.« Alkohol, das ist es, was sie jetzt braucht. Sie ist beinahe versucht, sich einfach über die Messingtheke zu lehnen, sich eine Schnapsflasche zu schnappen und das Zeug in einem Zug hinunterzukippen.

»Was hättest du gern?«

»Weißwein. Ein großes Glas, bitte.«

»Okay.« Raj wendet sich der Bar zu.

Musik wummert aus den Boxen, als der DJ in der Ecke mit

seinem Set loslegt. Auf dem Kopf trägt er ein Beanie und im Gesicht einen begeisterten Ausdruck.

Hannahs Schläfen beginnen zu schmerzen. Als sie sieht, dass ein Tisch frei wird, steuert sie darauf zu, bevor er von einem torkelnden Mädchen beansprucht werden kann, dessen Brüste aus einem viel zu knappen Top quellen. Hannah klettert auf einen wackeligen Barhocker und stützt das Kinn in die Hände, während sie die Lampe über sich anstarrt. Ein brauner Pudel, der einen Schirm hält. Die violetten und pinkfarbenen Wände des Pubs sind mit Hundebildern und Halsbändern geschmückt, und die Küche in der hinteren Ecke scheint einer Hundehütte nachempfunden zu sein. Der Pub macht seinem Namen alle Ehre. Sie hatte sich so sehr darauf gefreut, wieder einmal auszugehen, aber jetzt fühlt sie sich angesichts der flirtenden und tanzenden Menge um sich herum ausgeschlossen und alt.

Eine Minute später gesellt sich Raj zu ihr. In jeder Hand hält er ein Glas, eine Tüte Chips klemmt zwischen seinen Zähnen. Er lässt sie auf den Tisch fallen und nimmt Hannah gegenüber Platz. »Also …«, sagt er und hebt sein Bierglas.

»Also.« Hannah leert ihren Wein fast bis zur Hälfte. Die Säure kratzt in ihrem Hals. Wenn sie so weitertrinkt, wird es zum Frühstück Schmerztabletten mit Cola geben. Scheiß drauf. Sie trinkt hastig noch ein paar Schlucke mehr. »Was hast du denn heute so angestellt?«, erkundigt sie sich und setzt dabei ein strahlendes Lächeln auf.

Raj reißt die Chipstüte auf und greift hinein. »Ach, ich bin erst heute Mittag aufgestanden.«

»Schön.« Ihr persönlicher Wecker in Form von Julie, die auf dem Weg zum Klo gestolpert war und lauthals geflucht hatte, hatte sie um sieben Uhr aus dem Schlaf gerissen. »Warst du gestern Abend weg?«

»Ja, bei einem Konzert. Ein Freund von mir hat im Smoke gespielt. Bist du schon mal da gewesen?«

Hannah zieht kurz in Erwägung, so zu tun, als wisse sie genau, wovon er spricht, entscheidet sich dann aber schnell dagegen. Dafür ist sie einfach eine viel zu schlechte Lügnerin. »Nein. Was ist das für ein Laden?«

Er lacht. »Ein Klub.«

»Oh.« Sie sollte wohl besser falsche Zähne und einen Seniorenpass tragen.

»Ich schätze mal, du hast es nicht gerade mit Musik?«

»Würde ich so nicht sagen.« Sie durchsucht ihr Gehirn krampfhaft nach irgendeinem Musikstil, der nichts mit einer Opernbühne zu tun hat. Billy Joel fällt ihr ein, was nicht gerade hilfreich ist. »Ich, äh ... Ich mag ... House.« Tut sie nicht. Aber sein Gesicht hellt sich augenblicklich auf.

»House ... Ist das nicht etwas retro?«

Wenn er House schon für retro hält, dann stammt ihre CD-Sammlung direkt aus dem Mittelalter.

»Was hörst du denn so?«

»Ach, alles Mögliche.«

Hannah hat es geschafft, ihren Wein in Rekordzeit auszutrinken. »Noch einen Drink?«, fragt sie Raj, obwohl sein Bierglas noch halb voll ist.

»Klar.«

Sie holt ihr Portemonnaie heraus und macht sich auf den Weg zum Tresen, wo sie mit ansehen darf, wie sich eine Cheerleaderin und ein braun gebrannter Rugbyspieler gegenseitig die Zunge in den Hals stecken. Als die beiden in ihrem Eifer nach hinten stolpern, rammt die Frau ihr den Ellbogen in die Rippen. Hannah flucht, doch sie bemerkt es nicht einmal.

Als Hannah nach zehn Minuten endlich bedient wird, nimmt sie gleich zwei Getränke für jeden mit. Mit den Gläsern auf einem Tablett, das sie über dem Kopf balanciert, schlängelt sie sich zum Tisch zurück.

Raj blinzelt ungläubig. »Wow. Du scheinst es ja richtig ernst zu meinen!«

»Und wie.« Sie setzt sich wieder auf ihren Barhocker und nimmt entschlossen einen großen Schluck von ihrem Wein. »Warum nicht? Es ist schließlich Samstagabend.«

»Stimmt.« Er lehnt sich zu ihr hinüber und versucht, ihre Hand zu nehmen. »Aber du weißt schon, dass du mich nicht betrunken machen musst, um mich ins Bett zu kriegen.«

Hannah zieht blitzschnell ihre Hand weg. Langsam geht er ihr wirklich auf die Nerven. »Was ist los, Raj?«

»Was meinst du?«, erwidert er stirnrunzelnd.

»Wieso benimmst du dich so?«

Er trinkt einen Schluck von seinem Bier und sieht sie herausfordernd an, aber da ist noch etwas anderes in seinen Augen, das Hannah ziemlich stark an Verzweiflung erinnert. »Bist du denn nicht genau deshalb gekommen – um wieder mit mir zu schlafen?«

Himmelherrgott.

Sie trinkt mehr Wein, aber auch der ist jetzt keine große Hilfe mehr. Sie schaut zu dem Pudel hinauf, dann zurück zu Raj. »Ehrlich gesagt weiß ich gar nicht, was ich hier eigentlich mache.«

Er blinzelt wieder. »Aber ich dachte … dass wir …«

Auf einmal fühlt sich Hannah unglaublich müde. Erschöpft stützt sie den Kopf in die Hände. »Hör zu, Raj. Du bist wirklich toll, und ich mag dich …« Als sie dies sagt, wird ihr klar, dass sie ihn eigentlich gar nicht kennt. »Aber ich sollte nicht hier sein. Das wusste ich schon, als du mich zu unserer Verabredung überredet hast, aber jetzt weiß ich es mit absoluter Gewissheit.« Sie seufzt. »Der Wein ist furchtbar, und ich beginne langsam wirklich, diesen Pudel zu hassen.« Sie zeigt mit anklagendem Finger auf die Lampe, der das alles allerdings herzlich egal zu sein scheint. »Und außerdem … gibt es da noch Tom.«

»Du liebst ihn doch gar nicht.«

»Woher willst du das wissen?«

»Du hast es mir selbst gesagt.«

Hannah runzelt die Stirn. »Das ist schon eine Ewigkeit her.«

»Aber Hannah, ich mag dich wirklich unheimlich gern.« Er klingt wie ein Teenager – und mindestens genauso wenig überzeugend.

»Nein, tust du nicht. Das glaubst du nur, weil ich verheiratet bin und du aus irgendeinem schrägen Grund darauf stehst, hinter Frauen herzujagen, die du nicht haben kannst. Fakt ist …« Hannah hält inne, als sie plötzlich Tom vor sich sieht, wie er sie triumphierend angrinst, weil es ihm zum ersten Mal seit dem Schlaganfall gelungen ist, selbst Tee zu machen. Sie hatten sich gemeinsam an den Küchentisch gesetzt, um ihn zu trinken, Hobnobs-Kekse hineingetunkt und darüber diskutiert, ob sie mit oder ohne Schokoladenüberzug besser schmeckten. Das Bild in ihrer Erinnerung verstärkt ihr schlechtes Gewissen nur noch. »Wir beide haben nichts gemeinsam. Du gehst zu Konzerten, während ich zu Hause die Spülmaschine anstelle.« Sie trinkt einen weiteren großen Schluck Wein. »Du schläfst bis mittags, ich mit viel Glück bis halb acht.« Sie bemerkt, dass sie ihr zweites Glas ausgetrunken hat. »Du willst mich nicht wirklich, Raj.« Und viel wichtiger noch, sie will ihn nicht.

Er versucht wieder, nach ihrer Hand zu greifen. »Und wie ich dich will, Hannah.«

»Nein, Raj.« Sie seufzt. »Tut mir leid. Ich sollte wirklich nicht hier sein.«

Er vergräbt den Kopf in den Händen. »Das ist der schlimmste Tag in meinem Leben.« Tränen laufen ihm über das Gesicht.

O Gott!

»Raj?« Hannah streckt die Hand aus und legt sie ihm auf den Arm. »Was ist denn los mit dir?«

»Amelia hat sich heute bei mir gemeldet.« Seine Stimme ist hoch und angespannt.

»Amelia?«

»Meine Ex.«

»Oh.« Hannah zieht ihre Hand wieder weg und lehnt sich zurück. Langsam ergibt alles einen Sinn.

Er schaut sie an und wischt sich mit dem Ärmel über die Augen. »Sie hat mir gesagt, dass sie mit einem anderen zusammen ist.«

»Oh.«

»Und dass ich mies im Bett war.«

»Okay …«

»Das bin ich doch nicht, oder?«

»Natürlich nicht.« Hannah kann sich in Wirklichkeit gar nicht daran erinnern, aber jetzt ist definitiv nicht der richtige Zeitpunkt, um ihm dies mitzuteilen. »Du warst großartig.«

»Wirklich?« Er sieht sie mit unsicherem Blick an.

»Wirklich.« Sie nickt so bekräftigend wie möglich. Der heutige Abend entwickelt sich ganz und gar nicht so, wie sie es erwartet hatte.

»Das ist gut.« Er trinkt einen Schluck Bier und isst ein paar Chips.

Hannah mustert ihn. Er sieht so wahnsinnig traurig und verzweifelt aus. Und plötzlich weiß sie, was zu tun ist. Sie lehnt sich zu ihm vor. »Erzähl mir doch mal, was mit euch beiden schiefgegangen ist.«

»Nein.«

»Ach, komm schon.«

»Nein«, sagt er noch einmal, doch seine Augen sagen etwas anderes. »Das willst du doch gar nicht hören.«

»Du bist offensichtlich immer noch in sie verliebt.«

»Auf keinen Fall.« Er schiebt seine Unterlippe vor und sieht dabei aus wie ein schmollender kleiner Junge. Am liebsten hätte Hannah ihm ein Glas Milch und ein paar Plätzchen bestellt.

»Los, Raj, raus damit. Erzähl mir von Amelia.«

Und das tut er.

Zwei qualvolle Stunden später hat sich ein mit Tequila abgefüllter Raj entschlossen, nach Brighton zurückzukehren und Amelia seine Liebe zu gestehen, um sie zurückzugewinnen. Hannah dagegen will nur noch eins: nach Hause, um dort mit dem Kopf gegen die Wand zu rennen. Als sie die Straße hinuntergeht, wird ihr klar, dass Steph recht hat. Sie sollte wirklich aufhören, immer nur an andere zu denken. Erschöpft öffnet sie die Haustür.

»Han?« Sie ist überrascht, Toms Stimme zu hören. Normalerweise ist er spätestens um zehn im Bett.

Hannah geht ins Wohnzimmer und setzt sich neben ihn aufs Sofa. Obwohl heute Abend zwischen ihr und Raj nichts gelaufen ist, fühlt sie sich irgendwie schuldig. Sie streckt die Hand aus und streichelt Toms Bein. »Wie war das Spiel?«

»Ist unentschieden ausgegangen. Wir haben ein paar Chancen vergeben.« Er trägt das grüne Kapuzenshirt, das sie so an ihm mag. »Was ist mit dir, warst du mit Steph weg?«

Hannah spürt, wie sie sich augenblicklich verkrampft. Vielleicht sollte sie ihm erzählen, was mit Raj passiert ist. Die Sache einfach hinter sich bringen. Jetzt. Sofort. Doch als Tom ihre Hand nimmt, weiß sie, dass sie es nicht fertigbringt. »Ja.« Seine Finger sind so warm. So beruhigend. »Hat Spaß gemacht.«

Hannah spürt, wie er sie mustert, dann sagt er nur: »Prima.«

Sie lehnt sich ins Kissen zurück und schaut auf den Fernseher, auf dem die Bilder stumm über den Schirm flackern. »Warte mal, ist das nicht …?«

»*Casablanca?*« Er nickt. »Ja. Ich dachte, ich schaue mir mal an, wovon du all die Jahre so geschwärmt hast.«

Hannah sieht Humphrey Bogart neben dem Klavier stehen. »Oh, ich liebe diesen Teil.«

Tom grinst. »Dann mach es dir mal gemütlich.«

Hannah kuschelt sich tiefer in die Kissen und schaut gebannt auf den Bildschirm. Und hält die ganze Zeit seine Hand.

Juli 2010

Abrechnungsbeleg: £ 600, Westview Klinik

»Ich habe keine Ahnung, was ich lesen soll.« Hannah griff nach der Samstagszeitung, blätterte die verschiedenen Ressorts durch und hielt die Magazinbeilage in die Höhe, auf deren Vorderseite ein Mädchen in einem Partykleid abgebildet war, das einen Cocktail und eine silberne Eintrittskarte in den Händen hielt. »*10 Geheimtipps wie man eine Promi-Party crasht* – finde ich gerade irgendwie nicht sonderlich hilfreich.«

Tom veränderte seine Sitzposition in dem grauen Plüschsessel, von dem aus er auf die Broschüren gestarrt hatte, die in einen Halter an der Wand gesteckt waren. *Empfängnisverhütung für Anfänger. Was Sie über Geschlechtskrankheiten wissen sollten.* Na toll. Er sah zu Hannah hinüber. »Ich verstehe, was du meinst.« Er warf einen halbherzigen Blick auf den Sportteil, der auf seinem Schoß lag. »Selbst die Spurs scheinen mir nicht wichtig zu sein, während …« Immer noch nicht imstande, die Worte laut auszusprechen, brach er mitten im Satz ab.

Hannah nahm Toms Hand in ihre und gab ihm einen Kuss auf die Innenseite. »Ich weiß, so hatten wir uns unseren Hochzeitstag eigentlich nicht vorgestellt.«

Er entzog ihr seine Hand und stand auf. »Darum geht es jetzt doch wohl nicht, oder?« Er ging ein paar Schritte, doch dann wurde ihm klar, dass er nirgendwo hingehen konnte. Wütend starrte er auf eine glänzende Topfpflanze, die sich in den Sonnenstrahlen wärmte, die durch das geöffnete Fenster fielen. Er hätte es kommen sehen und etwas dagegen tun müssen.

»Tut mir leid, Tom. Das war dumm von mir.« Hannah war ebenfalls aufgestanden und legte beruhigend eine Hand auf seinen Arm.

Er zog die Schultern hoch. »Hm … Na ja, das hier ist nicht gerade leicht für mich.«

»Das weiß ich.« Hannah schlang die Arme um ihn und legte ihren Kopf an seine Brust. »Ich bin nur so besorgt. Du weißt doch, dass ich dann immer besonders schlechte Witze mache.«

Er gab nach und legte seine Arme um sie. »Sollte diese Bemerkung über unseren Hochzeitstag etwa witzig sein? Du verlierst langsam deinen Sinn für Humor.«

»Ach, halt die Klappe.« Sie versetzte ihm einen leichten Stoß mit dem Ellbogen. »Nur weil wir den heißesten Tag des Jahres in einem Familienplanungszentrum verbringen müssen, ist das noch lange kein Grund, unhöflich zu sein.«

Tom gab ihr einen Kuss auf den Scheitel und atmete dabei tief den Zitronenduft ihres Haars ein. Er wünschte, sie könnten den Samstagmittag draußen verbringen, Eis essen und später noch in aller Ruhe ein Bier trinken gehen. Er betrachtete den Wasserspender, die weißen Wände und das blasse Mädchen, das sich in der hinteren Ecke des Wartezimmers durch ein Paket Kleenex weinte. Sie war ganz allein und noch so jung. Tom ließ Hannah los und ging wieder zu seinem Sessel zurück. »Macht es dir was aus, wenn ich beim Warten nachschaue, was die Arbeit macht?«

»Nein, nur zu.« Hannah ließ sich in den Sessel neben ihm sinken, schlug die Beine übereinander und griff nach dem Kulturteil der Zeitung. »Ist ja nicht so, als gäbe es hier was Besseres zu tun.«

Er zog seinen Blackberry aus der Tasche und sah, dass das rote Licht schon wieder blinkte. Er hatte sich die halbe Nacht mit

Vertragsprüfungen um die Ohren geschlagen, und nun bombardierte ihn der Klient mit seinen Fragen.

Hannah blätterte eine Seite um und seufzte. »Wie läuft's mit dem Vertrag?«

»Nicht schlecht«, log Tom.

»Soll heißen?« Sie war ganz offensichtlich nicht in Stimmung zu lesen.

»Na ja, es ist kompliziert, aber wir machen gute Fortschritte.« Er runzelte die Stirn, als eine weitere dringende E-Mail in seinem Posteingang landete. Sein Chef kannte kein Wochenende. Er versuchte, sich eine sinnvolle Antwort zu überlegen, aber sein Verstand wollte einfach nicht funktionieren. Er konnte kaum einen geraden Satz herausbringen, geschweige denn einen sorgfältig formulierten Gegenbeweis in einer komplexen juristischen Debatte liefern.

Die Glastür schwang auf. Ein Mann in einem weißen Kittel trat ein und sagte leise einen Namen. Das weinende Mädchen wischte sich über die Augen, stand auf und folgte ihm. Ihre Flip-Flops verursachten ein klatschendes Geräusch auf dem weißen Fliesenboden. Nachdem sie verschwunden war, herrschte im Wartebereich eine noch bedrückendere Stille, die nur von der Sprechstundenhilfe in der Ecke unterbrochen wurde, die auf ihrer Tastatur herumtippte.

»Gott, ist das schrecklich.« Hannah warf die Zeitung auf den leeren Sessel neben sich. »Mir ist schlecht.«

Tom steckte seinen Blackberry wieder ein. »Mir auch. Scheint so, als würde keiner von uns diese verführerischen Kekse dort drüben probieren wollen.«

Hannah blickte zu dem Couchtisch in der hinteren Ecke hinüber. »Ich wette, die isst nie jemand.«

»Vermutlich nicht.« Er legte seinen Arm um Hannah, und sie lehnte den Kopf an seine Schulter.

»Wenn das hier vorbei ist …« Ihre Stimme klang zögerlich.

»Vielleicht könnten wir dann heute Abend was unternehmen. Essen gehen oder ins Kino?«

»Würde ich gern.« Er schluckte. »Aber …«

Ihre Stimme klang resigniert, als sie zurückfragte: »Aber was?«

»Ich glaube, sie werden mich noch mal in die Kanzlei rufen.«

»Schon wieder?«

»Tut mir leid. Wie schon gesagt, ich arbeite da gerade an einer ziemlich komplizierten Sache.«

»Tust du das nicht immer?«, entgegnete sie leise.

Langsam war er es leid, ständig ein schlechtes Gewissen wegen seines Jobs zu haben. »Ich kann nun mal nicht – nicht an diesem Wochenende.« Er küsste sie auf die Wange. »Aber wir holen das nach. Wir werden unseren Hochzeitstag noch gebührend feiern, versprochen.«

»Wirklich?« Sie zeichnete mit ihrem Zeigefinger ein Muster auf seinem Arm.

»Klar.«

»Und um meine neue Stelle an der Queensdale zu feiern?«

»Auf jeden Fall.«

Sie blickte zu ihm auf. »Wir könnten auch immer noch nach Nairobi gehen, weißt du?«

»Darüber haben wir doch schon gesprochen, Hannah«, sagte er ungehalten.

»Ich weiß, aber du könntest doch immer noch eine Versetzung beantragen und von dort weiter an dieser großen Sache arbeiten. Und ich könnte den Job an der Schule annehmen, von der ich dir erzählt habe. Die, an der …«

Er versuchte, seinen Ärger hinunterzuschlucken, aber seine Stimme klang trotzdem barsch, als er antwortete: »Nein. Das ist jetzt nicht der richtige Zeitpunkt, Han. Nicht für meine Karriere. Und du hast doch gerade erst diese tolle Stelle bekommen. Und das *hier*, in London. Wir müssen also gar nicht weggehen.«

»Aber das wäre eine tolle Erfahrung – für uns beide. Du stündest da draußen nicht so unter Druck, wir könnten mehr Zeit miteinander verbringen und …«

»Ich komme mit dem Druck gut klar.« Tom wünschte, Hannah würde endlich erwachsen werden und mehr Verständnis für ihn aufbringen. »Ich muss hierbleiben, wenn ich Karriere machen will. Um Kontakte auszubauen und zu pflegen und um Erfahrungen zu sammeln. Ich kann nicht einfach so in einen verlängerten Urlaub abhauen.«

»Von Urlaub kann ja wohl keine Rede sein. Es geht darum, mal anders zu leben. Und es ist der Job, von dem ich immer geträumt habe.« Sie verschränkte die Arme. »Ich hatte gehofft, dass du es wenigstens in Betracht ziehen würdest.«

»Wenn ich mal Partner werden will, dann macht das überhaupt keinen Sinn. Ich kann nicht einfach in irgendein exotisches Traumland entschwinden, das du dir ausgesucht hast.« Er ließ sich frustriert in den Sessel zurückfallen. »Wieso willst du das nicht begreifen?«

»Das ist nicht irgendein Traumland. Du hast mir nicht richtig zugehört …«

Tom unterbrach sie genervt: »Wieso musst du das ausgerechnet jetzt zur Sprache bringen? Das ist wohl kaum der ideale Zeitpunkt.«

»Weil wir uns sonst kaum sehen«, sagte Hannah traurig. »Das hier ist der erste Samstag, den wir seit einer Ewigkeit gemeinsam verbringen. Aber keine Sorge, ich verstehe schon. Tut mir leid, dass ich davon angefangen habe.« Als sie ergeben den Kopf hängen ließ, verspürte er ein primitives Gefühl des Triumphs.

Tom lehnte sich in seinem Sessel nach vorn und blickte auf die stählerne Uhr an der Wand. Die Zeiger hatten sich kaum bewegt.

Hannah trommelte nervös mit den Fingern auf die Armlehne. »Gott, das dauert ja ewig.«

Tom schaute zu der Glastür hinüber. »Ich weiß.«

»Meinst du, es ist etwas schiefgegangen?«

»Nein.« Tom klang zuversichtlicher, als er sich fühlte. »Wahrscheinlich hat Jules nur mal wieder einen Wutanfall wegen irgendetwas bekommen. Weil ihr das Bett zu klein ist, die Medikamente zu schwach sind oder ihr ganz einfach der Arzt nicht gut genug ist.« Er versuchte zu lachen, doch es blieb ihm im Hals stecken.

»Vermutlich. Arme Julie.«

Mit einem Mal wurde Tom wütend. »Das hat sie sich doch selbst eingebrockt. Sie ist dafür verantwortlich, genauso wie er.«

»Sicher, aber ...«

»Aber was? Jules hätte es besser wissen müssen.« Seine Stimme war lauter, als er beabsichtigt hatte. Die Sprechstundenhilfe warf ihm einen missbilligenden Blick zu und fuhr dann mit dem Tippen fort.

Hannah drehte sich in ihrem Sessel zu ihm herum. »Wenigstens ist sie schnell drangekommen.«

»Das darf man ja wohl auch erwarten, bei dem Preis, den ich dafür bezahle.«

»Julie sagt, dass sie ihn liebt. Das ist doch wenigstens ...«

Er war es leid, dass Hannah seine Schwester immer wieder verteidigte. »Das sagt sie heute. Morgen hat sie dann wieder einen anderen. Ich hab's doch wirklich versucht, oder etwa nicht?« Als ihm Tränen in die Augen stiegen, blinzelte er sie wütend fort. »Ich habe versucht, ihr dabei zu helfen, etwas aus sich zu machen. Ich wollte, dass sie die Ausbildung bekommt, die sie sich gewünscht hat. Ich ...«

Hannah sah ihn nur stumm an.

»Ich will doch nur ...« Er seufzte. »Ich will doch nur, dass sie wenigstens mal ansatzweise erkennen lässt, dass sie das Leben ernst nimmt. Dass sie ihren schlauen Kopf für mehr benutzt, als sich vollaufen zu lassen und mit Jungs zu flirten.«

Tom wich ihrem Blick aus, als Hannah mit ruhiger Stimme sagte: »Ich vermute, dass sie das hier im Augenblick verdammt ernst nimmt.«

Tom dachte an seine kleine Schwester, wie sie in ein Buch versunken dasaß, ihm begeistert alles über ihre Lieblingsband oder ihre neueste Kurzgeschichte erzählte. Die ganze Woche über hatten ihn die immer gleichen Erinnerungen gequält. Er griff nach Hannahs Hand. »Ich danke dir, dass du mitgekommen bist.«

»Gern geschehen.« Sie küsste ihn. »Ich würde nirgendwo anders sein wollen.«

»Tom Ellison?« Eine Krankenschwester in einer violetten Uniform war an der Tür erschienen.

»Ja?« Tom sprang auf und hatte sie in wenigen Schritten erreicht.

Hannah folgte den beiden einen langen, in tristem Beige gestrichenen Flur entlang bis zu einer Tür, auf der *Ruhezone* zu lesen stand.

Die Schwester öffnete sie und deutete auf einen rundlichen Sessel, der an einem bodentiefen Fenster stand, von dem aus man auf einen winzigen Rosengarten blickte.

Julie saß gebeugt da, eine cremefarbene Decke über dem Schoß und einen Becher Tee in der Hand, den sie mit beiden Händen umklammert hielt. Ihre Nägel zierte noch immer ein trotziger Lilaton. Ihre Haut war so bleich, dass sie fast durchsichtig wirkte. In ihren Augen stand ein verlorener Ausdruck. »Hallo, ihr beiden.« Ihre Stimme klang tapferer, als es ihre Miene vermuten ließ.

Hannah setzte sich auf die Lehne des Sessels und schlang die Arme um Julie.

Tom beneidete sie darum, dass sie so einfach ihrem Instinkt folgen und ihre Zuneigung zeigen konnte. Er selbst wusste nicht einmal, wie er stehen, sie ansehen oder was er sagen sollte.

Unbeholfen streckte er die Hand in ihre Richtung, ließ sie aber sofort wieder sinken, bevor Julie sie bemerkte. »Wir sind hier, um dich abzuholen«, sagte er stattdessen nur schroff. Er hörte sich an wie ein Polizist, der eine Verhaftung vornimmt.

»Das braucht ihr nicht.« Julie starrte in den Garten hinaus. »Mir geht's gut.« Ihre Stimme klang ruhig, beinahe gelassen. »Ben kommt gleich vorbei.«

»Ben?« Toms Puls schoss in die Höhe. »Willst du nach all dem hier etwa zu dem Scheißkerl zurück?«

»Er ist kein Scheißkerl.« Julie presste ihren Mund zu einer schmalen Linie zusammen. »Wag es ja nicht, über ihn zu urteilen. Du kennst ihn nicht einmal.«

»Er war dein Lehrer, Jules.« Tom merkte, dass er die Hände zu Fäusten ballte. Er wollte ihr die Augen öffnen, wollte, dass sie endlich begriff. »Er hat dich geschwängert, das macht ihn automatisch zu einem Scheißkerl.«

»Nein, tut es nicht.« Julies Hand zitterte, als sie den Becher an die Lippen hob. »Ich hab ihn angemacht. *Ich* bin es, die *ihm* nachgelaufen ist. Okay?«

»*Was?*« Tom starrte das Mädchen an, das einmal ein ganzes Buch voller Geschichten mit ihm als Held geschrieben hatte. Jetzt erschien sie ihm ebenso wenig real wie Sir Tom und seine fröhlichen Ritter.

Julie starrte auf den Boden. »Und es ist ja wohl kaum seine Schuld, dass er nicht die nötige Kohle hat, um das hier zu bezahlen.« Sie machte eine vage Geste in den Raum mit seinen Sesseln und Hochglanzmagazinen und dem farbenprächtigen Garten vor dem Fenster. »Er hat eine Menge Verpflichtungen.«

»Ach ja?« Tom fuhr sich frustriert mit der Hand durchs Haar. »Heißt das etwa, dass er noch andere Studentinnen vögelt?«

Julies Gesicht erstarrte. »Du bist hier der Scheißkerl.«

Tom grub die Nägel in die Handflächen. Seit seine Schwester ihm eröffnet hatte, dass sie schwanger war, war er ständig damit beschäftigt, seine scheinbar niemals endende Wut hinunterzuschlucken. Er wusste, dass er seine Schwester enttäuscht hatte, und trotzdem war er so zornig auf sie, dass jede Unterhaltung in einem Streit endete.

»Du willst also wieder nach Bristol zurück?«, mischte Hannah sich ein.

»Ja.« Jules trank ihren Tee aus. »Ben wird bestimmt jeden Augenblick kommen.«

Hannah schien zu bemerken, dass Tom erneut seine Meinung kundtun wollte, und hob die Hand, um ihn davon abzuhalten. »Wir werden dir beim Warten Gesellschaft leisten.«

Julie schüttelte den Kopf. »Müsst ihr nicht. Mir geht's gut.«

»Das weiß ich. Aber wir bleiben trotzdem. Für alle Fälle.«

»Wenn ihr darauf besteht.« Julies Stimme zitterte.

»Das tun wir«, sagte Hannah und starrte aus dem Fenster. »Es wird alles gut. Versprochen.«

Zu Toms Überraschung lehnte sich Julie zu Hannah hinüber, legte zögernd den Kopf an ihre Schulter und begann zu weinen.

Hannah sah zu ihm auf und schenkte ihm ein trauriges Lächeln.

Sie warteten schweigend. Ben tauchte nie auf.

KAPITEL 13

Steph steckt den Kopf zur Klassenzimmertür herein. »Na, hast du dich schon wieder erholt?«

Hannah blickt von ihrer neuesten erfolglosen Auseinandersetzung mit ihrem Laptop auf. »Wovon soll ich mich denn erholt haben?«

»Du weißt schon …« Steph kommt mit großen Schritten herein, stellt ihre Tasche auf dem Boden ab und kniet sich neben Hannahs Stuhl. Sie legt ihre Ellbogen auf den Tisch und blickt stirnrunzelnd zum Bildschirm auf. »Ich meine von deinem Date am Samstag.«

Hannah verdreht die Augen. »Zum tausendsten Mal, das war kein Date.«

»Nenn es, wie du willst.« Steph greift zum Laptop hinüber und drückt mit einem leuchtend orangefarbenen Nagel auf eine Taste. »Da ich Raj heute hier noch nirgendwo gesehen habe, gehe ich davon aus, dass er nach einem Wochenende mit dir zu erschöpft ist, um zu arbeiten, oder …«

Hannah fällt ihr ins Wort. »*Oder* dass er nach Brighton zurückgefahren ist, um seiner Ex eine Liebeserklärung zu machen.«

»Oh.« Steph verzieht das Gesicht. »Damit hatte ich nicht gerechnet.« Sie drückt eine weitere Taste. »Das ist ja beinahe so schlimm wie damals, als sich dieser Rockstar geoutet hat, nachdem er mit mir zusammen war.« Nun ist der Bildschirm leer.

»Welcher Rockstar?« Hannah vergräbt den Kopf in den Händen.

»Das war vor deiner Zeit.« Hannah hört, wie Steph weitere Tasten drückt. »Der war total sexy. Aber nie scharf drauf, seine Lederhose auszuziehen. Jetzt weiß ich auch, warum.« Sie tippt weiter. »Na also! Geschafft.«

»Wirklich?« Hannah blickt auf, hält sich die Locken aus dem Gesicht. Die Übung wird geladen.

»Gott sei Dank.« Sie umarmt ihre Freundin. »Du bist ein Genie.«

»Das höre ich nicht zum ersten Mal.« Steph nickt und steht auf. »Ist das mit Raj für dich in Ordnung?«

»Ja, ist es. Das kannst du mir wirklich glauben.« Hannah nickt, froh über die Gewissheit, die sie verspürt.

»Gut.« Als Steph nach ihrer Tasche greift, fällt ein Umschlag heraus. Blätter verteilen sich auf dem Boden. »Hoppla.«

Hannah schaut hinab und erblickt das Teach-the-World-Logo. »Jetzt sag mir bitte nicht, dass du das absichtlich gemacht hast!« Sie starrt ihre Freundin wütend an.

»Nein! Wenn ich gewollt hätte, dass du das hier siehst, hätte ich dir damit vor dem Gesicht herumgewedelt.«

»Stimmt auch wieder. Ist das dein Informationspaket für die neue Stelle?«

»Ja.« Steph beginnt, die Blätter einzusammeln und wieder in den Umschlag zu stopfen. »Möchtest du es dir mal ansehen?«

»Nein, tu es lieber weg.« Hannah hält sich die Hand vor die Augen, kann aber nicht widerstehen, zwischen den Fingern hindurchzuspähen. Als sie die Worte *Sansibararchipel* und *Jeden Tag etwas bewirken* liest, würde sie am liebsten in Tränen ausbrechen.

»Bist du dir sicher?« Steph zögert einen Moment, bevor sie den Umschlag wieder in ihre Tasche steckt.

»Ja. Ich will keine Spielverderberin sein, aber ich habe nicht wirklich Lust, etwas über das einmalige Abenteuer zu lesen, das meine beste Freundin ohne mich haben wird.«

»Na endlich!« Steph stößt triumphierend eine Faust in die Luft. »Endlich hören wir mal die Wahrheit.«

Hannah schüttelt den Kopf. »Komm wieder runter! Ist ja nicht so, als wärest du Hercule Poirot, dem es gerade gelungen ist herauszufinden, wer wen mit Arsen umgebracht hat.«

»Vielleicht nicht, aber ich habe eine Ewigkeit gebraucht, um die Wahrheit aus dir herauszubekommen. Lass mich wenigstens den Moment genießen.«

»Na gut.« Hannah knabbert an ihrer Unterlippe. »Auch wenn sich dadurch nichts ändert. Nächstes Jahr wirst du dich mit Tigern anfreunden, während ich mir hier die Vorbereitungskurse für die Abschlussprüfungen von der fiesen Margaret aufs Auge drücken lassen muss.« Sie stößt einen Seufzer aus. »Gott, mir graut jetzt schon vor deinen Postkarten.«

»Dann werde ich dir eben keine schicken, eine bessere Entschuldigung gibt es nicht.« Steph geht zum Fenster hinüber und schaut auf den Schulhof hinaus. »Wow, schon wieder neue Schmierereien. Dabei haben sie die alten doch gerade erst entfernt.«

Hannah gesellt sich zu ihr und bewundert den riesigen Penis nebst Hoden, der an der Mauer prangt, die den hinteren Teil des Schulhofs begrenzt. »Gar nicht so schlecht. Mal sehen, wie lange sich das Kunstwerk dort halten wird.« Sie seufzt erneut. »Ach, Steph. Was soll ich nur machen?«

»Keine Ahnung. Aber mir reicht vorerst, dass ich heute nicht schon wieder von dir gehört habe, wie ›gut‹ es dir geht.« Steph umarmt sie kurz, ehe sie sagt: »Wir sollten besser auf die öffentliche Zurschaustellung von Gefühlen verzichten, sonst dichtet uns die Gerüchteküche noch eine lesbische Affäre an.«

»Hatten wir die nicht schon im letzten Jahr? Erinnerst du dich noch an diesen Schüler aus der zehnten Klasse, der auf uns zukam und gefragt hat, wer von uns den Umschnalldildo trägt?«

»Ach ja!« Steph kichert. »Als ich ihm sagte, dass ich das bin, ist ihm beinah einer abgegangen.«

»Igitt!« Hannah schüttelt sich.

Steph mustert sie prüfend. »Wie geht's Tom?«

Hannah überlegt einen Moment, ehe sie antwortet. »Ein bisschen besser. Er sieht die Dinge inzwischen etwas positiver.«

»Du lächelst ja richtig.«

»Tue ich das?« Hannah wird rot. »Tja, ich freue mich eben für ihn.«

»Ist das alles? Oder seid ihr zwei wieder …?«

»Nein, nichts dergleichen. Ich würde wohl kaum immer noch von Afrika träumen, wenn ich wieder in ihn verliebt wäre, oder?«

Steph zuckt mit den Schultern und antwortet: »Wohl eher nicht.« Dann klatscht sie in die Hände. »Wie sieht's aus, kommst du mit in den Pub?«

»Nein.« Es wäre leicht zu lügen, aber Hannah möchte das nicht mehr. »Tom und ich essen zusammen. Er kocht.«

»Oh, verstehe.«

Etwas in ihrem Tonfall geht Hannah gegen den Strich. »Ich würde gerne mitkommen, aber Tom ist noch nicht bereit für solche Abende.«

Steph beißt sich auf die Lippe. »Er hatte auch früher nie Lust, etwas mit uns zu unternehmen.«

Hannah verspürt das dringende Bedürfnis, ihn zu verteidigen. »Er musste eben immer viel arbeiten. Ich war auch nicht jeden Abend in der Stadt, um Champagner mit seinen Anwaltsfreunden zu schlürfen.«

»Ich weiß.« Steph verschränkt die Arme vor der Brust. »Das war auch nicht böse gemeint.«

Hannah öffnet gerade den Mund, um darauf zu antworten, als Margaret – die schwarze Lesebrille auf der Nasenspitze – auftaucht.

»Hannah, dürfte ich dich kurz sprechen?«

»Natürlich.«

Hannah erhascht beim Hinausgehen noch einmal einen Blick auf den Teach-the-World-Umschlag, der aus Stephs Tasche hervorschaut. Irgendwie besaß Margarets Büro nicht die gleiche Anziehungskraft.

»Wie du siehst, brauche ich deine Hilfe, Hannah.«

Hannah schaut an Margarets Kopf vorbei und sieht, dass jemand von außen *Jane Austen ist scheiße* auf das beigefarbene Rollo geschrieben hat, das nur zur Hälfte hochgezogen ist. Durch das Fenster kann Hannah erkennen, dass die Welt außerhalb dieses Büros den ersten richtigen Sonnentag im April genießt. Auf der Straße vor der Schule laufen Mädchen in Baumwollkleidern, Männer mit aufgerollten Hemdsärmeln und eine kleine alte Dame, die mit einer pinkfarbenen Einkaufstasche und Ray-Ban-Sonnenbrille unterwegs ist. Hannah grinst.

»Was ist so lustig?«

Ihr fällt wieder ein, wo sie sich gerade befindet. Margarets Büro besitzt die frühlingshafte Atmosphäre eines Iglus. Die Bücher im Regal hinter ihrem Schreibtisch sind in strenger alphabetischer Reihenfolge sortiert. Hannah stellt sich vor, wie Margaret sorgfältig jedes Buch weiterrückt, wenn ein neues hinzukommt. In dem grauen Kleid, den schwarzen flachen Schuhen und mit der Brille auf der Nase wirkt sie wie jemand, der tatsächlich Spaß daran hat, seine Steuererklärung zu machen. Hannah setzt sich aufrecht hin, in der Hoffnung, dadurch wacher zu werden. »Ich habe nur gerade gedacht, was heute für ein schöner Tag ist.«

»Verstehe«, sagt sie, auch wenn sie das ganz offensichtlich nicht tut. Sie stützt die Unterarme auf den Schreibtisch und legt eine Hand ordentlich auf die andere. »Du weißt, ich zähle auf dich, Hannah. Kann ich mich darauf verlassen, dass du mir hilfst?«

»Mhm … Natürlich.« Hannah weiß, dass sie langsam ihr Gehirn einschalten sollte, aber die warme Sonne lullt sie ein, und sie fühlt sich angenehm benommen.

»Sehr schön. Du wirst also seine Klassen übernehmen?« Margaret sieht sie erwartungsvoll an.

»Wie bitte?«

»Mr. Harats Klassen.« Margaret schiebt eine Mappe im rechten Winkel an den Tischrand.

Hannah ist so überrascht, dass sie beinahe vom Stuhl fällt. »Rajs Klassen? Ist das dein Ernst?« Dumme Frage. Natürlich war es das.

»Ja.«

»Gibt es denn keinen anderen Aushilfslehrer, um Raj zu ersetzen?«

»Leider nicht. Unser Budget wurde gekürzt.«

Natürlich. »Und warum ausgerechnet … ich?« Hannah verspürt den unbändigen Drang zu lachen. »Ich habe doch fast die ganze Woche volle Unterrichtstage.«

»Natürlich sollst du nicht *alle* seine Klassen übernehmen. Wie sollte das gehen? Es handelt sich lediglich um zwei.«

»Das wären dann zehn zusätzliche Stunden pro Woche.«

»Richtig.«

»Damit bleiben mir nur noch genau zwei Stunden wöchentlich, um meinen Unterricht vorzubereiten.«

»Hannah, wir müssen alle einen Teil der Arbeit außerhalb unserer Dienstzeiten erledigen. Das bringt der Job nun mal mit sich.«

Das weiß Hannah selbst nur zu gut. Sie beißt die Zähne so heftig zusammen, dass ihr Kiefer schmerzt. Bislang hat sie immer alles getan, worum Margaret sie gebeten hat, aber der Punkt, von dem an es kein Zurück mehr gibt, rückt drohend näher. Wenn das so weiterging, würde sie bald härter arbeiten als Tom. Allerdings für einen Bruchteil seines Gehalts. Sie schüttelt den Kopf. »Das ist zu viel.«

»Wenn du an dieser Schule vorankommen willst, dann wirst du ein paar Opfer bringen müssen.«

Durch das Fenster sieht Hannah einen kleinen Jungen, der an einem Eis leckt. Am liebsten würde sie auf der Stelle hinausspringen und sich auch eins holen. Frei sein. Nur für einen Augenblick. Sie seufzt, als sie sich zum hundertsten Mal daran erinnert, dass sie im Augenblick keine andere Wahl hat. »Na ja, ich habe den größten Teil der Repetitorienkurse bereits vorbereitet, also …«

»Wunderbar.« Margaret bewegt die Maus, und ihr Bildschirm erwacht flackernd zum Leben. »Ich wusste, dass du die Schüler nicht im Stich lassen würdest.«

»Nein. Das werde ich nicht.« Hannah spürt, wie ihr die Tränen in die Augen steigen angesichts der Hoffnungslosigkeit, die sie in diesem Moment überwältigt. »Ich muss jetzt gehen.« Sie steht auf.

»Natürlich. Wenn ich zum Schluss nur noch bis heute Abend um ein Update bezüglich der schriftlichen Noten bitten dürfte, die bei der Abschlussprüfung in die Wertung eingehen …«

»Ich …« Doch alles, was Hannah einfällt, sind Schimpfworte, deswegen schließt sie den Mund rasch wieder.

»Vielen Dank.« Margaret schiebt ihre Brille auf dem Nasenrücken nach oben und beginnt zu tippen.

Hannah verlässt den Raum, geht bis zum Ende des Flurs und fängt an zu weinen.

Eine halbe Stunde später klopft es nachdrücklich an der Klassenzimmertür. »Hannah?«

Sie holt rasch einen Kosmetikspiegel aus ihrer Handtasche hervor, wünscht sich jedoch zwei Sekunden später, sie hätte es nicht getan. Ihre Augen sind verquollen, und der größte Teil ihrer Mascara befindet sich auf ihren Wangen. Sie versucht, sie wegzuwischen, verteilt sie damit aber nur bis zu ihren Schläfen. »Wer ist da?«

»Ich bin's, Han.«

»Tom?«

»Ja.«

Er durfte sie nicht weinen sehen. »Was machst du hier?«

»Ich wollte dich zum Abendessen ausführen.«

»Aber …« Sie versucht verzweifelt, ihre Locken zu einer halbwegs vernünftigen Frisur zu bändigen, aber wie gewöhnlich weigern sie sich mitzuspielen.

»Komm schon, Han.« Jetzt klingt er besorgt. »Lass mich rein. Ich hab den Bus genommen. Ganz allein. Ich bin total kaputt.«

»Okay.« Sie wischt sich erneut über die Augen und geht zur Tür. »Aber wenn du mich auslachst, springe ich aus dem Fenster.«

»Ist doch nur der erste Stock.«

»Halt die Klappe.«

»Ich werde nicht lachen. Versprochen.«

Sie öffnet die Tür und hält sie für ihn auf. »Wie du siehst, solltest du dich mit mir gerade nicht unter Leute trauen.«

Tom betrachtet für einen Augenblick ihr verweintes Gesicht. Dann gibt er ihr einen Kuss auf die Wange, hinkt in den Raum und lässt sich auf den erstbesten Stuhl fallen. »Nun, ich bin ja auch nicht gerade ein Bild von einem Mann.« Er schwingt den Stock, den Nick ihm zum Geburtstag geschenkt hat. »Auch wenn mein neuer Stock ziemlich cool aussieht.«

Hannah hält die Hände vor die Augen, als sie spürt, dass die Tränen wieder zu laufen beginnen. Sie hat einfach nicht mehr die Kraft, sie zurückzuhalten.

»Komm her, Han.«

Sie kniet sich vor ihn und legt den Kopf in seinen Schoß. Als Tom die Arme um sie legt, lässt sie ihren Tränen freien Lauf, bis sein Hemd gründlich durchnässt ist.

»Was ist denn los?«, fragt er schließlich.

»Ach, einfach alles.«

»Okay.« Er hält sie umschlungen, bis ihr Schluchzen nachlässt. »Also, wenn dich mein Auftauchen hier so zu Tränen rührt, dann sollte ich es wohl nicht wiederholen.«

Sie gibt ein schwaches Lachen von sich.

»Ich glaube, ein Gläschen Wein wäre jetzt genau das Richtige für dich.«

»Da bin ich mir nicht so sicher.« Sie nimmt das Taschentuch, das er ihr hinhält.

»Ich schon.« Er sieht ihr in die Augen. »Komm, lass uns von hier verschwinden.«

»Und jetzt erzähl mir, was mit dir los ist.« Tom schiebt das Weinglas näher zu Hannah herüber. »Aber vorher trink erst mal was.«

Gehorsam hebt sie das Glas an die Lippen.

»Mehr.«

Sie trinkt noch einen Schluck.

»So.« Er lehnt sich auf der schwarzen Lederbank zurück. »Unser Essen ist bestellt, der Wein steht auf dem Tisch. Wenn du jetzt nicht noch mal aufs Klo musst, dann gehen dir langsam die Entschuldigungen aus. Rede mit mir.«

Sie öffnet den Mund. Schließt ihn wieder. Versucht es erneut. »Eigentlich ist alles in Ordnung.«

»Du hast dich eingeschlossen und geweint, Han. Und da soll ich dir glauben, dass alles in Ordnung ist?«

Hannah trommelt mit den Fingern gegen ihr Glas. »Ach, ich habe mich einfach dumm aufgeführt.«

»Wer sagt das? Hör zu, ich weiß, wie viel dir dieser Job bedeutet. Also erzähl mir, was passiert ist.«

Hannah holt Luft und starrt auf den dunklen Holztisch hinab. Es ist so ungewohnt für sie, Dinge mit ihm zu teilen. Sie sieht ihn wieder an. »Ich glaube, das Wichtigste ist zunächst mal, dass ich … dass ich meinen Job hasse.«

Sein Glas verharrt auf halbem Weg zum Mund in der Luft. »Das ist nicht dein Ernst.«

Sie hält seinem Blick stand. »Doch, und zwar schon seit Monaten.«

»Aber ich dachte immer, dass es dir an der Queensdale so gut gefällt!«

»Das war ja auch einmal so. Aber in letzter Zeit ist es einfach nur noch schrecklich. Das liegt zum Teil an der neuen Fachleiterin, aber auch daran …« Sie sucht nach den richtigen Worten. »Ich weiß einfach nicht mehr, warum ich unterrichte. Ich habe längst nicht mehr das Gefühl, irgendjemandem zu helfen.«

Auf seiner Stirn pulsiert eine Vene. »Ist das meine Schuld?«

»Wie meinst du das?«

»Liegt es am Schlaganfall? Dadurch lastet so ein großer Druck auf dir.«

»Nein, im Gegenteil. Ich sehe durch das, was dir zugestoßen ist, die Dinge jetzt viel klarer und nutze den Tag, verstehst du? Mir ist bewusst geworden, dass ich die Nase vollhabe von all dem Mist wie Mindestpunktzahl und dem damit verbundenen Druck – ich liebe die Kinder, und ich will weiter unterrichten, aber ich gehöre nicht mehr an diese Schule. Ich möchte wieder die Leidenschaft spüren, die ich einmal besessen habe.«

»Ich glaube, ich weiß, wie du dich fühlst. Genauso ging es mir vor dem Schlaganfall.«

»Wirklich?« Hannah trinkt einen weiteren Schluck von ihrem Wein und blickt zu dem eleganten Lampenschirm hinauf, der über ihnen hängt. Er sieht aus, als stamme er vom Filmset eines Streifens aus den Zwanzigerjahren. Lange beigefarbene Seidenfransen hängen an seinen Seiten herab. »Das hast du mir nie erzählt.«

Er verzieht den Mund zu einem schiefen Grinsen. »Ich war

zu sehr damit beschäftigt, hinter verschlossenen Türen in meinem Büro zu heulen.«

»Mach dich nicht über mich lustig«, sagt Hannah, doch ihre Lippen formen sich unwillkürlich zu einem Lächeln. Der Essensduft, der aus der offenen Küche hinter ihnen dringt, macht ihr den Mund wässrig. Ingwer, Knoblauch und ein Hauch von Zitronengras.

»Und was willst du dagegen unternehmen, Han?«

Nach Tansania gehen.

Sie presst rasch die Lippen aufeinander, um es nicht laut auszusprechen. »Keine Ahnung. Ich will einfach … etwas anderes machen.« Sie zieht zwei Essstäbchen aus ihrer Papierhülle und fährt dann fort: »Ich habe ein schlechtes Gewissen, dass ich hier so rumstöhne. Du hast wirklich andere Sorgen.«

»Ehrlich gesagt tut es gut, mal über etwas anderes zu reden als über meinen Schlaganfall. Das habe ich nämlich gründlich satt.«

»Ja, das leuchtet mir ein. Aber wenn du mal eine Erkältung hast, dann hast du kein Problem damit, dich in Selbstmitleid zu ergehen.«

Er sieht sie empört an. »Das tue ich gar nicht.«

»Und ob.« Hannah grinst. »Du lässt dann absichtlich Sprays und Tropfen in der Küche stehen, um sicherzustellen, dass ich auch weiß, dass du krank bist. Als ob dein Gestöhne auf dem Sofa nicht schon Hinweis genug wäre.«

Tom lacht. »Ich könnte dich wegen Verleumdung verklagen.«

Der intensive Blick, mit dem er sie mustert, hinterlässt ein Kribbeln auf Hannahs Haut. Sie trinkt hastig etwas Wasser und ermahnt sich, nicht albern zu sein. Das hier war schließlich nur Tom.

Plötzlich runzelt er die Stirn. Irgendetwas scheint ihm durch den Kopf zu gehen. »Nick hat einen Freund in dieser Privatschule – Beaumont College.«

Hannah zieht die Augenbrauen hoch. »Nick kennt überall irgendjemanden.«

»Stimmt. Aber ich dachte gerade, dass er dir vielleicht ein Vorstellungsgespräch verschaffen könnte.«

Bei seinem Vorschlag überkommt Hannah große Enttäuschung. Sie möchte nicht an einer Privatschule unterrichten, sondern sich irgendwo nützlich machen, wo es zwar nur ramponierte Bücher, dafür aber umso strahlendere Augen gibt. Sie will nach Tansania. Wenn Tom sie nur nicht so begeistert ansehen würde. »Das klingt toll. Danke.«

»Gern geschehen.« Er prostet ihr zu.

Hannah weicht seinem Blick aus, indem sie sich im Restaurant umsieht. So verständnisvoll wie Tom plötzlich ist, besteht sonst die Gefahr, dass sie Dinge sagt, die sie niemals wieder zurücknehmen kann. Zu ihrer Linken scheint ein junges Paar ganz offenbar das schlimmste Blinddate seines Lebens zu haben. Die beiden starren nur auf ihre Handys und schütten dabei so viel Alkohol in sich hinein wie nur menschenmöglich. Hin und wieder wirft der Mann seiner Begleitung einen Blick zu, bevor er entschlossen ein weiteres Bierglas leert.

Tom beobachtet sie ebenfalls. Er wirkt amüsiert – und zufrieden.

»Jetzt bist du an der Reihe, Tom.«

Er wendet sich wieder Hannah zu. »Das klingt ernst.«

»Ist es auch.« Sie holt tief Luft. »Wirst du mit Nick zusammen eine Kanzlei gründen?«

Tom zuckt mit den Schultern. »Fändest du das gut?«

Dass er plötzlich so an ihrer Meinung interessiert ist, verunsichert sie. »Ich weiß es nicht.«

»Dann weiß ich es auch nicht.«

»Was soll das heißen?«

Er nimmt ihre Hand. »Ich möchte, dass wir wieder ein Team sind. Ein richtiges Team.«

»Wirklich?« Das geht ihr alles zu schnell.

»Wirklich.« Er sieht sie offen und ernst an.

Hannah senkt den Blick.

»Zu viel auf einmal?«

Sie schaut wieder auf. »Ein bisschen.« Es war seltsam für sie, das Gefühl zu haben, ihm gegenüber die Wahrheit sagen zu können.

»Okay.« Er lehnt sich zurück und hebt die Hand, um die Kellnerin auf sich aufmerksam zu machen. »Dann schlage ich vor, dass wir uns heute Abend mal von all dem freinehmen und von jetzt an nicht mehr über meinen Schlaganfall oder unsere Jobs reden. Diese Themen sind für den weiteren Abend verboten.«

Hannah lächelt und füllt ihre Gläser nach. »Genauso wie Politik.«

»Einverstanden.«

Hannah hebt ihr Glas. »Auf unseren freien Abend.«

»Prost.« Sie stoßen an, und er grinst so, wie er damals gegrinst hat, als sie sich kennengelernt hatten.

Hannah vergisst die Vergangenheit und die Zukunft. Sie will einfach nur endlich mal wieder einen schönen Abend verbringen. Was danach kommt, ist ihr egal.

Als Hannah von ihrem vierten Glas Wein aufblickt, stellt sie fest, dass mindestens zehn Minuten vergangen sein müssen, seit Tom aufs Klo verschwunden ist. Selbst mit seinem Stock benötigt er für gewöhnlich nicht so lange. Jähe Angst durchfährt sie, und ihr kleiner Schwips ist mit einem Mal verflogen. Vielleicht hatte er einen weiteren Schlaganfall. Ihr Puls beginnt zu rasen. Sie steht auf, setzt sich jedoch gleich wieder hin. Sie weiß, wie wichtig es ihm ist, das Gefühl zu haben, unabhängig zu sein. Sie schiebt nervös das Pad Thai mit den Essstäbchen auf ihrem Teller herum, schaut zu den Toiletten hinüber und spürt, wie die

Panik ihr langsam die Luft zum Atmen nimmt. Dann hört sie Schritte. Hektische Laufschritte. Ein Kellner. Dann noch einer. *Bitte nicht!*

Hannah springt auf und kümmert sich nicht darum, dass ihre Serviette dabei zu Boden fällt. Sie muss zu Tom und sehen, dass es ihm gut geht. Sie folgt den Kellnern und rennt an Tischen mit verwirrt dreinblickenden Gesichtern vorbei, an Menschen, die an einem ganz normalen Donnerstagabend hier essen und reden und lachen. Sie stürmt durch die weiße Tür, die zu den Toiletten führt, und stößt beinahe mit dem Größeren der beiden Kellner zusammen, der nicht weit dahinter steht. Sein weißes Hemd ist verschwitzt, und er benutzt seine rote Schürze, um sich die Stirn abzuwischen, bevor er vergebens versucht, die Tür zur Behindertentoilette zu öffnen. Hannah schiebt sich an ihm vorbei und fragt atemlos: »Geht es ihm gut?«

Der Kellner dreht den Kopf. Er sieht sie aus müden, rot geränderten Augen an. Einzelne graue Sprenkel sind in seinem Bart zu sehen. »Sie können da nicht rein, Miss. Jemand hat die Notfallschnur gezogen.«

Hannah ignoriert ihn und rüttelt an der Tür. »Mein Mann ist da drin, und das schon seit einer Ewigkeit.« Sie krempelt die Ärmel hoch, bereit, sich falls notwendig gegen die Tür zu werfen. »Tom, ist bei dir alles in Ordnung?«

Er gibt einen hohen Laut von sich.

O Gott, nein! »Tom? Wir werden jetzt die Tür aufbrechen.«

Ein dumpfes Stöhnen dringt aus der Toilettenkabine.

Hannah rammt die Schulter gegen die Tür, doch sie gibt nicht nach. »*Scheiße!*« Hannah nimmt den kurzen Anlauf, den ihr der wenige Platz erlaubt, aber das Einzige, was sie damit erreicht, ist, dass sie sich noch mehr Schmerzen zufügt. »Tun Sie endlich was!«, fährt sie die beiden Kellner an.

»Wir könnten immer noch den hier benutzen.« Der Größere der beiden hält einen Schlüssel in die Höhe.

Hannah schnappt ihn sich. »Wieso zum Teufel haben Sie uns denn nicht gesagt, dass Sie den haben?«

Er reibt sich so intensiv über die Stirn, als erwarte er, dass ein Flaschengeist erscheint, der ihm die Antwort eingibt. »Keine Ahnung, ich …«

»Verdammt!« Hannah rammt den Schlüssel ins Schloss und dreht ihn hastig herum.

Tom liegt auf dem Boden, die Notfallschnur in der Hand. Sein Haar ist zerzaust, das Gesicht gerötet. Ein Bein liegt ausgestreckt auf dem Boden, während das andere zum Körper angewinkelt ist.

Es ist wieder geschehen. Ihr Herz hämmert wie wild in der Brust, sie kniet sich neben ihn. »Tom! Was ist passiert?« Als Hannah nach seiner Hand greift, sieht sie, dass er … *lacht?*

»Tut mir leid.« Tom muss jetzt so sehr kichern, dass er kaum ein Wort herausbringt. »Ich … ich hab mich etwas … verheddert.« Er hält prustend die Notfallschnur hoch. »Und dann … kam ich nicht mehr hoch. Und ich dachte nur noch …«

»Was?« Sie spürt, wie sich ihr Puls langsam wieder beruhigt.

»Wie verdammt romantisch das hier ist.« Ein weiterer Lachkrampf schüttelt ihn.

Ein weiterer Blick in sein Gesicht reicht aus, dass Hannah in das Gekicher einstimmt. Dieses Lachen scheint alles Schlimme in ihrer Vergangenheit verblassen zu lassen und ihnen die Chance auf eine gemeinsame Zukunft zu eröffnen. Die Kellner beobachten sie mit schweigender Missbilligung. Was sie nur noch mehr zum Lachen bringt.

Sommer 2012

Ein Schlüsselbund

»Scheiße. Die haben das WLAN immer noch nicht freigeschaltet.« Tom tippte wütend auf seinem Blackberry herum, als sie durch die Haustür traten. »Dabei hatten sie es versprochen, verdammt!«

Hannah ließ den Schlüsselbund vor seinem Gesicht baumeln. »Konzentrier dich lieber mal auf das Wesentliche, Tom. Das ist unser neues Haus!« Sie stupste ihn gegen die Schulter – genau an der Stelle, auf die er in der Woche zuvor auf dem Fußballplatz gefallen war. Was er ihr schon hundert Mal gesagt hatte. Doch Hannah bemerkte gar nicht, wie er zusammenzuckte. Sie war bereits aus ihren Sandalen geschlüpft und tappte mit nackten Füßen über den Holzboden der Diele. Beinahe ehrfürchtig ließ sie die Hand über das weiß gestrichene Treppengeländer gleiten. »Das hier soll Spaß machen, schon vergessen?« Sie drehte sich zu ihm um.

»Jaja«, murmelte Tom abwesend, während er sich mit gerunzelter Stirn auf seine wütende E-Mail an den Internetanbieter konzentrierte. »Bin fast fertig.«

Hannah öffnete die Tür am Ende des Flurs. »Wow! Ich hatte ganz vergessen, wie riesig die Küche ist.« Als Tom aufblickte, sah er, wie sie mit der Hand über die nackten weißen Wände strich und auf die Kücheninsel mit ihrer dunklen Granitoberfläche zuging. Sie ließ den großen Zeh über den schwarz-weiß gefliesten Boden gleiten. »Unser armer alter Küchentisch wird schwere Minderwertigkeitskomplexe bei all dem Edelstahl hier kriegen.«

»Dann kaufen wir eben einen neuen.« Er tippte wieder.

»Ich will aber keinen neuen.«

Tom drückte auf Senden und schob seinen Blackberry zurück in die Tasche. »Aber unser alter wird hier drin wie eine Briefmarke aussehen.« Er deutete zu dem verglasten Bereich hinüber, der in den Garten führte. »Und ziemlich ramponiert noch dazu.«

»Aber ich liebe diesen Tisch.« Hannah wanderte im Raum umher, öffnete einen Schrank nach dem anderen und strich mit den Fingern über die glänzenden weißen Einlegeböden.

Ihr Verhalten irritierte ihn. »Jetzt sei doch mal realistisch, Han. Dieser Tisch ist Schrott aus einem Secondhandladen. Er hat ein kaputtes Bein, und wir müssen drei Bierdeckel unterlegen, damit er nicht wackelt.«

Sie blieb unter dem Oberlicht stehen. Ein Sonnenstrahl fiel auf ihr trotziges Gesicht. »Als ich ihn damals gekauft habe, hast du gesagt, dass er dir gefällt.«

Tom strich sich mit der Hand über die Augen und stellte verärgert fest, dass wieder einmal die vertrauten Schmerzen in seinen Schläfen einsetzten. »Ich weiß, Han. Aber das war damals. Jetzt haben wir mehr Platz und mehr Licht.« Er deutete auf das raumhohe Fenster, durch das man in den Garten hinausblickte.

»Und eine höhere Hypothek«, murmelte Hannah, während sie an einem Fingernagel knabberte.

Tom musste sich zusammenreißen, um nicht die Geduld zu verlieren. Sie hatten diese Unterhaltung schon tausend Mal geführt, seit sie vor einem Monat die Verträge geändert hatten. »Ich habe dir doch schon erklärt, dass wir uns das jetzt erlauben können. Meine Gehaltserhöhung ist durch.« Allerdings klang er überzeugter, als er sich fühlte. Sein Chef war nicht gerade sein größter Fan. Er hegte ganz offensichtlich einen Groll gegen ihn, seit Tom es gewagt hatte, an einem Urlaubswochenende mit Hannah den Blackberry auszuschalten. Natürlich war ausgerechnet in der Zeit ein Klient wegen einer Unstimmigkeit, die eine Bank verursacht hatte, ausgeflippt, und nachdem er sein Handy wieder eingeschaltet hatte, hatte er sechshundert E-Mails und eine Nachricht auf der Mailbox gehabt, dass er gefeuert sei. Es war ihm irgendwie gelungen, sich aus der Sache herauszureden, aber seitdem hatte sich sein Arbeitspensum verdreifacht. Jeden Tag blieb ihm weniger Zeit, um mehr zu erledigen. Meist kam er damit klar, aber hin und wieder stützte er in den frühen Morgenstunden seinen schmerzenden Kopf in die Hände und fragte sich, ob Take-away und Nickerchen am Schreibtisch wirklich alles waren, was das Leben zu bieten hatte. Er würde Hannah gerne daran teilhaben lassen, was in ihm vorging, er wusste nur nicht, wie. Aber irgendwann, in nicht allzu ferner Zukunft, würde er es schon rausfinden. Er ging zu ihr hinüber und schlang die Arme um sie. »Wir brauchten mehr Platz, Han.«

Sie seufzte. »Ich vermisse unsere Wohnung.«

Seine Irritation nahm zu, aber er atmete tief durch und gab ihr einen Kuss auf den Scheitel. »Ein ganzes Haus ist doch so viel besser als die Wohnung. Und wenn wir erst mal Kinder haben …« Tom verstummte für einen Moment, in der Hoffnung auf ein ermutigendes Wort von ihr.

Doch Hannah schwieg. Seit sie an der Queensdale angefangen hatte, war das so. Sie schien sich ganz ihrem Beruf verschrieben zu haben.

»Hier kannst du endlich alle deine Bücher in Regalen unterbringen und musst sie nicht mehr in irgendwelchen Kisten aufbewahren. Wir könnten aus dem Arbeitszimmer oben eine Bibliothek machen«, versuchte er, sie zu überzeugen.

»Keine schlechte Idee …« Sie schlang die Arme um seine

Taille. »Wenigstens sind wir noch nah genug am Junction, damit ich morgens meinen Kaffee kriege!«

»Genau. Drei Minuten bis zu deinem Lieblingscafé«, sagte Tom und lächelte sie an. »Was willst du mehr?«

Hannah kicherte. »Na ja … Wir haben wirklich eine Menge Zimmer, die wir einweihen müssen.«

Er strich ihr eine Locke hinter das Ohr, als sie den Kopf hob und ihn ansah. »Wann fangen wir damit an?« Er küsste sie sanft auf die Lippen.

Ihre Augen funkelten. »Für wie viel Uhr hat sich Jules denn angekündigt, um uns beim Auspacken zu helfen?«

»Weiß der Geier«, erwiderte er. »Sie hat mir eben geschrieben, dass sie vermutlich erst morgen kommt, weil sie arbeiten muss. Die haben wohl im Laden ihre Schichten geändert.« Er runzelte die Stirn. »Oder war's im Schwimmbad? Ich weiß schon gar nicht mehr, wo sie im Augenblick arbeitet. Die Jobs wechseln so schnell.«

Hannah kuschelte sich enger an ihn, und ihm fiel auf, wie dünn sie geworden war, seit sie an der Queensdale unterrichtete. »Sie ist seit Januar in diesem Sportschuhladen. Angeblich gefällt es ihr dort.«

»Träum weiter, Hannah. Sie hält es doch nirgendwo lange aus. In einem Monat wird sie aus irgendeinem verrückten Grund gekündigt haben und mich wieder um Geld bitten.«

»Oder auch nicht. Vielleicht ist das wirklich der richtige Job für sie, und sie leitet ihr eigenes internationales Sportschuhimperium, bevor sie dreißig ist.«

Er grinste. »Und vielleicht bist du eine hoffnungslose Optimistin.«

»Was wäre so schlimm daran?« Sie warf ihm ein kokettes Lächeln zu, das er aus der Anfangszeit ihrer Beziehung kannte. »Ich bin zum Beispiel optimistisch genug zu hoffen, vielleicht noch flachgelegt zu werden, bevor der Umzugswagen kommt.

Natürlich nur, um die Zeit rumzukriegen …« Sie strich mit der Hand über seinen Hintern.

Er beugte sich vor und küsste sie. »Wenn das *so* ist.«

»Unser Bett ist zwar noch nicht hier, aber ich glaube, wir haben da was Geeignetes ganz in unserer Nähe.« Sie blickte demonstrativ zu der Kücheninsel hinüber.

»Meinst du wirklich?«

»O ja.«

»Na, dann lassen wir unserer Fantasie mal freien Lauf.« Er hob sie hoch und trug sie zu der Granitplatte hinüber.

Hannah schlang die Beine um ihn. Sie küssten sich. Hungrig. Leidenschaftlich. Wie zwei Menschen, die sich den ganzen Abend über in einer Bar angeschaut und gefragt hatten, wie sie den anderen ansprechen sollten.

Tom strich mit den Händen über ihre Schenkel. »Das Tolle ist, wir können das später noch den ganzen Abend tun.«

Da sich Hannah gerade das Kleid über den Kopf zog, klang ihre Stimme gedämpft. »Ich bin nicht da.«

»Was?« Er hielt inne. »Aber ich dachte, wir wollten unseren ersten Abend hier gemeinsam feiern.«

Sie gewann endlich den Kampf gegen das Kleid, und ihr Gesicht tauchte wieder auf. »Du hast doch gesagt, dass du arbeiten musst. Deshalb habe ich mich verabredet.«

»Das habe ich nicht gesagt«, erwiderte Tom gereizt.

»Doch.« Als sie das Kleid auf den Boden warf, und sein Blick auf ihr hübsches Dekolleté fiel, das in roséfarbene Spitze gehüllt war, vergaß Tom einen kurzen Augenblick seine Verärgerung. »Du hast mir gesagt, dass du heute Abend arbeiten musst, weil ihr den Deal am Montag unter Dach und Fach bringen müsst.«

»Ich habe dir doch erzählt, dass die ganze Sache früher über die Bühne gegangen ist.«

»Ich bin davon ausgegangen, dass du trotzdem arbeiten musst.«

Sie lehnte sich vor und biss ihn mit aufreizender Sanftheit in die Lippe. »Es geht doch immer um irgendeinen Deal. Deshalb arbeitest du schließlich fünf Tage die Woche bis Mitternacht.« Sie sah ihn herausfordernd an. »Oder etwa nicht?«

»Ja, aber nicht heute. Das sollte ein besonderer Abend für uns sein.«

»Tut mir leid. Ich gehe mit Steph, Stu und Mike aus. Steph hat gerade mit Tony Schluss gemacht, und wir laden sie ein, um sie aufzuheitern. Ich kann sie jetzt nicht im Stich lassen.«

»Aber …« Hannah traf sich andauernd mit ihren Arbeitskollegen. Insbesondere mit dieser rechthaberischen Steph, die nie ein Blatt vor den Mund nahm.

»Du kannst ja mitkommen. Sie würden sich freuen, dich zu sehen.«

Das bezweifelte er. Sobald Steph gehört hatte, dass er Anwalt war, hatte sie ihn auch schon als großkotziges Arschloch abgestempelt. Ganz abgesehen davon, dass diese Leute ständig nur über ihren Job redeten. Sie konnten sich alle so verdammt dafür *begeistern*, schwafelten ständig davon, Leben zu verändern und die Zukunft zu gestalten. Das machte ihn ganz krank. Oder eifersüchtig. Oder beides. Da packte er doch lieber das Besteck aus. »Nein danke.«

»Okay.« Hannah fummelte an seinem obersten Hemdknopf herum und grinste ihn an. »Dann lass uns mal das Beste aus der Zeit machen, die uns bleibt.«

Er schlang seine Arme um sie und zog sie an sich, aber alles fühlte sich plötzlich ganz anders an, als wäre der Glanz verloren. Seine Bewegungen waren nur noch automatisch. Es war beinahe eine Erleichterung, als der Umzugswagen früher kam als erwartet.

Kapitel 14

»Überraschung!«

Hannah lässt ihren schweren Rucksack mit den Büchern und Aufsatzheften von der Schulter auf den Boden gleiten. »Ist das etwa eine Discokugel?«, fragt sie und schaut dabei blinzelnd zur Dielendecke hinauf, wo am Morgen noch eine Lampe gehangen hat.

Tom nickt strahlend. »Nick hat sie angebracht.«

»Nick?« Hannah windet sich aus ihrer Jeansjacke. »Ist noch ein bisschen früh für ihn, um hier irgendwelchen Unfug anzustellen, oder? Wir haben gerade mal vier Uhr.«

»Hannah!« Nickt taucht aus der Küche auf und küsst sie auf beide Wangen. »Schön, dich zu sehen. Ich hoffe, du bist in Partystimmung!«

»Äh … klar.« Eigentlich hatte sie sich auf eine Tasse Tee und einen gemütlichen Fernsehabend gefreut. Sie beugt sich hinab, um ihre Schuhe auszuziehen. »Was feiern wir denn?« Hannah registriert erst jetzt, dass Nick Jeans und ein T-Shirt trägt – und das an einem Wochentag. »Hast du Urlaub oder so was?«

Nick grinst. »Oder so was.«

Er platzt förmlich vor Begeisterung, sodass sie nicht anders kann, als sein Lächeln zu erwidern. »Und was bedeutet das?«

»Ich hab's getan. Ich habe meine eigene Kanzlei gegründet.«

»*Was?*«

Nick reibt sich mit der Hand übers Haar. »Ja. Heute hab ich die Sache unter Dach und Fach gebracht.« Er schaut zu Tom hinüber. »Aus naheliegenden Gründen bin ich mir in letzter Zeit meiner eigenen Sterblichkeit bewusster geworden und zu dem Schluss gekommen, dass ich einfach nicht länger damit warten sollte.«

Tom versetzt seinem Freund einen Schlag auf den Rücken. »Toll, nicht wahr?«

»Tom«, Hannah sieht ihn ängstlich an, »hast du etwa …?«

»Keine Sorge.« Er kommt zu ihr herüber und legt den rechten Arm um sie. »Das ist Nicks Kanzlei. Ich werde vielleicht eines Tages dort mitarbeiten, aber im Moment bin ich einfach noch nicht so weit.«

Nick sieht Tom an und grinst. »Aber ich bin mir sicher, dass sich das bald ändern wird.«

»Das werden wir sehen. Ich habe eben nicht deinen Mumm.«

»Quatsch. Du bist doch derjenige, der mich überhaupt erst dazu gebracht hat, den Sprung zu wagen.«

Tom blickt verlegen zu Boden und stochert mit seinem Stock im Teppich herum.

»Keine falsche Bescheidenheit, Kumpel.« Nick legt ihm die Hand auf die Schulter. »Du bist verdammt tapfer gewesen.«

Tom mustert weiter eingehend den Teppich. Hannah bemerkt, dass er rot wird. »Genug jetzt, Nick! Als neuer Chef der sicher bald gefragtesten Kanzlei Londons kannst du dir so rührseligen Kram nicht mehr erlauben. Sonst wirst du in ein paar Wochen schon wieder dichtmachen müssen.«

»Da ist was dran. Von jetzt an werde ich mich wie ein echter Kerl benehmen.« Ein verschmitzter Ausdruck erscheint auf seinem Gesicht. »Das heißt, sobald ich die hier aufgeblasen habe.« Er wedelt mit einem Beutel pinkfarbener Ballons und verschwindet damit ins Wohnzimmer.

Hannah geht mit Tom in die Küche, wo sie gerührt feststellt, dass dort eine Kanne mit heißem Tee neben ihrem Lieblingsbecher und einem Teller Jaffa-Gebäck auf sie wartet. »Oh, vielen Dank, Tom.«

»Gern geschehen. Stell dir vor, ich habe dieses Mal nur einen einzigen Teller fallen lassen! Und dabei habe ich darauf geachtet, dass es einer war, den dir deine Mutter geschenkt hat. Einer von diesen orangefarbenen.«

»Gut gemacht!« Hannah schüttelt sich. »Ich hasse die Dinger. Meinetwegen kannst du sie alle runterschmeißen.« Sie setzt sich an den Küchentisch und gießt sich eine Tasse Tee ein. »Nick hat es also getan.«

»Ja.« Tom schluckt. »Tut mir leid, dass ich dir nichts davon erzählt habe. Es sollte eine Überraschung sein.«

»Die ist euch gelungen.« Sie nippt an ihrem Becher. »Bist du dir auch ganz sicher, dass du nicht mitmachen willst?«

»Ja.«

»Wie kam es dazu?«

»Unser Abend im Restaurant.« Tom nimmt sich einen Keks und beißt hinein.

»Wirklich?« Sie spürt, wie sich ihr Magen vor Freude zusammenzieht.

»Ja. Wir hatten solchen Spaß. Und ich möchte, dass wir den in Zukunft wieder öfter haben.« Er senkt den Blick und zögert kurz, ehe er zaghaft hinzufügt: »Das heißt, wenn du es auch möchtest.«

»Aber natürlich!«

Sie sehen einander an und lächeln. Es fühlt sich fremd an – und kostbar.

»Du bist also der Ansicht, dass dir eine eigene Kanzlei zu viel wäre?«

»Ja, aber es ist nicht nur das. Ich …« Er sieht sie an, und als sie den hoffnungsvollen Ausdruck in seinen Augen erblickt, beginnt ihr Herz, schneller zu schlagen. »Bitte glaub nicht, dass ich mich wieder in den Menschen zurückverwandeln werde, der ich einmal gewesen bin, Han. Ich genieße es, Zeit mit dir zu verbringen, dich lächeln zu sehen. Ich will kein Workaholic mehr sein, sondern ein Kerl, der auch mal ganz spontan Partys schmeißt.« Er grinst. »Erinnerst du dich noch an unsere Silvesterfeier in dem Jahr, in dem wir uns verlobt haben?«

Hannah schüttelt sich bei der Erinnerung daran, wie Nick beinahe vom Dach gefallen wäre, als er ihnen zu demonstrieren versucht hatte, wie seine »Spiderman-Hände« funktionierten.

»Und an die Halloweenparty, als ich noch mit Nick zusammenwohnte?«

»O Gott! War das nicht die, bei der ich mich auf Nicks Bettdecke übergeben habe?«

»Genau die. Und dabei hatte er gerade dieses Unterwäschemodel aufgerissen.«

»Haha.« Hannah rümpft die Nase. »Ich weiß noch, dass es fast fünfzig Pfund gekostet hat, das blöde Ding reinigen zu lassen.«

Tom lacht. »Jedenfalls möchte ich wieder dieser Kerl sein. Was hältst du davon?«

»Ich …« Sie spürt seine Finger, die sich mit ihren verflechten. Er ist ihr so nah. »Ich …« Doch dann begegnen sich ihre Lippen. Es ist nicht die Art von Kuss, an die sie sich inzwischen gewöhnt hat. Dieses flüchtige Küsschen zu Beginn oder am Ende eines Tages. Dieser Kuss ist sanft. Liebevoll. Zärtlich.

»Jetzt müssen wir nur noch dafür sorgen, dass wir dich auch glücklich machen.« Er küsst sie ein weiteres Mal.

»Störe ich gerade?« Nick steht mit einem glänzend silbernen Band in der Hand im Türrahmen. Er droht Hannah mit dem Zeigefinger. »Ich hoffe, Sie versuchen nicht, meinen Partyplaner abzulenken, Mrs. Ellison!«

»Nein, das fiele mir im Traum nicht ein.«

»Gut. Ich brauche nämlich dringend einen Rat, wo ich die Stereoanlage am besten hinstelle.«

Hannah sieht ihn misstrauisch an. »Wie viele Leute hast du denn eingeladen?«

»Bloß ein paar«, antwortet er ausweichend und wendet sich dann an Tom. »Komm schon, steh auf und hilf mir. Glaub nur nicht, dass du diesen Stock als Entschuldigung benutzen kannst.«

»Schon gut, schon gut.« Tom rappelt sich auf. »Wir sehen uns auf der Tanzfläche, Han.«

»Du hasst tanzen.«

Er dreht sich um und stützt sich schwer auf seinen Stock. »Das war mein altes Ich.«

Hannah verschränkt die Arme vor der Brust und betrachtet ihn kritisch. Ein Lächeln umspielt ihre Lippen.

Tom zwinkert ihr im Vorbeigehen verschmitzt zu und humpelt hinter Nick her aus der Küche.

Hannah bleibt sitzen, berührt ihre Lippen mit zwei Fingern und sehnt sich nach einem weiteren Kuss.

»Wie lange dauert das denn noch?« Hannah trommelt mit der Hand gegen die Badezimmertür. »Ich warte schon eine Ewigkeit.« Sie presst ihr Ohr an die Tür und hört, wie sich drinnen jemand heftig übergibt. Nicks Fruchtbowle (auch bekannt als Rumpunch) zeigt offensichtlich Wirkung. Hannah hämmert mit der Faust gegen die Tür. »Alles klar da drin?«

Stille. Dann wieder Würgegeräusche. »Hallo?« Wieder nur Schweigen. Dann hört Hannah über den stampfenden Bass der Musik hinweg etwas. Schluchzen. Sie drückt die Klinke, aber die Tür ist abgeschlossen. »Aufmachen!«, sagt sie mit Nachdruck, so, wie sie es schon Hunderte Male in ähnlichen Situationen in der Schule getan hat.

»Nein.«

Eine Frauenstimme. Julie? »Julie, lass mich dir helfen.«

»Du kannst mir nicht helfen.« Julie putzt sich hinter der Tür ausgiebig die Nase.

»Ich kann es versuchen.«

»Hat keinen Sinn.«

»Lass mich wenigstens rein. Ich muss ganz dringend pinkeln, und das Klo unten wird von lauter Anwaltsfuzzis blockiert, die alle nicht mehr genau zielen können. Und ich bin barfuß.«

Ein gedämpftes Kichern ertönt, dann wird die Toilettenspülung betätigt.

Als Hannah hört, wie sich der Schlüssel im Schloss dreht, fackelt sie nicht lange, öffnet die Tür und steuert schnurstracks auf die Toilette zu. »Schau weg.«

»Okay, ich mache ja schon.« Julie wendet sich ab, als sich Hannah auf die Kloschüssel niederlässt. »Und ich habe dich immer für eine feine Tussi gehalten.«

»Willst du mich auf den Arm nehmen?« Hannah drückt die Spülung und zieht den Reißverschluss ihrer Jeans hoch. »Als wir uns das erste Mal begegnet sind, habe ich gebackene Bohnen aus der Dose gegessen.«

»Stimmt. Aber die waren zuckerreduziert.«

Hannah kichert, als sie sich die Hände wäscht. »Wahrscheinlich einer meiner seltenen Versuche, Diät zu halten.«

»Na, ist ja auch egal.« Julie starrt unglücklich auf den Fliesenboden. Sie greift in ihre Tasche, zieht eine angebrochene Rolle Kaubonbons daraus hervor und steckt sich eins davon in den Mund.

Hannah schließt den Toilettendeckel und setzt sich darauf. Die Fliesen sind kalt unter ihren nackten Füßen. »Also, was ist los?«

»Nichts«, erwidert Julie seufzend.

»Das glaube ich dir nicht.«

»Was für eine Überraschung«, entgegnet sie. »Das tun die Leute selten.«

Hannah wundert sich, dass Julie noch deutlich sprechen kann. Wenn irgendwo eine Party gefeiert wird – und auch oft genug, wenn sie einen ruhigen Abend zu Hause verbringt –, sieht sie normalerweise immer viel zu tief ins Glas. »Jules?« Sie betrachtet sie forschend. Schmollmund. Blass. So weit alles normal. Aber trotzdem ist sie irgendwie anders. Und mit einem Mal ergibt alles einen Sinn. Ihre Launen. Ihre Gewichtszunahme. »Jules, bist du schwanger?«

»Findest du mich etwa zu dick?«, faucht ihre Schwägerin sie an und blickt an sich hinunter. »Ich dachte, du wolltest mich aufmuntern.« Sie beginnt wieder zu weinen.

»Tut mir leid.« Hannah bereut sofort, die Worte ausgesprochen zu haben. »Ich dachte nur …«

»Bin ich wirklich so fett?«, fragt Julie und wischt sich die Tränen von den Wangen.

»Es tut mir leid«, wiederholt Hannah. Hätte sie doch nur den Mund gehalten.

»Du kannst nicht einfach wild irgendwelche Vermutungen anstellen!«

Hannah wünscht, sie hätte eine Zeitmaschine. »Ich weiß.«

»Damit kannst du jemanden schwer beleidigen.« Julies Wangen sind vor Wut gerötet.

»Ist ja schon gut. Es tut mir wirklich leid.« Hannah lehnt sich gegen den Spülkasten. »Ich werde dich so was nie wieder fragen, okay?«

»Okay.«

Stille macht sich breit. Hannah blickt zu dem großen Spiegelschrank an der Wand hinauf und sieht, dass jemand mit Rasierschaum *C war hier* daraufgesprüht hat. Wie originell.

Julie stößt einen Seufzer aus und sagt: »Aber – *Scheiße* – du hast leider recht.«

Hannah benötigt einen Augenblick, um ihre Worte zu begreifen. »Wie bitte?«

Julie verdreht die Augen. »Na schön, noch mal zum Mitschreiben: Ich. Bin. Schwanger.«

Hannah spürt Panik in sich aufsteigen. Sie hat absolut keine Ahnung, was sie sagen soll. Um das peinliche Schweigen irgendwie zu durchbrechen, quetscht sie zwei Worte heraus. »Glückwunsch, Jules.«

»Sehr witzig«, antwortet Julie mit versteinerter Miene.

»Das ist mein Ernst.«

»Nein, ist es nicht.« Julie spuckt die Worte förmlich heraus. »Eigentlich denkst du doch, die arme Jules, jetzt hat sie sich schon wieder das Leben versaut.«

»Das stimmt nicht.« Hannah legt Julie die Hand auf die Schulter, aber die schüttelt sie ab. »Das denke ich nicht.« Doch in Wahrheit ist Hannah so geschockt, dass sie eigentlich keinen klaren Gedanken mehr fassen kann.

»Ach nein?«, schnaubt Julie. »Du bist also der Ansicht, dass ich eine tolle alleinerziehende Mutter wäre?«

»Ich …«

»Wusste ich's doch.« Julies Gesicht trägt wieder den verschlossenen Ausdruck, den Hannah nur allzu gut an ihr kennt. »Du glaubst, dass ich es vermasseln werde. Ihr zwei glaubt immer, dass ich alles verbocke.«

»Nein.«

»Doch!« Julie streicht sich die Haare mit beiden Händen hinter die Ohren zurück.

Hannah fühlt sich bei dieser Unterhaltung wie auf einem Minenfeld. Sie versucht, Julie zu beruhigen. »Was sagt der Vater des Kindes denn dazu?«

»Der weiß nichts davon.«

»Wieso nicht?«, fragt Hannah besorgt.

»Es wäre ihm egal.«

»Woher willst du das wissen?«

»Er hat sich schon ewig nicht mehr gemeldet.«

Hannah bemüht sich, ihre Stimme so neutral wie möglich klingen zu lassen. »Ist es Zac?«

Julies Augen füllen sich wieder mit Tränen. »Wow, du scheinst mich ja wirklich für eine richtige Schlampe zu halten.«

»Tut mir leid.«

»Schon gut. Und ja, es ist seins.«

Hannah erinnert sich an die Panik in Julies Gesicht, als sie sich in der Küche vor Zac versteckt hatte. »Ist das der Grund, warum du nicht mit ihm sprechen wolltest, als er hier war?«

»Verdammt, Hannah.« Julie verschränkt die Arme vor der Brust. »Kein Grund, mir ein noch schlechteres Gewissen zu machen, weil ich mich wie ein Miststück aufgeführt habe. Ich bin in Panik geraten. Ich hatte es gerade erst herausgefunden. Und ich wusste, dass es zu früh für ihn war, dass er abgehauen wäre. Das hätte ich nicht ertragen.«

»Tut mir leid.« Hannahs Blick fällt auf Julies Bauch. Zum ersten Mal fällt ihr auf, wie er sich leicht über den Bund ihrer Jeans wölbt. »Ich kann einfach nicht glauben, wie lange du es versteckt hast. Gute Arbeit.« Sie versucht, sich etwas Hilfreiches einfallen zu lassen. Etwas Positives. »Wann soll das Baby denn kommen?«

»Anfang Oktober.« Julies Gesicht verdüstert sich wieder. »Aber mal im Ernst. Ich habe keine Ahnung, wie ich das anstellen soll. Ich kann überhaupt nicht mit Kindern umgehen.«

»Ich wusste gar nicht, dass du schon die Gelegenheit hattest, Zeit mit einem zu verbringen.«

»Tja, es gibt eine Menge Dinge, die du nicht über mich weißt.« Als Julie sich am Bein kratzt, sieht Hannah, dass ihre Nägel bis zum Nagelbett abgekaut sind. »Ich habe genug Zeit mit den Babys von Freundinnen verbracht, um zu wissen, dass sie ständig schreien, winzig klein sind und zu dusselig, um den Kopf hochzuhalten.«

»Mhm … Aber soweit ich weiß, haben sie auch gewisse Pluspunkte.«

»Du hast leicht reden, als verheiratete Frau, die keinen kleinen Menschen in ihrem Bauch herumträgt.«

Hannah neigt den Kopf zur Seite. »Wenn du dir wirklich nicht sicher bist … Hast du schon über Alternativen nachgedacht?«

Julie legt sofort schützend die Hände auf ihren Bauch. »Ja. Und ich kann das unmöglich noch mal durchmachen. Einmal hat mir gereicht.«

»Okay.« Hannah verspürt einen Anflug von Besorgnis. »Dann nimmst du hoffentlich Folsäure? Und denkst daran, viel fettigen Fisch und Gemüse zu essen?«

Julie deutet auf die Rolle mit den Kaubonbons. »Nicht wirklich.«

»Dann solltest du langsam damit anfangen. Du bist jetzt im … vierten Monat, stimmt's? Hattest du schon einen Termin beim Frauenarzt?«

Julie steckt sich ein weiteres Bonbon in den Mund. »Ja. Wie kommt es, dass du so viel darüber weißt?«

Hannah zuckt mit den Schultern. »Viele Kolleginnen von mir haben Kinder bekommen. Da schnappt man einiges auf. Und sie reden eine Menge darüber, das kannst du mir glauben.«

Julies Augen füllen sich erneut mit Tränen. »Siehst du, ich werde todlangweilig sein.«

»Quatsch. Das wirst du nicht. Wenn du eins mit Sicherheit nicht bist, dann langweilig, Jules.«

Seit Hannah zu ihr ins Bad gekommen ist, lächelt Julie zum ersten Mal richtig. »Tatsache?«

Hannah nickt nachdrücklich. »Tatsache.«

Julie lehnt sich gegen die Wanne. »So hatte ich das nicht geplant.«

»Du hast einen Plan?«

»Haha.« Julie sieht Hannah an und schüttelt den Kopf. »Ich weiß, dass ihr zwei denkt, ich würde nichts auf die Reihe bekommen, aber ich habe bei McDonald's gearbeitet, um etwas Geld zusammenzubekommen.«

»Ich weiß.«

»*Was?*«

»Ich habe dich gesehen.«

»Aber du hast nie was gesagt.«

»Wollte ich ja, aber du hast dich ausgerechnet immer gerade dann verdrückt, wenn ich dich darauf ansprechen wollte.«

»Du hast doch Tom hoffentlich nichts davon erzählt?«, fragt Julie ängstlich.

»Nein.«

»Gott sei Dank.« Julie schiebt ihre Finger immer wieder nervös ineinander, während sie fortfährt. »Er sagt andauernd, wie klug ich bin. Da fände er es bestimmt furchtbar, wenn er wüsste, dass ich dort gearbeitet habe. Aber sie haben mich inzwischen sowieso gefeuert, weil mir während einer Schicht schlecht geworden ist und die dachten, ich hätte einen Kater. Schön wär's gewesen. Ich habe nur versucht, das Richtige zu tun, verstehst du? Ich wollte nicht schon wieder alle enttäuschen.«

»Niemand ist enttäuscht von dir.«

»Blödsinn. Ich habe viel Mist verzapft, das weißt du genau.« Julie lässt den Kopf hängen. »Seit ich das mit dem Baby weiß, denke ich viel an die Zeit, als ich noch klein war. Als Mum noch lebte. Ich habe Tagebuch geführt, sämtliche Bücher notiert, die ich gelesen habe, und mir eine tolle Karriere ausgemalt. Was für ein Scheiß.«

»Was wolltest du denn ursprünglich mal werden?«

Bei der Erinnerung daran wirkt Julies Gesicht plötzlich jünger. »Politikerin.«

»Was auch sonst.«

»Und Schauspielerin.«

»Eine einzigartige Kombination.«

»Nein, denk doch nur mal an Arnie. Und an Ronald Reagan. Die haben's auch geschafft.«

»Stimmt.«

»Aber irgendwann ist mir klar geworden, dass ich eigentlich Ärztin werden will«, fährt Julie fort. »Doch dann ist Mum gestorben, und ich bin von diesem Lehrer, Ben, schwanger geworden und … Na ja, du weißt ja, was danach geschehen ist …« Julie seufzt. »Irgendwie bin ich seitdem nicht mehr richtig in die Gänge gekommen. Ich hab mein Leben total vermasselt, und jetzt bin ich alt, habe keinen Job, dafür aber jede Menge Haarspliss.«

»Jetzt übertreibst du aber.« Hannah beugt sich vor und drückt ihre Hand.

Doch Julie redet unbeirrt weiter. »Was ist, wenn das Kleine nach mir kommt?«, fragt sie mit ängstlich aufgerissenen Augen.

»Dann wird er oder sie sehr resolut und temperamentvoll sein.«

Julie zieht die Nase hoch. »Das hat mich nicht gerade weit gebracht, oder?«

Hannah denkt angestrengt nach. Sie muss sich etwas Positives einfallen lassen, etwas, das der Wahrheit entspricht. »Und dein Kind wird sehr tapfer sein.«

Schweigen.

»Und verdammt klug.«

Julie lässt immer noch den Kopf hängen.

»Komm schon, Jules.« Hannah drückt ihre Schultern. »Denk doch nur mal daran, wie du dich um deine Mutter gekümmert hast. Das war wirklich toll.«

»Aber bei Tom habe ich versagt.« Julie wischt sich über die Augen. »Ich war total unzuverlässig. Wie man es von mir gewohnt ist. Aber ich war immer noch so verdammt wütend auf ihn, wegen Mum. Weil er nicht öfter da war, als es ihr so schlecht ging.«

Da war sie, die Wahrheit. Hannah wartet schon seit Jahren darauf, dass Julie sie endlich einmal ausspricht. »Dann gib ihm doch jetzt eine Chance. Lass dir von ihm helfen.«

»Nein.« Julies Kopf ruckt in die Höhe. »Er darf nichts davon erfahren. Er würde mich umbringen.«

»Würde er nicht. Tom hat sich verändert.«

»Hat er das? Da bin ich mir nicht so sicher.«

»O doch«, beharrt Hannah mit einer Überzeugung, die sie selbst überrascht. »Das hat er.«

»Aber er hat es zurzeit selbst so schwer. Und …« Julie verzieht das Gesicht. »Und irgendwie fand ich, dass er es verdient hatte. Dass der Schlaganfall seine gerechte Strafe war. Ist das nicht furchtbar?« Sie reißt ein Stück Toilettenpapier ab, das viel zu klein ist, um ihre Tränen aufzunehmen.

»Du warst wütend.« Hannah steht auf. »Und wenn du mich fragst, hattest du auch allen Grund dazu. Aber jetzt zählt das Hier und Jetzt.« Sie reicht Julie ein Taschentuch. »Während du dich jetzt etwas frisch machst, werde ich nach unten gehen und Tom holen, damit du ihm alles erzählen kannst, okay?«

»Nein.«

»Pech gehabt, ich werde es trotzdem tun.«

Bevor Julie sie aufhalten kann, ist Hannah schon halb die Treppe hinunter. Sie findet Tom im Garten, wo er mit einigen seiner alten Kollegen zusammensitzt und sich über vergangene Weihnachtsfeiern unterhält.

Als er sie sieht, lächelt er und klopft auf den freien Platz neben ihm auf der Bank. »Ist schon komisch, der Nüchterne zu sein.« Er hält eine Dose mit alkoholfreiem Bier in die Höhe. »Ich bin jetzt der nervige Kerl, der dir am nächsten Tag erzählt, was du um drei Uhr morgens alles angestellt hast.«

Hannah geht neben ihm in die Hocke und legt ihm eine Hand auf den Arm. »Tom, Julie muss unbedingt mit dir reden. Sie wartet oben auf dich.«

Jetzt erst bemerkt er ihren ernsten Gesichtsausdruck. »Was ist los?«

Hannah nimmt seine Hand. »Du solltest mit ihr reden. Sofort.«

»Okay.« Er drückt sich hoch und folgt ihr, vorbei an Nicks höchst unelegantem Versuch, eine Polonaise zu starten. Am Fuß der Treppe hält er kurz inne und fragt: »Geht es ihr gut?«

»Ja.« Hannah nickt, als ihr klar wird, dass das der Wahrheit entspricht. »Rede einfach mit ihr.« Sie hofft, dass Tom das Richtige tun, der neue Tom und nicht der alte sein wird.

Er betritt das Badezimmer und sieht seine kleine Schwester weinend auf dem Boden sitzen. Und bevor Julie irgendetwas sagen kann, lässt er sich ungelenk neben ihr nieder und legt den rechten Arm um sie.

Sie lehnt sich an ihn und schluchzt: »Bitte werde jetzt nicht wütend, Tom. Du bist immer so wütend.«

»Werde ich nicht, Jules.« Er streichelt ihr übers Haar. »Versprochen.«

Hannah schließt leise die Tür. Am Treppenabsatz betrachtet sie die Fotos von dem Tag, den sie bislang für den glücklichsten ihres Lebens gehalten hat. Ihr goldenes Kleid. Ihr Lächeln. Doch der heutige Tag hat es geschafft, den ihrer Hochzeit noch zu übertreffen. Sie geht ins Schlafzimmer und wirft einen Blick auf ihr Handy. Raj hat ihr eine Textnachricht mit Foto geschickt. Augenblicklich verkrampft sich ihr Magen. Es ist ein Foto von ihm und einer jungen Frau mit bernsteinbraunem Haar und großen grünen Augen. Amelia. Die Nachricht lautet:

Mission erfolgreich abgeschlossen. Danke dir. x, Raj

Sie denkt an Tom und das Vertrauen, das er ihr entgegenbringt, und plötzlich ist ihr klar, dass sie es ihm sagen muss. Wenn sie wirklich neu beginnen wollen, muss sie ihm von der Sache mit Raj erzählen.

Dezember 2013

Einladung zu einer Winter-Wunderland-Weihnachtssoiree

Sie sah wunderschön aus. Und sie gab sich wirklich große Mühe. Hannah stand in ihrem ungewöhnlich züchtigen schwarzen Kleid in einer hinteren Ecke des Raumes, kaum größer als das riesige Rentier aus Lichterketten und Lametta, und kratzte sich verstohlen am Rücken, während sie einen großen Schluck von dem Champagner nahm, der schon den ganzen Abend über in rauen Mengen floss. Ihre Locken waren gezähmt und glänzten, und sie lächelte den Mann an, der neben ihr stand, während sie in ihren High Heels – von denen er wusste, dass sie sie hasste – von einem Fuß auf den anderen trat. All das tat sie nur für ihn. Als sie den Kopf drehte und ihm ein strahlendes Lächeln schenkte, prostete Tom ihr zu. Die Bar war mit Glitter und künstlichem Schnee bedeckt, und von der Fliege des Barkeepers musterten ihn pummelige Weihnachtsmänner mit einem süffisanten Grinsen. Tom war allerdings wenig in Stimmung dafür. Er trank den Rest seines Champagners aus und knallte das Glas auf die Bar.

»Hannah macht sich gut, was?« Nick war mit einer sehr willkommenen Whiskyflasche neben ihm aufgetaucht. »Sie leistet da drüben tolle Arbeit bei dem alten Smith.«

»Ja.« Tom holte ein schweres Kristallglas hinter der Bar hervor und hielt es ihm hin. »Kann man wohl sagen.«

Nick war zu betrunken, um den Sarkasmus aus seiner Stimme

herauszuhören. Er strich sich mit der Hand durch das dichte blonde Haar und füllte Toms Glas. »Die Partner scheinen sie zu lieben.«

Tom nahm einen ersten Schluck und zuckte zusammen, als der hochprozentige Alkohol in seiner Kehle brannte. »Ist bloß ein bisschen spät dafür.«

»Was redest du denn da?«

Tom leerte sein Glas, griff nach der Flasche und füllte sein Glas noch einmal bis zur Hälfte. »Eigentlich müsstest du es inzwischen schon mitbekommen haben.«

»Was mitbekommen?« Nick steckte sich zwei lächerlich kleine Garnelen-Kanapees in den Mund und lehnte sich gegen die Bar.

»Ich wurde … entlassen.« Das letzte Wort presste er zwischen zusammengebissenen Zähnen hervor.

Nick verschluckte sich beinahe an den Häppchen. »Was?«

»Du hast richtig gehört.«

»Aber warum?«

Tom hatte keine Lust, darüber zu reden. »Das spielt jetzt auch keine Rolle mehr!«

»Tut mir echt leid, Kumpel.«

»Ja, mir auch.« Tom kippte den Whisky in einem Zug hinunter und machte Anstalten, sich noch einen einzugießen.

Nick legte seine große gebräunte Hand um die Flasche. »Drossel mal ein wenig das Tempo.«

»Wieso? Ist schließlich nicht so, als hätte ich was zu verlieren.«

Nick zuckte mit den Schultern. »Da ist was dran.« Er füllte Toms Glas.

Tom sah ihn an. »Ich vermute mal, dich hat es nicht erwischt?«

»Nein, aber ich habe keine Ahnung, wieso.«

Tom rieb sich die Augen. Ein heftiger Kopfschmerz begann

sich durch seine Schläfen zu bohren, aber er trank trotzdem einen weiteren großen Schluck.

»Das ist nicht fair.« Nick legte die Hand auf Toms Arm.

Tom konnte das Mitleid in seinen Augen kaum ertragen. »Ist schon okay. Wirklich. Ich fing sowieso an, mich hier zu langweilen. Zeit für eine Veränderung.«

»Klar.« Nick wirkte nicht sonderlich überzeugt. »Aber es ergibt wirklich keinen Sinn. Du hast mehr abrechenbare Stunden als sonst jemand angehäuft und dir den Arsch für den Laden aufgerissen.« Er schüttelte den Kopf. »Diese verdammte Rezession. Die macht uns fertig.«

»Ja, offensichtlich.« Toms Blick wanderte über die Leute in ihren schicken Klamotten hinweg, die sich auf Kosten der Firma in einem der vornehmsten Hotels Londons volllaufen ließen. Diese Schweinehunde. Sein Chef hatte es ihm eben erst gesagt. Tom hatte kaum das Hotel betreten, als er ihn zur Seite genommen und ihm mitgeteilt hatte, dass er »nicht ganz zu ihnen passe«. Es sei an der Zeit, »sich nach neuen Möglichkeiten umzusehen«. Die Firma sei aber »sehr dankbar für seine harte Arbeit«. Komische Art, ihm das zu zeigen.

»Wenigstens hast du schon das Haus gekauft und die Hypothek bekommen«, sagte Nick.

Tom fragte sich nur, wie zum Teufel er sie jetzt noch bezahlen sollte. Und ihr Auto. Und den bevorstehenden Urlaub. Hannahs Job brachte – abgesehen von jeder Menge moralischer Überlegenheit – nicht gerade viel ein.

Nick stieß sein Glas gegen Toms. »Scheißkerle.«

»Darauf trinke ich.«

Nick griff wieder nach der Flasche. »Komm, saufen wir ihnen den ganzen Fusel weg. Ist doch alles umsonst.«

»Endlich mal ein guter Plan. Schütt mir noch einen ein.« Tom nahm sein wieder aufgefülltes Glas und schaute zum Weihnachtsbaum hinüber. Einer der Rechtsreferendare schien zu versuchen, an ihm hinaufzuklettern. »Diese neue Anwaltsgehilfin, auf die du so stehst, ist übrigens da drüben.«

»Oh, ich weiß«, erwiderte Nick. »Ich warte nur den richtigen Augenblick ab.«

»Ich würde dir ja Glück wünschen, aber das wäre die reinste Verschwendung.«

Nick grinste und hob sein Glas.

Tom ging zu Hannah hinüber und legte ihr den Arm um die Schultern. Er spürte, wie ihm der Alkohol zu Kopf stieg. Langsam musste er sich ziemlich konzentrieren, um aufrecht zu stehen.

Hannah sah ihm kurz in die Augen, bevor sie sich wieder der Gruppe von Partnern zuwandte. »Marcus hier hat mir gerade erzählt, was ihr an euren Männerabenden so alles treibt«, sagte sie und lächelte ihn dabei breit an, aber in ihrem Tonfall meinte Tom, einen Anflug von Kritik zu hören. Sie kicherte. »Das klingt ja wirklich unglaublich.«

Jetzt war er sich sicher, dass sie ihn auslachte, dass sie sie alle auslachte. Sie stand auf der richtigen Seite, bewirkte etwas, veränderte Leben und all dieser Scheiß. Wenn sie abends wegging, dann um sich Poetry Slams in irgendwelchen schmuddeligen Pubs anzuhören und dabei Chips zu essen und billigen Wein zu trinken. Tom trank einen großen Schluck Whisky, um gegen die plötzlich in ihm aufsteigende Wut anzukämpfen, und verspürte mit einem Mal ein bohrendes Verlangen nach einer Zigarette. Hätte er Hannah bloß nicht vor Monaten dazu überredet, gemeinsam mit dem Rauchen aufzuhören. »Entschuldigt uns für eine Minute, ja?«

Marcus nickte und wandte sich seiner Frau zu, die gerade begeistert gestikulierend eine Geschichte zum Besten gab, in der es um Geschenkpapier und einen Esel ging.

Als Tom Hannah am Arm nahm und von der Gruppe weglotste, beugte sie sich zu ihm hinüber und küsste ihn auf die

Wange. Aus irgendeinem Grund machte ihn das jedoch nur noch wütender. Er fand eine stille Ecke und stellte sich vor sie, während sie an der Wand lehnte.

»Was hast du vor? Etwa eine schnelle Nummer?« Hannah zog lasziv eine Augenbraue hoch. »Das Damenklo ist direkt da drüben …«

»Nein, Hannah, ich …«

»Ich wäre dabei.« Sie legte ihm mit einem anzüglichen Lachen die Hand auf den Oberschenkel.

»Verdammt, Hannah!« Als sie ihn erschrocken ansah, bereute Tom sofort seinen unwirschen Ton, was ihn noch mehr in Rage brachte.

»Was ist denn?«, fragte sie mit leiser Stimme.

»Ich kann dich wohl schlecht auf der Weihnachtsfeier meiner Kanzlei vögeln. Selbst du solltest das verstehen.«

Sie runzelte die Stirn. »Ich habe doch nur Spaß gemacht, Tom.«

»Ich fand es nicht besonders komisch.«

Sie verschränkte die Arme vor der Brust. »Offensichtlich.«

Eine schrecklich vertraute Stille machte sich zwischen ihnen breit, wie zum Hohn untermalt von der fröhlichen Musik eines Streichquartetts, das ein Weihnachtsmedley spielte.

Hannah gab wie immer zuerst nach. »Was ist denn los? Ich dachte, du würdest dich freuen, dass ich mitgekommen bin.«

Das würde er auch. An einem anderen Tag. Zu einer anderen Zeit.

Hannah küsste ihn sanft auf die Lippen. »Rede mit mir.«

Tom sah sich verstohlen nach links und rechts um, dann erzählte er ihr von der Entlassung. Als er fertig war, erkannte er Mitleid in ihrem Blick. Und so etwas wie Erleichterung.

»Dann könntest du ja jetzt etwas anderes machen. Vielleicht ist es an der Zeit.«

»Was?« Ihre Reaktion brachte ihn für einen Moment aus

dem Konzept. Er hatte Verständnis erwartet, aber nicht das hier.

»Wenn du so hart gearbeitet hast und das der Dank dafür ist, dann solltest du etwas anderes versuchen.«

Seine Zunge fühlte sich seltsam dick in seinem Mund an. »Das könnte dir so passen!«

»Was meinst du damit?«

Als er die Aufrichtigkeit in ihrem Gesicht sah, wollte er sie am liebsten zermalmen. »Na, das ist doch dein Traum, oder nicht? Mich öfter zu Hause haben, damit ich dir all die Aufmerksamkeit schenke, von der du glaubst, dass du sie verdient hast. Damit ich dir die ganze Zeit sagen kann, wie wundervoll du bist, wie viel du mir bedeutest und dieser ganze Scheiß.«

»Tom.« Ihre Stimme war tränenerstickt, aber er konnte einfach nicht aufhören.

»Ich habe nicht vor, meine Karriere für dich aufzugeben, Hannah. Das kannst du vergessen. Ich werde nicht nach Äthiopien oder sonst wo an den Arsch der Welt ziehen.«

»Ich …«

Er konnte den Whisky auf der Zunge schmecken. »Auf gar keinen Fall.«

Eine Träne lief ihr über die Wange. »Darum bitte ich dich auch gar nicht.«

»Ist ja nicht so, als würde dein Job unsere Rechnungen bezahlen.«

Hannah errötete, dann flüsterte sie: »Das weiß ich. Aber wir könnten uns doch verkleinern. Es würde mir nichts ausmachen, wenn …«

»Aber klar.« Tom spürte, wie die Wut in ihm tobte, er hatte das Gefühl, als würde ihm der Kopf platzen. »Als ob du ohne all die Dinge glücklich sein könntest, die ich dir biete.« Er verspürte eine grausame Befriedigung, als er den verletzten Ausdruck auf ihrem Gesicht sah.

Sie senkte den Blick. »Wieso bist du so böse auf mich? Ich will doch nur, dass du glücklich bist.«

»Ach ja?«, knurrte er. »Das bin ich aber nicht.« Und plötzlich, vom einen auf den anderen Moment, schien seine Wut zu verrauchen, und zurück blieben nur der Alkohol und das überwältigende Gefühl, versagt zu haben. »Das bin ich nicht.« Sein Kopf sank auf ihre Schulter. Er wollte nicht, dass sie seine Tränen sah.

»Ich weiß«, sagte Hannah mitfühlend, während sie ihm tröstend über den Kopf strich.

Doch aus irgendeinem Grund fühlte sich Tom dadurch nur noch schlechter.

Kapitel 15

Hannah starrt auf die blaue Tür und versucht, sie durch reine Willenskraft dazu zu bringen, sich zu öffnen. Oder zusammenzubrechen. Oder wie durch Zauberhand in Flammen aufzugehen.

Margaret blickt demonstrativ auf ihre Armbanduhr. »Halte ich dich von irgendetwas ab, Hannah? Wir haben hier nämlich gerade erst angefangen.«

Hannah sieht sich verzweifelt in dem stickigen grauen Schuhkarton von Zimmer um. Sie ist sich sicher, dass diese Büros niemals einen der Schriftsteller, die sie an dieser Schule lehren, zu irgendetwas inspiriert hätten. Nicht einmal Keats hätte es geschafft, sich eine Ode an den schäbigen Fahrradunterstand einfallen zu lassen, den sie von dem winzigen Fenster aus sehen kann. »Natürlich nicht, Margaret.« Sie rutscht auf dem unbequemen Stuhl hin und her, der die Durchblutung zu blockieren scheint.

Margaret lehnt sich nach vorn und legt ihren Stift in einem perfekten rechten Winkel zu ihrem Notizbuch ab. »Der Direktor macht sich große Sorgen, was die prognostizierten Zahlen zum Prüfungserfolg in unserem Fachbereich angeht.«

Hannah schlägt die Beine übereinander und versucht, wenigstens ein Mindestmaß an Interesse für das aufzubringen, was Margaret sagt. Doch es gelingt ihr einfach nicht.

»Also müssen wir uns einen Maßnahmenplan einfallen lassen.« Margaret sieht sie erwartungsvoll an.

»Wirklich?«

»Ja, was dachtest du denn?« Eine gewisse Gereiztheit schwingt in ihrer Stimme mit.

Hannah stellt fest, dass es ihr vollkommen egal ist. Sie bemerkt einen kleinen gelben Faden an Margarets Ärmel. Er hat etwas eigenartig Hypnotisches an sich. Sie starrt ihn an, während sie antwortet: »Aber ist das nicht eigentlich deine Aufgabe, Margaret?«

»Wie bitte?«

Hannah sieht ihr in die Augen. »Korrigier mich, wenn ich mich irren sollte, aber ist es nicht deine Aufgabe, sich um solche Dinge zu kümmern?«

»Ich versuche hier nur, dir Chancen zu bieten, Hannah.« Margaret versucht sich an einem Lächeln, doch ihr Mund ist offensichtlich aus der Übung.

»Ach so.« Hannah denkt an all die zusätzlichen Klassen, die sie unterrichtet, und die zahlreichen Arbeitsblätter, die sie erstellt hat. Margaret hat sich bisher kein einziges Mal dafür bei ihr bedankt.

Ihre Vorgesetzte nickt ungeduldig.

Hannah betrachtet Margarets verkniffenes Gesicht und ihre müden Augen. Genauso sieht ihr eigenes Spiegelbild neuerdings jeden Morgen aus. Das Ganze muss unbedingt ein Ende haben. Das Leben ist einfach zu kurz. Sie ist es leid, die Welt, in der sie leben möchte, nur noch von außen zu betrachten. Sie will endlich wieder ein Teil von ihr werden. »Nun, es tut mir leid, aber ich fürchte, ich muss passen. Ich verzichte auf diese sogenannte Chance.«

»Wie bitte?« Margaret klappt vor Überraschung der Unterkiefer herunter.

»Du hast schon richtig gehört.« Hannah steht auf und streckt sich. Auf einmal fühlt sie sich ungefähr hundert Jahre jünger. »Ich kann dir leider nicht helfen.«

»Aber es gehört zu deinen Aufgaben, solche …«

»Nein, Margaret«, fällt Hannah ihr ins Wort. »Es gehört zu meinen Aufgaben, die Kinder zu unterrichten und ihnen dabei zu helfen, sich für das Leben und für Geschichten zu begeistern und sie dabei zu unterstützen, ihren Platz in dieser Welt zu finden. Und weißt du was?«

Margaret sagt nichts. Sie scheint unter ihren Worten regelrecht zu schrumpfen.

Hannah fragt sich, wie sie nur jemals Angst vor dieser Frau haben konnte. Plötzlich spürt sie ein Selbstvertrauen, wie sie es seit Monaten nicht mehr empfunden hat. »Wenn du mit meinen Schülern reden würdest, wüsstest du, dass ich meine Sache ziemlich gut mache. Ich mag klein und dickköpfig sein und gelegentlich wie ein Jack-Russell-Terrier klingen, aber ich bin mit dem Herzen dabei. Und ich habe von dir noch niemals ein Dankeschön gehört. Nicht ein einziges Mal.«

»Ich …« Margaret bricht mitten im Satz ab. Erst als Hannah die Hand auf die Türklinke legt, erwacht sie aus ihrer Starre. »Wo willst du denn hin? Wir sind hier noch nicht fertig«, sagt sie steif. Ihre Wangen glühen.

Und plötzlich wird Hannah klar, dass Margaret gar kein Monster ist. Die Frau leidet nur an einem verhärmten Herzen und mindestens einer Zwangsneurose. »Mir ist klar, dass du noch nicht fertig bist, Margaret. Aber …« Hannah spürt, wie sie eine Welle der Leichtigkeit erfasst, sodass die nächsten Worte nur so aus ihr herausströmen. »Aber ich glaube, dass *ich* mit *dir* und alldem hier fertig bin.«

»Nein, das bist du nicht.« Margaret senkt die Stimme, was normalerweise ein gefährliches Zeichen ist.

Hannah zuckt mit den Schultern. »Da bin ich anderer Meinung.«

»Aber …«

Hannah lächelt ihre Vorgesetzte breit an. »Die Sache ist die, Margaret: Ich kündige.« Die Worte klingen so gut in ihren eigenen Ohren, dass sie es gleich noch einmal sagen muss: »Ja. Ich kündige.«

Margaret reißt sich die Brille von der Nase und springt auf. »Ich darf dich darauf hinweisen, dass dein Arbeitsvertrag eine Klausel enthält, wonach wir eine Kündigungsfrist von einem vollen Trimester haben. Und da es bereits Mai ist, fürchte ich, dass …«

Doch Margaret kann sie nicht mehr aus der Fassung bringen. Gelassen antwortet Hannah: »Und ich darf *dich* darauf hinweisen, dass ich alle deine E-Mails und Mailboxnachrichten an mich der Schulaufsichtsbehörde zukommen lassen könnte, woraufhin man dich mit Sicherheit wegen Mobbings belangen könnte. Und das würde sich bestimmt nicht so gut in deinem Lebenslauf machen, oder was meinst du?«

Margaret senkt den Blick, greift langsam nach ihrem Notizbuch und schiebt den Kugelschreiber in den Buchrücken, dann sieht sie Hannah an. »Offenbar scheinst du unter dem Wetter zu leiden. Wenn es dir heute hier drin zu heiß ist, dann können wir das Treffen auch gerne verschieben.«

»Nein.« Ausnahmsweise fallen Hannah einmal im richtigen Moment – und nicht erst fünf Minuten später – die richtigen Worte ein. »Mir ist nicht zu heiß. Ganz im Gegenteil, hier drin ist es eisig. Ich kann einfach nicht so denken wie du, und ich will es auch gar nicht erst versuchen. Ich interessiere mich nun einmal nicht für Statistiken. Mir ist es wichtig, in meinen Schülern die Liebe zur Literatur zu wecken. Und ich würde lieber mein Geld damit verdienen, Hühnchen zu rupfen oder irgendwo am Fließband zu stehen, als zu einer Zahlenfetischistin zu werden wie du. Ich werde für den Rest des Trimesters bleiben. Aber das tue ich nicht dir, sondern den Kindern zuliebe. Du wirst meine Kündigung am Montag auf dem Schreibtisch haben. Ich wünsche dir noch einen schönen Abend.«

Draußen auf dem Flur atmet Hannah tief durch und schickt der Person, an die sie als Erstes denken muss, eine SMS.

Tom, ich bin frei!!!! Pub. Sofort!

Dann macht sie sich auf die Suche nach Steph. Als sie um die Ecke biegt, begegnet Sie jedoch zuerst T'shan.

»Hallo, Miss.« Das Mädchen lächelt. »Sie sehen glücklich aus. Ein bisschen so, als hätten Sie was Unanständiges vor.«

Hannah grinst von einem Ohr zum anderen. »Vielleicht habe ich das auch, T'shan. Wer weiß ...«

»Also, wie lautet die Antwort?« Steph starrt ihr Schnapsglas an, als hätte sie Angst, es könnte davonlaufen.

»Keine Ahnung.« Hannah versucht, den Kopf auf dem Tresen abzulegen, muss aber feststellen, dass er zu weit weg ist. Tom streckt die rechte Hand aus und hält sie zum dritten Mal am heutigen Abend fest, damit sie nicht vom Barhocker rutscht. Doch auch als sie wieder gerade sitzt, bleiben seine Finger, wo sie sind.

Hannah weiß, dass Steph sich fragt, was zwischen ihnen vor sich geht. Doch als sich ihre Blicke begegnen, sieht ihre Freundin schnell weg und nimmt sich eine weitere Handvoll Erdnüsse.

»Was würdest du tun, Steph?«

»Die Antwort ist leicht.« Steph verfehlt ihren Mund mit einer weiteren Erdnuss. Der violette Teppichboden des Pubs ist bereits mit den vorhergehenden abgestürzten Opfern übersät.

»Hat es vielleicht was mit Botox zu tun?« Hannah greift nach ihrem Schnapsglas und versucht vergeblich, sich daran zu erinnern, wie viele sie schon getrunken hat. Sie weiß noch von der ersten Flasche Prosecco, aber sie hat keine Ahnung mehr, wie es dazu kommen konnte, dass sie jetzt – an einem Dienstagabend – Tequilas in sich hineinschütten.

Stephs Augen funkeln. »Möglich. Also, ich würde dafür natürlich nur den Allerbesten auf dem Gebiet an mich ranlassen und …«

»Nein, nein, nein!« Hannah schlägt mit der flachen Hand auf Stephs Knie. Der Rest der Erdnüsse fällt zu Boden. »Du brauchst kein Botox, Steph, du bist wunderschön. Das wäre ein Verbrechen.«

»Ich glaube, Hannah gefällt deine Idee nicht, Steph«, mischt sich Tom in die Unterhaltung ein. »Und ich muss ihr da wirklich absolut recht geben.«

»Ach, haltet die Klappe.« Steph verdreht die Augen. »Jetzt, wo ich …« Sie lehnt sich nach vorn und fährt in einem übertriebenen Flüstern fort. »Jetzt, wo ich *Ende dreißig* bin, ist es langsam an der Zeit, etwas nachzubessern, versteht ihr?«

»Nein.« Hannah schüttelt so nachdrücklich den Kopf, wie es ihr angeheiterter Zustand zulässt. »Außerdem gibt es doch tollere Sachen, die man sich mit einem Sechser im Lotto gönnen kann!«

»Sagt wer?«

»Ich.« Hannah verschränkt die Arme vor der Brust. »Und ich habe recht!«

Steph lacht. »Du solltest öfter mal kündigen. Ist toll, die alte quirlige, streitlustige Hannah wiederzuhaben.«

»Ja, nicht wahr? Ich hatte ganz vergessen, wie viel Spaß man mit ihr haben kann.« Sie bedeutet dem Barkeeper, ihnen noch eine Runde einzuschenken. »Ich wusste einfach, dass ich nicht mehr länger mit Margaret zusammenarbeiten kann. Dafür ist das Leben eindeutig zu kurz. Und jetzt geht's weiter mit den wichtigen Dingen. Nämlich, was *ich* tun würde, wenn ich eine Million gewinnen würde.«

Steph sieht sie belustigt an und sagt: »Also schön, dann mal raus damit, du Abenteurerin. Ich halt's vor Spannung kaum noch aus.«

Hannah denkt an die leicht zerfledderte Weltkarte, die in ihrem Arbeitszimmer hängt. »Also, ich glaube, ich würde mit einem Steakfrühstück in Brasilien anfangen. Tom und ich wollten da immer schon mal hin, nicht wahr?« Ihre Blicke versinken ineinander, es fällt ihr schwer, wieder wegzusehen. »Und dann würde ich mir die Iguazú-Wasserfälle ansehen und die Tukane, und außerdem würde ich in Rio auf eine Party gehen. Und später würde ich zum Mittagessen nach Vietnam düsen, einen Abstecher zum Strand machen, nach dem Tee in Tansania eine Safari mitmachen und zum Schluss in Neuseeland über Queenstown mit dem Fallschirm abspringen oder mit Delfinen schwimmen.«

»Wow. Du hast also nicht nur im Lotto gewonnen, sondern auch das Zeitreisen entdeckt?« Steph schaut sie skeptisch an.

Hannah kichert. »Vielleicht. Ach ja, und dann würde ich nach Hause zurückkehren und mir ein paar Cocktails an einem der Themenabende im Junction gönnen.«

Steph rümpft die Nase. »In diesem Café bei euch um die Ecke? Das ist wohl kaum millionärstauglich.«

Hannah droht ihr mit dem Finger. »Darum geht's doch gar nicht, Steph. Das ist der Laden, in dem ich am liebsten meinen Neubeginn feiern würde.« Sie wendet sich Tom zu. »Da gibt's die besten Mojitos der Welt. Die *aller*besten.« Als sie die Arme ausbreitet, um ihren Worten Nachdruck zu verleihen, spürt sie mit voller Wucht die Wirkung des Tequilas, der sowohl den Stress als auch den letzten Funken Nüchternheit aus ihrem Körper gebrannt hat. »Diese Drinks können einen wolkigen Tag in einen sonnigen verwandeln. Aus Finsternis Helligkeit zaubern.«

Steph stöhnt genervt auf. »Es ist wieder so weit. Sie hat ihre poetische Ader entdeckt. Gleich lässt sie ihre Wordsworth-Zitate vom Stapel. Ich geh mal lieber aufs Klo.« Sie rutscht vom Barhocker, verfängt sich dabei jedoch mit dem Absatz in ihrer Handtasche und stolpert nach vorne. Schnell rappelt sie sich wieder auf. »Seht ihr? Ende dreißig. Von jetzt an geht's nur noch bergab.« Sie fährt sich mit der Hand über die Stirn. »Mir ist total heiß ... Oje, sind das etwa die *Wechseljahre?*«

»Ach, halt die Klappe.« Hannah gibt ihr einen Schubs in Richtung Toiletten. »Von wegen Wechseljahre. Du hast gerade ein ganzes Tequilafass leer getrunken!«

»Wo bleibt dein Mitgefühl?«, fragt Steph beleidigt und torkelt dann auf wackeligen Beinen zur Damentoilette.

»Was würdest du sonst noch an deinem Millionärstag machen?« Tom sieht sie aufmerksam an.

Sein prüfender Blick verunsichert Hannah so sehr, dass sie sich automatisch gerader hinsetzt. »Ach, ich weiß nicht. Das Ganze ist doch eigentlich albern.«

»Wieso?«

»Weil es nie passieren wird.«

»Wieso denn nicht, du hast heute Morgen bestimmt auch nicht damit gerechnet, dass du im Laufe des Tages kündigen würdest, und trotzdem hast du es getan.« Er legt einen Arm um ihre Schultern. »Du kannst alles tun, was du willst.«

»Wenn du meinst. Aber ich glaube nicht, dass es in meiner Macht liegt, die Ziehung der Lottozahlen zu beeinflussen.«

»Das ist allerdings ein Argument.« Tom zieht den Arm wieder weg und legt stattdessen eine Hand auf ihr Knie. »Also, was würde sonst noch an einem Tag geschehen, an dem du alles haben könntest?«

Hannah bewegt ihr Bein ein wenig zur Seite. Etwas hat sich zwischen ihnen verändert, und das macht sie nervös. Sie hat Tom immer noch nicht die Sache mit Raj gebeichtet, weil sie einfach nicht weiß, wie sie es anstellen soll. Sie will das hier nicht kaputtmachen, bevor es überhaupt begonnen hat.

Da Tom sie weiterhin abwartend ansieht, flüchtet sich Hannah in eine Witzelei, um seinem eindringlichen Blick zu entgehen.

»Na ja, irgendwann würde ich natürlich dem Schauspieler David Tennant über den Weg laufen.«

»Natürlich«, erwidert er übertrieben ernst.

»Der wäre dann von unserer Unterhaltung so beeindruckt, dass er sich bei mir Tipps für sein nächstes TV-Projekt holt.«

»Was auch sonst.«

»Und dann würde ich für ihn Drehbücher schreiben und ein Superstar werden. Anschließend würde er natürlich seine Frau verlassen und mich heiraten. Es wäre alles sehr traurig und tragisch, aber zugleich auch unglaublich romantisch.«

Tom sieht sie missbilligend an. »Und was wäre mit mir?«

»Oh, für dich wäre sicherlich auch noch Platz.«

»Das ist ja unglaublich großzügig von dir«, sagt Tom augenzwinkernd und legt eine Hand auf ihre. »Hannah, ich …«

O Gott! Hannah kann keinen klaren Gedanken fassen, was sie davon halten soll. Schnell macht sie sich los und rutscht etwas unsicher von ihrem Hocker. »Bin gleich wieder da.«

»Okay«, sagt Tom und sieht sie traurig an.

Bevor ihr schlechtes Gewissen sie noch roter anlaufen lässt, dreht sich Hannah hastig um und folgt den Schildern zur Toilette in den hinteren Teil des Pubs. Nachdem sie eine schwere braune Tür aufgedrückt hat, stolpert sie in das grelle Licht des Damenklos. »Steph?« Keine Antwort. Hannah bewältigt mit großer Vorsicht die drei nach unten führenden Stufen, die bereits zu zahlreichen Knöchelverletzungen bei einigen ihrer Kolleginnen von der Queensdale geführt haben. »Steph?« Hannah hört ein Stöhnen, biegt um die Ecke und erblickt ihre Freundin am Boden.

Einer von Stephs High Heels befindet sich unerklärlicherweise im Waschbecken, der andere lugt aus ihrer Handtasche hervor. Eine riesige Laufmasche ziert ihre Strumpfhose, und sie hält eine Rolle Toilettenpapier umklammert.

»Steph?« Hannah hockt sich neben sie und streicht eine Haarsträhne zur Seite, die quer über ihrem Gesicht klebt. »Alles in Ordnung?«

»Klaro.« Steph reckt einen Daumen in die Luft. »Könnte nicht besser sein.«

»Steph, du liegst mit einer Klopapierrolle im Arm auf dem Toilettenboden. Ich glaube, man kann mit gewisser Sicherheit behaupten, dass es zu Hause schöner ist.«

Steph denkt scheinbar angestrengt über Hannahs Worte nach, dann lallt sie: »Möglicherweise ist das so.« Sie hält sich die Hand vors Gesicht. »Guck mal. Ich hab zwei rechte Hände.«

Na, wunderbar. Hannah legt die Arme um ihre Freundin und hievt sie hoch. Darin hat sie dank Tom inzwischen immerhin eine gewisse Übung. Einen Moment lang schwanken sie bedenklich, bevor sie nach vorne stolpern. »Aua! Ich bin doch keine Krücke, Steph!« Hannah dreht sich weg, als Steph versucht, sich mit der Hand auf ihrem Kopf abzustützen. Irgendwie gelingt es ihr, sie beide zu den Waschbecken zu navigieren. Sie bleiben für einen Moment stehen und betrachten sich in den überaus unvorteilhaften Spiegeln.

Steph starrt sich mit der plötzlichen Klarheit an, die ab einem gewissen Alkoholpegel einsetzt. »Wie sind wir nur so alt geworden, Hannah? Jetzt mal im Ernst. Wie ist das passiert?«

Hannah stellt fest, wie wunderbar ihre Tränensäcke bei dem Licht zur Geltung kommen. »Keine Ahnung«, entgegnet sie seufzend, »aber vielleicht lagst du mit deiner Botox-Idee doch nicht so falsch.«

Steph lacht und fällt dabei fast um. »Ich fühle mich einfach so alt.« Sie lehnt sich nach vorn gegen das Waschbecken und lässt die Schultern hängen, was so gar nicht zu ihr passt. »Also ehrlich. Manchmal frage ich mich, wohin das alles führen soll. Verstehst du, was ich meine?«

»Ich verstehe es nur zu gut.«

»Was wirst du jetzt machen?« Steph zieht die Nase kraus. »Jetzt, wo du ausgebrochen bist und endlich frei?«

»Weiß ich noch nicht. Wahrscheinlich Panik kriegen wegen der Hypothek …«

Doch Steph hört gar nicht zu. »Manchmal möchte ich einfach nur jemanden zum Vögeln.«

»Wie romantisch.«

»Und ich frage mich, ob er irgendwo da draußen ist.« Steph seufzt schon wieder. »Also, ich würde ja zu Frauen wechseln, wenn ich das mit den Möpsen hinkriegen würde.«

»Was ist denn damit?«

»Ich fasse sie einfach nicht gerne an.«

»Verstehe.«

Steph dreht sich um und betrachtet sie forschend. »Spaß beiseite, Hannah, wie sieht dein Plan jetzt aus?«

Hannah starrt sie an und denkt an Toms Lächeln.

»Ich habe keinen Schimmer.«

»Teach the World sucht immer noch Leute für diesen Sommer.«

»Ach ja?« Hannah schließt für eine Sekunde die Augen und stellt sich vor, wie sie den Koffer packt, einfach ins Flugzeug steigt. Das aufgeregte Flattern in ihrem Bauch, wenn es abhebt.

»Los.« Steph umarmt sie fest und flüstert ihr ins Ohr: »Komm mit. Sonnenbräune. Kinder, die wirklich was lernen wollen. *Elefanten.*«

»Oh, wenn es da Elefanten gibt …«

»Du kommst also mit?«

Eine Zehntelsekunde denkt Hannah über ihre Antwort nach, dann sagt sie mit fester Stimme: »Nein.«

Stephs Gesicht verdüstert sich. »Es ist wegen Tom, stimmt's?«

»Was?«

»Deshalb willst du nicht mitkommen.«

»Nein. Ich …«

»Lüg mich nicht an, Hannah. Ich habe gesehen, wie du ihn anschaust. Du hast dich wieder in ihn verliebt, oder?«

»Nein.«

Steph mustert sie aus zusammengekniffenen Augen. »Du bist immer noch eine schlechte Lügnerin.«

Hannahs Handy gibt einen Signalton von sich, und sie wirft einen Blick darauf. Eine Nachricht von Tom.

Hübscher Hintern.

Hannah errötet, doch als sie aufblickt und die Sorge in Stephs Augen sieht, verwandelt sich ihre Freude in Verärgerung. »Was ist denn jetzt schon wieder, Steph?«

»Das weißt du doch genau. Es wird wieder so werden wie vorher. Es scheint, als hättest du alles vergessen, was geschehen ist, was er zu dir gesagt hat. Wie furchtbar du dich dank ihm gefühlt hast.«

»Das ist nicht fair, Steph. Er braucht mich.«

»Du willst es einfach nicht wahrhaben.«

»Was meinst du damit?«

»Du behauptest, er würde dich brauchen, aber ich glaube, dass du dich wieder in ihn verliebt hast. Ja, du bist mit ihm verheiratet, und glaub mir, es wäre mir nichts lieber, als dich endlich wieder glücklich zu sehen.« Steph versucht, sich die Lippen zu schminken, was nicht besonders gut funktioniert. Sie wirft den Lippenstift auf den Beckenrand und wischt über die rosafarbene Schmiere, die er auf ihrer Nase hinterlassen hat. »Ich weiß, dass du glaubst, dass er sich verändert hat, und ich hoffe wirklich, dass es so ist, Hannah. Aber weißt du, was mir dabei zu schaffen macht?«

»Ich nehme an, du wirst es mir gleich sagen.«

»Dass du wieder einmal das, was du *eigentlich* willst, für *ihn* opferst.«

»Wieso ›wieder einmal‹?«

»Ach, komm schon. Du hast mir doch von Japan erzählt.«

Hannah stößt ein kleines Keuchen aus. »Seine Mutter war gestorben, Steph. Ich musste zurückkommen.«

»Das ist mir schon klar, aber du hättest nach der Beerdigung nicht hierbleiben müssen. Na, wie auch immer …« Steph wäscht sich die Hände. »Und dann hast du auch noch die Fachleiterinnen-Stelle in Manchester wegen ihm abgelehnt.«

»Steph, ich bin verheiratet. Bei solchen Entscheidungen geht es nicht nur um mich.«

»Das Problem ist, dass es *nie* um dich geht. Jedes Mal, wenn du ihn um etwas gebeten hast, hat er dir eine Abfuhr erteilt. Und dann hat er dafür gesorgt, dass du dich deswegen so beschissen fühltest, dass du es gar nicht erst wieder versucht hast.«

»Ich …« Hannahs Lippen formen Worte, doch sie bleiben ihr im Hals stecken.

»Hör zu, Hannah. Es läuft doch im Grunde alles auf die eine Frage hinaus: Wann wird er jemals etwas für dich aufgeben?«

Hannah senkt die Stimme, als eine Gruppe kichernder junger Frauen hereinkommt. »Er ist krank. Im Augenblick kann er gar nichts aufgeben.«

»Das verstehe ich ja.« Steph beobachtet skeptisch, wie eine der jungen Frauen in eine Toilettenkabine torkelt. »Aber ich bin mir einfach nicht sicher, ob er überhaupt jemals dazu bereit sein wird. Und das ist es, was mir Sorgen macht.«

Hannah klammert sich an das Waschbecken. Ihr Herz hämmert, und sie verspürt eine Wut, die ihr Angst macht. Durch das Dröhnen in ihrem Kopf dringt die hohe, arrogante Stimme eines der Mädchen.

»Habt ihr den Typen mit dem Gehstock gesehen?« Sie kämmt mit den Fingern durch ihre langen roten Haare.

Ihre Freundin pudert sich die Stupsnase. »Ja. Und?«

Der Rotschopf zieht einen Schmollmund im Spiegel. »Der wäre echt heiß, wenn er richtig laufen könnte, findest du nicht?«

»Ja. Er sieht aus wie Jake Gyllenhaal.«

»Genau, an den hat er mich erinnert. Ich kam nur nicht drauf.« Sie schiebt die Brüste in ihrem tief ausgeschnittenen Top nach oben. »Ich frage mich, wie es wohl wäre, mit ihm zu vögeln.«

»Ich bezweifele, dass er das schaffen würde.«

»Stimmt. Wahrscheinlich kriegt er keinen mehr hoch.«

Mit einem Knall entlädt sich Hannahs Wut, sie fährt herum und zischt die beiden jungen Frauen an: »Haltet die Klappe! Das da draußen ist mein Ehemann. Und er ist besser und tapferer, als ihr zwei blöden Schnepfen jemals sein werdet.«

»Ist ja schon gut«, sagt die junge Frau und sieht sie missbilligend an. »Reg dich ab!«

Hannah spürt, dass ihr die Tränen kommen, als sie auf die Treppe zugeht, trotzdem dreht sie sich noch einmal um. »Und damit das klar ist, er ist eine verdammte Kanone im Bett, kapiert?«

Als die Tür hinter ihr zuschwingt, hört sie dumpf Stephs Stimme, die ihr hinterherruft: »Hannah? Hannah!«

»Du kannst mich mal, Steph.« Sie will nur noch weg. Weg von allen. Um mit Tom zusammen zu sein.

Steph verschwindet, ohne sich zu verabschieden, und sie verbringen den Rest des Abends wie früher – zu zweit bei Chips und Bier in einem schnuckeligen Pub.

Als sie auf die Straße hinaustreten, nimmt Hannah Toms Arm und hält nach Unebenheiten im Pflaster Ausschau, die ihm mit dem Stock Probleme bereiten könnten. »Und was jetzt?«, fragt sie und zeigt auf eine Cocktailbar auf der anderen Seite, aus der wummernde Musik nach draußen dringt. »Wie wär's damit?«

»Nein danke.«

»Wozu hättest du dann Lust?« Hannah fühlt sich plötzlich unsicher und versucht, seinem Blick auszuweichen, indem sie angestrengt die Gruppe Obdachloser anstarrt, die scheinbar auf der Suche nach einem Schlafplatz für die Nacht sind.

»Wir könnten nach Hause gehen.« Tom mustert eingehend den Gehweg.

Alles in ihr möchte Ja sagen. Doch sie hat vorher noch ein Geständnis abzulegen. Sie möchte nicht, dass ihre Zukunft auf einer Lüge aufbaut. »Tom, da gibt es etwas, das ich dir sagen muss.«

»Ich kann's mir schon denken.« Er stochert mit seinem Stock zwischen zwei Pflastersteinen herum. »Du stehst nicht mehr auf mich.«

»Natürlich tue ich das, Tom.« Hannah nimmt all ihren Mut zusammen, legt ihm einen Finger unter das Kinn und hebt es an, damit er ihr in die Augen sieht. »Tom, in der Zeit, als wir diesen ganzen Stress miteinander hatten, da … da ist etwas passiert. Ich muss es dir unbedingt erzählen, bevor …« Sie sucht nach den richtigen Worten. »Bevor wir neu anfangen.«

»Klingt ziemlich ernst, Han. Lass uns doch darüber sprechen, wenn wir …«

»Nein.« Ihr wird ganz schlecht bei dem Gedanken an all das, was sie verlieren könnte, aber sie muss das hier einfach tun. Und zwar sofort. »Tom, hör mir zu. Ich …«

»Du weinst ja, Han.« Er streicht ihr mit einer Fingerspitze eine Träne von der Wange.

»Ich weiß«, sagt sie mit zittriger Stimme, dann holt sie tief Luft. »Also, ich …«

Tom legt einen Finger auf ihre Lippen. »Ich weiß es bereits.«

Sie starrt ihn mit Tränen in den Augen an. »Was?«

»Ich weiß es.«

»Was weißt du?«

»Das von dir … und ihm.«

Der verletzte Ausdruck in seinen Augen ist kaum zu ertragen. Hannah zieht die Strickjacke fester um die Schultern, aber das Zittern will einfach nicht aufhören. »Es tut mir leid, Tom.«

»Mir auch.« Sein trauriger Gesichtsausdruck sticht ihr wie ein Messer ins Herz.

»Dann … dann hast du es die ganze Zeit gewusst?«

»Ja.«

»Warum hast du denn nichts gesagt?« So viel hängt von seiner Antwort ab.

»Weil ich dich nicht verlieren wollte.«

»Und das, obwohl ich …?« Die Worte wollen ihr nicht über die Lippen kommen.

»Ja. Obwohl du mit einem anderen Mann geschlafen hast.«

»Aber das kann doch unmöglich in Ordnung für dich sein!«

»Ist es auch nicht.« Als sie für einen Augenblick Wut in seinem Gesicht aufblitzen sieht, weiß Hannah, welchen Schmerz sie ihm zugefügt hat. »Aber es ist nun mal passiert. Genauso wie der Schlaganfall. Und die Tatsache, dass ich mich wie ein Arschloch verhalten habe. Und trotzdem sind wir beide immer noch zusammen.« Er drückt ihr einen Kuss auf die Locken. »Das ist es, was zählt.«

Hannah hat Angst, dass er nicht wirklich meint, was er da sagt. Dass er sich selbst belügt. »Aber …«

»Nein.« Seine Stimme ist sanft. Ruhig. »Kein Aber. Lass uns nach Hause gehen.«

»Klingt gut.« Hannah schlingt einen Arm um seine Taille und hat das unwirkliche Gefühl, als sei ihr alles Glück der Welt direkt vor die Füße gefallen.

Nachdem sie zu Hause angekommen sind, müssen keine Worte mehr gesprochen werden. Sie halten einander an den Händen und gehen gemeinsam ins Schlafzimmer.

Dezember 2014

Geburtstagskarte: *Es dauerte 30 Jahre, um sooooo gut auszusehen!*

Tommo, brauche Geld. Kannst du 100 überweisen? Danke, J. x

Der Schmerz schoss durch Toms Schläfe, als er im Flüsterton in sich hineinfluchte. Julie hatte beim letzten Mal geschworen, dass sie ihn nie wieder um Geld bitten würde. Genau wie das Mal zuvor. Und davor. Mit jedem Betrag wurden sie sich fremder, und er war sich nicht sicher, ob sie sich jemals wieder annähern würden.

»Tom?« Sein Chef war im Türrahmen aufgetaucht.

Verdammt, er wollte endlich raus aus dem Büro. Es war nach zehn an einem Freitagabend, und wenn er nicht bald auf der Feier zu Hannahs dreißigstem Geburtstag aufkreuzte, würde sie zu betrunken sein, um überhaupt zu bemerken, dass er gekommen war. Er versuchte schon seit Stunden wegzukommen, doch immer wieder hatten ihm Änderungsanfragen zum laufenden Deal einen Strich durch die Rechnung gemacht. »Ja, Silas?«, sagte Tom, bemüht, seinen Ärger zu unterdrücken. Nachdem er Anfang des Jahres beinahe sechs Monate keinen Job gehabt hatte, war er viel zu glücklich, wieder einen Gehaltsscheck zu bekommen, als sich auch nur das geringste Anzeichen von Auflehnung durchgehen zu lassen.

Die Furchen auf der Stirn seines Vorgesetzten schienen sich

noch tiefer in die Haut gegraben zu haben als gewöhnlich. »Tom, ich habe mich gerade gefragt …«

Tom wusste inzwischen, dass ein solcher Satzbeginn aus Silas Mund für gewöhnlich zur Folge hatte, dass er im Büro übernachten und Red Bull zum Frühstück trinken musste. »Ja?« Er schlang sich seine Tasche über die Schulter, in der Hoffnung, dass sein Chef den Wink verstehen würde.

Doch stattdessen hielt Silas eine Hand in die Höhe und las in aller Ruhe ein Dokument durch, das ihm ganz offensichtlich Bauchschmerzen bereitete. Er war ein Mann, der sich nicht gern hetzen ließ.

Tom versuchte, den Schmerz in seinen Schläfen wegzumassieren. Aber das Dröhnen wurde nur noch schlimmer. Er hatte ernsthafte Befürchtungen, dass sein Kopf platzen könnte, wenn der Druck weiter zunahm.

»Hatte ich es mir doch gedacht. Es gibt da ein Problem bezüglich der Vermögenswerte.« Als Silas aufblickte, brachte das helle Bürolicht seine mächtige hohe Stirn zum Glänzen. »Sie müssen die Zahlen noch mal prüfen.«

Tom blinzelte erschöpft. Er war die Zahlen bereits mehrfach durchgegangen. »Sind Sie sicher?«

»Ja«, Silas warf ihm einen eisigen Blick zu, »natürlich bin ich das.«

Tom spürte Panik in sich aufsteigen. Er durfte das hier auf keinen Fall vermasseln. Wieder arbeitslos zu sein, Bewerbungen zu verschicken und Albträume wegen der Hypothek zu haben, das würde er nicht noch einmal aushalten.

Silas lehnte seine skelettartige Gestalt gegen das massive schwarze Holz des Schreibtischs und ließ dabei seine leidgeprüfte Brille in der Hand herumwirbeln. »Wie Sie sicherlich wissen, wird der Vertrag am Montag unterschrieben. Sie müssen sich mit allen Beteiligten in Verbindung setzen, um diese Sache bis dahin in Ordnung zu bringen.«

»Natürlich.« Tom konnte beinahe das Zischen hören, mit dem sich seine Partystimmung für heute Abend auf Nimmerwiedersehen verflüchtigte. »Ich werde mich sofort darum kümmern und unsere Leute ins Büro zurückrufen.«

Silas sah ihn mit ernstem Gesichtsausdruck an. »Ich kann mich doch auf Sie verlassen, Tom?«

Tom hörte die Warnung, die in seiner Stimme mitschwang. »Ja, das können Sie, Sir.«

»Sehr gut.« Silas wandte sich um und verließ Toms Büro. Auf dem dicken beigefarbenen Teppichboden verursachten seine Schritte kaum einen Laut.

»Scheiße.« Tom ließ die Tasche von der Schulter gleiten. Als sie dumpf auf den Boden schlug, hörte er darin die Champagnerflasche klirren, die er zu Hannahs Geburtstag gekauft hatte. Der Kopfschmerz breitete sich weiter aus. Er schluckte rasch zwei Schmerztabletten und spülte sie mit einem Schluck Red Bull hinunter. Dann musterte er die angeblich fehlerhaften Unterlagen mit einem finsteren Blick. Der Kanzlei schien es egal zu sein, ob seine Frau je wieder mit ihm sprechen würde. Jedes Wochenende nahm er sich vor, mit ihr auszugehen, mehr Zeit mit ihr zu verbringen. Doch stattdessen landete er immer wieder hier. Mit jedem Augenblick, den er im Büro verbrachte, wurde es schwerer, Hannah in die Augen zu sehen. Er hatte versucht, mit ihr zu reden, aber alles, was er sagte, schien sie nur noch mehr zu verärgern, sodass er es inzwischen aufgegeben hatte. Für heute Abend hatte er eigentlich geplant, allen ihren Kollegen und Freunden einen auszugeben und mit Hannah zu tanzen, wenn sie es zuließ. Doch stattdessen würde er nun noch mindestens drei weitere Stunden mit Telefonaten verbringen. Ein weiterer Grund für Hannah, ihren Lehrerfreunden vorzustöhnen, wie schrecklich er war und wie unglücklich er sie machte. Er betrachtete Hannahs Foto auf seinem Schreibtisch. Griechenland vor zwei Jahren. Ihr Haar war noch feucht vom

Baden. In der Hand hielt sie ein Cocktailglas. Er vermisste dieses Lächeln. Aber er durfte deswegen nicht riskieren, seinen Job zu verlieren.

Tom zog sein Handy aus der Tasche, um ihr eine Entschuldigung zu schicken.

Es tut mir leid.

»Tom?«

Er hörte auf zu tippen und blickte auf.

Silas war wieder vor seiner Bürotür aufgetaucht. »Wenn Sie schon einmal dabei sind, wäre es ratsam, sämtliche Imperion-Unterlagen noch einmal zu überprüfen.«

»Aber ich muss …«

»Was müssen Sie?« Silas zog eine Augenbraue hoch, der man die Kunst, pure Geringschätzung und Skepsis zu vermitteln, ganz offensichtlich in einer Privatschule beigebracht hatte.

Tom fuhr trotz der eisigen Andeutung fort. »Ich muss kurz anrufen, um meiner Frau zu erklären …« Er verstummte, als er sah, wie Silas missbilligend die Stirn runzelte. Sein dreißigster Geburtstag musste schon einige hundert Jahre zurückliegen und hatte mit Sicherheit ohne einen Tropfen Alkohol stattgefunden.

»Wir müssen sicherstellen, dass wir das im Griff haben, Tom.«

»Unbedingt.« Tom ließ sich wieder auf seinen Schreibtischstuhl sinken. Als er die Unterlagen zusammensuchte, bemerkte er, dass er auf seinem Handy aus Versehen auf Senden gedrückt hatte. Aber immerhin fassten die Worte »Es tut mir leid« ziemlich gut zusammen, was er gerade empfand. Tom griff nach einer Akte und machte sich an die Arbeit.

Um ein Uhr begannen die Buchstaben vor seinen Augen zu verschwimmen. Tom schüttete einen furchtbar schmeckenden lauwarmen Kaffee aus der Kanne in der Küche hinunter, der allerdings keine Wirkung zeigte, außer den Schmerz in seinem Kopf noch zu verstärken. Dann bestellte er sich ein Taxi, um nach Hause zu fahren. Wenn er sich ein paar Stunden aufs Ohr legte, könnte er Hannah das Frühstück ans Bett bringen, bevor er für den Rest des Wochenendes wieder ins Büro kam.

Im Taxi lehnte er seinen brummenden Schädel gegen die Fensterscheibe, während sie durch die lärmenden freitagnächtlichen Straßen fuhren. Offenbar hatte jeder in London mehr Spaß als er. Mädchen in Miniröcken standen vor einer Dönerbude, plappernd und kichernd bei Fritten und Dosenbier. Ein korpulenter Mann lachte laut in sein Handy. Tom fühlte sich einsam. Er musste Hannah sehen. Auf der Stelle. Er beugte sich zum Fahrer vor und sagte: »Könnten Sie bitte zum Nightingale auf der High Road fahren?«

»Sicher.«

Sie bogen rechts ab und fuhren an einer Gruppe Männer vorbei, die in Richtung eines Klubs an der Ecke torkelten. Aus irgendeinem absurden Grund trugen sie alle Wikingerhelme und verschlangen Döner. Tom konnte sich noch daran erinnern, einmal so wie sie gewesen zu sein. Als er sich noch die Nächte um die Ohren geschlagen hatte und der Morgen danach keine Rolle spielte. Er dachte an Hannahs Lächeln und konnte es plötzlich kaum erwarten, sie endlich zu sehen. »Könnten Sie ein bisschen Tempo zulegen, Kumpel?«

Der Fahrer murmelte etwas Unverständliches, beschleunigte aber bereitwillig vor der nächsten gelben Ampel.

»Sie können gleich hier vorne anhalten.« Tom starrte erwartungsvoll durchs Fenster. Mit etwas Glück wäre sie noch hier, tanzte in der Bar und trank alle unter den Tisch. Vielleicht behielt sie die Tür im Blick und wartete auf ihn. Das hoffte er zumindest. Seine Hand lag schon auf dem Türgriff, als er sie sah – mit einem Mann. Tom erstarrte, als sie ihre Arme um seine Taille schlang. Es war einer ihrer Kollegen. Tom erinnerte sich an ihn von einem der seltenen Abende, an denen er Hannah vor ein paar

Wochen in den Pub begleitet hatte. Raj. Groß. Dunkel. Arsenal-Fan. Arschloch. Tom spürte ein Brennen im Magen, als Hannah sich auf die Zehenspitzen stellte, um ihn zu küssen. Der Schmerz haute ihn um.

»Steigen Sie jetzt aus oder nicht?«, fragte der Fahrer und weckte Tom damit aus seinem Schockzustand.

Er ballte die Hände zu Fäusten – und ob er aussteigen würde. Er würde sie beide zur Rede stellen. Jetzt. Sofort.

»Also, was ist?«, drängte der Fahrer.

Tom machte Anstalten, die Tür zu öffnen. Verharrte jedoch und ließ sich schließlich wieder in den Sitz zurücksinken. »Nein, ich steige nicht aus. Bringen Sie mich von hier weg.«

Nachdem er zu Hause angekommen war, steuerte Tom geradewegs auf die Küche zu, wo er sich die Whiskyflasche schnappte und ein Glas füllte, bis kein Platz mehr für Eis darin war. Dann stürzte er den Alkohol in vier großen, brennenden Schlucken in sich hinein und füllte sofort ein weiteres Glas. Ein Blick auf sein Handy sagte ihm, dass er keine Nachricht von ihr bekommen hatte. *Miststück!* Tom rieb sich die schmerzenden Schläfen. Dann drehte er sich um und griff nach dem Zigarettenpäckchen, das Hannah oben auf dem Kühlschrank liegen gelassen hatte. Sie tat immer noch so, als hätte sie aufgehört. Eine weitere Lüge. Er mühte sich mit der Verandatür ab, trat endlich in die eiskalte Nacht hinaus, wo er gierig die Luft in seine Lungen saugte und versuchte, das, was er dort vor dem Pub gesehen hatte, aus seinem Kopf zu verbannen und nicht darüber nachzudenken, was die beiden gerade taten. Er wurde noch wütender, als er spürte, wie ihm die Tränen über das Gesicht liefen. Er hasste sie. Und trotzdem konnte er nicht aufhören zu weinen. Er zündete sich die erste Zigarette von sicherlich vielen weiteren heute Nacht an und versuchte, das Bild von dem Kuss zu verdrängen, indem er sich noch einen Whisky eingoss. Aber mit jedem Schluck sah er ihr Gesicht nur noch größer vor sich. Mit jedem Zug hörte er ihr Lachen oder spürte ihre Hand, die in seiner lag. Bis er schließlich nur noch sie sah. Seine Hannah. Seine Frau. Aber damit würde jetzt Schluss sein. Nachdem er den Rest der Flasche in das Glas geleert hatte, dachte er an all die Dinge, die er ihr sagen würde, wenn sie am nächsten Morgen auftauchte, und an den Scheidungsanwalt, den er anheuern würde. Ihr würde nichts bleiben, wenn er mit ihr fertig war. Denn genau das hatte sie verdient.

Aber als Hannah sich am nächsten Morgen ins Haus schlich, sagte er kein Wort. Sein Kopf schmerzte zu sehr, und sein Herz war zu verletzt. Er lag auf dem Sofa, auf dem er in einen unruhigen Schlaf gefallen war, und sah zu, wie sie mit blassem Gesicht auf ihn zukam und den Mund öffnete, um mit ihm zu sprechen.

Tom wusste, dass sie gestehen wollte. Und dass sie ihn verlassen würde. Das konnte er nicht ertragen. »Ich muss ins Büro.« Er stand auf, unfähig, die gleiche Luft zu atmen wie sie. Als er die Tür hinter sich zuknallte, hörte er, wie sie anfing zu weinen. Er freute sich darüber.

Kapitel 16

Es ist nicht gerade der Stoff, aus dem romantische Filme gemacht sind. Sie küssen sich, seine Hände gleiten über ihren Rücken … und sein Stock drückt in ihren Oberschenkel.

»Tom.«

»Hannah! Oh, Hannah«, murmelt er und küsst sie weiter.

»Tom. Ich muss nur mal …« Als Hannah den Stock beiseiteschiebt, fällt er zu Boden.

Tom taumelt nach links. »O Mist«, flucht er leise und kann gerade noch ihre Schulter packen, um sich festzuhalten. »Tut mir leid.«

»Macht nichts.« Hannah beginnt behutsam, sein Sakko aufzuknöpfen.

»Das kann ich selbst.« Grimmiger Stolz schwingt in seiner Stimme mit.

»Das weiß ich«, erwidert sie leise. »Aber ich würde es trotzdem gerne tun. So wie früher. Okay?«

»Okay.« Sein Atem kommt stoßweise, und seine Wangen glühen erhitzt im Licht, das vom Flur hereinfällt. Hannah zieht ihm das Sakko aus und wirft es aufs Bett.

»Sollen wir es uns bequemer machen?«, fragt sie lächelnd.

Tom nickt stumm, und sie spürt, wie er zittert, als er sich auf sie stützt. Sie gibt ihm einen sanften Kuss und hilft ihm dabei, sich auf das Bett zu setzen.

Er blickt zu ihr auf, als sie sich über ihn beugt, und streichelt ihr über die Wange. »Du bist wunderschön, Han.«

Der staunende Ausdruck in seinen Augen droht, sie zu überwältigen. Um die Situation etwas aufzulockern, rümpft sie skeptisch die Nase und sagt: »Findest du? Ich will dir ja keine Illusionen nehmen, aber ich trage immer noch dieselbe Unterhose wie gestern!«

»Also dagegen könnte ich was tun …«

Sie grinst, bevor sie ihn leidenschaftlich küsst, und ihr Körper sehnt sich danach, ihm noch näher zu sein.

Vorsichtig tastet Tom sich mit der rechten Hand zu dem weichen V am Ausschnitt ihres Kleides vor. Als er versucht, den obersten Knopf zu öffnen, rutscht er ab. Er versucht es erneut – und schafft es wieder nicht. »Scheiße.«

»Das macht doch nichts. Wir kriegen das schon hin.« Hannah spürt, wie ihre Zuversicht wächst. Sie sieht ihm in die Augen, während sie langsam einen Knopf nach dem anderen öffnet. Seine Augen werden größer, als sie mehr und mehr nackte Haut entblößt. Dann zieht sie das Kleid über den Kopf und lässt es zu Boden fallen. »Ist das besser?« Sie küsst ihn sanft auf den Hals und schiebt sein T-Shirt hoch. Wie viel harte Arbeit es ihn gekostet hat, um so weit zu kommen. Wie tapfer er ist. Nachdem sie ihm das T-Shirt über den Kopf gezogen hat, greift sie zum Schalter der Nachttischlampe hinüber.

»Nicht.« Seine Stimme klingt gepresst.

»Aber wir machen doch immer das Licht an.«

»Jetzt nicht mehr.«

»Aber ich möchte dich sehen.«

Stille.

»Tom?«

»Ich kann das nicht.«

»Aber …« Sie kann seine Erregung spüren, wie sehr er sie begehrt.

Trotzdem schiebt er sie behutsam, aber bestimmt von sich herunter. »Das hier fühlt sich irgendwie nicht richtig an. Ich kann nicht.«

Sie schaltet die Lampe an und sieht ihm in die Augen. »Ich weiß, dass es sich anders anfühlt. Aber deshalb ist es noch lange nicht falsch, nur ungewohnt. Das ist alles. Wir müssen uns wieder aneinander gewöhnen.«

Er seufzt. »Ich fühle mich einfach so nutzlos. Ich schaffe es ja noch nicht mal, meine Hose allein zu öffnen.«

»Tom.« Sie umfasst sein Gesicht mit beiden Händen. »Du bist nicht nutzlos. Du bist toll. Und immer noch derselbe Mann, in den ich mich verliebt habe.«

Er schüttelt den Kopf, starrt auf die Bettdecke und streicht mit den Fingern darüber.

»Glaub mir, Tom. Du hast das alles wahnsinnig gut gemeistert.«

Eine Träne tropft von seiner Wange, als er mit leiser Stimme sagt: »Aber ich werde nie mehr der Alte sein. Diese verdammte Hand … und das Bein …« Er verstummt, und ein Schluchzen entfährt ihm. »Was ist, wenn sich das niemals bessert?«

»Das wird es.« Hannah hofft inständig, dass sie recht behalten wird. »Es braucht eben seine Zeit.«

»Das reicht mir aber nicht, verdammt noch mal.« Seine Stimme ist ein gepresstes Flüstern. »Ich bin diese ganzen Übungen so leid.«

»Ich weiß.« Hannah nimmt seine Hand und gibt ihm einen zärtlichen Kuss. »Hör mir zu …«

»Du klingst wie eine Lehrerin.«

»Und ich werde alle Ehemänner, die jetzt nicht die Klappe halten, nachsitzen lassen!«

Endlich erscheint wieder ein Lächeln auf seinem Gesicht. »Das sind ja verlockende Aussichten.«

»Tja, wir hätten da auch noch deinen Stock …«

»O Mann.« Er zieht die Augenbrauen hoch. »Und dabei siehst du so unschuldig aus.«

Hannah blickt an ihrem nackten Körper hinab. »Wohl kaum.«

Er streckt die gesunde Hand nach ihrer Brust aus und beginnt, sie sanft zu streicheln.

»Okay, jetzt weiß ich, dass du mir definitiv nicht zuhörst.«

»Tut mir leid.« Er gibt sich ganz offenbar Mühe, reumütig dreinzublicken, doch das gelingt ihm nicht ganz, denn er starrt weiterhin nur auf ihre Brüste.

»Ja, klar.« Sie holt tief Luft, als er ihre Brustwarze sanft mit seinem Daumen massiert. »Ich möchte, dass du daran denkst, wie tapfer du gewesen bist. Wie tapfer du immer noch bist. Und wie tapfer du von jetzt an jeden Tag sein wirst, und genau deshalb …« Hannah beugt sich hinab und beißt ihn sanft in die Brust. »Und deshalb …« Sie wandert mit dem Mund weiter nach unten. »Und deshalb …«

»Ja?«, zischt Tom zwischen zusammengebissenen Zähnen hervor.

»Begehre ich dich nur noch mehr«, flüstert Hannah und öffnet den Reißverschluss seiner Hose, um ihm zu zeigen, wie sehr genau.

Hinterher liegen sie mit ineinander verschlungenen Gliedmaßen unter der Bettdecke.

Tom gibt einen zufriedenen Seufzer von sich. »Keine Ahnung, warum wir das nicht öfter machen.«

»Unbegreiflich«, murmelt Hannah an seiner Brust. »Wir sind ziemlich gut darin.«

»Kann man wohl sagen«, sagt Tom und dreht den Kopf auf dem Kissen, sodass er sie ansehen kann. »Wann sind wir eigentlich zuletzt dazu gekommen?«

»Keine Ahnung.«

»Das ist ein schlechtes Zeichen.«

»Ja«, erwidert sie seufzend. »Wir waren ziemlich übel dran, bevor es passiert ist, oder?«

Tom fröstelt beim Gedanken daran, dann drückt er Hannah einen Kuss auf den Scheitel. »Ja, das waren wir. Ich bin so froh, dass du bei mir geblieben bist.«

»Du musst mir nicht danken«, flüstert Hannah und holt tief Luft, um sich auf das vorzubereiten, was sie als Nächstes sagen will. »Und nur, dass du es weißt. Dieser andere Kerl …«

Tom erstarrt.

»Ich habe mich dafür gehasst. Jeden Tag. Ich war nur so furchtbar wütend auf dich, Tom.«

Einen Herzschlag lang herrscht Stille.

»Ich weiß«, sagt er schließlich und zieht sie näher an sich.

Hannahs Anspannung lässt sofort nach. Sie schmiegt sich eng an seinen Körper und schließt die Augen. Als sie schon fast eingeschlafen ist, hört sie, wie Tom in ihr Haar flüstert: »Ich liebe dich.«

»Ich liebe dich auch.« Und in dem Moment, in dem sie die Worte ausspricht, wird ihr selbst erst richtig klar, dass sie wahr sind. Sie liebt ihn.

Eng umschlungen schlafen sie ein.

Januar 2015

Patientenarmband: Tom Ellison

Er hatte schreckliche Angst, dass sie ihn verlassen würde.

»Tom?« Hannah beugte sich über ihn.

Er sah, dass ihre Finger seine Hand umschlossen, aber er spürte sie nicht, obwohl er sich nichts sehnlicher wünschte. »Wasser.« Er konnte sich selbst kaum hören. Seine Kehle war trocken, geschwollen.

»Hier.« Sie griff nach dem Plastikbecher und hielt ihm den Strohhalm an die Lippen.

Er war völlig nutzlos. Ein gebrochener Mann. Das Licht war zu hell, und die ältere Frau, die mit dem Teewagen herumfuhr, bewegte sich zu schnell. Er hatte Angst. Mit jedem Atemzug fürchtete er, es könnte wieder geschehen. Er saugte und schluckte und blickte dabei zu der Deckentäfelung über ihm hinauf. Da waren zehn Platten über seinem Bett, und er hatte schon viel zu viel Zeit damit verbracht, sie anzustarren. Sie erinnerten ihn an die Deckenvertäfelung im Haus seiner Mutter in Somerset, hinter der er Wodka, Zigaretten und Bier versteckt hatte. Er fragte sich, ob er wohl jemals wieder ein Bier trinken würde.

Hannah streichelte ihm übers Haar. Die Sorge stand ihr ins Gesicht geschrieben.

Er versuchte, seine linke Hand zu heben, um ihr Gesicht zu berühren, doch sie ließ sich nicht bewegen. Sofort hatte ihn die

Panik wieder fest im Griff. »Andere Seite.« Seine Zunge fühlte sich schwer und seltsam fremd in seinem Mund an.

»Wie bitte?« Hannah runzelte die Stirn, als sie versuchte, seine undeutliche Sprache zu verstehen.

»Andere Seite.«

»Oh. Natürlich.« Sie stand auf und ging auf die rechte Seite des Betts.

Tom beneidete sie um die Mühelosigkeit, mit der sie sich bewegte. Wie leicht es für sie war, sich an der Nase zu kratzen oder die Hand auszustrecken, um nach einem Glas zu greifen. Er beneidete jeden, der sich normal bewegen und sprechen konnte.

Hannah räumte die Taschen und Jacken vom Stuhl und setzte sich neben ihn, um wieder seine Hand zu halten.

Die Verbindung, die Wärme ihrer Haut erschien Tom wie ein Wunder. Er schloss die Augen, um die Tränen zu verbergen, versuchte, das Bild aus seinem Gedächtnis zu verbannen, wie sie draußen vor dem Nightingale gestanden hatte, die Arme um die Taille eines anderen Mannes geschlungen. Er musste die Sache abhaken und alles daransetzen, dass sie bei ihm blieb. Denn er brauchte sie. Sosehr er die Abhängigkeit auch hasste, es entsprach der Wahrheit. Wenn sie ihn verließ, würde er niemals wieder aufstehen, das war ihm klar. Er sah sie an. Seine Hannah.

Sie hielten einander an der Hand, bis er einschlief.

Kapitel 17

»Könnt ihr zwei vielleicht mal für eine Sekunde aufhören zu knutschen und etwas bestellen?« Hannah löst ihre Lippen nur widerwillig von Toms, sieht jedoch noch, wie Julie die Augen verdreht und dem Barkeeper zuraunt: »Wie in der Seifenoper ...«

Der Mann hinter der Theke gießt vollkommen ungerührt Orangensaft in ein Glas. Als er es ihr über den Tresen hinweg zuschiebt, funkeln seine braunen Augen jedoch amüsiert, und er deutet zu dem Ledersofa in der hinteren Ecke. »Ich hab dich hier schon schlimmere Sachen machen sehen, Julie. Da drüben schleppst du die meisten Typen ab, oder?«

Hannah stellt amüsiert fest, dass Julie rot wird. »Halt die Klappe, Stefan«, sagt sie und nippt an ihrem Saft.

Der Bartender zieht eine buschige Augenbraue hoch. »Willst du etwa nicht, dass dein Bauch was davon erfährt?«

»So was in der Art.« Julie trinkt einen weiteren Schluck und verzieht das Gesicht. »Mann, ich vermisse den Alkohol!«

»Stell dich nicht so an.« Tom kann sich ein Grinsen nicht verkneifen. »Sind ja nur noch vier Monate.«

Julie starrt ihn finster an. »Danke, dass du mich daran erinnerst.«

Tom grinst Stefan an. »Ein kleines Bier. Und einen Weißwein für diese hinreißende Frau.« Dann küsst er Hannah, als wollte er nie mehr damit aufhören.

»Bäääh.« Julie wendet sich ab und steuert auf einen Tisch am Fenster zu. Rote Busse rattern die High Road hinunter, als sie sich hinsetzt, um sich durch eine ganze Reihe von Mothercare-Tüten zu ihren Füßen zu wühlen.

»Ich wünschte wirklich, sie würde mit Zac reden.« Hannah lehnt sich gegen den massiven grauen Stein der Theke und wirft einen besorgten Blick zu Julie hinüber.

»Ich auch«, sagt Tom und legt einen Arm um ihre Taille.

Hannah schmiegt sich an ihn und genießt seine Wärme. Die letzten beiden Wochen waren so märchenhaft wie die Anfangszeit ihrer Beziehung. Sie hatten die Zeit genutzt, um einander neu zu entdecken. Sie genießt es zu sehen, wie seine Augen wieder aufleuchten, wenn sie einen Raum betritt. Es ist toll, wieder miteinander zu lachen. Und es tut gut zu wissen, dass er da ist, wenn sie ihn braucht.

»Alles klar bei dir, Han?« Tom gibt ihr einen sanften Kuss auf die Wange.

»Ja«, erwidert sie gähnend. »Nur ein bisschen müde.«

»Ich habe keine Ahnung, woher das kommen könnte«, sagt er mit funkelnden Augen.

»Haha.« Sie weiß, dass es nicht am Sex liegt. Oder zumindest nicht nur daran. Sie findet einfach keinen Schlaf. Jede Nacht, während sie Toms Atemzügen lauscht, fragt sie sich, was zum Teufel die Zukunft wohl bringen wird. Sie ist so glücklich, wenn sie zusammen sind, aber sobald sie voneinander getrennt sind, wird ihr bewusst, dass sie absolut keine Ahnung hat, wie es mit ihrem Leben weitergehen soll. Sie kommt sich so verloren und nutzlos vor, vor allem seit klar ist, dass Tom für Nick arbeiten wird. Zwar vorerst nur einige Stunden in der Woche, aber er wird dennoch einen Gehaltsscheck bekommen und ein Ziel vor Augen haben. Ganz im Gegensatz zu ihr. Hannah versucht, die negativen Gedanken mit aller Macht beiseitezuschieben. Sie will die Gegenwart genießen, in der Tom den Arm um sie geschlungen hat und ein Glas Wein auf sie wartet. Das Leben ist toll.

»Siehst gut aus, Tom«, sagt Stefan, als er das Bierglas vor ihm auf den Tresen stellt.

»Danke, du auch.«

Stefan lacht. »Das sagt mir jeder, seit ich den Schnurrbart abrasiert habe.«

Tom schüttelt sich. »Stand dir wirklich nicht so toll, Kumpel.«

Der Barkeeper greift nach einem Geschirrtuch und beginnt, die Schnapsgläser zu polieren. Eine Strähne seines langen blonden Haares hat sich aus seinem Pferdeschwanz gelöst und fällt ihm ins Gesicht. »Und wie geht's dir?«

»Ganz gut.«

»Dann wirst du den Stock wohl nicht mehr lange brauchen, oder?«

»Das will ich schwer hoffen«, erwidert Tom lächelnd.

Hannah spürt bei seinen Worten einen Stich in der Brust. Sie hat nach wie vor Angst um ihn, aber Toms Zuversicht scheint keine Grenzen zu kennen, seit sie wieder zusammen sind. »Mal sehen, was der Arzt sagt.«

»Jaja«, sagt Tom mit einer wegwerfenden Handbewegung. »Mit meinem Bein geht es immer besser, ich bin mir sicher, dass bis Weihnachten alles wieder in Ordnung ist.«

»Bestimmt«, sagt Hannah und verkneift es sich, seine linke Hand zu erwähnen, mit der er immer noch nicht richtig greifen kann und die meistens eiskalt ist. Sie möchte ihn nicht entmutigen.

Tom küsst sie auf die Wange. »Sollen wir mal zu Jules rübergehen?«

»Gute Idee.« Hannah trägt ihre Gläser zum Tisch.

Julie sitzt leicht vornübergebeugt da und hält einen kleinen hellblauen Stoffkegel in die Höhe, der mit Flugzeugen bedruckt ist.

»Was ist das?«, fragt Hannah und stellt die Getränke ab.

»Ein Wickelhütchen«, erwidert Julie stirnrunzelnd. »Das bewahrt dich davor, beim Windelwechseln angepinkelt zu werden.«

»Aha …«, sagt Hannah, sieht sie jedoch nur vollkommen verständnislos an. »Und wie funktioniert das?«

»Na, man platziert es über der entsprechenden Stelle.«

»Aber doch bestimmt nur bei Jungs, oder?«

»Klar.« Julie streicht sich die Haare hinter die Ohren zurück, als sie erneut in den Tüten stöbert.

»Dann wird es ein Junge?«

»Keine Ahnung. Aber es schadet sicherlich nicht, auf alles vorbereitet zu sein, oder?« Sie zieht einen weißen Strampler hervor, auf dem in Grün zu lesen ist: *Party – Mein Kinderbett, zwei Uhr morgens – Bring eine Flasche mit.* »Der gefällt mir am besten«, sagt sie grinsend.

Hannah lächelt. Tom hatte angeboten, ihr unter die Arme zu greifen, aber Julie hatte darauf bestanden, alles selbst zu bezahlen. Hannah trinkt einen Schluck von ihrem Wein. »Was um Himmels willen ist das denn?«, fragt sie Julie, die gerade ein Plastikungetüm hervorzieht, das wohl am besten in eine mittelalterliche Folterkammer passen würde.

Julie wirft einen Blick auf das Etikett. »Eine Milchpumpe.« Sie hält sie über eine Brust. »Keine Ahnung, wie man das Ding anbringen soll.«

»Langsam wird es etwas peinlich.« Tom wendet demonstrativ den Blick ab, bis Julie die Pumpe weglegt. Dann packt er den Holzgriff des Stuhls mit der rechten Hand, um sich vorsichtig darauf niederzulassen. Im letzten Moment schwankt er bedenklich, und Hannah spürt, wie sich ihr Körper anspannt, um ihn zur Not aufzufangen. Doch Tom findet sein Gleichgewicht wieder.

Hannah lässt sich auf den Stuhl neben ihm sinken und greift nach seiner linken Hand. Sie ist wie immer eiskalt.

Tom sieht wieder Julie an. »Wann hast du deinen nächsten Termin, Jules? Ich komme gerne mit, wenn du möchtest.«

Julies Gesicht nimmt einen weichen Ausdruck an. »Das wäre toll, Tommo.«

Hannah lächelt. Sie ist froh über das wieder wachsende Vertrauen zwischen den beiden.

»Ich würde wirklich gerne helfen, Jules. Egal wie. Du könntest auch bei uns wohnen bleiben.«

Hannah sieht Tränen in Julies Augen, die sie rasch wegblinzelt. »Schon gut, Tommo. Kein Anlass für Gefühlsduseleien. Außerdem muss ich schon wieder aufs Klo.« Sie hievt sich umständlich von ihrem Stuhl in die Höhe. »Gott, ich kann gar nicht glauben, wie oft ich pinkeln muss. Gestern war ich fünfzehn Mal auf der Toilette. *Fünfzehn* Mal!«

Hannah und Tom schauen einander mit hochgezogenen Augenbrauen an, als sie mit dem Handy in der Hand davongeht.

Tom nippt an seinem Glas. »Sie wird uns an allem teilhaben lassen, nicht wahr?«

»Ich fürchte, ja«, erwidert Hannah. »Bis ins kleinste Detail.«

Tom verdreht die Augen. »Es könnte sein, dass ich ihr nach der Geburt erst einmal eine Weile aus dem Weg gehen muss.«

»Gute Idee.«

Tom strahlt sie an. »Ich kann es gar nicht erwarten, Kinder mit dir zu haben.« Er lehnt sich auf seinem Stuhl zurück. »Was hältst du von einer ganzen Fußballmannschaft?«

Hannah erwidert sein Lächeln und ignoriert dabei tapfer, wie sich ihr Magen vor Angst zusammenzieht. »Solange du nicht auch noch Ersatzspieler haben willst …«, entgegnet sie und drückt seine Hand. »Aber ich finde, ich sollte mir zuerst einen Job suchen.«

»Ach ja, das hatte ich ganz vergessen. Nick hat sich mit seinem Freund an der Beaumont in Verbindung gesetzt. Falls du immer noch an einem Bewerbungsgespräch dort interessiert sein solltest …?«

»Oh … Okay, klar. Warum nicht.«

»Anscheinend ist die Schule hervorragend ausgestattet. Und sie reisen mit den Kindern überallhin – New York, Italien. Dort würde es dir sicher gefallen.«

»Äh … klingt großartig«, murmelt Hannah und senkt schnell den Blick. Sie wollte nie an einer Privatschule unterrichten, das hatte sie sich immer geschworen. Und eigentlich sollte Tom das nur zu gut wissen. Vielleicht wäre es besser, ihn gleich daran zu erinnern. Doch als sie wieder aufblickt und seinen begeisterten Gesichtsausdruck sieht, bringt sie es nicht fertig. Er glaubt anscheinend wirklich, ihr eine Freude mit dem Angebot zu machen. Entschlossen gibt Hannah ihm einen Kuss auf die Wange und sagt: »Ich werde einen neuen Job finden. Keine Sorge.«

Er drückt ihre Hand. »Das weiß ich doch.«

»Ich möchte nur nicht, dass du glaubst, ich sei nicht verantwortungsbewusst.«

»Wieso um alles in der Welt sollte ich das denken?«

»Na ja, weil du mir das früher ständig vorgeworfen hast.« Hannah versucht sich an einem Lächeln, doch ihr Mund will ihr nicht so recht gehorchen.

Er sieht sie ernst an. »Wie oft muss ich es dir denn noch sagen? Ich bin nicht mehr der alte Tom.«

»Und woher weißt du das?«

»Dass ich mich verändert habe?«

Sie spürt, wie das Adrenalin durch ihren Körper schießt, als sie sich den entscheidenden Fragen nähern, die sie jede Nacht wach an die Decke starren lassen. Sie blickt ihm fest in die Augen. »Was passiert, wenn sich dein Gesundheitszustand nicht mehr verbessert, dir die Arbeit zu viel wird und dich all der Druck wieder in den alten Tom zurückverwandelt?«

»Ist es das, wovor du Angst hast?«

Hannah hält seinem Blick stand. »Natürlich. Es wäre doch verrückt von mir, keine Angst davor zu haben.«

»Ich habe dir das Leben wirklich schwer gemacht. Du warst meinetwegen sehr unglücklich, nicht wahr?«

Hannah nickt.

»Es tut mir so leid, Han.«

Sie glaubt ihm, aber das kann sie ihm im Augenblick nicht sagen. Ihre Hand zittert, und sie stellt ihr Weinglas auf dem Tisch ab. Dann sieht sie auf und mustert sein Gesicht. Die tieferen Falten um seinen Mund, die Furchen auf seiner Stirn. Zeichen des Schmerzes und der Heilung. Eine silberne Strähne schimmert in seinem dunklen Haar.

»Erinnerst du dich noch daran, als ich gefeuert wurde?«, fragt Tom.

»Wie könnte ich das vergessen?«

»Ja.« Er blickt auf seine Hände hinab. »Ich weiß. Aber da gibt es etwas, das ich dir nie erzählt habe.«

»Was denn?«

»Dass ich dir die Schuld dafür gegeben habe.«

»Mir?«

»Ja.«

Ihr Mund ist plötzlich vollkommen ausgetrocknet. »Wieso?«

»Weil du mich abgelenkt und mir die Wochenenden gestohlen hast, sodass ich nicht arbeiten konnte, wofür ich montagmorgens einen Anschiss bekommen habe. Freizeit war ein Unwort in der Kanzlei und freizumachen absolut verpönt.«

»Das hast du mir nie gesagt.«

»Ich dachte, du würdest es nicht verstehen.«

»Warum?«

»Ich habe mich geirrt, das weiß ich jetzt.« Er zuckt mit den Schultern. »Aber damals dachte ich, dass du meine Arbeit nur noch mehr hassen würdest, wenn du wüsstest, was sie immer für einen Aufstand machten, wenn ich es einmal wagte, nicht zur Verfügung zu stehen. Und du warst ja von Anfang an nicht gerade ein Fan der Kanzlei.«

»Ich habe deine Arbeit aber auch nicht gehasst, sondern nur das, was sie dir antat.«

Tom lächelt sie müde an. »Ich bin mir nicht sicher, ob das einen Unterschied macht. Ich hatte das Gefühl, ich könnte mit dir über nichts reden, was mit der Arbeit oder dem Druck, den ich empfand, zu tun hatte.«

Seine Worte geben Hannah das Gefühl, versagt zu haben. »Das tut mir leid.«

»Darum geht es mir gar nicht«, erwidert er kopfschüttelnd. »Damals war mir überhaupt nicht klar, wie stark du bist. Ich dachte, wenn ich dir erzähle, wie schwierig die Situation für mich ist, würdest du vielleicht … keine Ahnung … daran zerbrechen, oder so.«

»Aber warum?«

»Ganz ehrlich?« Er trinkt einen Schluck von seinem Bier. »Ich weiß es nicht. Vielleicht, weil du bei allem immer so gefühlsbetont reagiert hast. Ich dachte, du … du wärest nicht in der Lage, damit fertigzuwerden. Also habe ich dich beschützt. Aber dann bist du natürlich wütend geworden, weil ich dir nichts anvertraut habe.«

»Das hättest du aber tun können.«

»Das weiß ich jetzt auch. Aber damals war mir das nicht klar. Ich habe einfach weitergearbeitet und gehofft, dass irgendwann alles besser wird. Aber dadurch bin ich nur immer wütender auf dich geworden. Aber jetzt«, er greift nach ihren Händen, »weiß ich, wie stark du bist.«

Tränen schießen ihr in die Augen.

»Du bist für mich da gewesen. Jetzt möchte ich dasselbe für dich tun.« Er sieht sie eindringlich an. »Glaubst du mir das?«

Hannah starrt auf die rosaroten und violetten Blumenmuster im Teppich unter ihren Füßen. »Vielleicht beginne ich langsam, daran zu glauben«, sagt sie schließlich im Flüsterton.

»Halleluja!« Toms Augen funkeln. »Angesichts dessen, was wir schon alles zusammen durchgestanden haben, werden wir ja wohl mit einer Jobsuche fertigwerden.« Er nimmt einen großen Schluck von seinem Bier. »Und jetzt lass die Zügel mal schleifen und gönn dir was. Noch ein Glas Wein?«

»Gern. Was ist mit dir?«

»Ich lass es lieber ruhig angehen. Ist noch zu früh.« Er steht auf und humpelt zum Tresen hinüber.

Zwei Stunden später ist ihr Tisch mit leeren Chipstüten bedeckt, und dazwischen steht ein Teller, auf dem die Überreste eines Cheeseburgers mit Salat liegen. Tom schnappt sich die letzte Pommes. »Meinst du, Julie kommt zu Hause allein zurecht?«

»Natürlich.« Hannah verdreht die Augen. »Sie ist schwanger, nicht krank.«

»Ja, aber …«

»Kein Aber, Tom. Es geht ihr prima. Sie hat es sich bestimmt mit einem Glas warmer Milch im Bett gemütlich gemacht und sieht sich wieder mal eine Folge ihrer Lieblingsdoku im Fernsehen an. Mütter im Babyglück sind gerade ihr Ding.«

Tom schüttelt sich. »Ich kann mir so was nicht anschauen. Geburten vor laufender Kamera? Nein danke!«

»Ich finde sie eigentlich gut.«

»Wie geht's Steph?« Tom tupft einen Chipskrümel mit der Fingerspitze auf.

»Keine Ahnung.« Hannah ist im Moment nicht gut auf sie zu sprechen. Seit ihrer Auseinandersetzung im Pub haben sie nicht mehr wirklich miteinander geredet.

Tom sieht sie überrascht an. »Normalerweise seid ihr zwei doch unzertrennlich.«

»Na ja, sie hat eben viel zu tun mit der Vorbereitung auf ihren Auslandsaufenthalt.« Hannah sieht zu einer Gruppe von jungen Frauen hinüber, die über ein Handy gebeugt sind und albern kichern.

»Tansania, richtig?«

»Ja. Sie fliegt im Juli.«

»Klingt toll.«

»Ja.« Hannah starrt immer noch zu den Freundinnen hinüber und fragt sich, was wohl solche Heiterkeit bei ihnen auslöst. »Hätte ich auch gerne gemacht.« Moment mal, hat sie die Worte gerade etwa laut ausgesprochen? *Verdammt!*

Hannah wirft Tom einen Blick zu, der sie entsetzt aus weit aufgerissenen Augen ansieht und schließlich fragt: »Wieso das denn?«

Jetzt kann sie ebenso gut ehrlich sein. »Weil ich dann das Gefühl hätte, ausnahmsweise mal etwas Sinnvolles zu tun. Und außerdem wollte ich immer schon mal in Tansania leben.«

»Ich dachte …«, fängt Tom an, bricht jedoch mitten im Satz ab. Alle Farbe ist aus seinem Gesicht gewichen.

Hannah beeilt sich, ihn zu beruhigen. »Aber im Augenblick natürlich nicht.« Sie schluckt. »Jetzt würde ich auf keinen Fall weggehen. Ich möchte hier bei dir sein. Wer würde mir denn sonst morgens meinen Toast machen?« Als sie lacht, klingt es mehr wie ein Krächzen.

Tom sitzt vollkommen reglos da und starrt sie an.

»Außerdem sind die Zeiten vorbei, in denen ich einfach meinen Rucksack gepackt habe und losgezogen bin.« Hannah weicht seinem Blick aus. »Ich will nur noch hier bei dir sein.«

»So, wie du das sagst, klingt es, als hättest du eigentlich etwas ganz anderes vorgehabt, Han.« Er klingt verletzt.

Sie versucht, seine Sorgen mit einem Lachen abzutun. »Interpretier nicht zu viel in meine Worte hinein. Du weißt doch, wie ich bin, wenn ich eine Flasche Wein intus habe.«

»Okay.« Tom nickt unsicher. »Werde ich nicht.«

Um seine Zweifel zu zerstreuen, lehnt sich Hannah zu ihm hinüber und küsst ihn. »Überzeugt dich das?«

Er lächelt wieder und legt zärtlich eine Hand an ihre Wange. »Hundertprozentig. Ich bin so glücklich.«

»Ich auch.« Hannah versucht sich an einem überzeugenden Lächeln, doch auch damit kann sie das Gefühl der Traurigkeit und Endgültigkeit nicht verdrängen.

Mai 2015

Brief von Teach the World

»Hast du's gefunden?«, ruft Julie aus der Küche.

»Ja.« Tom starrt auf den Brief in seiner Hand. »Bin in einer Minute unten.«

»Okay.«

Er dreht das Blatt herum. Sein Blick bleibt an dem Teach-the-World-Logo am oberen Rand hängen, und noch einmal liest er die Worte, um auch ganz sicherzugehen.

Sehr geehrte Mrs. Ellison,
mit Bedauern nehmen wir zur Kenntnis, dass Sie die Teilnahme an unserem Projekt in Tansania abgesagt haben und die ab Juli vorgesehene Stelle nicht antreten werden.

Laut Datum stammte das Schreiben aus dem Februar dieses Jahres. Es musste kurz nach seinem Schlaganfall eingetroffen sein. Da war sie also – die Wahrheit. Hannah hatte vorgehabt, ihn zu verlassen. Er kann nicht mehr länger knien, lässt sich gegen das Bett sinken, lehnt den Kopf dagegen und starrt zu Hannahs Anziehsachen hinauf, die im Schrank neben ihm hängen. Das knallrote Kleid, das sie an dem Abend ihrer Verlobung getragen hat. Die unförmige hellbeige Strickjacke, die ihr ihre Mutter einmal zu Weihnachten geschenkt hat. Die alten goldenen Riemchensandalen, die sie nur noch zu Karaokeabenden trägt. So viele Farben auf ihrer Seite. So viele dunkle Anzüge auf seiner. Tom faltet den Brief sorgfältig zusammen und legt ihn neben sich auf den Boden. Er hatte gerade versucht, ein Hemd aufzuheben, das von einem Bügel gerutscht war, als er das zerknitterte Schreiben mit Hannahs Namen darauf neben einer Schuhschachtel liegen gesehen hatte. Er hatte den ersten Satz bereits gelesen, bevor er überhaupt darüber hatte nachdenken können. Und dann war es ohnehin zu spät. Er schließt die Augen. Beinahe hätte er sie verloren. Was auch immer sie zu ihm gesagt hat, ein Teil von ihr wollte von hier weg. Weg von ihm.

»Was machst du denn da, Tommo?« Julie taucht im Türrahmen auf, sie hat die Hände in die Hüften gestemmt. »Ich wollte mal nachsehen, ob du im Schrank stecken geblieben bist.«

Er greift nach dem Brief und wedelt damit in der Luft herum. »Ich habe gerade das hier gelesen.«

»Oh.« Sie lässt sich aufs Bett sinken und atmet vernehmlich aus. Ihr Bauch wölbt sich majestätisch unter ihrem gelben T-Shirt. »Du hast ihn gefunden.«

Er starrt sie an. »Soll das heißen, dass du davon gewusst hast?«

»Ja.« Sie wickelt sich eine Haarsträhne um den Finger. »Ich habe ihn schon vor einer Weile entdeckt, als ich mir Schuhe von Hannah ausleihen wollte. Ich hatte eigentlich vor, ihn wieder in die Schachtel zurückzulegen.«

»Das hat ja super geklappt. Wieso hast du mir nichts davon gesagt?«

»Wieso sollte ich?«, entgegnet sie schulterzuckend.

Tom denkt an die Unterhaltung mit Hannah im Pub. Das Funkeln in ihren Augen, als sie von Tansania erzählt hatte. »Weil es vielleicht gut gewesen wäre zu wissen, dass meine Frau darüber nachdenkt, mich zu verlassen?«

Julie schenkt ihm einen ihrer Mitleidsblicke. »Ja klar. Das

hätte dir ja auch gleich einen Wahnsinnsauftrieb gegeben.« Sie verdreht die Augen. »Idiot.«

»Na, jetzt ist es ja auch nicht gerade ein Stimmungsaufheller, oder?« Sein Blick wandert wieder zu dem Brief. Sein Hass auf dieses schlichte Blatt Papier wird von Sekunde zu Sekunde größer. »Was für ein Scheiß. Ich kann nicht glauben, dass sie einfach so verschwinden wollte.«

Julie stößt einen Seufzer aus. »Du kapierst es einfach nicht, oder?«

»Was denn?«

Seine kleine Schwester legt ihm die Hand auf die Schulter. Ihre Fingernägel schimmern golden. »Dass das etwas *Gutes* ist.«

»Wie kann es etwas Gutes sein, dass Hannah auf einen anderen Kontinent ziehen will?«

»Gott, du bist manchmal so dämlich«, sagt Julie und sieht ihn verständnislos an. »Dass Hannah *nicht* nach Afrika geht, ist eine gute Sache.«

»Was meinst du damit?«

»Muss ich es erst buchstabieren?« Julie breitet die Arme aus. »Schau dich mal in diesem Zimmer um. Was siehst du?«

Er hat keine Ahnung, worauf sie hinauswill. »Na ja, ein Bett. Einen Schrank.«

»Nicht das. Was ist mit diesem japanischen Druck dort an der Wand?«

»Die Eulen?« Als er sich jetzt zum ersten Mal ihre Gesichter richtig ansieht, erinnert ihn die Kleinere von beiden ziemlich stark an seine Tante Sue.

»Ja.« Julie zeigt auf das schmale Wandstück neben dem Fenster. »Oder mit dem Reisbild da drüben aus Vietnam.«

»Was soll damit sein?«

Sie deutet auf die Kommode. »Oder mit dieser Schale aus China, in der sie ihre Schminksachen aufbewahrt.«

Langsam geht ihm Julie auf die Nerven. »Was willst du mir damit sagen?«

»Dass Hannah für ihr Leben gerne reist, Tom. Und sie diese Chance aufgegeben hat. Für dich.«

»Ich …« So hat er die Sache noch gar nicht betrachtet. »Vermutlich, weil sie Mitleid mit mir hat.«

»Natürlich hat sie das. Du hattest einen Schlaganfall, verdammt noch mal. Alle haben dich bemitleidet. Selbst der alte Mann an der Ecke, der seinen eigenen Namen nicht mehr weiß. Aber darum geht es gar nicht.«

»Sondern?«

»Es geht darum«, erwidert Julie gereizt, »dass Hannah das Richtige getan hat. Das ist es, woran du denken solltest. Sie ist bei dir geblieben, um dir zu helfen. Und dann hat sie sich wieder in dich verliebt.«

»Wer weiß«, murmelt Tom, doch der Zweifel nagt immer noch an ihm. Als Julie ihm einen kräftigen Klaps auf den Hinterkopf versetzt, zuckt er zusammen.

»Du hast verdammtes Glück, mein Lieber. Die meisten Frauen hätten das Weite gesucht. Zumal du sie vorher monatelang wie den letzten Dreck behandelt hast.«

Er lässt den Kopf hängen. »Nimm bloß kein Blatt vor den Mund, Jules.«

»Tue ich auch nicht.« Sie atmet langsam ein und legt ihm dann tröstend eine Hand auf die Schulter. »Ich bin zwar zuerst kein großer Fan von ihr gewesen, aber …«

»Tatsache?« Er reißt in gespielter Überraschung die Augen auf. »Also, das hat man dir aber gar nicht angemerkt. Nicht mal, als sie wegen mir aus Japan zurückkam und du ihr immer noch keine Chance gegeben hast.«

Julie errötet. »Ja, ich weiß, das war ziemlich daneben. Aber ich war mit so vielen anderen Dingen beschäftigt, das weißt du doch. Na, wie auch immer …« Sie starrt ihn wütend an. »Wir reden hier über dich, schon vergessen? Außerdem finde ich sie jetzt toll. Nicht weil sie dich glücklich macht, sondern weil sie dich an die erste Stelle gesetzt hat, als du sie gebraucht hast. Also lass nicht zu, dass dieser blöde Brief alles ruiniert, okay?«

Tom weiß, dass Julie recht hat. »Okay.«

Julie steht auf und reckt die Arme über den Kopf. »Gut. Dann können wir ja jetzt ins Kino gehen. Ich brauche nämlich noch genug Zeit, um mir in aller Ruhe einen Süßigkeitenmix zusammenzustellen.« Sie tätschelt ihren Bauch. »Nur das Beste für das Baby.«

Tom schiebt den Brief dorthin zurück, wo er ihn gefunden hat. »Steht das etwa in diesen verrückten Büchern, die du andauernd liest? Mir war bisher gar nicht klar, dass die perfekte Schwangerschaftsernährung aus Zucker besteht.«

»Nein. Das ist meine ganz eigene Idee.«

Tom versucht, sich hochzudrücken, sackt aber gleich wieder zurück.

»Wie geht's deinem Bein?«

Er versucht es erneut. »Alles prima.«

Julie mustert ihn skeptisch

»Wirklich«, sagt er, aber in Wahrheit ist er das ganz und gar nicht. Das Bein fühlt sich von Tag zu Tag angespannter und schwerfälliger an. Und es schmerzt bei jedem Schritt. Ein weiterer Versuch aufzustehen ist endlich erfolgreich.

Julie starrt ihn an, die Hände in die Hüften gestemmt. »Tommo …? Ist das hier etwa wie damals, als wir noch klein waren und du vom Dach gefallen bist, dir aber unbedingt erst noch das Pokalfinale ansehen musstest, bevor du endlich zugegeben hast, dass es wehtut?«

»Nein.« *Ja.* »Es geht mir gut. Wirklich, Jules. Ich habe es wahrscheinlich bloß mit der Physio übertrieben.«

Da sie immer noch nicht ganz überzeugt zu sein scheint, umarmt er sie beruhigend und sagt dann: »Komm, lass uns gehen.

Die Lakritze suchen sich nicht von selbst aus.« Als sie gemeinsam das Schlafzimmer verlassen, schaut er noch einmal zum Schrank zurück. Es ist unvorstellbar für ihn, dass Hannah ihn verlässt. Das darf niemals geschehen. Er muss unbedingt herausfinden, wie er sicherstellen kann, dass sie bei ihm bleibt.

Kapitel 18

Hannah blickt vom Boden auf, wo sie es sich im Schneidersitz bequem gemacht hat. »Was machst du hier? Ich dachte, du würdest nicht mehr mit mir reden.«

»Na ja, das wurde mir irgendwie zu langweilig«, erwidert Steph schulterzuckend. »Wie sich herausgestellt hat, gibt es sonst niemanden, der über meine Witze lachen kann.«

Hannah widmet sich wieder dem Buch, das auf ihrem Schoß liegt. Sie ist immer noch sauer auf Steph, fühlt sich ungerecht behandelt von ihr.

»Was liest du denn da?«

Hannah bedeckt die Seiten mit den Händen. »Das geht dich nichts an.«

»Bitte, Hannah.« Steph kramt in ihrer Handtasche herum. »Ich habe auch Minstrels mitgebracht.«

Eine braune Schokolinse landet auf einer Buchseite. Hannah schnipst sie weg. »Da wirst du dir schon mehr einfallen lassen müssen.«

Der ganze Beutel klatscht in das aufgeschlagene Buch. »Besser?«

Hannahs Mundwinkel zucken, doch sie presst die Lippen fest zusammen und tut weiter so, als würde sie lesen. Verstohlen angelt sie eine der gefüllten Linsen aus der Tüte und zerbeißt die Schokohülle. Irgendwie muss sie schließlich bei Kräften bleiben.

Sie spürt, dass Steph sie beobachtet, starrt aber weiter beharrlich auf die aufgeschlagene Seite. Noch eine Minute und …

»Hör zu, es tut mir leid, okay?« Wie üblich muss Steph noch an ihrem entschuldigenden Tonfall arbeiten.

Hannah ist nicht bereit, es ihr so leicht zu machen. »Ach, wirklich? Also, einige der Dinge, die du da gesagt hast, waren ziemlich starker Tobak.«

»Ich mache mir einfach Sorgen um dich, und irgendwie kam alles falsch raus und …«

Hannah hält es nicht länger aus und klopft auf den Boden neben sich. »Setz dich.«

Steph zögert.

»Keine Sorge«, sagt Hannah grinsend. »Der Boden ist sauber. Du wirst dir dein entzückendes cremefarbenes Kleidchen schon nicht ruinieren.«

Steph stößt einen dramatischen Seufzer aus, lässt sich dann aber trotzdem vorsichtig neben ihr nieder. »Das hast du damals in Glastonbury auch gesagt, und ich weiß noch genau, was mit meiner Lieblings-Jeansshorts passiert ist.«

Hannah verdreht die Augen. »Steph, du warst total dicht. Und es war das Glastonbury-Musikfestival, Herrgott noch mal. Da kommt doch nichts wieder sauber raus. Außerdem haben dich die Shorts nicht die Bohne interessiert. Hast du sie nicht am nächsten Tag an diesen Fahnenmast neben dem Yogazelt gehängt?«

»Aber nur, weil sie dreckig waren.« Steph streckt Hannah die Zunge raus.

»Schon klar. Womöglich hat es aber auch daran gelegen, dass es der Typ mit den Dreadlocks genauso gemacht hat. Der, von dem du sagtest, dass du ihn heiraten würdest.«

»Ach ja.« Steph streckt die Beine aus. »Der war wirklich heiß. Bis ich gemerkt habe, dass er Kopfläuse hat. Das hat dem Ganzen doch einen leichten Dämpfer versetzt.«

»Verständlicherweise. Kratzen ist auch nicht so mein Ding.« Sie lässt den Zeigefinger über die Buchseite nach unten gleiten. »Woher wusstest du eigentlich, dass ich hier bin?«

Steph tippt sich mit dem Finger an die Nase. »Hab mich auf meine Spürnase verlassen.«

Hannah zieht abwartend die Augenbrauen in die Höhe.

»Du kommst doch immer hierher, wenn du dich mies fühlst, Hannah. Finch Books auf der Nightingale Road. Und du hockst immer auf dem Boden, obwohl es da drüben bequeme Sitzgelegenheiten gibt.« Sie deutet auf die Sessel in der hinteren Ecke, die in ihrem leuchtenden Orange nicht zu übersehen sind.

Hannah blickt sich um. Von Büchern umgeben zu sein gibt ihr ein Gefühl von Sicherheit. Tief atmet sie den Geruch von Papier und Druckerschwärze ein, der sie immer an das Arbeitszimmer ihres Vaters erinnert. Er hatte es geliebt, wenn sie zu ihm hereingerannt gekommen war, ihn umarmt und gesagt hatte, dass er nach Worten roch. Sie nickte. »Ja, ich schätze, das stimmt.«

»Obwohl du normalerweise in einem anderen Bereich zu finden bist.« Steph streckt die Hand aus, nimmt sich eine Schokolinse aus der Tüte und kaut geräuschvoll auf der knusprigen Hülle herum.

»In welchem denn?« Hannah klappt das Buch zu. Es ist wahnsinnig langatmig und in einem so herablassenden Ton verfasst, dass sie den Autor – sollte sie ihm jemals über den Weg laufen – mit der roten Seidenkrawatte erdrosseln würde, die er auf dem Foto trägt.

»Reise.« Steph wirft ihr einen vielsagenden Blick zu.

Hannah ignoriert sie und klappt das Buch wieder auf, wobei sie sich alle Mühe gibt, äußerst konzentriert und beschäftigt zu wirken. »Tja, heute lese ich eben etwas anderes.«

»Das sehe ich.« Steph nimmt ihr den Wälzer aus der Hand und liest laut den Titel vor: »*Anders lernen – Schule auf dem Prüfstand.* Verdammte Scheiße, was ist das denn?« Sie neigt den

Kopf zur Seite und betrachtet die Rücken der Bücher, die Hannah neben sich gestapelt hat. »*Leistungsstarke Kinder fordern und fördern? Entwicklung von Schlüsselkompetenzen in der Schule? Bildung als Glücksspiel?* Willst du Bildungsministerin werden?«

»Nein. Ich habe ein Bewerbungsgespräch.« Hannah gibt sich Mühe, ein begeistertes Gesicht aufzusetzen, doch es will ihr nicht so recht gelingen.

»Wo denn?«

Hannah holt tief Luft, um sich für das zu wappnen, was nach ihrer Antwort kommen wird. »Beaumont College.«

»*Wie bitte?*« Steph sieht sie noch entsetzter an, als Hannah erwartet hat. »Diese bescheuerte Mädchenschule in Clapham, wo sie alle grüne Blazer und Flechtzöpfe tragen?«

Hannah verschränkt die Arme vor der Brust. »Ich glaube nicht, dass es so schlimm ist.«

»Nein, ich wette, es ist noch viel schlimmer.« Steph schüttelt sich. »Müssen sie da nicht auch alle Latein lernen?«

»Keine Ahnung«, erwidert Hannah. »Aber ich brauche nun mal einen Job.«

»So verzweifelt kannst du doch gar nicht sein.«

»Das ist nicht gerade hilfreich.«

»Schon gut, schon gut.« Steph vertilgt eine weitere Schokolinse, während Hannah einen Mann beobachtet, der sich offensichtlich nicht zwischen zwei Büchern von Stephen King entscheiden kann. Schließlich gibt er auf und geht mit beiden zur Kasse.

Steph mustert Hannah eindringlich, als sie fragt: »Wessen Idee war das eigentlich mit Beaumont?«

Hannah schlägt ein anderes Buch auf, sie kann Steph unmöglich in die Augen sehen. »Toms, wenn du es genau wissen willst.« Bevor Steph darauf reagieren kann, fährt sie fort: »Nick kennt dort jemanden und hat ein gutes Wort für mich eingelegt. Die

Bezahlung ist super. Warum sollte ich es nicht mal probieren?« Als sie aufblickt und sieht, dass Steph den Mund öffnet, redet sie rasch weiter. »Und wenn ich dort eine Stelle bekäme, dann könnte ich mit Tom zusammen sein. Und ich will nicht, dass du versuchst, es mir auszureden, okay? Ich weiß, was du denkst und warum, aber Tatsache ist: Ich liebe ihn. Egal, wie gern ich auch nach Tansania gehen würde.« Hannah kann ihrer Freundin immer noch nicht in die Augen sehen. Sie weiß, dass sie darin nur ihre eigenen Zweifel erkennen würde. Nachdem sie hastig nach Luft geschnappt hat, fährt sie fort. Die Wochen voller Sorgen und Ängste lassen die Worte nur so aus ihr herauspurzeln: »Ich kann nun mal nicht beides haben. Also entscheide ich mich für ihn. Ich muss das tun. Weil ich ihn liebe und will, dass es ihm besser geht. Ich meine, *wirklich* besser. Nicht nur mit dem Stock herumhumpeln, sondern Fußball spielen und mich auf den Armen tragen.« Endlich schafft Hannah es, Steph anzusehen. »Er braucht mich. Ich könnte es mir nie verzeihen, wenn ich jetzt nicht für ihn da wäre.«

Sie verstummt in Erwartung des wilden Protestgeschreis, das jetzt mit Sicherheit kommen wird, doch zu ihrer Überraschung sagt Steph kein Wort. Weder versucht sie, ihre Argumente in der Luft zu zerreißen, noch gibt sie ihr Kontra. Stattdessen legt ihre Freundin einfach nur die Arme um sie und zieht sie an sich. Mitten in einem Buchladen, neben dem Regal für Sexualerziehung.

»Ich werde dich vermissen«, murmelt Hannah in Stephs Haar, bevor ihr ein Schluchzen entfährt.

»Ich weiß.« Steph weicht zurück, ihre Augen sind ebenfalls gerötet. »Wer wird dir bloß bei drei Flaschen Wein Geschichten von emotional gestörten Männern erzählen?«

»Du wirst ein Riesenloch in meinem Leben hinterlassen.«

Steph nickt ernst, bevor sich ihr Mund zu einem Lächeln verzieht. »Dann werde ich dir eben per E-Mail auf den Wecker fallen.

Und per Instagram. Meinetwegen melde ich mich auch bei Twitter an.«

»Ist nicht dein Ernst«, sagt Hannah lachend. »Hast du nicht mal verkündet, dass Mikroblogging das Ende der Zivilisation bedeutet?«

»Dazu stehe ich auch nach wie vor«, entgegnet Steph grinsend. »Aber selbst mir ist klar, dass ich mich wohl oder übel mit moderner Technologie anfreunden muss, wenn ich in Übersee lebe.«

»Das kannst du laut sagen! Du könntest es auch mal mit Skype versuchen.«

Steph verdreht die Augen. »Meinetwegen. Aber wir wollen es nicht gleich übertreiben!« Sie wirft einen Blick auf den Bücherstapel. »So, und jetzt lass uns doch mal sehen, wie wir dich für dieses Bewerbungsgespräch fit kriegen.«

Hannah wirft ihr einen skeptischen Blick zu. »Aber du hasst Lehrbücher.«

»Stimmt. Da kannst du mal sehen, wie gern ich dich habe. Also, ich lese freiwillig …«, sie zieht ein Buch aus dem Stapel, *»Schule der Zukunft.«*

Hannah schießen schon wieder die Tränen in die Augen. Sie legt eine Hand auf ihr Herz, dann drückt sie Stephs. »Ein wahrlich großzügiges Opfer. Ich danke dir.«

»Für dich würde ich alles tun, das weißt du doch.« Dann klappt sie das Buch auf und fügt hinzu: »Und jetzt schnapp dir dein Notizbuch und lass uns loslegen. Wenn wir richtig Gas geben, können wir um neun im Pub sein.«

»Jawohl, Chef«, kichert Hannah, senkt den Kopf und beginnt zu schreiben.

Später, als Steph kurz nach draußen gegangen ist, um frische Luft zu schnappen, hört Hannah den Piepton ihres Handys. Eine SMS von Nick. Das letzte Mal, als sie eine von ihm erhalten hat, ging es Tom noch furchtbar schlecht.

Alles in Ordnung mit Tom?

Glaube schon. Wieso?

Mache mir Sorgen.

Was ist passiert?

Er wollte heute beim Spiel nicht von seinem Platz aufstehen und sah total fertig aus. Wie damals im Januar.

Hannah spürt, wie Übelkeit in ihr aufsteigt. Ihr ist in den letzten beiden Wochen auch schon eine Veränderung an Tom aufgefallen. Er war plötzlich lustlos, wackeliger auf den Beinen, und seine linke Hand schien wieder zu einer Klaue zu erstarren. Aber er hatte ihr versprochen, ehrlich ihr gegenüber zu sein. Er würde ihr sagen, wenn etwas nicht stimmte.

Hannah schickt eine weitere SMS an Nick.

Vermutlich ist er nur müde. Aber er hat nächste Woche einen Termin bei seinem Arzt – werde zusehen, dass ich sämtliche Infos erhalte.

Danke. Halt mich auf dem Laufenden.

Mach ich.

Hannah starrt noch einen Augenblick auf ihr Handy. Dann wendet sie sich wieder den Büchern zu, um ihre Anstrengung zu verdoppeln, die Stelle am Beaumont College zu bekommen.

Juni 2015

Foto von einer mit Tomatenflecken übersäten Hannah

»Steph.« Tom schaut an sich hinab und versucht, das um seine Taille geschlungene Handtuch höher zu ziehen. »Was für eine Überraschung.«

»Hallo. Tut mir leid, dass ich so früh auftauche.« Sie streicht sich das blonde Haar aus den Augen und zieht die Handtasche höher auf die Schulter. »Hannah ist doch beim Friseur, oder?«

»Ja.«

»Gut.« Sie lächelt. »Darf ich trotzdem reinkommen?«

Er blinzelt verwirrt. »Äh … klar.«

Doch sie ist bereits an ihm vorbeigerauscht.

Tom schließt die Tür hinter ihr und fragt sich, was um alles in der Welt sie hier macht. Ihr ungewöhnlich nervöser Gesichtsausdruck lässt ihn auf jeden Fall nichts Gutes ahnen.

»Ich muss mit dir über etwas reden.«

»Okay.« Vermutlich liegt er mit seiner Vorahnung richtig, dass ihm nicht gefallen wird, was sie zu sagen hat. »Ich zieh mir nur eben was über.«

»Mach das.« Steph schleudert ihre Stöckelschuhe von den Füßen und verschwindet in der Küche. »Tee?«

»Ja bitte.« Tom geht in den Raum, den sie inzwischen wieder als Gästezimmer nutzen, und schnappt sich ein T-Shirt von dem Haufen Dreckwäsche auf dem Boden. Er zieht es sich über den

Kopf und flucht leise, als sich seine linke Hand weigert, das Armloch zu finden. Als er endlich alle Gliedmaßen an die richtige Stelle bugsiert hat, kämpft er gegen die bekannte aufsteigende Panik an, indem er die Finger seiner linken Hand streckt und krümmt. Einmal. Zweimal. Tom versucht, die Angst zu verdrängen. Eines Tages werden sie wieder richtig funktionieren. Er muss einfach weitertrainieren. Er schlüpft in eine Trainingshose, bevor er wieder zu seinem Stock greift und sich auf den Weg in die Küche macht.

Steph sitzt am Tisch, die Hände um einen dampfenden Becher gelegt. Ein Foto lehnt am Ende des Tisches an dem Becher mit der Aufschrift *Ehemann*, den ihm Hannah auf ihrer Hochzeitsreise geschenkt hat. Darauf ist sie in einem weißen T-Shirt zu sehen, das mit Tomatenflecken übersät ist. Auch im Gesicht und in den Haaren sind überall rote Spritzer zu sehen. Das Bild stammt vom Food-Fight-Festival in La Tomatina, das Hannah und Steph während ihrer gemeinsamen Studienzeit besucht hatten.

Tom betrachtet ihren offenen Gesichtsausdruck und den zurückgeworfenen Kopf mit diesem wundervollen Lächeln. Dann lässt er sich auf einen Stuhl sinken. »Hübsches Foto.« Er greift nach seinem Tee. »Wieso hast du es mitgebracht?«

»Um deinem Gedächtnis auf die Sprünge zu helfen.«

»Verstehe.«

Stille macht sich breit.

»Und woran genau willst du mich um halb zehn morgens erinnern?«, fragt Tom, nimmt sich einen Schokokeks und beißt hinein. »Es ist zwar toll, eine Entschuldigung zu haben, um Kekse zum Frühstück zu essen, aber …«

Als Steph den Kopf hebt, bohrt sich ihr Blick aus den blauen Augen in seinen. »Ich mache mir Sorgen um Hannah.«

»Okay …« Tom kaut langsam und wartet ab.

Steph knabbert an ihrer Unterlippe. Tom hat sie noch nie so

nervös erlebt. Sie scheint einen Moment lang mit sich zu ringen, dann tritt ein entschlossener Ausdruck auf ihr Gesicht, und sie legt los: »Hör zu, ich bedauere wirklich, was ich dir gleich sagen werde. Ich weiß, dass es dir beschissen geht und dass das hier wahrscheinlich das Letzte ist, was du gerade gebrauchen kannst.«

»Ich komme ganz gut zurecht.«

»Ich weiß. So war es auch nicht gemeint.« Sie blickt wieder in ihre Tasse und nimmt einen neuen Anlauf. »Hannah ist wirklich stolz auf dich.«

»Und ich bin stolz auf sie.«

Steph holt tief Luft. »Hör zu, die Sache ist die. Ich glaube, dass Hannah sich in etwas verrannt hat – und dass du ihr helfen kannst.«

»Okay.« Er tunkt seinen Keks in den Tee. »Raus damit. Ich weiß, dass du nicht gern um den heißen Brei herumredest.«

»Das stimmt. Und trotzdem fällt es mir nicht leicht.« Für einen Moment huscht ein verwirrter Ausdruck über ihr Gesicht. »Ehrlich gesagt habe ich wochenlang hin und her überlegt, ob ich überhaupt mit dir reden soll.«

»Worum geht es denn genau?«

»Hannah ist nicht mehr sie selbst.« Steph zeigt auf das Foto. »*Das da* ist die echte Hannah.«

Tom setzt seinen Teebecher ab und sieht sie alarmiert an. »Was meinst du damit?« Dabei weiß er ganz genau, was sie meint. Seit er diesen verdammten Brief von Teach the World gefunden hat, ist ihm aufgefallen, wie still Hannah geworden ist. Sie starrt ständig aus dem Fenster oder scheint in ihren Tee versunken zu sein, von dem sie zahllose Tassen trinkt – und je länger er sie beobachtet, desto öfter fällt ihm dieser Sekundenbruchteil auf, in dem ihr Gesicht von Traurigkeit erfüllt ist, ehe sie bemerkt, dass er das Zimmer betreten hat. Und jetzt, wo Steph hier ist, kann er dieses Gefühl, dass mit Hannah etwas nicht stimmt, nicht mehr länger ignorieren.

»Ich fühle mich wirklich schlecht dabei, dass ich so mit dir rede. Das musst du mir glauben. Und Hannah würde mich sicher umbringen, wenn sie es wüsste. Sie liebt dich so sehr. Aber damals, im Januar, hatte sie noch andere Pläne. Sie wollte weg, bevor du …« Er sieht ihr an, dass sie sich fragt, ob sie das Wort »Schlaganfall« laut aussprechen darf.

Tom erlöst sie, indem er sagt: »Sprichst du von Tansania?«

»Ja«, erwidert Steph verwundert. »Du weißt also, dass sie sich beworben hatte?«

»Ja.«

Sie runzelt die Stirn. »Hannah hat keine Ahnung davon, oder?«

»Nein. Ich wollte nicht, dass sie deshalb ein schlechtes Gewissen hat.«

»Oh.« Steph bleibt der Mund offen stehen. Für einen Moment weiß sie nicht, was sie sagen soll – was wirklich ungewöhnlich für sie ist. Dann tupft sie einen Kekskrümel mit der Fingerspitze auf und murmelt: »Sie war so begeistert davon. Monatelang hat sie geplant, was sie dort alles unternehmen wollte.«

Tom spürt, wie Wut in ihm aufsteigt. Als wäre das alles seine Schuld. »Wie auch immer, die Umstände haben sich geändert, oder etwa nicht?« Er versucht sich an einem Lachen, doch es klingt schrill. Verzerrt. »Tut mir leid, dass ich ihre Pläne durchkreuzt habe.«

Stephs silberne Ohrringe schimmern, als sie verständnisvoll nickt. »Ich weiß, dass sich alles geändert hat. Glaub mir. Aber ich musste einfach mit dir reden. Hannah gibt das Einzige auf, was sie wirklich will. Und sie tut es für dich.«

»Hör zu, Steph.« Tom hofft, nur die richtigen Worte finden zu müssen, um Steph und den Teil von sich selbst zu überzeugen, der glaubt, dass sie eventuell recht haben könnte. »Hannah liebt mich. Und ich liebe sie. Wir sind verheiratet, das heißt, wir müssen tun, was für uns beide in Ordnung ist. Kompromisse gehören zu einer Ehe nun mal dazu.«

Die Traurigkeit in Stephs Gesicht erschreckt ihn. »Sicher, aber sie will schon seit Jahren nach Tansania. Das weißt du doch. Wann wird sie denn einmal das tun können, was *sie* will?«

Tom wird heiß, er fühlt sich unbehaglich und weiß nicht, was er ihr antworten soll.

Steph nimmt sich einen weiteren Keks, legt ihn aber gleich neben ihrem Becher ab. »Ich mache mir Sorgen, dass sie nie wieder sie selbst sein wird, wenn sie es nicht durchzieht. Es ist eine tolle Chance für sie, die ihr Selbstvertrauen stärken und ihr den Glauben an sich selbst zurückgeben würde.«

»Ich finde nicht, dass es ihr in dieser Hinsicht an irgendetwas mangelt. Also …« Tom stockt, als er plötzlich Hannahs trauriges Gesicht vor sich sieht, wenn sie montagmorgens mit hängendem Kopf das Haus verlässt.

»Das glaubst du doch nicht wirklich.« Steph lehnt sich nach vorn. »Sie ist wahnsinnig glücklich, dass es zwischen euch wieder gut läuft, aber in der Schule ist sie immer unglaublich still. In den Konferenzen sagt sie kein Wort.«

»Na ja, sie ist ja auch bald weg dort. Außerdem hasst sie die Schule.«

»Trotzdem war sie früher kaum zu bremsen. Und jetzt … kommt absolut nichts mehr von ihr.«

Tom will nicht, dass Steph recht hat. Er kämpft dagegen an. »Aber vielleicht wäre Beaumont College …«

»Nein.« Ein stählener Ausdruck tritt in Stephs Augen. »Es tut mir wirklich leid, dir das so direkt sagen zu müssen, aber sie zieht das nur für dich durch.«

»Woher willst du das wissen?«

»Aus dem gleichen Grund wie du. Sie ist eine wahnsinnig schlechte Lügnerin.«

Er weiß, dass es stimmt. Wann immer Hannah über das Bewerbungsgespräch redet, lächelt sie zwar, aber es kommt nicht von Herzen. Aber beim Gedanken daran, dass Hannah weggehen könnte, wird ihm schlecht. Sein Leben würde ohne sie nicht funktionieren. Er würde nicht einmal mehr aus dem Bett aufstehen wollen. Jeden Morgen würde ihm ihr Lachen fehlen und am Abend ihr Kichern. Er würde sie so sehr vermissen. Tom schließt die Augen. Als er sie wieder öffnet, sieht er, dass Steph eine Träne über die Wange läuft. Und das jagt ihm mehr Angst ein als alles andere. Er sieht sie flehend an. »Aber warum gerade Tansania? Warum nicht …« Er versucht zu lächeln. »Brighton?«

»Weil es ihr Traum ist.«

Ja, das ist es. So viel hat er begriffen. Eigentlich schon damals, als sie sich gerade erst kennengelernt hatten und sie ihm die Landkarte an ihrer Decke zeigte. Er muss daran denken, was Hannah alles für ihn tut. Am Vorabend legt sie ihm schon die Kleidung heraus, die Tabletten platziert sie auf dem Tisch neben dem Handy, die Fernbedienung liegt immer auf der rechten Seite des Sofas. Ihre Welt dreht sich nur um ihn. Und das ist nicht erst seit seinem Schlaganfall so. Als sein Blick auf das Foto von der lachenden Hannah fällt, die von oben bis unten mit Tomatensoße bekleckert ist, kann Tom es nicht länger leugnen. Er will, dass Hannah wieder lebt. Wirklich lebt. Es spielt keine Rolle, dass er dabei nicht bei ihr sein kann, dass er nur die Bilder ihres Abenteuers in Tausenden Kilometern Entfernung ansehen kann, dass er ohne sie zurückbleibt, auch wenn er schon den Gedanken daran kaum ertragen kann. Er sieht Steph an und nickt. Ihm ist klar, was er zu tun hat – nur nicht, ob er die Kraft dazu aufbringen kann.

Kapitel 19

»Hallo, ich würde gern mit Hannah Ellison sprechen.«

»Am Apparat.« Hannah rutscht auf dem Stuhl hin und her. Der Kragen der weißen Bluse scheuert an ihrem Hals, und das schwarze Kostüm, das sie immer bei Bewerbungsgesprächen trägt, hat die übliche schweißtreibende Wirkung. Als sie aufschaut, begegnet sie dem finsteren Blick der Schulsekretärin, die mit perfekten rot lackierten Fingernägeln auf ihre Tastatur einhackt. Das Namensschild auf ihrem Tisch verrät, dass sie Joy heißt – ihrem Gesichtsausdruck nach zu urteilen, wird sie ihrem Namen allerdings nicht wirklich gerecht. Von Freude ist hier weit und breit nichts zu spüren. Hannah formt mit den Lippen eine stumme Entschuldigung und legt eine Hand über den Mund, um ihre Stimme zu dämpfen. Hier ist alles ganz anders als an der Queensdale. Im Sekretariat dort ist es so laut, dass Hannah beim ständigen Klingeln der Telefone und dem Rappeln und Zuknallen des Aktenschranks in der Ecke, in dem die neuesten Heldentaten der Schüler abgelegt werden, normalerweise kaum ihr eigenes Wort verstehen kann. Am Beaumont College ist dagegen nichts weiter zu hören als das Ticken der Uhr an der Wand und ein gelegentliches Quietschen, das der Fensterputzer auf den ohnehin lupenreinen Scheiben verursacht. Die Pflanze auf dem Fensterbrett sieht aus, als wäre sie kürzlich bei der Gartenschau in Chelsea ausgestellt worden, und daneben befindet sich eine Wand, an der Fotos von Schülern in grünen Uniformen hängen, die von einer atemberaubenden Vielzahl von Klassenfahrten zeugen. Jordanien. Dubai. Australien.

»Ich rufe im Auftrag von Teach the World an.« Hannah erstarrt, ihr Puls beginnt zu rasen. »Dieses Vorgehen ist eher unüblich, aber uns wurde mitgeteilt, dass Sie im Juli möglicherweise doch zur Verfügung stehen. Daher wollten wir Sie noch einmal wegen der offenen Stelle in Tansania kontaktieren.«

»Wie bitte?« Hannah verändert die Position ihrer gekreuzten Beine, die Nylonstrumpfhose scheint ihr Blut in den Oberschenkeln zu stauen.

Die Stimme am anderen Ende klingt tief und entschlossen. »Wir können Ihnen eine neue Stelle anbieten, die gerade erst ausgeschrieben wurde. Wir benötigen jemanden, der die Koordination des gesamten Lehrplans unseres Bildungsprogramms in Tansania übernimmt. Wir hatten gehofft, dass wir Sie überzeugen könnten, doch noch zu einem Gespräch vorbeizukommen.«

»Ich …« Hannah wirft Joy, die sie völlig ungeniert anstarrt, einen verstohlenen Blick aus den Augenwinkeln zu. Vielleicht wäre es keine schlechte Idee, das Zimmer zu verlassen. Hannah tritt in den Flur hinaus, das Handy zwischen Kinn und Schulter geklemmt. »Hören Sie.« Sie senkt die Stimme, als zwei Mädchen vorbeigehen, die sie mit der kühlen Verachtung betrachten, die nur Teenager aufbringen können. Sie streicht sich die Locken aus der Stirn. »Ich weiß wirklich nicht, woher Sie Ihre Informationen haben, aber ich stehe im Juli nicht zur Verfügung.«

Jetzt klingt die Stimme amüsiert. »Man hat uns gewarnt, dass Sie so reagieren würden.«

»Wie bitte?« Hannah blickt sich um, ob sie vielleicht jemand heimlich beobachtet. »Wer hat Sie gewarnt?« Dann fällt der Groschen. Steph. Sie würde sie umbringen – allerdings erst nachdem sie dieses Kostüm verbrannt hatte.

»Die Sache ist die, Hannah. Teach the World braucht dringend jemanden wie Sie.«

Hannah bezweifelt, dass sie derselben Ansicht wären, wenn sie sie jetzt gerade sehen könnten. Das Armband ihrer Uhr hat sich bei ihrem Versuch, sich den Schweiß aus dem Ausschnitt zu wischen, im obersten Blusenknopf verfangen. Sie braucht drei Anläufe, bis sie ihre Hand wieder freibekommt. Kichern dringt vom Ende des Flurs an ihr Ohr. Als sie sich umdreht, sieht sie, dass die beiden Teenager stehen geblieben sind und sie beobachten. Wie auf Kommando wenden sie sich ab und stolzieren im Gleichschritt davon.

»Was halten Sie davon, Hannah? Würden Sie gern einmal vorbeikommen und sich mit uns unterhalten?«

Hannah denkt an Tom und weiß augenblicklich, wie ihre Antwort lauten muss. Sie zwingt die Worte hinaus. »Nein, ich ...«

»Die Person, die uns angerufen hat, sagte, dass Sie schon sehr lange für uns arbeiten möchten.« Die Stimme am anderen Ende der Leitung hat einen verführerischen Klang angenommen. »Es besteht keinerlei Verpflichtung, wir wollen uns nur mit Ihnen unterhalten.«

»Ich weiß nicht.« Hannah sieht, wie sich eine grüne Tür weiter unten auf dem Flur öffnet. Eine Frau – vermutlich eine weitere Bewerberin – tritt hinaus. Ihr dunkles Haar ist zu einem makellosen Knoten im Nacken zusammengesteckt. Sie scheint der Typ Frau zu sein, der immer eine Ersatzstrumpfhose in der Handtasche hat. Mit geradem Rücken und hoch erhobenem Kopf geht sie zum Ausgang. Sofort wird Hannah von Minderwertigkeitskomplexen geplagt. Sie kommt sich klein und schlampig vor.

»Hannah«, die Stimme holt sie aus ihren Gedanken. »Die Kinder sind einfach toll. Sie sind so begierig darauf, etwas zu lernen. Ich war zwei Jahre dort, und als ich nach Hause zurückkehrte, war ich wahnsinnig motiviert. Ich bin anschließend viel positiver durchs Leben gegangen.«

Hannah kann sich nicht daran erinnern, wann sie das letzte Mal positiv durchs Leben gegangen ist. Trotz Tom. Trotz der Liebe, die sie für ihn empfindet.

»Hannah, die Person, die uns angerufen hat, sagte, dass Sie die Liebe zu Ihrem Beruf wiederentdecken wollen. Dies ist der richtige Weg dafür, glauben Sie mir.«

»Wer …?«

»Das darf ich Ihnen leider nicht verraten.«

Die Tür öffnet sich wieder, und ein Mann in Nadelstreifenanzug und einer grellgrünen Krawatte blickt sie freundlich und erwartungsvoll an. »Hannah Ellison? Sind Sie bereit für Ihr Vorstellungsgespräch?«

Mit dem Handy in der Hand und einer Zukunft vor Augen, die sich in ganz unterschiedliche Richtungen entwickeln könnte, steht Hannah wie erstarrt auf dem Flur. Sie muss diesen Job bekommen. Es hat keinen Zweck, mit den Leuten von Teach the World zu sprechen. Und dennoch …

»Bitte kommen Sie vorbei und lernen uns kennen, Hannah.«

Sie könnte sich ja einmal ganz unverbindlich anhören, was sie zu sagen haben. »Wann?« Sie notiert sich Datum und Uhrzeit mit einem Kugelschreiber auf der Hand. »Okay, vielen Dank. Ich muss jetzt Schluss machen. Bis dann.«

Der Mann im Flur trommelt ungeduldig mit den Fingern gegen die Tür. »Sind Sie so weit, Hannah?«

»Natürlich.« Sie setzt ihr strahlendstes Lächeln auf und folgt ihm in sein Büro.

»Was machst du denn hier?«

»Na, das ist ja ein reizender Empfang!« Steph kommt auf Hannah zu, die am Fuß der breiten Steintreppe steht, die vom Schulgebäude in den umliegenden Park führt. »Da schleppe ich mich in meiner Doppelfreistunde hierher, und das ist der Dank dafür.«

»Tut mir leid.« Hannah ist in Gedanken immer noch bei dem Telefonat.

»Wie ist es gelaufen? Haben sie vergoldete Teetassen?« Steph zeigt zu dem Teich hinüber, der sich neben einigen Tannen in der Nähe des Speisesaals befindet. »Wusstest du, dass sie echte Koikarpfen da drin haben?«

Hannah schüttelt den Kopf. »Ich hatte keine Gelegenheit, mir das Gelände anzuschauen.«

Steph legt einen Arm um sie. »Und, kannst du stolz auf dich sein?«

»Ganz ehrlich?«

»Natürlich.« Steph tritt mit ihr durch das schmiedeeiserne Tor zurück in die Realität. Ein Motorrad fährt dröhnend an ihnen vorbei, als Hannah an der roten Fußgängerampel den Knopf drückt. »Ich war schrecklich.«

Steph mustert sie argwöhnisch. »Wahrscheinlich bist du wieder mal die Einzige, die das so sieht, während der Rest der Welt anderer Meinung ist.«

»Soll heißen?«

»Soll heißen, dass du mit deiner Selbsteinschätzung normalerweise ziemlich danebenliegst. Du scheinst nie zu wissen, wann du etwas richtig gut gemacht hast.«

Die Ampel springt auf Grün.

»Das stimmt doch gar nicht.«

»Ach nein? Wie war das noch, als die Queensdale von der Schulaufsichtsbehörde geprüft wurde, und du dachtest, du wärest durchgefallen, obwohl sie dich mit ›ausgezeichnet‹ bewertet hatten?«

Hannah weicht einem Blindenhund aus, als sie den gegenüberliegenden Gehweg erreichen. »Ja, aber …«

»Oder dass du mir während unseres Studiums ständig damit in den Ohren gelegen hast, dass du die schlechteste Lehrerin von uns allen werden würdest.«

»Das ist nicht wahr.« Hannah sieht sie vorwurfsvoll an. »Ich bin mir sicher, dass ich dachte, dieser Matt wäre schlechter als ich.«

»Hannah, Matt wusste nicht mal, was ein Apostroph ist. Selbst du konntest dich ihm nicht unterlegen fühlen.«

»Schon gut, schon gut«, sagt Hannah peinlich berührt. »Jedenfalls ist es heute wirklich nicht gut gelaufen. Ich habe nur Blödsinn erzählt. Ich habe tatsächlich gesagt, dass meine einzige Schwäche mein Perfektionismus sei.«

»Autsch.«

»Genau. Und ich wusste nicht mehr, wer *Die Glasglocke* geschrieben hat. Außerdem habe ich so schrecklich geschwitzt, dass ich am Ledersofa festklebte. Als ich aufgestanden bin, klang es, wie wenn man ein Pflaster abreißt.«

Steph gibt einen leisen Pfiff von sich. »Okay, du hast gewonnen. Scheint wirklich so, als wäre es nicht optimal gelaufen.«

»Kann man wohl sagen«, erwidert Hannah. »Aber du wolltest mir ja nicht glauben.«

»Was war denn los? Du hast dich doch bestens vorbereitet.«

»Ich war ein bisschen abgelenkt.«

»Wodurch?«

»Kurz vorher habe ich einen Anruf von Teach the World erhalten, die mich um ein Treffen wegen eines Jobs in Tansania gebeten haben.« Sie mustert ihre Freundin argwöhnisch. »Aber das wusstest du ja bereits.«

»Was soll denn das heißen?«

»Ach, komm schon. Ich bin mir sicher, dass du diejenige warst, die mit ihnen Kontakt aufgenommen hat.«

Steph hält abwehrend die Hände hoch. »Nicht schuldig.«

Hannah schüttelt ungläubig den Kopf. »Ehrlich? Wer hätte das sonst machen sollen?«

»Keine Ahnung. Aber ich war's nicht.« Sie stößt Hannah erwartungsvoll mit dem Ellbogen an. »Aber viel wichtiger ist, ob du in Versuchung gekommen bist.«

»Nein.«

»Wirklich nicht? Bist du dir ganz, ganz sicher?«

Hannah schafft es ungefähr eine Nanosekunde lang, der Versuchung zu widerstehen, Steph mehr über den Anruf zu erzählen, dann ist es um sie geschehen. »Um ehrlich zu sein, konnte ich während des Vorstellungsgesprächs an nichts anderes mehr denken. Ich habe die Fragen kaum mitbekommen.«

»Ich war ja sowieso von Anfang an überzeugt, dass es dir da nicht gefallen würde.«

»Jetzt werden wir es wohl nie herausfinden, nicht wahr?« Hannah denkt an Tom und bekommt sofort ein schlechtes Gewissen. »Mist. Was mache ich denn jetzt?«

»Keine Ahnung«, sagt Steph, bevor sie stehen bleibt und Hannah in die Augen sieht. »Aber wo du das Thema gerade angeschnitten hast – bitte komm mit mir nach Tansania! Bittebittebittebitte!«

Hannah schüttelt den Kopf. »Das geht nicht.«

Doch Steph gibt nicht auf. »Bittebittebittebittebitte!«

Hannah muss wider Willen lachen. »Es geht sowieso um eine andere Stelle. Vermutlich würden wir uns also keine Lehmhütte teilen. Wir wären nicht mal am selben Ort.«

»Kein Problem«, sagt Steph schulterzuckend. »Ich hatte ohnehin vor, an deiner Stelle ein paar freundliche Kakerlaken einzuquartieren.«

»Igitt!« Hannah verzieht das Gesicht. »Ich hasse die Viecher. Erinnerst du dich noch an diese Jugendherberge in Argentinien?«

Steph tut so, als müsste sie sich übergeben. »O ja. Das war wirklich eklig. Warum mussten die sich auch ausgerechnet in deinem Kulturbeutel niederlassen?« Sie tritt zur Seite, als eine runzelige alte Frau in einem Elektromobil vorbeidüst, dann packt sie Hannah begeistert am Arm. »Das ist so toll! Endlich kannst du dich mal wieder für etwas begeistern. So habe ich dich schon seit einer Ewigkeit nicht mehr strahlen sehen.«

»Jaja, schon gut. Ich kann trotzdem nicht mitkommen.«

»Warum denn nicht.«

»Du weißt ganz genau, warum. Ich liebe Tom.«

»Aber du kannst doch trotzdem das Land verlassen. Soweit ich weiß, ist das legal.«

»Aber wer würde sich um ihn kümmern?«

Stephs Gesicht leuchtet. »Bei dem Tempo, das er vorlegt, wird er nächste Woche den Mount Everest besteigen. Der kommt schon klar.«

»Es ist noch zu früh.« Hannah wirft einen Blick auf ihre Armbanduhr. »Mist, außerdem bin ich zu spät dran.«

»Zu spät wofür?«

»Für Toms Termin bei seinem Arzt. Ich muss los, bis dann.« Hannah macht sich im Laufschritt auf den Weg die Straße hinunter. »Taxi!« Wie durch ein Wunder hält sofort eins neben ihr. »King's Lane Hospital, bitte.« Sie steigt ein, knallt die Tür hinter sich zu und lehnt sich erschöpft zurück. Sie kann nicht nach Tansania gehen, dessen ist sie sich bewusst. Aber immerhin kann sie aus dem Fenster starren und träumen.

Juni 2015
Krankenhausbrief

Tom sitzt im Wartebereich und hofft inständig, dass Hannah nicht gleich zur Tür hereinspaziert kommt. Er hat ihr extra eine spätere Zeit für seinen Termin genannt, aber keinen Notfallplan parat, sollte sie ausgerechnet dieses eine Mal zu früh dran sein. Wenn sie eintrifft, muss er unbedingt schon im Sprechzimmer sitzen. Nur dann kann sein Plan funktionieren. Er reibt sich den linken Arm und fragt sich, ob er wohl jemals wieder das Gefühl haben wird, dass er ein Teil seines Körpers ist. Im Augenblick scheint er ständig gegen ihn zu Felde zu ziehen. Tom weiß, dass Hannah es bemerkt und sich Sorgen macht. Und genau das ist der Grund, warum er sie im Augenblick nicht in die Nähe von Dr. Malik lassen darf. Ein Blick von ihr würde ausreichen, um seinen Entschluss über den Haufen zu werfen, und das kann er nicht zulassen. Egal wie schmerzhaft es auch für ihn ist. Als Tom sich im Wartebereich umsieht, fällt sein Blick auf die Weißwandtafel vor der ersten Sitzreihe, auf der steht, dass die Sprechstunde heute eine halbe Stunde später als geplant beginnt. Was für ein Mist. Er lehnt sich in dem knallgelben Stuhl zurück und atmet den ekligen Geruch ein, der von den Toiletten draußen hereinzieht, wo es ganz offenbar Probleme mit dem Abfluss gibt. Die Stühle um ihn herum sind von Menschen besetzt, die sehr viel älter sind als er. Sie tragen Hörgeräte, haben weiße Haare und faltige Gesichter. Als eine alte Frau ohne Stock an ihm vorbeigeht, spürt Tom, wie Verbitterung in ihm aufsteigt. Doch dann sieht er, dass ihr Tränen über das Gesicht laufen, und er wendet sich beschämt ab. Krankenschwestern in blauen Uniformen treten aus Türen und rufen Namen auf. Hin und wieder stehen sie mit den Listen in den Händen da, unterhalten sich und lachen über etwas. Dabei ignorieren sie die fragenden Blicke und die ungeduldigen Seufzer der Patienten um sie herum.

»Tom Ellison?«

Tom blickt auf. »Ja.«

Die Schwester lässt nicht erkennen, ob sie ihn gehört hat. Sie verschwindet einfach wieder, ohne ein weiteres Wort zu verlieren.

Tom setzt sich auf, unsicher, ob er ihr folgen soll.

Zwei Minuten vergehen, dann taucht sie wieder auf. »Tom Ellison?«

»*Ja!*« Tom schreit förmlich und entschuldigt sich sofort bei der Frau neben ihm, die vor Überraschung zusammengezuckt ist und sich die Bluse mit Kaffee bekleckert hat.

»Bitte hier hinein.« Die Schwester deutet auf eine Tür hinter sich.

Tom sieht sich noch einmal nach Hannah um. Keine Spur von ihr. Der erste Teil seines Plans hat funktioniert. Er humpelt auf die Tür zu.

»Hallo, Tom.« Dr. Malik tritt auf ihn zu und schüttelt ihm kräftig die Hand. Er ist größer, als Tom ihn in Erinnerung hat. »Wie geht es Ihnen?«

»Na ja, Sie wissen schon …« Tom deutet auf seinen Stock. »Könnte besser laufen.«

»Verstehe.« Der Arzt schlüpft hinter seinen schmalen Schreibtisch und blättert durch die gelbe Mappe voller Notizen und Unterlagen, die vor ihm liegt. Neben dem Telefon erblickt Tom ein Foto in einem grauen Rahmen, auf dem drei kleine Kinder zu sehen sind. Sie sehen so gesund und unbeschwert aus. »Und wie fühlen Sie sich?« Dr. Malik stützt die Ellbogen auf den Tisch, presst die Handflächen gegeneinander und blickt Tom forschend über den Rand seiner roten Halbbrille hinweg an.

»Ganz gut«, sagt Tom. Jetzt, wo er hier ist, wehrt sich plötzlich alles in ihm, seine Zweifel auszusprechen. Er hat dieses schreckliche Gefühl, dass ihm die Einschätzung des Arztes nicht gefallen wird. Es wäre vielleicht doch besser, einfach weiterzumachen wie bisher und sich so die Hoffnung zu bewahren. *Nein*, ruft er sich innerlich zur Vernunft. Es ist Zeit für die Wahrheit. Sorgfältig wägt er seine Worte ab. »Ich arbeite weiter hart an meinem Physiotherapieprogramm, und es scheint sich auszuzahlen. Ich kann meine linke Hand besser bewegen und ab und zu auch wieder greifen. Aber an vielen Tagen kann ich damit auch gar nichts festhalten. Und ich mache mir ein bisschen Sorgen um mein Bein. Das schien eigentlich auch besser zu werden – zumindest anfangs.«

»Aber …?«

Tom nimmt all seinen Mut zusammen. »Es scheint seinen eigenen Kopf zu haben. Und es macht diese komische Sache, wenn ich gähne. Dann zieht es sich ruckartig zusammen.«

»Aha.« Dr. Malik runzelt nachdenklich die Stirn.

Das ist kein sehr vielversprechender Gesichtsausdruck. Toms Herz beginnt, heftiger zu pochen.

»Nun, ich habe die Unterlagen Ihrer Physio vorliegen, und soweit ich das sehen kann, haben Sie eine Menge Ihrer Ziele erreicht.«

»Ja.«

»Ich sehe auch, dass Sie vorhaben, wieder Ihrem Beruf nachzugehen.«

»Ja.«

»Schon bald?«

»Ja.« Tom beginnt zu schwitzen.

»Verstehe.« Der Arzt nickt bedächtig. »Und fühlen Sie sich auch wirklich schon dazu bereit?«

»Ich glaube schon.«

»Sie *glauben?*«

»Na ja, ich …« Tom holt tief Luft, um seinen Puls zu beruhigen. »Ich werde immer noch schnell müde. Und die Schmerzen kommen auch immer wieder, sowohl in meinem Arm als auch in der Schulter.« Mit einem Mal wird er von einer Welle des Selbstmitleids überrollt. »Ich hatte eigentlich erwartet, dass es mir inzwischen besser gehen würde.«

»Es sind erst sechs Monate, Tom. Sie stehen noch ganz am Anfang Ihrer Genesung.«

»Mir kommt es schon jetzt wie Jahre vor.« Tom denkt an Hannah. »Ich will einfach wieder normal sein – so wie früher.«

»Die Sache ist die, Tom. Es könnte sein, dass Sie Normalität für sich neu definieren müssen.«

»Was wollen Sie damit sagen?«

Dr. Malik streicht sich mit der Hand über seine Bartstoppeln. »Dass die Möglichkeit besteht, dass Ihre Körperfunktionen nie mehr genauso wiederhergestellt werden wie früher. Wir wissen nicht, was noch kommen wird. Ihre Hoffnungen sind verständlich – jeder möchte wieder der Mensch werden, der er einmal war. Aber manchmal ist das einfach nicht möglich.«

Tom starrt ihn an. Sein Gehirn kämpft mit aller Macht gegen die Bedeutung seiner Worte an. »Nicht möglich?«

»Leider nicht.«

»Aber …«

Dr. Malik unterbricht ihn. »Tom, die Tatsache, dass Sie selbstständig gehen und Ihre linke Hand benutzen können, ist Anzeichen dafür, dass es Hoffnung gibt.«

»Also könnte ich wieder *ganz* gesund werden?«

Dr. Malik seufzt und fährt sich mit der Hand durch das ergrauende Haar. »Das ist unwahrscheinlich, Tom. Sie schrauben Ihre Erwartungen sehr hoch.«

Tom starrt ihn wütend an. »Mit anderen Worten, ich soll aufgeben?«

»Natürlich nicht. Das würde ich meinen Patienten nie raten. Ich bin lediglich der Ansicht, dass es klug wäre, Ihre Erwartungen anzupassen. Und ich mache mir Sorgen, dass Sie eine zu frühe Rückkehr an den Arbeitsplatz zurückwerfen könnte.«

»Aber ich muss arbeiten.« Die Arbeit wäre das Einzige, woran er sich noch festhalten könnte, nachdem er mit Hannah geredet hatte. Das Einzige, was ihm den Antrieb geben könnte. »Ich komme mir so … nutzlos vor.«

»Das verstehe ich. Aber vielleicht sollten Sie noch etwas abwarten. Es ist ungeheuer wichtig, dass Sie weiterhin Erfolge erzielen und mehr und mehr Fähigkeiten zurückerlangen, mögen sie auch noch so klein sein. Die Tatsache, dass Ihr Bein zuckt, könnte ein Anzeichen für eine Art von verspäteter Wiederverbindung sein. Sie müssen sich jetzt die Zeit für Ihre Therapie nehmen, sonst könnte es passieren, dass Sie die Chance verpassen, weitere Körperfunktionen zurückzuerlangen.«

Tom ballt die Fäuste. Oder besser gesagt eine Faust. »Ich kriege das schon hin.«

»Tom. Ich versuche wirklich nicht, Sie zu entmutigen. Und Sie haben sich bisher unglaublich gut geschlagen. Aber es könnte sein, dass Ihre linke Seite niemals wieder so sein wird wie früher. Wir könnten es mit einer Manschette versuchen. Oder vielleicht mit etwas Botox, um die Beweglichkeit zu verbessern. Aber es ist unwahrscheinlich, dass Sie sich wieder mit der gleichen Ungezwungenheit und Flexibilität bewegen werden wie früher. Es tut mir leid.«

»Aber ich könnte doch mehr Physiotherapie machen. Ich kann mich mehr anstrengen.«

»Es geht nicht allein darum, sich mehr anzustrengen. Wenn Sie es übertreiben, könnten Sie damit mehr Schaden anrichten, als sich zu helfen. Tom, hören Sie auf mich. Sie müssen sich mehr Zeit nehmen. Bitten Sie Ihre Familie, Rücksicht zu nehmen. Sie müssen zulassen, dass man Sie unterstützt.«

Tom denkt an Hannah, an die Furche auf ihrer Stirn, wenn sie seine Tage organisiert. An das Opfer, das sie gebracht hat. So geht es nicht weiter, seine Entscheidung ist gefallen. »Also gut«, sagt er und nickt. »Ich werde noch einmal darüber nachdenken, wann ich wieder mit der Arbeit beginne.« Er setzt sich so aufrecht hin wie möglich. »Aber ich gebe nicht klein bei. Niemals. Ich weiß, dass es mir irgendwann sehr viel besser gehen wird als jetzt.«

»Das ist ein Wort.« Zum ersten Mal erscheint ein richtiges Lächeln auf Dr. Maliks Gesicht. »Dann lassen Sie uns jetzt über Ihre Optionen reden.«

»Gute Idee.«

Eine halbe Stunde später verlässt Tom den Behandlungsraum. Er braucht dringend einen Moment, um sich zu sammeln. Doch im selben Moment hört er seinen Namen und entdeckt Hannah, die auf ihn zugerannt kommt. Ihr Haar ist wirr, und ihre Strumpfhose hat ein großes Loch am Knie. Die Liebe, die er in ihren Augen sieht, lässt ihn wieder Atem schöpfen. »Ich wusste gar nicht, dass du mit hohen Absätzen rennen kannst.«

»Ich habe mich verlaufen.« Ihre Schuhe machen ein quietschendes Geräusch, als sie kurz vor ihm zum Stehen kommt. »Bin in der Pädiatrie gelandet. Dabei sollte man doch meinen, dass ich diesen Laden inzwischen gut genug kenne. Aber offenbar ist das nicht der Fall.« Sie stellt sich auf die Zehenspitzen und drückt ihm einen Kuss auf die Lippen. »Wie ist es gelaufen? Was hat er gesagt?«

Sie sieht ihn so erwartungsvoll an. Tom zögert noch einen kleinen Moment, doch dann beginnt er zu reden.

KAPITEL 20

Tom ist bleich. Er beginnt zu sprechen, gerät jedoch sofort ins Stocken und schnappt nach Luft.

»Tom, ist alles in Ordnung?«, fragt Hannah nervös.

Ein Gefühlschaos scheint in ihm zu toben, doch dann tritt ein entschlossener Ausdruck auf sein Gesicht. »Er hat gesagt, dass ich auf dem besten Weg bin, wieder ganz der Alte zu werden.«

»Wirklich?« Hannah schließt erleichtert die Augen. So ganz traut sie der guten Neuigkeit allerdings noch nicht über den Weg. Es klingt einfach zu schön und überwältigend, um wahr zu sein. Als sie die Augen wieder öffnet, lächelt Tom sie an. »*Wirklich?*«, fragt sie noch einmal.

»Toll, nicht wahr?«, sagt er und gibt ihr einen Kuss. »Die ganze Physiotherapie beginnt, sich auszuzahlen. Dr. Malik sagt, mein Arm und mein Bein werden schon bald wieder völlig normal funktionieren.«

Tränen schießen Hannah in die Augen, doch sie blinzelt sie tapfer fort. Die wilde Entschlossenheit und die Kraft, die sie seit dem Schlaganfall aufrecht gehalten haben, scheinen auf einmal in sich zusammenzuschmelzen. »Das ist ja fantastisch! Also wirst du wieder so gehen können wie früher?«

»Ja.« Er strahlt sie an.

»Und dein Arm wird auch besser werden?«

»Das hat er gesagt.«

»Und deine Hand auch?«

»Ja.« Tom küsst sie wieder.

»Unglaublich!« Hannah fällt ihm um den Hals. »Das hast du toll gemacht!«

»Danke.« Er drückt ihre Hand. »Und jetzt lass uns feiern.«

Alle Sorgen und der Druck der letzten sechs Monate fallen mit einem Mal von Hannah ab. »Ich kann es immer noch nicht glauben.«

»Ich weiß.« Er hat seinen rechten Arm um sie gelegt. »Und der Arzt hat auch gesagt, dass ich wieder arbeiten gehen kann.«

»Das ist wirklich großartig.« Für ihn. Hannah fragt sich, was sie tun wird, während er in der Kanzlei ist. Doch bei dem Gedanken bekommt sie sofort ein schlechtes Gewissen. Jetzt ist nicht der richtige Zeitpunkt, um an sich selbst zu denken. Dies ist *sein* Tag. Sie vollführt einen kleinen Hüpfer vor Freude und stößt dabei beinahe mit einer Frau im Rollstuhl zusammen, die von einer Krankenschwester in den Garten geschoben wird. »Tut mir wirklich leid.«

Die Schwester gibt einen missbilligenden Laut von sich.

Hannah wendet sich wieder Tom zu. »Ich kann nicht glauben, dass mir das passiert ist. Ich weiß noch, wie sauer ich immer war, wenn die Leute nicht aufpassten, als du im Rollstuhl gesessen hast.«

»Ich auch.«

Etwas in seiner Stimme lässt Hannah aufhorchen. Sie bleibt stehen und sieht ihn forschend an. »Tom? Hast du mir auch wirklich alles erzählt?«

Er hält ihrem Blick stand. »Ja.«

»Ganz bestimmt?«

»Ja. Ich werde wieder ganz gesund.« Er grinst. »Und eventuell sogar noch etwas besser im Fußball.«

»Das ist doch gar nicht möglich.« Hannah gibt ihm einen Kuss. »Was für ein Tag. Und sieh nur, die Sonne scheint für dich!« Sie treten durch die Krankenhaustür und bleiben stehen, um in den Himmel hinaufzublicken. »Du bist wirklich toll. Ich kann es gar nicht oft genug sagen.«

»Danke.« Er drückt ihr einen Kuss auf den Scheitel. »Ohne dich hätte ich es nie geschafft.«

»Natürlich hättest du das.«

»Weg daaaaaaa!« Ein kleiner Junge mit blonden Haaren kommt auf sie zugerannt, eine Wasserflasche gegen die Brust gedrückt. Seine Mutter ist ihm mit wehendem Pferdeschwanz dicht auf den Fersen und versucht, ihn aufzuhalten, bevor er auf den Parkplatz saust. Im Vorbeilaufen ruft sie ihnen eine Entschuldigung zu.

Tom und Hannah sehen einander an und lächeln. Sie hat sich ihm noch nie so nah und so geliebt gefühlt. Das reicht ihr als Ersatz für Tansania. Sie ist sich jetzt sicher, dass er sie glücklich machen kann.

Als sie auf den Parkplatz kommen, ist von irgendwoher ein Kinderlied zu hören. Hannah sieht sich um und entdeckt den weißen Lieferwagen. »Eis!« Sie zieht an Toms Arm. »Komm, ich habe Lust auf ein Karamelleis.«

Er rümpft die Nase. »Eigentlich ist mir mehr nach einem Bier.«

»Ach, komm schon. Nur eine Kugel. Bitte!«

»Also schön.« Er setzt sich in Richtung Wagen in Bewegung. »Ich hole uns was.«

»Sicher? Ist vielleicht ein bisschen schwierig zu tragen.«

»Hannah.« Er hält eine Hand in die Höhe. »Ich schaffe das, okay? Immerhin besitze ich jetzt das ärztliche Prüfsiegel.«

»Tut mir leid. Ich muss mich noch daran gewöhnen.« Sie zeigt zu dem schmalen Rasenstück vor dem Notaufnahmeschild hinüber. »Ich warte da drüben.« Als Tom davonhumpelt, sieht sie ihm für einen Moment nach. So groß und tapfer. Ihr Tom. Als sie sich auf der Wiese niederlässt, fragt sie sich, warum noch niemand auf die Idee gekommen ist, sich hierherzusetzen. Doch genau in dem Moment beginnt hinter ihr, ein Bohrer zu kreischen. Das ist also der Grund. Sie ignoriert den Lärm und genießt den Duft der Rosen, die neben ihr in einem Beet blühen. Auf die Ellbogen zurückgelehnt, beobachtet sie einen älteren Mann, der mit seinem Wagen langsam an ihr vorbeifährt. Arbeiter mit Sicherheitswarnwesten sammeln Müll ein, und ein roter Kran dreht sich schläfrig über dem grün-schwarzen Gebäude, in dem Tom vor so vielen Monaten gelegen hatte. Hannah erinnert sich noch gut daran, wie sie aus diesen Fenstern gesehen und sich nach frischer Luft gesehnt hatte. Und nach Hoffnung. Sie hatten solch ein Glück, dessen ist sie sich jetzt bewusst. Nachdem es Tom nun besser geht, kann sie sich überlegen, wie es mit ihr weitergehen soll. Sie kann sich ein neues Leben aufbauen. Mit ihm.

»Einmal Karamell für die Dame!« Tom ist mit zwei Eisbechern in der Hand vor ihr aufgetaucht.

»Danke.«

Tom setzt sich schwankend neben sie.

»Lecker!« Hannah atmet tief durch. »Ist das nicht herrlich?«

Er löffelt sein Schokoladeneis und nickt. Der Bohrer beginnt wieder zu kreischen. »Oder auch nicht.« Er hält sich ein Ohr zu.

Hannah kichert.

Das Kreischen verstummt.

»Wie ist dein Bewerbungsgespräch gelaufen?«

»Äh …« Sie bohrt die Fußspitze ins Gras und weicht seinem Blick aus. Sie weiß, wie sehr er sich darüber freuen würde, wenn sie die Stelle bekäme. Wie sehr er sich wünscht, dass sie wieder Spaß an ihrer Arbeit hat. Aber sie kann ihn nicht anlügen. »Nicht so gut, ehrlich gesagt.«

Tom scheint ihre Aussage nicht aus der Ruhe zu bringen. »Warum?«

Weil ich mit den Gedanken ganz woanders war. Doch statt es laut auszusprechen, starrt Hannah auf ihr Eis und sagt nur: »Keine Ahnung. Es passte irgendwie nicht. Ich denke nicht, dass der Job das Richtige für mich ist.«

»Wieso nicht?«

»Ich glaube einfach nicht, dass ich an dieser Schule etwas bewirken könnte. Die Kinder dort werden wahrscheinlich sowieso einmal die Welt regieren.«

»Aber die Arbeit dort wäre doch bestimmt angenehmer als an der Queensdale«, sagt Tom und wirft ihr einen Blick zu. »Kleinere Klassen, mehr finanzielle Mittel.« Er zuckt mit den Schultern. »Nicks Freund ist begeistert.«

»Ich weiß. Und ich bin dir und Nick auch wirklich dankbar für diese Chance. Aber ich bin mir einfach nicht sicher, ob ich wirklich mit dem Herzen dabei wäre. Vielleicht ist es an der Zeit …«, sie pflückt gedankenverloren einige Gänseblümchen vom Rasen, »etwas anderes auszuprobieren.« Er sieht sie so forschend an, dass es ihr fast schon unangenehm ist. »Was ist denn los?«

»Es gibt da etwas, das ich dir sagen muss.«

Obwohl es heiß ist, fröstelt sie plötzlich. »Hast du mal wieder meine Lieblingskekse geklaut?«, versucht sie zu scherzen.

Er grinst und schüttelt den Kopf. »Das würde ich niemals wagen, dafür hänge ich zu sehr am Leben!«

»Also …?«

Er zupft nervös am Saum seines T-Shirts und murmelt schließlich: »Ich habe heute bei Teach the World angerufen.«

Sie blinzelt ungläubig. »Du hast was?«

Er wirft ihr einen kurzen Blick zu. »Ich habe dort angerufen, Han. Für dich.«

»*Du* warst das?«

Er versucht sich an einem Lächeln. »Ja.«

Hannah brummt der Kopf, sie ist aufgeregt und verwirrt

zugleich. »Aber warum? Woher wusstest du …? Wann hast du …?«

»Ich habe den Brief gefunden, den sie dir geschickt haben.«

»Oh, das tut mir leid.« Sie drückt fest seine Hand. »Ich wollte nicht, dass du es auf diese Weise erfährst. Aber du musst dir keine Sorgen machen.« Sie hebt seine Hand an ihre Lippen und küsst sie. »Ich hatte mich vor deinem Schlaganfall dort beworben. Bevor wir … uns wieder ineinander verliebt haben.«

»Ich weiß«, erwidert er. »Du musst deshalb kein schlechtes Gewissen haben.«

Sie spürt, wie ihr Tränen in die Augen steigen. »Aber das habe ich. Ich fühle mich schrecklich, dass du es überhaupt erfahren hast.«

Doch Tom scheint nicht im Geringsten aufgebracht. »Ich bin froh darüber.«

»Ganz im Gegensatz zu mir.«

Er sieht sie entschlossen an. »Ich musste es wissen, denn … ich möchte, dass du gehst, Han.«

Hannah starrt ihn an, und für einen Moment setzt ihr Herzschlag aus. Sie kann einfach nicht glauben, was er da sagt.

Er nimmt wieder ihre Hand. »Ich möchte, dass du nach Tansania fliegst.«

Juni 2015

Gänseblümchenkette

Seine Worte haben nicht ganz die Wirkung, die er erwartet hatte.

Ihr Gesicht verzieht sich. »Soll das etwa heißen, dass du mich nach allem, was wir durchgemacht haben, jetzt loswerden willst?« Tränen schießen ihr in die Augen, und der Rest ihres Eisbechers fällt zu Boden.

Das ist ein schlechtes Zeichen. Hannah wirft niemals Essen weg. »Himmel, nein!« Er legt den Arm um sie, als sie zu weinen beginnt. »Nein. Natürlich will ich dich nicht loswerden. Niemals.« Wenn sie nur wüsste, wie sehnlich er sich in Wahrheit wünscht, dass sie bleibt.

»Aber wieso …?« Sie sieht ihn verständnislos an. »Liebst du mich denn nicht?«

Für einen Moment beißt er fest die Zähne zusammen, dann antwortet er ruhig: »Du weißt doch, wie sehr ich dich liebe. Die letzten Wochen waren die besten, die wir jemals zusammen hatten.«

Sie sieht ihn an. Die Verwirrung steht ihr ins Gesicht geschrieben, und sie beginnt, die ausgerupften Gänseblümchen zu einer Kette zu flechten. Er gibt ihr einen Kuss auf die Wange, die salzig schmeckt von den Tränen. »Warum machst du dann so einen Vorschlag?«

»Weil ich möchte, dass du glücklich bist. Leider läuft nur nicht immer alles genau nach Plan.«

»Aber ich *bin* glücklich. Ich möchte mit dir zusammen sein.«

Tom drückt ihre Hand und sucht nach den richtigen Worten, um sie zu überzeugen. »Das stimmt nicht ganz, oder? Jetzt, wo wir wissen, dass ich wieder ganz in Ordnung kommen werde, bist du an der Reihe.«

»Aber das ergibt doch keinen Sinn.«

»Doch, das tut es.« Das Ganze macht ihn fertig. »Ich habe das Gefühl, dass du gern gehen würdest. Wenn wir einmal einen Blick über den Tellerrand unseres gemeinsamen Lebens werfen, dann ist ganz klar, dass du mehr brauchst. Ich glaube, ein großer Teil von dir möchte sofort losziehen und diesen Job annehmen.«

Hannah zupft an dem Loch in ihrer Strumpfhose. Die Laufmasche hat beinahe ihren Knöchel erreicht. Ihre Schultern fühlen sich unter seinem Arm furchtbar angespannt an. »Ich kann warten, bis es dir besser geht. Dann können wir zusammen dorthin gehen.«

Sein Herz ist schwer wie Blei. Es wird wohl noch Jahre dauern, bevor er eine solche Reise machen kann. »Nein. Ich möchte, dass du jetzt gehst.«

»Aber warum?«

Er verspürt den schrecklichen Drang, ihr die Wahrheit zu gestehen. Ihr zu erzählen, was Dr. Malik wirklich gesagt hat, beherrscht sich aber im letzten Moment. »Hör zu, ich hasse den Gedanken, ohne dich zu sein. Aber ich möchte, dass du glücklich bist.«

Sie hat die Lippen zu einer schmalen, trotzigen Linie zusammengepresst. »Gut. Dann bleibe ich hier.«

»Nein. Du bist glücklich mit mir, aber du bist nicht glücklich mit deinem Job.«

»Ich komme schon klar.«

»Ich kenne dich, schon vergessen, Han? Ich kenne die Anzeichen.«

»Welche Anzeichen?«

»Dein verschleierter Blick, wenn du eine Safari im Fernsehen siehst. Deine aufleuchtenden Augen, wann immer Steph über ihre Reise spricht. Du willst so gerne mit ihr gehen.«

»Nein«, sagt Hannah kopfschüttelnd. »Ich will das, was wir haben, nicht aufgeben.«

»Das tust du doch auch nicht. Es ist nur für ein Jahr, und vielleicht kann ich dich ja besuchen.« Er weiß, dass er das nicht kann, aber er muss sie unbedingt dazu bringen, Ja zu sagen. Er mag ein gebrochener Mann sein, aber er will wenigstens irgendetwas Gutes tun. Etwas für sie.

»Aber …«

Er schneidet ihr das Wort ab. »Hannah, ich könnte es mir nie verzeihen, wenn du hierbleibst.«

»Und ich könnte es mir nicht verzeihen, wenn ich ginge.«

Aber ihre Augen sagen etwas anderes. Er kann ein kleines Leuchten darin sehen. Er muss sie überzeugen.

Sie starrt auf die fast fertige Gänseblümchenkette in ihrer Hand hinab und drückt mit dem Daumennagel einen weiteren kleinen Schlitz in einen dünnen grünen Stängel, um die Blüten aneinanderzureihen.

»Dein Leben kann sich nicht nur um mich drehen. Da muss es noch mehr geben. Etwas, das nur dir gehört. Denk einfach noch mal darüber nach, Han. Bitte.«

Sie zieht ihm die Kette über das Handgelenk.

»Ich liebe dich, Han. Aber nimm dir das Jahr. Zieh los und werde wieder zu Hannah, dem Kichermonster, der quirligen, vor Lebensfreude übersprudelnden Verrückten, die gern Knallrot trägt und nie aufhört zu reden.«

»Wie bitte? Also, ich bin durchaus in der Lage, auch mal die Klappe zu halten. Zumindest gelegentlich.«

Er sieht, wie sich ihr Mund zu einem kleinen Lächeln verzieht. Das Ziel ist fast erreicht. Dabei ist ihm zum Heulen zumute. »Und ich bleibe hier und werde wieder gesund.« Oder auch nicht.

Sie sieht ihn an. »Aber was ist mit Julie und dem Baby? Wer wird sich um euch alle kümmern?«

Er hat keine Ahnung, aber das wird er Hannah ganz sicher nicht auf die Nase binden. »Ich brauche niemanden, der sich um mich kümmert. Schließlich bin ich auf dem Weg der Besserung, schon vergessen?«

»Nein, hab ich nicht. Aber …«

»Aber was?«

»Aber ich werde dich vermissen.«

Er hat es geschafft. Sie wird gehen. Eine gefährliche Sekunde lang gerät Tom ins Wanken. Er könnte sie mit Leichtigkeit wieder umstimmen, aber er tut es nicht. »Dann lass uns feiern.«

»Ja, lass uns feiern.« Sie zeichnet mit den Fingern seine Lippen nach. »Ich danke dir, Tom. Ich liebe dich.«

»Ich liebe dich auch«, erwidert er und beißt sich auf die Unterlippe, um nicht in Tränen auszubrechen.

Kapitel 21

Hannah wirft einen Blick auf ihr Handy. Die Textnachrichten überschlagen sich.

Shit. Reißverschluss hat den Geist aufgegeben. Hast du noch einen Rucksack, den du mir leihen kannst? Muss auch nur mein halbes Haus reinpassen.

Hannah lächelt, als sie Steph zurückschreibt.

Klar. Mein kleiner silberner, den ich immer zum Tanzen mithatte. Da passen dein Portemonnaie und Kaugummi rein, wenn du es geschickt anstellst.

Sie öffnet den großen Ikea-Schrank im Schlafzimmer. Die Tür schrammt leicht über den Sockel. Sie streicht mit der Hand über das Holz und erinnert sich an den Tag, als Tom den Schrank aus geschätzt mehreren Hundert Einzelteilen zusammengebaut hat. Es hatte ihn fünf Stunden und einige Biere gekostet, ehe das Ding stand. Hannah grinst, als sie sich daran erinnert, wie sie Klassenarbeiten korrigiert hatte, während er im Hintergrund vor sich hin fluchte.

Eine weitere SMS trifft ein.

Vielen Dank auch. Dafür esse ich meine Maltesers im Flieger allein!

Hannah streicht mit der Hand über die Kleidung und versucht zu entscheiden, was sie mitnehmen soll. Vergnügt schiebt sie den grauen Rock und das schwarze Kostüm zur Seite. Die wird sie ganz bestimmt nicht brauchen. Stattdessen kramt sie

Sommerkleider und Shorts in Hellrosa und Blautönen hervor, einen langen violetten Rock, ein silbernes Halstuch, grüne Flip-Flops und den türkisfarbenen Sarong. Na also, damit wäre die Kleiderfrage erledigt.

Wieder trifft eine Nachricht von Steph ein.

Ich wäre bereit, dir zu vergeben, wenn du nachher von unterwegs Kaffee und Kuchen mitbringst.

Hannah setzt sich aufs Bett, um zu antworten.

Abgemacht.

Sie steckt ihr Handy in die Tasche und blickt sich in dem Schlafzimmer um, das sie in den letzten drei Jahren mit Tom geteilt hat. Während sie die Zehen in den dicken weißen Teppich gräbt, betrachtet sie die Stelle, an der sie Tom an jenem schrecklichen Morgen gefunden hat. Es ist erst ein halbes Jahr her, und dennoch hat sich seitdem alles verändert. Sie denkt daran, wie sie heute Morgen in seinen Armen aufgewacht ist und sein schlafendes Gesicht betrachtet hat, bevor sie aus dem Bett geschlüpft war, um Tee zu machen. Und an sein fröhliches Grinsen, als er zu Nick ins Auto gestiegen war, um seinen ersten Arbeitstag nach dem Schlaganfall anzugehen. Jeder dieser Momente erscheint ihr plötzlich unendlich kostbar. Es geht Tom so viel besser. Er ist wieder er selbst, der Anwalt. Dunkler Anzug. Strahlende Augen. Haare, die aussehen, als seien sie tatsächlich mit einer Bürste in Berührung gekommen. Er wirkt stark und selbstbewusst. Er würde ohne sie klarkommen. Nach all den Wochen, die sie so eng zusammen verbracht haben, verspürt sie bei dem Gedanken einen kleinen Stich. Doch andererseits kann sie es kaum erwarten, endlich ins Flugzeug zu steigen. Hannah lässt sich auf das Bett zurücksinken und atmet den vertrauten Geruch ihres Schlafzimmers ein. Ihres gemeinsamen Schlafzimmers.

Ihr Handy vibriert schon wieder, eine weitere Nachricht von Steph.

Alles okay bei dir, Süße? Werde mir bloß nicht sentimental!

Nur ein kleines bisschen.

Dann schwing deinen Hintern zum Arzt und lass dich impfen. Du würdest mir den ganzen Spaß versauen, wenn du Typhus bekommst.

Hannah wirft einen Blick auf die Uhr. Steph hat recht, sie muss hier raus. Als sie in den Flur kommt, sieht sie dort Toms Jacke an ihrem Haken hängen. Die ramponierten Sportschuhe stehen davor auf dem Boden, und seine heiß geliebte Plattentasche lehnt an der Heizung. Das alles ist so vertraut. Hannah muss unwillkürlich lächeln, als sie an ihre erste Begegnung vor so vielen Jahren denkt.

Steph hat ihr noch eine Nachricht geschickt.

Bist du endlich auf dem Weg zum Arzt? Falls nicht, wisch dir die Tränen aus den Augen und sieh zu, dass du da rauskommst.

Hannah lächelt, aber der Duft von Toms Rasierwasser, der ihr plötzlich in die Nase steigt, lässt sie noch einen Moment innehalten. Die Erinnerungen stürmen nur so auf sie ein. An ihr erstes und größtes Wettessen, bei dem es um Sprühsahne und Zitronenbaisertorte ging. Sie kann immer noch ihr Lachen hören und das Prickeln der gemeinsamen Dusche danach auf ihrer Haut spüren.

Ein Schlüssel dreht sich im Schloss. Vielleicht hat Tom ja schon früher mit der Arbeit Schluss gemacht. Sie könnten gemeinsam auf einen Drink ins Pub gehen. Reden. Jede Sekunde auskosten.

»Oh, du bist hier!« Julies riesiger Bauch scheint bereits mehrere Sekunden vor ihr das Haus zu betreten. Ihr Gesicht ist gerötet, und sie bleibt für einen Moment stehen und fächelt sich Luft zu, bevor sie ihre Tasche abstellt.

»Hallo.« Hannah verspürt eine gewisse Enttäuschung, dass es nicht Tom ist. »Wie geht's dir?«

»Ganz gut.« Julie tätschelt ihren Bauch. »Wenn man bedenkt, dass ich einen menschlichen Medizinball mit mir rumschleppe.«

»Prima.« Hannah fühlt sich unbehaglich. Die Unterhaltung kommt ihr gekünstelt vor. Julies Reaktion auf die Neuigkeit von Hannahs Abreise war ziemlich verhalten ausgefallen, um es einmal milde auszudrücken. Hannah klimpert mit dem Schlüssel in ihrer Hand. »Ich wollte gerade los, um mich für Tansania impfen zu lassen.«

»Aha … Du willst das also wirklich durchziehen?«

»Ja.« Hannah verschränkt abwehrend die Arme vor der Brust.

»Okay«, sagt Julie nur und geht an Hannah vorbei in Richtung Küche.

Hannah folgt ihr. »Hör mal, Jules. Falls du dir Sorgen machen solltest, weil ich weggehe … Das war Toms Idee.«

Julie greift gelassen zum Wasserkocher. »Ja, das weiß ich. Tee?«

»Nein danke.« Hannah bemerkt, dass sie wie ein hyperaktives Kleinkind mit ihrem Schlüsselbund spielt. Schnell steckt sie ihn in die Tasche.

Julie nimmt einen Teebeutel aus dem Schrank. Etwas an ihrer Haltung gibt Hannah das Gefühl, angegriffen oder zumindest abfällig beurteilt zu werden.

»Hör zu«, sagt Hannah, verstummt jedoch gleich wieder, als sich Julie Zucker in den Tee tut und ihn anschließend umrührt, als gelte es ihr Leben.

»Was denn?« Julie wirft Hannah einen Blick über die Schulter zu.

Sämtliche Worte, die Hannah hatte sagen wollen, ersterben auf ihren Lippen.

Eine Träne läuft über Julies Wange.

»Jules?« Hannah macht einen Schritt auf sie zu. »Geht es dir gut?« Ihr Puls rast. »Geht es dem Baby gut?«

»Ja. Dem Baby geht's gut.« Sie fängt an zu schluchzen.

»Wieso setzt du dich nicht?« Hannah legt eine Hand auf Julies Arm. »Ich kann das für dich machen.« Sie sieht den Becher an. »Obwohl ich zugeben muss, dass du ziemlich gründlich gewesen bist, was das Rühren angeht.« Sie führt Julie zum Küchentisch hinüber.

Julie nimmt mit einem Stöhnen Platz und beginnt, sich mit der Hand Luft zuzufächeln. Mehr Tränen fallen, und Hannah stellt die geöffnete Keksdose zur Seite, um ernsthaften Schäden an ihrem Inhalt vorzubeugen. Dann zieht sie ebenfalls einen Stuhl unter dem Tisch hervor und mustert Julie besorgt. »Was ist los?«

Julies Antwort geht in lautem Schluchzen unter. Das einzige Wort, das Hannah versteht, klingt wie »Blut«. Das ist kein guter Anfang. Sie nimmt Julies Hand. »Bitte sag mir noch mal, dass es dem Baby gut geht.« Sie glaubt, ein Nicken zu erkennen. Hannah atmet erleichtert aus. »Also, was ist dann passiert?«

»Mein. Blutdruck. Zu hoch.« Julie presst die Worte zwischen schluckaufartigen Schluchzern hervor. Als sie zu Hannah aufblickt, wirkt sie plötzlich wieder wie ein junges Mädchen. »Ich habe Angst.«

Hannah denkt an Toms Schlaganfall. Panik ergreift sie. Sie legt ihre Arme um Julie und hält sie fest, streichelt ihr über das lange Haar, bis das Schluchzen nachlässt. »Haben sie dir irgendwelche Medikamente gegen den zu hohen Blutdruck gegeben?«

»Ja.« Julies Stimme klingt hoch und gepresst.

»Gut.« Hannah weicht ein wenig zurück, um Julie in die Augen sehen zu können. »Die wissen, was sie tun. Sieh doch nur, wie sehr sie Tom geholfen haben. Er ist bald so gut wie neu.«

Julie öffnet den Mund. Schließt ihn wieder. Erneut kullern Tränen über ihre Wangen, dann stößt sie hervor: »Ich habe trotzdem Angst.«

Hannah zieht ein Papiertaschentuch aus ihrer Jeans und hält es ihr hin. »Natürlich hast du die. Schließlich ist da ein kleiner

Mensch in dir drin.« Sie berührt Julies Bauch, der sich hart und warm unter ihren Fingern anfühlt. »Ich hätte eine Höllenangst, glaub mir.«

Julie entspannt sich ein wenig. Sie putzt sich die Nase und fragt: »Was ist mit dir. Hast du Bammel wegzugehen?«

»Und ob. Ganz schrecklichen Bammel sogar.«

»Wieso?«

Hannah seufzt. »Ich habe Angst, dass es falsch ist, Tom alleine zurückzulassen.«

Julie tupft sich mit dem Taschentuch die Augen, sagt aber nichts.

»Ich mache mir Sorgen, dass er mir etwas verheimlicht.« Als Hannah die Worte laut ausspricht, wird ihr zum ersten Mal klar, wie sehr sie davon überzeugt ist. »Ich glaube, dass nicht alles so gut läuft, wie er behauptet.«

»Aber wieso sollte er das tun?« Julie trinkt einen großen Schluck von ihrem Tee. »Das wäre doch verrückt.«

»Ich weiß, aber … Es fühlt sich einfach falsch an wegzugehen. Egoistisch.«

Julie starrt sie an. Langsam wandern ihre Mundwinkel nach oben. Hannah hat ganz vergessen, wie ansteckend ihr Lächeln sein kann. »Genieß es einfach, okay? Das ist es, was Tom sich wünscht und was ihn glücklich macht. Vielleicht ist es nach sechs Jahren Ehe und einem Schlaganfall nicht gerade normal, das zu tun, aber was ist denn schon normal?« Sie blickt auf ihren Bauch hinab. »Sieh doch nur mich an. Ich bekomme ein vaterloses Baby, während ich im Haus meines großen Bruders wohne.«

»Und du bist dir immer noch sicher, dass du keinen Kontakt zu Zac aufnehmen willst?«

»Ja«, antwortet Julie und nickt heftig. »Der Zug ist definitiv abgefahren.«

»Aber wenn er wüsste, dass du …«

»Ich kann es nicht.« Julie reibt sich mit dem Handrücken über die Stirn. »Zumindest im Moment nicht.«

Hannah erinnert sich an den verletzten, verschlossenen Ausdruck auf Zacs Gesicht an dem Tag, als er Julie besuchen wollte. »Er ist wahrscheinlich sauer, wie du dich verhalten hast, als er hier war.«

»Ist doch egal«, sagt Julie mit trotzig funkelnden Augen. »Jetzt ist es sowieso zu spät.«

»Jules, du …«

»Hör zu.« Julie hält eine Hand hoch. »Ich will nicht darüber reden. Das ist nicht gut für meinen Blutdruck, okay?«

Hannah seufzt. »Ich mache mir nur Sorgen um dich.«

»Dann hör damit auf.« Julie verdreht die Augen. »Und wo du schon mal dabei bist, kannst du auch gleich aufhören, dich um alles und jeden sonst zu sorgen. Zieh los und hab Spaß. Versuch, etwas zu bewirken, oder was immer ihr Lehrer dort sonst so tut.« Sie zieht die Augenbrauen hoch. »Und nein, das war nicht sarkastisch gemeint. Vielleicht werde ich ja sogar mal mit dem kleinen Krümel vorbeischauen. Man soll Kindern ja schon früh die wichtigen Dinge im Leben beibringen.«

»Du kannst mich gerne besuchen«, sagt Hannah und steht auf.

»Echt?« Julie sieht sie mit leuchtenden Augen an. »Das wäre toll.«

Für einen Moment überkommt Hannah Angst bei dem Gedanken an Babys und Tropenkrankheiten, aber sie beschließt, das vorerst zu ignorieren. »Lass es mich wissen, falls du wirklich kommen möchtest. Ich glaube, wir haben da draußen sogar Internet. Zumindest meistens.« Sie lächelt bei dem Gedanken daran, an einem Ort zu sein, der so abgelegen und ihr völlig fremd ist. »So, jetzt muss ich los und mich piksen lassen.«

»Bis später.« Julie winkt ihr zu. »Und Hannah …«

»Ja?«

»Mach dir keine Sorgen um Tom.« Ihre Blicke begegnen sich. »Ich werde auf ihn aufpassen.«

Und zum ersten Mal seit Monaten ist Hannah voll und ganz überzeugt, dass Julie es ernst meint.

Juli 2015

Arbeitsausweis: Sutton Associates

»Sag das noch mal!« Nick lässt den Kopf auf seinen brandneuen Schreibtisch sinken, der jedem entgegenzuschreien scheint: »Hier bin ich der Chef.« Er ist aus dunklem Mahagoni und erstreckt sich in seiner ganzen einschüchternden Massivität einmal quer durch das Zimmer. »Heute ist nur ein *vorgetäuschter* Arbeitstag? Damit Hannah denkt, es wäre alles wieder beim Alten bei dir?« Er hebt den Kopf und stützt ihn stattdessen in die Hände. »Was zum Henker soll das?«

Hinter Nicks Kopf erhebt sich die Kuppel von St. Paul's in den dunkler werdenden Himmel. Tom würde am liebsten hinausrennen und die laue Abendluft einatmen. Irgendwo ein Bier trinken. Entspannen. Hannahs Hand halten, während die Sonne untergeht.

Mit einem Mal drohen seine Beine nachzugeben, und er lässt sich in einen braunen Ledersessel sinken.

»Tom?« Nick sieht ihn besorgt an. »Geht's dir gut?«

Tom versucht, ruhig zu atmen, sein Herzschlag verlangsamt sich wieder. »Ich glaube schon. Abgesehen davon, dass ich keine Ahnung habe, was ich tue.«

»Dafür weiß ich es umso besser.« Nicks Blackberry summt. Er ignoriert ihn. »Du drehst gerade völlig durch!«

»Vielleicht.« Tom stellt zu seinem Entsetzen fest, dass ihm Tränen in die Augen steigen.

»Willst du dir das mit Hannah nicht noch mal überlegen?« Nick rollt seinen Schreibtischstuhl zurück und steht auf. »Ich meine, das wäre vielleicht vernünftig. Aber so, wie ich dich kenne, wird das nicht passieren.«

»Verdammt richtig.« Tom reibt sich mit den Händen über die Augen. Ein Tag in der Kanzlei, und er fühlt sich total ausgelaugt. Jeder einzelne Knochen in seinem Körper sehnt sich danach, sich in die Horizontale zu begeben.

Nick lehnt sich gegen den Schreibtisch und sieht ihn an. »Also, lass mich mal kurz zusammenfassen. Du liebst Hannah, und sie liebt dich. Richtig?«

»Richtig.«

»Und nur weil du ein schlechtes Gewissen hast wegen all der Dinge, die sie im letzten Jahr mitgemacht hat, willst du sie jetzt nach Afrika schicken, damit sie mit Elefanten spielen kann?«

»Mit Spielen hat das gar nichts zu tun, Nick. Sie wird dort Kinder unterrichten. Das ist kein verdammter Urlaub.« Was für eine Ironie, dass ausgerechnet er jetzt die Worte wiederholt, die Hannah in all den Jahren schon so oft zu ihm gesagt hatte.

»Verstehe«, sagt Nick. Tom befürchtet allerdings, dass er nichts dergleichen tut. »Und obwohl du gerade erst erfahren hast, dass dein Arm und dein Bein vielleicht niemals mehr so funktionieren werden wie früher, hältst du das immer noch für eine gute Idee?«

»Ja.«

»Also hast du ihr nicht die Wahrheit gesagt?«

»Nein.«

»Mein Gott«, Nick verdreht die Augen, »als hättest du in diesem Jahr nicht schon genug durchgemacht.«

Tom starrt ihn nur stumm an.

Nick trommelt mit den Fingern auf den Schreibtisch. »Und das soll irgend so ein verrückter Liebesbeweis sein, oder was? Hoffst du, dass sie in einem Jahr zurückkommt und dir sagt, dass sie dich immer noch liebt und Kinder mit dir haben will?«

»Ich würde mich mit dem *Ich-liebe-dich*-Teil zufriedengeben. Aber ja, so ungefähr lautet der Plan.« Tom sinkt noch tiefer in seinen Sessel. Er ist so erschöpft, dass er kaum noch die Augen offen halten kann. »Er klingt allerdings besser, wenn man ihn nicht laut ausspricht.«

»Was du nicht sagst.« Nick reibt mit der Spitze seines glänzenden Schuhs über den dicken cremefarbenen Teppichboden. »Und du hast nie in Erwägung gezogen, das Ganze mal mit mir zu besprechen?«

»Nein.«

»Warum nicht? Weil ich dir gesagt hätte, dass du verrückt bist?«

»Mehr oder weniger«, grummelt Tom. Sein Bein schmerzt. Er reibt vorsichtig mit der Hand darüber.

»Warum erzählst du es mir ausgerechnet jetzt?« Nick sieht ihn forschend an.

Tom seufzt. »Weil ich dringend ein Bier brauche. Und was Pub-Begleiter angeht, bist du meine Nummer eins.«

Nick wirft einen Blick über die Schulter auf seinen Computer. »Jetzt?«

»Jetzt.«

Nick verzieht das Gesicht. »Eigentlich müsste ich …«

Tom spürt, wie ihn Verzweiflung überkommt. »Bitte!«

Nick sieht auf die Uhr. »Was ist mit Hannah?«

Tom schüttelt den Kopf. »Ich glaube, in ihrer Anwesenheit zu trinken ist gerade keine gute Idee. Tut mir leid, Kumpel. Ich weiß, dass du viel um die Ohren hast, aber …«

»Okay.« Nick marschiert um den Schreibtisch herum und fährt den PC herunter.

Tom beobachtet ihn, nicht ohne einen gewissen Neid zu spüren. Diese Konzentration. Diese Energie. Er fragt sich, ob er sich jemals wieder so fühlen wird. »Und, Nick …«

»Ja?« Sein Freund sieht ihn misstrauisch an.

»Wo ich gerade dabei bin, muss ich dir ehrlicherweise sagen, dass ich noch lange nicht so weit bin, an den Schreibtisch zurückzukehren.«

»Wie lange?«

»Ich weiß es nicht, aber im Moment ist es einfach noch zu früh.« Tom betrachtet die vielen dicken grünen und schwarzen Gesetzesbände, die die Regale füllen. Denkt an die Telefone, die andauernd klingeln, die E-Mails, die im dauerhaft überfüllten Posteingang blinken. »Zu hektisch.«

»Aber du warst toll. Es wäre mir nie in den Sinn gekommen, dass du …« Nick verstummt und betrachtet den Gehstock, der an Toms Sessel lehnt. »Was ich sagen wollte … Abgesehen von dem einen Mal, als dein Spracherkennungsprogramm aus ›zwecks Terminvereinbarung‹ ›Sexterminvereinbarung‹ gemacht hat, lief doch alles ziemlich gut.«

Tom grinst ihn an. »So viel habe ich gar nicht gemacht, nur ein bisschen ausgeholfen. Und eines Tages werde ich definitiv zurückkommen.« Er hält inne. »Im Augenblick muss ich mich vor allem darauf konzentrieren, wieder ganz gesund zu werden. Aber keine Sorge, wenn ich wieder als Anwalt arbeite, dann auf jeden Fall für dich.«

»Worauf du dich verlassen kannst«, erwidert Nick.

»Wie sich herausgestellt hat, bist du ein durchaus angenehmer Chef, dafür dass du Fan von Manchester City bist«, setzt Tom hinzu.

»Vorsicht, Freundchen!« Nick hebt drohend einen Zeigefinger. »Du hast mir versprochen, unsere Fußballrivalität aus dieser Kanzlei rauszuhalten.«

»Tut mir leid.«

»Schon vergessen.« Nick steckt seinen Blackberry in die Tasche. »Okay, ab in den Pub.« Er hält eine Hand in die Höhe. »Allerdings nur unter einer Bedingung.«

»Die wäre?«

»Dass du beim nächsten Mal zuerst mit mir redest, bevor du was richtig Dämliches anstellst. Dein Geld einer Sekte gibst oder so. Du scheinst ja im Augenblick gerne den guten Samariter zu spielen. Sieh bloß zu, dass du wenigstens dein Haus behältst, okay?«

»Werde ich machen«, erwidert Tom grinsend. »Ich hab gar keine andere Wahl. Julie zieht nämlich auf Dauer ein. Mit dem Baby, wenn es erst mal da ist.«

»*Was?*« Nick sieht aus, als hätte er gerade sein iPad verschluckt. Für einen Moment scheint es ihm die Sprache verschlagen zu haben, doch dann reißt er sich zusammen. »O Mann, wenn das so weitergeht, bist du bald der heilige Tom! Bist du sicher, dass das eine gute Idee ist?«

»Absolut.«

»Verdammt. Ich glaube, ich muss dir mal den Kopf waschen. Sonst fängst du noch an, Geige zu spielen oder Gedichte zu schreiben.«

»Auf keinen Fall!« Toms Bein protestiert, als er sich hochstemmt.

Nick gibt ihm einen Klaps auf die Schulter. »Ich hoffe bloß, dass mit Hannah alles so klappt, wie du es dir vorstellst.«

»Ich auch.«

Nick steckt sein Portemonnaie ein. »Und du bist dir wirklich sicher, dass es die richtige Entscheidung war?«

Tom nickt. »Ja. Ich weiß, was sie für mich aufgegeben hat. Jetzt ist sie an der Reihe.«

»Wenn du das sagst.« Nick schlüpft in sein Jackett. »Aber hast du denn gar keine Angst, dass sie ...?«

»Dass sie einen anderen Mann kennenlernen könnte?« Tom verspürt einen stechenden Schmerz in der Herzgegend, als er an Raj denkt. Es tut immer noch verdammt weh, und wahrscheinlich wird das immer so bleiben. »Davor habe ich ehrlich gesagt entsetzliche Angst. Aber ich habe fest vor, sie mit meinen einhändigen E-Mails aus der Ferne zu begeistern.« Er versucht zu lachen, auch wenn ihm nicht wirklich danach zumute ist.

Nick legt einen Arm um Toms Schultern und führt ihn zur Tür. »Bierzeit.« Er hält sie auf. »Aber sieh zu, dass Hannah weiß, dass du … na, du weißt schon.«

»Dass ich sie liebe?«

»Genau.«

»Lass das mal meine Sorge sein.« Tom grinst in sich hinein. Er hat etwas ganz Besonderes für Hannah geplant. Für ihren letzten gemeinsamen Tag.

KAPITEL 22

»Also gut. Es gibt heute nur eine Regel: Wir reden nicht über morgen. Okay?«

»Okay.« Hannah streckt die Hand aus und berührt zärtlich sein Gesicht. Es fühlt sich so warm an. Sie kann gar nicht glauben, dass sie morgen Tausende von Kilometern von ihm entfernt sein wird und ihn nicht mehr berühren oder küssen kann. Deswegen will sie jede Sekunde auskosten.

Tom dreht den Kopf und küsst ihre Finger. »Und wir machen kein trauriges Gesicht.«

Sie versucht, ihre sentimentalen Gefühle mit dem köstlichen Himbeermilchshake hinunterzuschlucken, dann tippt sie mit dem Ende des Strohhalms gegen das Glas und starrt auf den dicken rosa Tropfen, der förmlich daran zu kleben scheint. »Waren die Milchshakes hier immer schon so …«, sie senkt die Stimme, »zuckersüß?«

Tom nickt und trinkt einen Schluck von seiner Cola. »Ich habe ein paar Zähne verloren, als ich hinter dir her war.«

»Du Armer. Es war ja so viel einfacher, als Männer noch lediglich den Tod riskierten, um die Frau ihrer Träume zu erobern. Ein bisschen kämpfen hier, etwas Lanzenstecherei dort und hin und wieder ein kleines Duell im Morgengrauen.« Hannah schmunzelt, aber ihr ist eigentlich nicht danach zumute. Der Gedanke an ihre Abreise drängt sich immer wieder in den Vordergrund, und ihr Magen rebelliert. Als sie mit der Hand über die silberfarbene Kante des Tisches fährt, erinnert sie sich daran, wie Anton, der Manager, seine Kellnerinnen immer zu ausgedehnten Putzrunden verdonnert hatte, wenn er schlecht gelaunt war. Hannah versucht, sich wieder auf Tom zu konzentrieren. »Stattdessen musstest du dir hier den Hintern platt sitzen und Hüftspeck ansetzen. Beeindruckende Leistung.«

»Ich weiß. Aber ich muss sagen, dass ich eine tolle Aussicht von der Stelle hatte, wo mein ständig wachsender Hintern saß.« Er blickt zu dem Ecktisch hinüber, wo er damals einen Großteil des Sommers verbracht hatte, während er versuchte, den Mut aufzubringen, Hannah anzusprechen.

»Freut mich, das zu hören.« Hannah starrt zu der Kellnerin in ihrem winzigen Rock und der eng anliegenden Bluse hinüber. »Ich fand immer, dass ich grässlich aussah. Ich habe diese verdammte Baseballkappe gehasst.« Sie schüttelt sich und deutet auf ihre nicht zu bändigenden Locken. »Ich habe jedes Mal eine halbe Stunde gebraucht, um meine Haare darunterzustopfen, und musste sie mindestens zehnmal waschen, bevor sie wieder halbwegs vernünftig aussahen.«

»Also, ich fand immer, dass du heiß aussahst.« Tom schiebt die rechte Hand zu ihr hinüber und drückt ihren Oberschenkel.

Der Stolz in seinem Gesicht bringt Hannah den Tränen nah. Sie bohrt sich die Fingernägel in die Handflächen, um sich wieder in den Griff zu bekommen, als die Kellnerin das Essen bringt. Portionen, von denen eine fünfköpfige Familie satt werden könnte. Perfekt. Hannahs Bauch knurrt, während sie ihren Hot Dog und die knusprigen Zwiebelringe betrachtet. Sie klaut sich eine Pommes von Toms Teller und beißt genüsslich hinein.

»Unverschämtheit! Dafür bist du mir einen Zwiebelring schuldig!«

»Heiß …« Sie wedelt ohne große Wirkung mit der Hand vor ihrem Mund herum.

»Geschieht dir recht«, sagt Tom grinsend.

Hannah trinkt hastig von dem Eiswasser. Ihre Augen beginnen zu tränen. »Also entschuldige mal«, murmelt Hannah zwischen zwei Bissen. »Ich ersticke hier gerade. Aber mach dir bloß keine Sorgen.« Als sie die Pommes hinuntergeschluckt hat, ragt sofort der morgige Tag wieder drohend vor ihr auf. Sie muss unbedingt weiterreden, um den bevorstehenden Abschied zu verdrängen. Das Lied, das jetzt aus der Jukebox schallt, kommt ihr da gerade recht. Sie sieht Tom an und grinst. »Das ist unser Lied!« Sie klopft den Rhythmus mit den Fingern auf dem Tisch mit. *»Everyday.«*

»Ich hab es ausgewählt, als du eben auf der Toilette warst.« Er senkt den Blick. »Das ist Teil zwei unserer Tagesreise in die Vergangenheit.«

Hannah drückt seine Finger, als Buddy Holly zu singen beginnt. »Unsere Tagesreise in die Vergangenheit?«, fragt sie aufgeregt. »Ist das dein Plan?«

»Genau.«

»Was für eine tolle Idee!« Sie gibt ihm einen Kuss. »Ich danke dir.«

»Gern geschehen.« Tom wirkt so erfreut, dass sie ihn gleich noch einmal küsst. Er grinst. »Als Nächstes folgen Erdnüsse und Bier in dieser Spelunke in der Nähe der London Bridge, dann Pasteten vom Borough Market und heute Abend das große geheimnisvolle Finale.«

»Wow.« Hannah knabbert an einem Zwiebelring. »Klingt perfekt.«

Tom gibt Ketchup auf seinen Teller, und Hannah viertelt den Burger mit dem Messer für ihn. »Ich hatte nur etwas Bedenken, ob es auch stilvoll genug für unseren letzten gemeinsamen Tag ist.«

»Ich finde es klasse.« Sie greift nach ihrem Hot Dog. »Es mag seltsam klingen, aber mir haben immer die Dinge besser gefallen, die wir gemacht haben, bevor du so viel Geld verdient hast.«

»Wirklich?« Er sieht sie skeptisch an.

»Ja. Kartoffelchips und Chardonnay sind eher mein Ding als Kaviar und Veuve Clicquot.« Sie greift nach einer weiteren Pommes. »Auch wenn ich zu Champagner natürlich niemals Nein sagen würde.«

»Natürlich nicht.«

Sie kaut nachdenklich, während ihr Lied im Hintergrund weiterläuft. »Ich glaube, in den alten Zeiten habe ich mich einfach viel entspannter gefühlt.«

»In den alten Zeiten?« Er lacht. »Wie alt bist du denn, hundert?«

»Du weißt schon, was ich meine. Zu Beginn unserer Beziehung.«

»Ja, das war schon ziemlich genial damals, nicht wahr?« Er grinst. »Ich konnte gar nicht glauben, dass ich deine Hand halten durfte.«

Hannah nimmt all die Liebe in sich auf, die sich in seinem Gesicht widerspiegelt. Eine Erinnerung, die sie sich bewahren wird, um … Sie unterbricht rasch ihren Gedankengang und lächelt ihn an. »Erinnerst du dich noch an unseren ersten Tanz?«

Tom lacht. »Ja, nur dass der nicht wirklich viel von einem Tanz hatte. Soweit ich mich erinnere, bestand das Ganze mehr aus Schieben und Schwanken.« Er bedeutet der Kellnerin, ihm eine weitere Cola zu bringen. »Zumindest, was mich angeht.«

»Mach dich doch nicht so schlecht!« Hannah wischt sich den Mund mit der Serviette ab. »Ich bin sicher, da war auch die eine oder andere kleine Drehung dabei.«

»Nein, definitiv keine Drehung. So was tut ein echter Kerl nicht.«

»Erzähl keinen Mist. Ich habe dich schon beobachtet, wenn diese Fußballsendung im Fernsehen läuft, in der sie während der Meisterschaft immer die Highlights zeigen. Sobald die Titelmelodie erklingt, beginnst du, mit dem Fuß zu wippen, und wiegst dich auf dem Sofa hin und her.« Sie lacht, als er ein entrüstetes Gesicht macht. Es gab Zeiten, da hätte es sie eingeschüchtert, aber nun ist er wieder ihr Tom. Und sie weiß, wie sehr er sie liebt.

»Also gut.« Er legt das Burgerviertel, das er in der Hand hält, auf den Teller zurück. »Jetzt reicht's. Wenn du nicht sofort aufhörst, dich über mich lustig zu machen, dann musst du mit mir tanzen. Auf der Stelle.«

Sie kneift die Augen zu schmalen Schlitzen zusammen. »Vielleicht ist es ja auch nur deine Sofagymnastik …«

Tom macht Anstalten aufzustehen. »Ich habe dich gewarnt.«

Sie schüttelt den Kopf, um ihn nicht unter Druck zu setzen. »Du musst das nicht tun, Tom. Ich will nicht, dass du dir wehtust.«

»Mir wehtun?« Er hält ihr die rechte Hand hin, die mit Ketchup beschmiert ist. Aber das ist ihr egal. »Du bist doch leicht wie eine Feder.«

Hannah steht auf. »Wie könnte ich bei so viel Romantik in der Luft widerstehen?«

Irgendwie schafft es Tom, seinen linken Arm um ihre Taille zu legen. Im ersten Moment taumelt er ein bisschen, und sie geraten kurz ins Wanken, was ihnen bei *Let's Dance* sicherlich null Punkte eingebracht hätte, aber der kleine Junge am Tisch hinter ihnen klatscht begeistert Beifall. Mehr Ermutigung bedarf es gar nicht. Tom findet sein Gleichgewicht, und Hannah versucht, sich gleichzeitig mit einer gewissen Anmut zu drehen. Als Tom sie anlächelt, weiß sie, dass sie niemals zuvor glücklicher gewesen sind.

Das Lied endet. Sie bleiben stehen, sehen sich in die Augen und prusten los.

Tom sieht sie amüsiert an. »Ich glaube, das hätte besser funktioniert, wenn ich es vor dem Schlaganfall schon mal ernsthaft versucht hätte.«

»Vielleicht. Aber ich bezweifle es. Beim Tanzen waren deine Bewegungen schon immer etwas unkoordiniert.«

»Du freches Luder.« Tom funkelt sie an und packt sie dann um die Taille. »Halt lieber den Mund und küss mich.«

Und das tut sie. Als sie sich umarmen, spürt sie, wie sich ihre Augen mit Tränen füllen. Der morgige Tag rückt immer näher. Ihnen läuft die Zeit davon.

»Erinnerst du dich noch daran, als wir mit meiner Mutter hier gewesen sind?«

Hannah leckt an ihrem Karamelleis und blickt zu ihm auf. Die abendliche Brise spielt mit seinem Haar, und seine grünen Augen wirken dunkel und ernst. Sie kann sich noch gut an diesen Tag erinnern. Das London Eye. Julie. »Ja, das tue ich. Da habe ich sie zum ersten und letzten Mal gesehen.«

»Ich wünschte, du hättest mehr Zeit mit ihr verbringen können.«

»Ich auch.« Hannah schiebt ihren Arm unter seinen, als sie am Fluss entlangspazieren.

Tom beginnt, den linken Fuß nachzuziehen. Das erste Anzeichen, dass er müde wird. »Ich wünschte, *ich* hätte mehr Zeit mit ihr verbracht.«

Hannah führt ihn zu einer Bank, und sie setzen sich hin, um auf die Themse hinauszublicken. Ein Schnellboot hinterlässt weißen Schaum, als es sich seinen Weg durchs Wasser bahnt. Eine Mutter bläst Seifenblasen für ihre Tochter, die diese aber zugunsten der Boote ignoriert. Ein Mann spricht flehentlich in sein Handy, bittet die Person am anderen Ende, ihm mehr Zeit zu geben. Nur einen Tag. Hannah weiß, wie er sich fühlt. Der Tag ist wie im Flug vergangen, und nun bleiben ihnen nur noch wenige Stunden. Hannah nimmt Toms Hand. »Ich glaube, sie hat sich für dich gefreut. Ich meine, dass du weggezogen und dir ein eigenes Leben in London aufgebaut hast.«

Tom blickt sie forschend an. »Wieso glaubst du das?«

Hannah küsst ihn sanft. »Ist es nicht das, was sich jede Mutter für ihr Kind wünscht? Ich glaube, selbst meine Mutter tut das – auf ihre ganz eigene Weise eben.« Sie lächelt. »Deshalb hat sie mir heute auch einen Verbandskasten als Abschiedsgeschenk geschickt.«

Tom stöhnt auf. »Ich kann nicht glauben, dass sie das gemacht hat.«

»Ich schon. Allerdings ist es ein gutes Zeichen, dass ich nicht gleich in Versuchung gekommen bin, mir die Kante zu geben, wie ich es früher getan hätte.«

»Das freut mich für dich. Auch wenn ich dir beim Kotzen liebend gern die Haare aus dem Gesicht halte.«

Sie kichert. »Außerdem wollte ich keine Sekunde von meiner Zeit mit dir verschwenden.«

Seine Augen werden feucht. »Ich weiß, was du meinst.«

Sie sitzen für eine Weile schweigend nebeneinander, wie ein Paar, das alle Zeit der Welt hat.

Nach einigen Minuten dreht sich Hannah zu ihm um. »Was wünschst du dir sonst noch?«

»Was meinst du damit?« Er zieht sie noch näher an sich.

»Ich meine Dinge, von denen du dir wünschst, dass wir sie gemeinsam getan hätten. Oder …«, sie denkt an Raj, »von denen du dir wünschst, dass wir sie *nicht* getan hätten.«

Er schweigt, während eine plappernde Gruppe von Studenten an ihnen vorbeischlendert. Alle tragen leuchtend gelbe Tour-T-Shirts und scheinen den Versuch unternommen zu haben, die Frisuren der Mitglieder der Boyband One Direction nachzuahmen. Als Hannah zu Tom hinübersieht, erkennt sie den Schmerz in seinen Augen. Schließlich sagt er: »Ich wünschte, du hättest nicht mit ihm geschlafen.«

Sie erstarrt und rechnet damit, dass er seinen Arm wegnimmt, doch stattdessen zieht er sie noch näher an sich. »Ich auch, Tom.«

»Und ich wünschte, dass es zwischen uns nicht so gekriselt hätte.« Er drückt ihr einen Kuss aufs Haar. »Ich wünschte, wir hätten eher begriffen, was vor sich geht, und etwas dagegen unternommen.«

»Ich auch.«

»Und …« Als Hannah das Leuchten in seinen Augen sieht, weiß sie sofort, dass er etwas Wichtiges sagen will. Doch er verstummt, als plötzlich *Sweet Child of Mine* ertönt, der Song, den Julie als Klingelton in Toms Handy einprogrammiert hat. »Entschuldige«, Tom zieht sein Telefon hervor, »aber da muss ich sicherheitshalber rangehen.«

»Klar.« Vermutlich ist es Julie, die Lust auf Pommes hat. Oder Essiggurken. Oder welche verrückten Gelüste sie sonst noch im siebten Monat ihrer Schwangerschaft haben mochte.

Hannah lehnt sich zurück und genießt die Abendstimmung. Über ihnen in den Bäumen glitzern Lichter, einzelne Boote ziehen vorbei, und von irgendwoher sind Fahrgeräusche von Skateboardern zu hören. Sie fragt sich, was Tom ihr eben hat sagen wollen. Bei dem Gedanken daran, was sie am heutigen Abend noch erwarten könnte, ist sie fast ein wenig aufgeregt. Doch dann spürt sie, wie Tom ein Stück von ihr abrückt. Er ist ganz bleich geworden und sieht besorgt aus. »Was ist los? Stimmt was nicht?«

Er sieht sich hektisch um. »Wir brauchen ein Taxi. Sofort!«

»Sind wir zu spät dran für irgendwas?«

»Nein.« Er stemmt sich mithilfe des Stocks in die Höhe und wendet sich Richtung Straße.

Panik erfasst sie. »Was ist denn?«

»Mit Jules stimmt irgendwas nicht«, sagt er mit ausdrucksloser Miene. »Wir müssen sofort zum Krankenhaus.« Dann dreht er sich um und gibt sich alle Mühe, schnell Richtung Straße zu laufen.

Juli 2015

Unbenutzte Eintrittskarten für das Musical *Matilda*

Tom verflucht sein linkes Bein noch mehr als gewöhnlich, während er Hannah im grauen Krankenhausflur hinterherhinkt. Als er sie endlich eingeholt hat, steht sie vornübergebeugt an den roten Türen der Geburtsstation und versucht, wieder zu Atem zu kommen.

»Macht schon.« Hannah drückt ungeduldig den Summer. Keine Reaktion. Sie probiert es erneut. Wieder nichts. »Wieso reagieren die nicht?« Sie presst die Hand abermals auf den Summer, bis Tom sie wegzieht.

»Komm, wir setzen uns einen Moment hin.«

»Nein, ich …«

Tom packt sie sanft an der Schulter und führt sie zu einer Reihe scheußlicher Plastikstühle, deren Farbe an Durchfall erinnert. Tom fragt sich, wieso sich jemand die Mühe gemacht hat, sie an der Wand festzuschrauben. Wer würde diese Dinger schon klauen wollen? Nachdem Hannah sich hingesetzt hat, geht er die wenigen Schritte zurück zur Tür und drückt auf den Summer. Angst pulsiert durch seine Adern. Niemand kommt. Er lässt den Kopf hängen und starrt auf den abgenutzten blauen Bodenbelag. In seinem Kopf überschlagen sich die Gedanken. Julie. Das Baby. Ihre Zukunft. Er dreht sich zu Hannah um. »Ich hoffe so sehr, dass alles in Ordnung ist.«

»Ich auch.« Hannahs Stimme klingt angespannt. »Was, wenn sie mit dem Kopf aufgeschlagen ist, als sie ohnmächtig wurde?«

Sofort sieht er Julie vor sich, wie sie auf dem Boden liegt – bewusstlos und allein. Er gibt es auf, den Summer zu drücken, und lässt sich neben Hannah auf einen Stuhl fallen. Sie legt den Arm um ihn, und sie klammern sich aneinander. Tom spürt, dass ihr Herz genauso schnell schlägt wie seins. Er liebt sie in diesem Moment noch mehr dafür, dass sie sich derartig um seine Schwester sorgt. »Ich weiß nicht, was ich tun soll, falls ihr oder dem Baby etwas passiert.«

Hannah streicht ihm beruhigend über den Rücken. »Es tut mir so leid.«

Mit einem Mal wird ihm kalt, obwohl der Flur total überheizt ist. Der abblätternde Heizkörper neben ihnen läuft trotz der milden Temperaturen draußen auf Hochtouren. »Mir auch.« Er greift in seine Tasche und zieht zwei Eintrittskarten hervor. »Ich wollte eigentlich heute Abend hier mit dir hingehen.«

»*Matilda*«, ruft sie begeistert und strahlt Tom an. »Wow. Das Musical wollte ich mir schon seit einer Ewigkeit ansehen.«

»Hat nicht ganz geklappt«, sagt er niedergeschlagen und starrt auf ein riesiges Bild, das an der gegenüberliegenden Wand hängt.

»Sei nicht enttäuscht.« Sie drückt seine Hand. »Ich hatte einen wunderschönen Tag. Und im Augenblick«, sie kuschelt sich enger an ihn, »würde ich nirgendwo anders sein wollen.«

»Ich danke dir.« Er lehnt sich zurück und betrachtet das Bild genauer, doch darauf sind nur eine Menge wild durcheinandergepinselter Braun- und Grüntöne zu erkennen. »Was zum Henker soll das sein?« Er neigt den Kopf zur Seite, was allerdings auch nicht wirklich hilft. »Scheißt da jemand?«

Hannah prustet laut heraus. »Ich glaube, das soll eine Kuh sein. Oder das Mittagessen von irgendjemandem. Egal, man sollte es auf jeden Fall verbrennen.« Sie schenkt Tom ein Lächeln. »Ich meinte das eben übrigens ernst: Ich danke dir für unsere kleine Reise in die Vergangenheit. Ich habe diesen Tag mit dir sehr genossen.«

»Ich auch.«

»Und das mit den Eintrittskarten war eine tolle Idee. Ich weiß durchaus zu würdigen, was für ein Opfer es für dich bedeutet hätte, in ein Musical zu gehen.«

Tom zieht die Nase kraus. »Da bin ich mir nicht so sicher. Nachdem ich mir *Casablanca* angesehen habe, ist das naturgemäß wohl der nächste Schritt.« Er sieht erneut zur Tür hinüber, aber dahinter rührt sich nichts. Sofort überfällt ihn wieder die Panik. »Ich hoffe, dem Baby geht es gut.«

»Ganz bestimmt.« Hannah nickt entschlossen.

»Da wäre ich mir nicht so sicher. Unser Schutzengel scheint sich in den letzten sechs Monaten häufiger mal eine Auszeit zu gönnen.«

»Ich weiß. Aber …«

»Was denn?«

»Ich bleibe auch gerne hier.«

Hannah hat so leise gesprochen, dass Tom einen Moment braucht, ehe er begreift, was sie gesagt hat. »Was?«

»Ich bleibe wirklich gerne hier bei dir, um zu helfen, falls Julie …«

»Nein!« Die Heftigkeit, mit der er reagiert, überrascht ihn selbst. »Nein, du fliegst.«

»Aber …«

»Nein, Han. Wir kommen schon klar.« Auch wenn ihm gerade nicht zum Scherzen zumute ist, versucht er es mit Humor. »Außerdem musst du auf Steph aufpassen.«

Als sie kichert, weiß er, dass er sie überzeugt hat. Es ist ein bittersüßer Sieg. Tom seufzt. »Gott, wie ich das hier hasse. Alle diese Erinnerungen …«

»An deinen Schlaganfall?«

»Ja, und … an das letzte Mal, als Jules in dieser Klinik war, um … du weißt schon.«

»Das war wirklich schrecklich.« Hannah stützt das Kinn in die Hände. »Danach war sie nicht mehr dieselbe.«

»Nein.« Plötzlich wird Tom so bewusst wie nie zuvor, durch was sich seine Schwester schon alles hat durchkämpfen müssen. »Das und die Sache mit Mum waren nicht leicht für sie.«

»Wenigstens hatte sie dich. Du hast dich immer um sie gekümmert.«

»Aber nicht genug.«

»Hör auf damit.« Hannah sieht ihn voll aufrichtigen Vertrauens an. »Sie zieht bald bei uns ein. Sie kann von Glück reden, einen Bruder wie dich zu haben.«

»Aber ich hätte mehr tun können. Ich …«

Eine Frau taucht am Ende des Flurs auf. Sie zieht einen kleinen Reinigungswagen auf Rollen hinter sich her und kommt im Zeitlupentempo auf sie zugekeucht. Direkt vor ihrer Stuhlreihe bleibt sie stehen und drückt einen Wischmopp in die Auswringvorrichtung an der Seite des Eimers.

Tom hebt die Stimme, als die Frau scheinbar völlig unbeeindruckt von ihrer Anwesenheit ein rasselndes Husten von sich gibt. »Ich …«, beginnt Tom, hält aber sofort wieder inne, um fasziniert zu beobachten, wie die Putzfrau schnieft, sich mit dem Handrücken unter der Nase entlangfährt und die Hand dann an ihrer leuchtend orangefarbenen Uniform abwischt.

»Was wolltest du sagen, Tom?«

Worte schießen ihm wild durch den Kopf, aber es scheinen alles nicht die richtigen zu sein. »Ist egal.«

Er zieht seine Füße weg, als die Frau den feuchten Mopp zu ihnen hinüberschwenkt. Sie zieht ein graues Tuch hervor und beginnt, die Rückseite des Stuhls abzuwischen, auf dem Hannah sitzt. Angesichts des wenig dezenten Hinweises steht sie auf.

Glücklicherweise tritt in diesem Moment endlich eine Ärztin durch die Doppeltüren. Sie trägt einen weißen Kittel und ein Stirnrunzeln, bei dem sich Toms Magen augenblicklich krampfhaft zusammenzieht. »Sind Sie die Familie von Julie Ellison?«

»Ja.« Tom rappelt sich rasch auf, und gemeinsam gehen sie auf die Ärztin zu. »Wie geht es meiner Schwester?«, fragt er.

Die Ärztin streicht sich eine graue Haarsträhne hinter das Ohr. »Es geht ihr wieder gut«, sagt sie und fügt mit einem kleinen Lächeln hinzu: »Sie ist ziemlich mitteilsam, oder?«

Tom und Hannah sehen sich schweigend an.

»Sie können jetzt zu ihr.«

Hand in Hand folgen sie der Ärztin, vorbei an geschlossenen Türen, hinter denen laute Schreie und Geheul zu hören sind, und an Männern, die Kaffee in sich hineinschütten, während sie sich wappnen, um wieder zu ihren Frauen in den Kreißsaal zu gehen. Dies ist ganz sicher nicht der Abend, den sich Tom erhofft hatte.

Die Ärztin öffnet eine Tür. Als er seine kleine Schwester in dem Krankenhausbett sitzen sieht, empfindet Tom mit einem Mal eine überwältigend große Liebe für sie. Er stürzt auf sie zu und drückt sie fest an sich.

»Schon gut, Tommo.« Julie schiebt ihn behutsam ein Stück von sich weg. »Beruhig dich. Ich kriege ja kaum noch Luft.«

Julies Stimme klingt kräftig, was ihn hoffen lässt. Tom weicht zurück. Ihr Gesicht ist bleich, ihre Haare sind straff zurückgekämmt. Die weiße Bettdecke ist bis zu ihrer Brust hochgezogen. An der Wand hängt ein schwarzer Monitor. Er vernimmt den raschen Herzschlag des Babys. Er klingt stark. Ungestüm. Entschlossen.

Hannah tritt aufs Bett zu und gibt Julie einen Kuss. »Wie geht es dir?«, fragt sie.

»Wieder besser.« Julies Tonfall ist trotzig, aber Tom sieht, wie ihre Hand zittert, als sie nach dem Wasserglas greift. »Ich hätte nicht so viele Babyklamotten schleppen sollen. Dieser verdammte Primark.«

»Na klar, der blöde Laden ist schuld!« Tom tätschelt seiner Schwester den Arm. Für alle Fälle will er lieber in ihrer Nähe bleiben. »Lass mich dir beim nächsten Mal helfen, okay?« Auf einmal fühlt er sich selbst etwas zittrig und setzt sich hastig auf die Bettkante.

»Du und shoppen?« Julie kichert. »Ist nicht dein Ernst!«

»Ich könnte es doch mal versuchen.«

Julie sieht Hannah an. »Keine gute Idee, oder was denkst du?«

»Ganz deiner Meinung.« Hannahs Gesichtsausdruck macht deutlich, dass sie keinerlei Argumentationsspielraum sieht. »Er kriegt ja schon einen Herzanfall, wenn wir bei Marks & Spencer reingehen, um ein Sandwich zu kaufen.«

»Okay, okay. Ich glaube, wir schweifen hier gerade ein bisschen ab«, mischt sich Tom ein. »Wie geht es dem Baby?«

Julie grinst. »Gut. Sie hat einen Herzschlag wie ein Pferd.« Tom bemerkt den stolzen Ausdruck in ihren Augen. »Aber das hast du wahrscheinlich schon bemerkt.«

»Er ist so laut, dass man ihn bestimmt bis nach Schottland hören kann«, erwidert Tom, stutzt für einen Moment und fügt dann hinzu: »Warte mal. Hast du da etwa eben ›sie‹ gesagt?«

»Gut aufgepasst!« Julie strahlt.

»Du bekommst also ein Mädchen?« Unbändige Freude erfüllt ihn. Eine kleine Nichte. Ein Neuanfang. Er muss sich noch mal versichern. »Ganz bestimmt?«

Julie verdreht die Augen, antwortet dann aber mit einem breiten Lächeln: »Ja, ganz bestimmt. Es ist ein Mädchen.« Sie zeigt mit dem Finger auf ihn. »Wehe, du fängst jetzt an, haufenweise rosafarbenes Zeug zu kaufen. Und bloß keine Rüschen!«

Er hebt die Hände. »Schon kapiert, kein Rosa.«

»Gut. Und bevor mich einer von euch fragt. Ja, ich habe Zac

eine SMS geschickt.« Sie sieht auf einmal ungewöhnlich ernst aus. »Ich fand, dass es nach dem Vorfall heute das Richtige war. Er kommt heute Abend. Aber nicht, dass ihr jetzt denkt, wir sind zusammen.« Sie schüttelt heftig den Kopf. »Das sind wir nicht. Also kein Grund, in Begeisterungsstürme auszubrechen, okay?«

»Okay.« Tom sieht zu Hannah hinüber.

Sie strahlt, doch plötzlich füllen sich ihre Augen mit Tränen.

Tom kennt den Grund. Hannah kann nicht gut mit Abschieden umgehen. Wenn sie erst einmal anfängt zu weinen, gibt es kein Halten mehr. An dem Abend, bevor sie nach Japan abgereist war, hatte sie sich sogar während des Essens verdrückt und ihm eine Entschuldigungs-SMS geschickt, in der sie ihn wissen ließ, dass sie nach Hause gegangen war, um zu heulen. Dieses Mal würde es wohl kaum anders sein.

Hannah wendet sich verstohlen ab, um sich mit einem Taschentuch die Augen trocken zu tupfen und ihre Tränen vor Julie zu verbergen.

Doch die lässt sich nicht zum Narren halten. »Ich kann dich sehen, Hannah.«

»Tut mir leid.« Hannah dreht sich wieder zu ihnen um. »Es ist bloß …«

Julies Stimme ist unerwartet sanft, als sie ihr ins Wort fällt. »Ich vermute mal, dass du nicht vorgehabt hast, dich an diesem Ort zu verabschieden, stimmt's?«

Hannah putzt sich die Nase. Ihre Stimme ist leise, als sie sagt: »So was in der Art.« Sie bringt ein zaghaftes Lächeln zustande. »Aber es ist mehr als das. Ich glaube, mir ist gerade erst so richtig klar geworden, dass ich im Begriff bin, für eine ganze Weile wegzugehen. Und das von dem Baby zu hören …« Sie schluckt. »Dadurch wird mir gerade erst richtig bewusst, was ich verpassen werde.«

»Wir können doch skypen«, sagt Julie in scherzhaftem Tonfall, aber Tom sieht ihr an, wie bewegt auch sie ist.

»Ich weiß.« Hannah lächelt sie an, dann beugt sie sich zu Julie hinunter. »Ich freue mich wirklich für dich, Jules. Und ich kann es gar nicht erwarten, Zac endlich richtig kennenzulernen. Und das Baby zu sehen. Wenn ich nächstes …« Sie beendet den Satz nicht, denn ihre Schultern beginnen abermals zu zucken. Sie presst sich eine Hand vor den Mund, um ein Schluchzen zu unterdrücken. Nächstes Jahr. Eine halbe Ewigkeit.

»Hört zu, ihr zwei«, sagt Julie. »Ihr könnt wirklich gehen. Es ist euer letzter Abend. Du musst nicht hierbleiben, Tommo. Du musst nicht …«

»Doch«, sagt Hannah mit fester Stimme. »Das muss er. Dafür sind große Brüder doch da, nicht wahr, Tom?«

Tom sieht zuerst seine Schwester an, dann Hannah. Schmerzliche Sehnsucht erfasst ihn, aber sie hat recht. »Ja«, erwidert er. »Stimmt.«

Julie verdreht die Augen, aber er merkt ihr die Erleichterung an. »Na, dann verschwindet wenigstens nach draußen, um euch zu verabschieden, damit ich das nicht mit ansehen muss!«

Hannah umarmt Julie fest, dann nimmt sie Toms Hand, und sie gehen nach draußen.

Eine Frau im Nebenraum befindet sich ganz offenbar in der letzten Phase der Geburt und brüllt so laut, dass Tom Hannah kaum verstehen kann. Sie führt ihn um die Ecke und blickt zu ihm auf. Als sie sein Gesicht mit den Händen umfängt und sich auf die Zehenspitzen stellt, um ihm einen liebevollen Kuss zu geben, spürt er einen Kloß im Hals.

»Auf Wiedersehen, Tom«, sagt Hannah stockend.

Da ist noch so viel, was er ihr sagen will. »Hannah, ich …« Doch dann sieht er in ihre Augen, und plötzlich fehlen ihm die Worte. »Ich liebe dich«, ist alles, was er herausbringt.

Hannah drückt ihn fest an sich. »Ich liebe dich auch.« Als sie einen Schritt zurückweicht, gibt sie sich so große Mühe zu lächeln, dass es ihm fast das Herz bricht. Ihr Mund zittert, als sie ihn ein letztes Mal küsst. So sanft. So zärtlich. So endgültig.

»Auf Wiedersehen.« Sie dreht sich um und drückt auf den Knopf, der die Stationstür öffnet.

Tom schickt ein Stoßgebet zum Himmel, dass sie klemmen möge, ein Alarm losgeht, dass irgendetwas passiert, damit sie hierbleibt, bei ihm. Aber nichts dergleichen geschieht.

Die Tür geht auf, und Hannah tritt hindurch, während sie in ihrer Handtasche bereits nach einem weiteren Taschentuch kramt.

Tom hofft, dass sie sich noch einmal umdreht, aber sie geht weiter. Und dann ist sie fort, und er steht da, auf seinen Stock gestützt, und spürt, wie sich der stechende Schmerz ihrer Abwesenheit durch sein Herz bohrt.

Kapitel 23

»Bitte sehr, Madam.« Der Barista stellt eine rote Kaffeetasse vor Hannah auf der Glastheke ab. »Lassen Sie es sich schmecken.«

Sein Lächeln verwandelt sich in ein Stirnrunzeln, als ein kleines Mädchen mit dunklen Zöpfen hinter das Glas fasst und sich ein für sie verlockendes Plundergebäck unten aus dem Stapel zieht.

»Santana! Nein!«

»Was denn, Mum?« Das Mädchen dreht sich um und beißt genüsslich in den weichen Teig, während hinter ihr der Rest der Auslage langsam in sich zusammenfällt.

Die Mutter hat Mühe, sich über die ständigen Lautsprecherdurchsagen hinweg Gehör zu verschaffen. »Du weißt doch, dass du das nicht machen sollst!«

Santana scheint mit dieser Logik wenig anfangen zu können, denn ihre prompte Antwort lautet: »Ich hatte aber Hunger.«

Hannah beobachtet, wie sich die Mutter mit einer schmalen Hand über die müden Augen reibt. Dies würde mit Sicherheit ein verdammt langer Flug für Santana und ihre Familie werden. Hannah hofft, dass sie sich nicht auf dem Weg nach Tansania befinden. Sie schlängelt sich zwischen den Tischen und Stühlen voller Leute hindurch, deren gut gefüllte Einkaufstüten wohl der Erleichterung zu verdanken sind, die Schlange an der Sicherheitskontrolle überstanden zu haben. Sie klettert auf einen

Barhocker, von dem aus man die Flughafenhalle überblicken kann, und legt ihren kleinen Segeltuchrucksack vor sich auf den Stehtisch. Sie kann immer noch nicht glauben, dass das hier wirklich passiert. Diese ganzen Menschen um sie herum in T-Shirts und Sportanzügen, Kleidern und mit Designersonnenbrillen; Paare, die streiten oder lachen oder auf der Suche nach dem richtigen Abfluggate im Kreis herumlaufen. Reisende, die Kaugummi kauen oder Geld wechseln oder zum x-ten Mal ihre Reisedokumente kontrollieren. Menschen, die irgendwohin unterwegs sind. Endlich ist sie wieder eine von ihnen. Ihren großen Rucksack hat sie bereits aufgegeben, Pass und Bordkarte befinden sich in ihrer Tasche. Es geht los. Sie denkt an den Abschied von Tom und holt ihr Handy hervor, um ihm eine SMS zu schicken. Ihr Daumen schwebt für eine Sekunde über dem Display, während sie darüber nachdenkt, wie sie all das, was sie ihm sagen will, in so wenige Worte packen soll. Und schon wieder füllen sich ihre Augen mit Tränen. Verdammt. Sie klopft mit dem Handy auf den Tisch und beschließt, ihn lieber anzurufen. Das ist einfacher, und außerdem möchte sie noch einmal seine Stimme hören. Als Tom sich nicht meldet, ruft Hannah die Sekretärin seines Büros an, deren Nummer er ihr kurz vorher gegeben hatte.

Sie nimmt nach dem ersten Klingeln ab. »Sutton Associates. Wie kann ich Ihnen behilflich sein?«

»Hallo, Winnie. Hier ist Hannah, Toms Ehefrau. Ist Tom da?«

»Hallo, Hannah. Tut mir leid, aber er ist gerade in einer Besprechung.«

»Könnten Sie ihn bitte kurz rausrufen?«

»Tut mir leid. Das geht nicht.«

»Ich steige gleich ins Flugzeug und würde ihn wirklich gern noch einmal sprechen.«

Eine kurze Pause. Dann sagt Winnie: »Er ist nicht im Haus.«

Hannah runzelt die Stirn. »Aber gerade haben Sie doch noch gesagt, dass er in einer Besprechung sei, oder?«

Wieder eine Pause. »Winnie?«

»Ich …«

Hannah bekommt plötzlich Angst. »Was ist los, geht es Tom gut?«

Schweigen.

»Winnie?« Hannah springt von ihrem Barhocker, bereit, sofort dorthin zu fahren, wo Tom sich gerade befindet. Was, wenn er einen weiteren Schlaganfall erlitten hat oder etwas Schlimmeres passiert ist.

»Er ist nicht hier.«

»Was soll das heißen? Heute ist Montag. Er muss da sein.«

Wieder Schweigen.

»Winnie. Ich stehe kurz davor, um die halbe Welt zu fliegen. Sagen Sie mir endlich, was los ist.«

Winnie stößt einen Seufzer aus. »Wahrscheinlich wird mich Nick feuern, wenn er herausfindet, dass ich es Ihnen erzählt habe, Hannah, aber die Wahrheit ist … Tom arbeitet nicht wirklich hier. *Noch* nicht.«

»Was?« Hannah wird für einen Moment schwindelig und muss sich am Tisch abstützen. Sie hatte geahnt, dass etwas nicht stimmt. Dass er ihr etwas verheimlicht. »Wieso?« Doch tief in ihrem Inneren kennt sie den Grund.

»Er hat gesagt, dass er noch nicht so weit sei.«

»Aber …«

»Oje.« Winnie räuspert sich. »Hören Sie, eigentlich sollten Sie das vor Ihrer Abreise gar nicht mitbekommen. Aber ich soll Ihnen sagen, dass Ihre Freundin Steph einen Brief für Sie hat, falls Sie sich bei mir melden. Für alle Fälle. Okay?«

»Was, Steph weiß davon?« Hannah blickt sich hektisch in der Flughafenhalle um, kann Stephs langen blonden Zopf aber nirgendwo entdecken. »Ich werde sie umbringen.«

»Reden Sie mit ihr.« Winnie ist im Begriff aufzulegen. »Bitte. Tom hat ausdrücklich gesagt, dass Sie Ihre Freundin nach dem Brief fragen sollen. Ich wünsche Ihnen eine gute Reise.«

Sie kann jetzt unmöglich fliegen. Ihr Blick wandert über die Menschenmenge, aber Steph könnte überall sein. Sie steht auf Flughafenshopping und kann Stunden in den überteuerten Läden verbringen.

»Hannah?« Sie dreht sich um, ihre Freundin steht direkt vor ihr. »Bereit für das große Abenteuer?«

»Nein.« Hannah kann nur mit Mühe die Tränen zurückhalten.

»Was ist denn los?« Steph versucht vergebens, eine riesige Toblerone in eine winzige Tragetasche zu stopfen.

»Was zum Teufel geht hier vor sich?«, fragt Hannah wütend. »Ich habe gerade versucht, Tom in der Kanzlei zu erreichen, aber er ist nicht da. Offenbar arbeitet er gar nicht dort. Und seine Sekretärin sagte mir, dass ich mit dir reden soll. Angeblich hast du einen Brief für mich.«

»Das stimmt.« Steph legt ihr eine Hand auf den Arm. »Es tut mir leid, dass ich es dir nicht gesagt habe, Hannah. Es war Toms Idee.«

Hannah beginnt zu zittern. »Gib ihn mir bitte.«

»Natürlich.« Steph kramt in ihrer Handtasche herum und zieht einen dicken cremefarbenen Umschlag daraus hervor. »Du musst mir aber versprechen, dass du nicht ausflippst und nach Hause rennst, sobald du ihn gelesen hast – denn das ist genau das, was Tom vermeiden wollte.«

»Und was ist mit dem, was ich will?«

»Bitte, Hannah. Lies doch erst einmal, was er dir geschrieben hat.«

Hannah ist ganz fahrig vor Sorge. Mit zittrigen Fingern schnappt sie sich den Umschlag und dreht ihn in den Händen.

»Ich bin da drüben und kaufe noch ein wenig Schokolade.«

Bevor Steph in der Menge verschwindet, ruft sie jedoch noch über die Schulter zurück: »Du wirst sie brauchen.«

Hannah klettert wieder auf den Barhocker, reißt den Umschlag auf und faltet das Blatt darin auseinander. Die Handschrift ist krakelig. Ungleichmäßig. Es ist Toms.

Liebe Han,

verdammt, du hast es herausgefunden! Ich hätte wissen müssen, dass ich dich nicht austricksen kann und sich all die Sonntagabende einmal für dich auszahlen würden, die du mit Poirot verbracht hast. Schade nur, dass es ausgerechnet jetzt sein musste!

Das Wichtigste zuerst: Untersteh dich, kehrtzumachen und nach Hause zu kommen! Ich werde Julie auf dich hetzen. Oder das Baby (sobald es da ist). So oder so – es wäre eine ganz schlechte Idee, das garantiere ich dir.

Du magst mich jetzt für großmütig halten, doch das bin ich nicht. Ich glaube einfach, dass es uns beiden guttun wird, eine Weile voneinander getrennt zu sein. Ich muss herausfinden, wer ich von jetzt an sein will. Und du solltest das Gleiche tun.

Ich möchte nicht, dass wir wieder in alte Muster zurückfallen, arbeiten und traurig sind und einander nie in die Augen sehen. Wir können mehr aus unserer Beziehung machen, davon bin ich überzeugt.

Der Schlaganfall hat mich vielleicht verändert, aber ich bin immer noch verrückt nach dir. Ich liebe es, wenn sich deine Locken auf dem Kissen ausbreiten, wenn du Rotwein auf dem Teppichboden vergießt und die Möbel verrückst, um die Flecken zu verstecken. Wenn du mit einem Stück Toast in der Hand zu schnulzigen Popsongs tanzt und dir dabei die Sonne ins Gesicht scheint. Ich liebe dein Lachen und dein großes Herz. Ich liebe deinen Mut und wie sehr du dich um alles und jeden kümmerst. Ich wünschte, ich könnte dir einmal die Hannah zeigen, die ich sehe. Denn ich weiß, dass du sie ebenso lieben würdest wie ich.

Mein Schlaganfall wird mich nicht bremsen, und ich will auch nicht, dass er dich bremst. Also denk nicht mal daran umzukehren! Setz dir einfach deine verrückte türkisfarbene Sonnenbrille auf und steig in dieses Flugzeug. Trink ein Glas Sekt für mich mit, wenn du abhebst. Und lass Steph bitte nicht auf die Toilette, wenn irgendwelche heißen Typen in der Nähe sind. Wir wollen ja nicht, dass sie schon verhaftet wird, bevor ihr überhaupt angekommen seid.

Aber merk dir vor allem eins, meine wunderschöne Hannah: Komm nur nicht auf die Idee, dich um mich zu sorgen!!!

Ich liebe dich.

Tom

»Hannah?«

Hannah wischt die Tränen fort, die ihr über die Wangen laufen.

»Alles in Ordnung?«, fragt Steph besorgt, die von ihrer Schokoladen-Shopping-Runde zurück ist.

Hannah rutscht vom Barhocker.

»Du fährst doch nicht etwa nach Hause, oder?«, erkundigt sich Steph beunruhigt. »Tom hat mir die Erlaubnis erteilt, dich in guter alter Rugbymanier zu Boden zu ringen, falls du das versuchen solltest.«

»Du hast doch gar keine Ahnung, wie das geht.« Hannah zieht sich den Rucksack über eine Schulter.

Steph reckt das Kinn. »Und ob. Ich habe viel Zeit damit verbracht, Jonny Wilkinson zu beobachten.«

»Oh, jetzt bekomme ich aber richtig Angst!« Für einen kurzen Moment überlegt Hannah, was sie jetzt tun soll. Toms Worte gehen ihr immer wieder durch den Kopf. Und dann trifft sie eine

Entscheidung. »Wir sollten langsam los, Steph. Sonst startet der Flieger noch ohne uns.«

Ihre Freundin grinst, und Hannah weiß, dass das Abenteuer endlich beginnt. Sie dreht sich um und marschiert mit Toms Brief in der Hand und seiner Liebe im Herzen in Richtung Abfluggate.

Juli 2015

Der silberne Kasten

Überall im Haus hat Hannah kleine Nachrichten für ihn hinterlassen. Selbst auf dem Wasserkocher und am Kühlschrank. Die Post-its und Karten erinnern Tom an Orte, an denen sie gemeinsam gewesen sind, an leckeres Essen und Lieder, die sie beide mögen. Er folgt dem Erinnerungspfad durch die Küche ins Wohnzimmer, die Treppe hinauf und ins Arbeitszimmer. In der Sockenschublade, in seiner Plattentasche und Jackentasche, sogar am Duschgel kleben die liebevollen Zettel.

Am Strand neben einer unfreundlichen Möwe aufgewacht.
Spanien 2006

Tom grinst, als er sich an die warmen Sonnenstrahlen auf seinem Gesicht und das bösartige Funkeln in den Augen der Möwe erinnert. Sie waren auf einem Musikfestival gewesen. Ihre erste gemeinsame Reise. Für einen Augenblick ist es, als stünden sie wieder dort am Strand und sie fordere ihn zum Tanzen auf, während sich die Wellen an ihren Füßen brechen. Dann blickt er sich um und sieht die Lücke, wo sonst ihre Zahnbürste steht. Bemerkt, dass ihr Haarreif nicht an der üblichen Stelle auf der Fensterbank liegt und ihr rosafarbener Morgenmantel nicht mehr länger an der Rückseite der Tür hängt. Sie ist fort. Tom schließt die Augen, und die Einsamkeit trifft ihn wie eine Faust in den Magen. Er klammert sich mit seiner gesunden Hand an das Waschbecken, bis sie schmerzt. Dann dreht er den Kran auf und spritzt sich kaltes Wasser ins Gesicht, bis seine Haut gefühllos ist. Sein Spiegelbild erscheint ihm fremd. Er sieht so furchtbar aus, dass er beinahe lachen muss. Erster Tag. Kalt. Nass. Traurig. Er schüttelt den Kopf. Das Leben geht immer weiter, das hat Hannah ihn gelehrt.

Auf dem Weg nach unten fühlt sich sein Bein steif an, es bewegt sich nur widerwillig. Im Wohnzimmer öffnet er die Terrassentür, tritt hinaus und atmet tief die vom Sonnenlicht erfüllte, klare Luft ein. Nick hat ihn später zu einer seiner berühmten Test-Match-Grillpartys eingeladen. Wobei Kricket nur eine untergeordnete Rolle spielt. Die Hauptattraktion ist immer mit anzusehen, wie viele Steaks Nick auf einmal auf seinen Grill quetschen kann, ohne dass jemand die Feuerwehr rufen muss. Tom setzt sich auf die Bank, die ihm seine Mutter hinterlassen hat. Die einzige Extravaganz, die sie sich in dem winzigen Garten geleistet hatte, wo er so viele Sommer verbracht und seinen Fußball gegen den leidgeprüften Zaun getreten hatte. Die Bank steht nun neben einem Kübel mit ein paar tapferen Petersilienbüscheln, zwischen denen der angeschlagene Jane-Austen-Becher hervorlugt, nach dem Hannah in den letzten zwei Wochen jeden Morgen gesucht hatte. Tom streicht mit der Hand über das raue Holz der Bank und erinnert sich dabei an die seltenen Gelegenheiten, zu denen sich seine Mutter erlaubt hatte, zehn Minuten Pause zu machen, um sich mit einer Tasse Tee und der Keksdose darauf niederzulassen. Er sieht noch genau vor sich, wie sie genüsslich in einen Keks mit Feigenfüllung oder ein Stück Buttergebäck beißt und dabei versucht, das Vergnügen so lange hinauszuzögern, bis sie nur noch Krümel in den Fingern hält. Er wünschte, er könnte mit ihr reden und ihr erzählen, wie groß seine Angst ist. Wie sehr er sich fürchtet, dass Hannah nicht zurückkommt, dass es ihm niemals wieder besser gehen wird. Dass er gerade den größten Fehler seines Lebens begangen hat. Und als er gerade versucht, die Gedanken beiseitezuschieben, da ertasten seine Finger etwas. Eine weitere Nachricht. Dieses Mal unter einer schützenden Schicht Klebefolie an der Seite der Bank befestigt. Hannah hat diese Sache wirklich gründlich vorbereitet. Er reißt die Nachricht erwartungsvoll ab.

Tom, setz deinen faulen Hintern in Bewegung und sieh in dem silbernen Kasten im Schlafzimmerschrank nach. Darin ist eine Sammlung von Dingen, die mich an unsere Hochs und Tiefs erinnern. Nur um sicherzugehen, dass du mich nicht vergisst …

Han, x

Er stemmt sich hoch, geht durchs Wohnzimmer und langsam die Treppe hinauf. Der Schmerz in seinem Bein ist vergessen, und auch seine Angst vor der Zukunft. Denn in diesem Moment ist sie wieder hier, bei ihm. Sein Herz schlägt schneller, als er das Schlafzimmer betritt, den Schrank öffnet und seinen Stock an die Tür lehnt, um nach dem silbernen Kasten zu suchen. Er kann ihn nirgendwo entdecken. Panisch wühlt er zwischen ihren Kleidern. Vielleicht hat sie ihn vergessen. Vielleicht … Doch da ist er. Eine silberne Ecke lugt unter einer blauen Bluse hervor, die von einem Bügel heruntergefallen ist. Er drückt den Kasten an sich und setzt sich damit aufs Bett. Hannah hat eine weiße Karte daraufgeklebt, auf der *du und ich* geschrieben steht. Tom zeichnet die Buchstaben mit einer Fingerspitze nach, dann stellt er den Kasten auf seinen Knien ab. Als er den Deckel öffnet, hält er vor Spannung den Atem an. Er ist bis zum Rand gefüllt mit lauter kleinen Dingen, Andenken, ihrer gemeinsamen Vergangenheit.

Vorsichtig nimmt Tom eine Sache nach der anderen heraus. Ein Untersetzer aus Coco's Diner. Eine Landkarte vom Ashdown Forest. Ein Foto von einem Geburtstagskuchen. Das Union-Jack-Feuerzeug, das sie so oft benutzt hat. Sein Mund verzieht sich zu einem Grinsen, als er mit einer schnellen Daumenbewegung an dem Rädchen entlangfährt und das Feuerzeug wieder einmal nicht zündet. Er kramt weiter in der Sammlung herum. Als Nächstes fördert er einen Schlüsselbund zutage, gefolgt von einer Batmanmaske, die er sich sofort vors Gesicht hält und dabei an all die feucht-fröhlichen Partys zurückdenkt, die sie zusammen gefeiert haben. Da ist die Einladungskarte zu ihrem dreißigsten Geburtstag, die ihm ein Seufzen entlockt. Diese Nacht werden sie beide für immer bedauern. Das Kirchenheft für die Trauergäste auf der Beerdigung seiner Mutter. Er schließt für einen Moment die Augen und hofft, dass sie heute stolz auf ihn wäre.

»Flennst du etwa?« Als Tom die Augen öffnet, sieht er Julie im Türrahmen stehen.

»Nein.« Er klappt rasch den Kasten zu, stellt ihn auf den Boden und wischt sich dabei verstohlen über die Augen.

Julie stemmt die Hände in die Hüften. »Du bist wirklich ein beschissener Lügner.«

»Danke.« Tom versucht aufzustehen, aber sein Stock verfängt sich in einem Stückchen Lichterkette, das aus dem Kasten heraushängt. Er verliert das Gleichgewicht und plumpst wieder auf das Bett zurück. Er befreit den Stock aus der Kette und streicht dabei mit den Fingern über die kleinen Glühbirnen. Er erinnert sich nur zu gut daran, wie Hannah sie über dem Kamin angebracht hatte, nachdem sie bei ihm eingezogen war. Irgendwie hatte sie ab da zur Einrichtung gehört, auch wenn er immer behauptet hatte, sie zu hassen. Aber nachdem sie hierhergezogen waren und Hannah sie auf dem Dachboden verstaut hatte, hatte er sie richtig vermisst. Tom öffnet den Kasten, um das heraushängende Stück der Kette sicher darin zu verstauen, und bemerkt dabei, dass ein kleiner Zettel am Stecker befestigt ist.

Vielleicht etwas für die Zukunft? Han, x

Er schmunzelt, dann fällt sein Blick auf die Stelle, wo er sich vor all den Monaten auf dem Boden gekrümmt hatte. Er deutet darauf. »Da hat alles angefangen, Jules.«

Sie streichelt mit beiden Händen über ihren Bauch. »Der Albtraum?«

»Nein.« Er schüttelt den Kopf. »Die zweite Chance.«

»Wenn du das sagst. Aber du bist trotzdem ein Blödmann.«

»Vielleicht. Aber wenigstens weiß ich das jetzt.« Er drückt sich vom Bett hoch und streckt sich. »Was willst du eigentlich hier? Die Ärzte haben dir Bettruhe verordnet. Verschwinde sofort wieder in deine Koje!«

»Schon gut, schon gut.« Julie verdreht die Augen. »Aber nur, wenn du mir einen Tee machst.«

»Oh, so soll das also von jetzt an laufen, ja?«

Sie grinst. »Du bist mein Sklave. Finde dich damit ab, Tommo.«

»Wenn's sein muss.« Er geht er auf sie zu und umarmt sie.

»Wofür ist das denn?« Ihre Stimme klingt ein wenig nörgelig, aber so fest, wie sie seine Umarmung erwidert, ist ihm klar, wie sehr sie sich trotz ihrer ruppigen Art freut, dass er da ist.

»Ich wollte nur sichergehen, dass du deinen Tee auch verdient hast.« Er lässt sie los.

»Na, dann sieh mal zu, dass du in die Gänge kommst. Der Wasserkocher füllt sich nicht von allein.« Sie sieht ihn erwartungsvoll an.

Tom stöhnt übertrieben laut, aber insgeheim genießt er es, zur Abwechslung mal jemanden zu haben, um den er sich kümmern kann. Dass ihn jemand braucht, kommt ihm immer noch wie ein Wunder vor.

Julie sieht ihn einen Moment lang an, dann tritt sie auf ihn zu und drückt ihm einen Kuss auf die Wange. »Danke, Tommo.« Sie wendet sich zur Tür, dreht sich dann aber noch einmal um und grinst. »Und ich hätte gerne noch ein paar Kekse dazu.«

Tom verdreht die Augen. »Wird Zeit, dass Zac kommt.«

»Falls er kommt«, murmelt sie.

»Ach, lass das doch, Jules. Der Typ ist offensichtlich verrückt nach dir.«

»Oder einfach nur verrückt. Wer weiß das schon?«

Vermutlich sieht sie das Ganze nicht so locker, wie sie vorgibt. Tom hat ihr glückliches Lächeln im Krankenhaus gesehen, als Zac vorbeigekommen ist. Und auch, dass sie seine Hand gar nicht mehr hatte loslassen wollen.

Julie schnipst mit den Fingern. »Tee!« Dann neigt sie den Kopf nachdenklich zur Seite und sagt: »Vielleicht sollte ich mir ein Glöckchen besorgen?«

»Gott bewahre!« Tom stützt sich auf seinen Stock und geht auf die Stufen zu, die ins Erdgeschoss führen. Am Treppenabsatz sieht er durch das Flurfenster hinaus und erblickt ein Flugzeug am Himmel. Er stellt sich vor, wie Hannah sich in ihren Sitz kuschelt, in das endlose Blau hinausblickt und davon träumt, welche großen Abenteuer sie erwarten. Und er weiß, dass dieses Jahr all das wert sein wird. Was auch geschehen mag.

Tom nimmt die erste Stufe. Dann die zweite. Er wird es schon schaffen. Ganz bestimmt.

EPILOG

Sie betrachtet ihn durch das Fenster und fragt sich, wann er wohl merken wird, dass sie da ist. Die Abendluft fühlt sich nach der Hitze der tansanischen Trockenzeit angenehm kühl an, und sie freut sich, ein paar leichte Regentropfen auf der Haut zu spüren. Es ist ein perfekter Willkommensgruß. Sie steht vor dem Haus und nimmt den Pulsschlag der Stadt in sich auf. Ein Martinshorn erhebt sich über das Verkehrsbrummen auf der High Road, und Zwiebelgeruch liegt in der Luft, der vom Grill des neuen Pubs an der Ecke herüberweht.

Hannah lächelt. Sie fühlt sich beschwingt. Zuversichtlich. Bereit. Als sie noch einmal durch das Fenster nach drinnen späht, freut sie sich über jedes Detail. Über den verwitterten weißen Anstrich des Schiebefensters, den Rest des Butterbrots, das auf Toms Spurs-Teller liegt, der auf dem Fußboden steht, die Rundung seiner Schultern, die Art, wie er sich beim Lesen über die Bartstoppeln streicht. Das alles ist selbst nach so vielen Monaten, die sie getrennt waren, so vertraut.

Tom sitzt auf dem Sofa und hat den Sportteil der *Times* auf seinem Schoß ausgebreitet. Hin und wieder trinkt er einen Schluck aus dem Teebecher, der auf dem Couchtisch steht. Ein typischer Samstag. Sein Gesicht sieht voller aus, und er macht einen entspannten Eindruck. Hannahs Blick fällt auf den neuen Stock, der an seiner Seite lehnt. Hellbraun. Sie kneift die Augen zusammen, um ihn genauer zu betrachten, und entdeckt dabei, dass der Griff aus drei kleinen Fußbällen besteht. Vermutlich ein Geschenk von Nick. So etwas kann nur seine Idee sein.

Hannah will gerade am Fenster klopfen, als sie sieht, wie eine kleine Gestalt mit großen blauen Augen und in einem türkisfarbenen Kleidchen im Türrahmen des Wohnzimmers auftaucht. Sie sieht sich aufmerksam im Zimmer um und krabbelt dann entzückt auf Tom zu. Vor dem Stock hält sie an, streckt die pummeligen Arme aus und schiebt voller Konzentration die Unterlippe vor, als sich ihre Finger um das Holz schließen.

Hannah grinst, als Tom sich hinunterbeugt, die Kleine mit dem rechten Arm umfasst und auf sein Knie hebt. Als er sie kitzelt, windet sie sich vor Vergnügen. Die kurzen blonden Haare stehen ihr wie eine schiefe Irokesenfrisur vom Kopf ab. Tom hält kurz inne, um Luft zu holen, da reckt sie die Arme in die Höhe. Offenbar will sie, dass er weitermacht. Und das tut er. Die kleine Rosie. Kaum zehn Monate alt und hat ihren Onkel schon fest im Griff! Hannah sieht fasziniert zu, wie Tom das kleine Mädchen mit dem Rücken zu seiner Brust setzt und ein farbenfrohes Bilderbuch aus einem Stapel auf dem Tisch hervorzieht.

Hannahs Herz schlägt schneller, als sie beobachtet, wie geduldig er auf die Seiten zeigt, während Rosie an ihrem Daumen nuckelt und die Bilder betrachtet. Hannah kann den Blick kaum von den beiden lösen. Sie stellt sich vor, dass einmal ihr gemeinsames Kind auf Toms Schoß sitzen wird. Irgendwann. Hoffentlich schon bald.

Tom blättert gerade die letzte Seite um, als er sich kurz umdreht, um aus dem Fenster zu sehen. Als sein Blick auf sie fällt, zeigt sein Gesicht keine Regung.

Vor Spannung hält Hannah die Luft an, dann hebt sie die Hand, lässt sie aber sofort wieder sinken. Vielleicht ist es zu spät. Vielleicht …

Doch dann lächelt Tom, und die Monate, die sie so weit entfernt voneinander verbracht haben, schmelzen in Sekundenbruchteilen dahin. Hannah schwebt zwischen Vertrautem und Unbekanntem. Wartet darauf, was als Nächstes kommt. Auf ihn.

Langsam öffnet sie die Tür.

Hannah tritt über die Schwelle, hinein in ihre neue Zukunft.

Anmerkung der Autorin

Alle dreieinhalb Minuten erleidet ein Mensch in Großbritannien einen Schlaganfall, somit betrifft dieses Thema leider viele von uns. Während meiner Recherchen zu diesem Roman haben sich *Different Strokes, Headway* und die *Stroke Association* als überaus nützliche Informationsquellen erwiesen. Die Beratung dort und die Geschichten, die ich gelesen habe, die Arbeit, die Wohltätigkeitsorganisationen, Kliniken und Einzelpersonen leisten, um denen zu helfen, die vor die Herausforderung gestellt werden, mit den Folgen eines Schlaganfalls zu leben, und natürlich nicht zu vergessen die Tapferkeit und die Beharrlichkeit der Betroffenen selbst, haben mich wahnsinnig beeindruckt.

Danksagung

Zunächst einmal gilt mein immerwährender Dank George und Ann – alias Mum und Dad –, die meine Kindheit mit Geschichten bereichert haben. Danke für all die Gutenachtgeschichten, die wöchentlichen Ausflüge zur Bibliothek und dass ihr mich habt glauben lassen, unser Buchladen vor Ort sei das achte Weltwunder. Außerdem habe ich das Glück, dass mein Bruder mich vom ersten Wort bis zur letzten Seite unterstützt hat. Richard, ich danke dir für dein unerschütterliches Vertrauen in mich – das hat mir unendlich viel bedeutet.

Ein riesiges Dankeschön an meine wunderbare Agentin, Hannah Ferguson, für ihr Adlerauge, ihren Glauben an mich und dafür, dass sie sich immer Zeit genommen hat, mich in jeder Phase dieses Projekts zu unterstützen. Ich habe außerdem das große Glück, in Francesca Best eine scharfsinnige und kreative Lektorin an meiner Seite zu wissen: Danke für deine unbändige Energie und dass du so hart gearbeitet hast, um das Bestmögliche aus diesem Roman herauszuholen. Vielen Dank auch an das erweiterte Team von Hodder – insbesondere an Anna Alexander und die großartige Abteilung für Rechte und Lizenzen; und an Emma Knight und Naomi Berwin – ich danke euch für euren Enthusiasmus und euer Engagement.

Eine Reihe von Klinikmitarbeitern haben sich während der Recherchen zu diesem Buch Zeit genommen, um mit mir zu reden, daher bin ich den folgenden Personen Dank und mehrere große Drinks schuldig: Anthony und Karen Padgett, Dr. Geoffrey Cloud, Dr. Omid Hulse, Rachel Sibson, Alex Harling, Alyson Warland, Claire Edmonds und Helen Mann. Ein besonderer Dank gilt Gill Cluckie für die vielen Stunden, in denen sie mein lückenhaftes Wissen aufgefüllt und taktvoll ihren Rotstift eingesetzt hat, als die Szenen Form annahmen. Mögliche medizinische Fehler oder Ungenauigkeiten sind ganz und gar mein Verschulden.

Ich danke Angela Jackson, die mir Einblicke in die Arbeit an Schulen gewährt hat, und Rhian Fox, Louise Robinson und Vicky Lester, die mir die Belastungen und die Freuden des Unterrichtens geschildert haben. Danke auch an meine frühen Ratgeber: Al Walmsley, Andy Kocen, Refik Gökmen und Robert Allcock.

Ein Dank an alle vom Team Novel für ihren Rat, ihre Unterstützung und die gelegentlich dringend nötigen Cocktails. Ich stehe in der Schuld von Jo Rose, Myoung Rhee, Helen Winteron, Rza, Maria Nicholson, Sandra Iskander, Alice Jarvis, Nijma Khan und Rhonda Muir, die meine frühen Entwürfe gelesen haben und so begeistert davon waren. Mein fortwährender Dank gilt Kate Holders herausragender Unterstützung. Ebenso fühle ich mich Louise Forbes, Andrea Marlow, Adam Cayley, Katie Jarvis und Diana de Grunwald verbunden. Herzlichen Dank an Henry Sutton für die Ratschläge zum Erstentwurf. Eine große Umarmung geht an Kim Curran – du hast ja keine Ahnung, wie sehr mich deine Freundlichkeit und deine Überzeugung angespornt haben.

Doch mein größter Dank gilt meinem Mann, Max, der dafür gesorgt hat, dass ich auf meinem Schreibtischstuhl sitzen geblieben bin, und der von ganzem Herzen an mich und an diesen Roman geglaubt hat. Ohne dich wäre ich niemals bis zum Ende gekommen.

Einen besonders lieben Dank an Evie, die immer wusste, wann

sie mich zum Lächeln bringen musste, und die dem Drang widerstanden hat, all die Seiten zu bemalen.

Und zu guter Letzt schulde ich allen Überlebenden eines Schlaganfalls und ihren Familien meinen Dank, die mir auf so ehrliche Art und Weise von ihren Erfahrungen berichtet haben. Danke Jim Currie, Shumi und Nelesh Jeyadevan, Angela Macleod und Viv Black. Ich habe gewaltigen Respekt vor euch allen.

LESEPROBE

KATIE MARSH
Du erinnerst mich an morgen

ISBN 978-3-453-29190-4
Auch als E-Book

Eine Tochter, die ihre große Liebe heiraten will und sich nicht von einer schmerzhaften Erinnerung lösen kann.

Eine Mutter, die sich nach Versöhnung mit ihrer Familie sehnt und langsam ihre Erinnerung verliert.

Die berührende Geschichte von Zoe und Gina erzählt von Verlust, zweiten Chancen und bedingungsloser Liebe.

Kapitel 2

Zoe konnte nicht glauben, was sie getan hatte.

Sie starrte aus dem Fenster des Taxis, ignorierte die neugierigen Blicke des Fahrers im Rückspiegel, während der Londoner Verkehr alles tat, um zu verhindern, dass sie ihrer Mutter zu Hilfe eilte. Sie standen wieder einmal vor einer roten Ampel, und sie betrachtete die Räder des Busses, der neben ihnen hielt. Als sie den Kopf drehte, erblickte sie auf der anderen Straßenseite eine Kirche. Zwei Uhr nachmittags. Eine gute Zeit, um zu heiraten. Und tatsächlich erklang fröhliches Glockengeläut anlässlich einer Hochzeitsfeier, die vermutlich auch tatsächlich stattfinden würde.

Zoe vermochte ihren Blick nicht von dem Bild loszureißen, das sich ihr darbot: Männer in vornehmen Cuts, die auf breiten Steinstufen miteinander lachten, und Frauen in schicken Kleidern, mit passenden Hüten, winzige Taschen umklammernd, die auf ihren eleganten High Heels dem Eingang zustrebten.

Zoe befingerte die schweren Falten ihres Kleides. Ihre Freunde würden gerade auf sie warten. Ebenso wie ihr Vater. Und Jamie. Wie enttäuscht er von ihr sein musste. Wie enttäuscht sie alle von ihr sein mussten. Seit Jahren schon versuchte sie, vor dem Gefühl davonzulaufen, das sie nun wieder empfand: Scham.

Glücklicherweise fuhr das Taxi in dem Moment los, als der lange weiße Wagen mit der Braut darin vor der Kirche hielt.

Das Herz wurde ihr schwer, als sie an die Musik dachte, zu der sie eigentlich bei ihrer eigenen Hochzeit den Gang hinunterschreiten sollte. Ein Vorspiel von Debussy, das Jamie und sie bereits im April gemeinsam ausgesucht hatten. Sie hatte mit ihm in der winzigen Küche gesessen, dem Anschwellen der Musik gelauscht und war damals von ganzem Herzen überzeugt gewesen, dass sie ihn heiraten wollte. Sie hatte ihn angelächelt, seine Hand gehalten, und sie hatten sich beide auf eine gemeinsame Zukunft gefreut.

Dann kam alles ganz anders. Und als sie heute den Anruf erhielt, da hatte sie instinktiv gespürt, dass sie gehen musste. Mit einem Mal schien alles einen Sinn zu ergeben. Die Träume von ihrer Mutter. Die Streitereien mit Jamie. Die wachsende Unsicherheit. Mags Anruf war wie ein Zeichen gewesen. Doch nun, da sie hier saß, war von diesem Moment der Überzeugung nichts mehr übrig. Das Einzige, was sie spürte, waren Schock und Fassungslosigkeit. Sie hätte Jamie erklären müssen, was sie empfand und aus welchem Grund. Warum sie davonlief. Aber dafür war es jetzt zu spät.

Lily hatte es inzwischen bestimmt schon allen gesagt. Zoe würde wohl niemals den Ausdruck in den Augen ihrer Schwester vergessen, als sie das Hotelzimmer verließ, denn die sanfte Lily hatte sie mit blankem Entsetzen angestarrt. Zoe konnte es ihr nicht verübeln. Insbesondere, da ihr nun die Aufgabe zufiel, Dad beizubringen, dass die Hochzeit ausfiel. Lily hatte ihr sogar angeboten, an ihrer Stelle Mum zu helfen. Sie hatte sich an Zoes Arm geklammert und auf sie eingeredet, sie davon zu überzeugen versucht, wie wichtig die Hochzeit war und dass Zoe unbedingt bleiben müsse.

Aber sie hatte nicht auf sie gehört. Denn in diesem einen Moment hatte Klarheit geherrscht statt Zweifel, und Zoe hatte gewusst, was zu tun war.

Doch nun kam es ihr eher wie eine Kurzschlusshandlung vor

oder als hätte sie einen Aussetzer gehabt. Und trotzdem war da etwas, das sie daran hinderte umzukehren. Sie trommelte mit den Fingern auf ihrem Oberschenkel, griff dann hinüber zu ihrem Handy und stellte es aus, bevor sie sich wieder zurücklehnte. Doch da wollte das Frisuren-Ungetüm auf ihrem Kopf nicht mitspielen und versuchte, sie mithilfe der Kopfstütze aufzuspießen.

»Alles in Ordnung, Schätzchen?« Der Taxifahrer sah sie im Rückspiegel an.

»Ja, alles wunderbar.« Nachdem sie sich wieder bequemer hingesetzt hatte, starrte sie demonstrativ aus dem Fenster und verschränkte die Arme vor der Brust, um den Fahrer zu entmutigen, eine Unterhaltung zu beginnen. Sie hatte später noch genug zu erklären. Kein Grund, jetzt schon damit zu beginnen.

Bald floss der Verkehr schneller dahin, und der Glanz der Innenstadt wich von den Straßen. Sie erblickte einen Zeitschriftenladen, dessen Schild schief herabhing, eine Matratze, die an einer Wand lehnte, einen Hund, der sich an einem zerbeulten Briefkasten rieb. Eine Gruppe von Männern mit von der Sonne geröteter Haut schlenderte mit Bierdosen in den Händen über den Bürgersteig. Sie spürte einen schwülwarmen Lufthauch auf ihrem Gesicht und dachte zurück an den parfümierten Luxus der Suite, in der sie sich vor einer halben Stunde noch aufgehalten hatte. Es kam ihr bereits vor wie ein anderes Leben.

Und dann erblickte sie sie.

Zoe beugte sich vor, bat den Fahrer anzuhalten, und er kam genau an der Stelle zum Stehen, wo Mags an einem Geländer lehnte. Es war schon so lange her, seit sie sich das letzte Mal gesehen hatten, und dennoch sah sie genauso aus wie früher. Trug immer noch Jeans und Adidas-Sportschuhe, das dunkle Haar kurz geschnitten und den dreieckigen Goldanhänger an einer Kette um den Hals.

»Zoe!« Mags begann bereits auf sie einzureden, während sie noch damit beschäftigt war, den Fahrer mit ihrem Notfall-

Zwanziger zu bezahlen und die Tür zu öffnen, um aus dem Wagen zu steigen – was angesichts des voluminösen Kleides gar nicht so leicht war. Sie schwang die Beine hinaus und stolperte auf den Bürgersteig. Mags hielt sich erschrocken die Hand vor den Mund. »Du meine Güte. Ich wusste ja nicht, dass du heute …«

Die Worte erstarben ihr auf den Lippen, während sie sie anstarrte. Ein kleiner Hundewelpe mit zotteligem Fell kam auf Zoe zu, beäugte sie ebenfalls und machte Anstalten, das Hinterbein zu heben, doch sie warf ihm einen so scharfen Blick zu, dass er sich klugerweise entschloss, das Weite zu suchen.

Mags sah sie mit offenem Mund an. »Hast du etwa heute geheiratet?«

»Nein, noch nicht.« Zoe schloss die Wagentür.

»Wie bitte?«

»Egal.«

Mags runzelte die Stirn. »Und du hast Gina nicht zu deiner Hochzeit eingeladen?«

Jetzt war wirklich nicht der richtige Zeitpunkt, um sich auf eine solche Diskussion einzulassen.

»Nein. Hab ich nicht. Lass uns reingehen.« Sie zog Mags unter den neugierigen Blicken einiger Passanten, die sich gegenseitig mit den Ellenbogen anstubsten, mit sich.

»Aber …« Mags klopfte mit der flachen Hand wiederholt auf ihre Jeans und kaute krampfhaft auf einem Stück Kaugummi herum, das immer wieder zwischen ihren Zähnen auftauchte. Das war nicht die Mags aus Zoes Erinnerung. Sie war immer so gelassen gewesen, hatte es sich mit einem Glas Wein in der Hand auf einem Liegestuhl oder einem Sofa gemütlich gemacht. Nichts konnte sie aus der Ruhe bringen. Sie hatte nicht mal mit der Wimper gezuckt, als ihr Sohn Johnny aus Versehen die Küche in Brand gesetzt hatte. Jetzt wirkte sie verstört. Ihre Bewegungen waren fahrig, die Sprache abgehackt. Jedes Wort schien darum zu kämpfen, als erstes aus ihrem Mund zu kommen.

»O Gott, was für ein Albtraum.« Mags hielt sich die Hand an die Stirn und blieb stehen. Zoe folgte notgedrungen, wenn auch widerstrebend, ihrem Beispiel, und im selben Moment ertönte von der anderen Straßenseite ein durchdringender bewundernder Pfiff.

Zoe richtete ihr Augenmerk auf Mags. »Erzähl mir einfach, was passiert ist.«

»Nun ja, Gina ist wohl ein bisschen durcheinandergeraten –«

»Na und? Sie ist doch kein kleines Kind mehr, oder? Sie kann doch sicherlich sehr gut selbst auf sich aufpassen!«

Mags schüttelte den Kopf. »Ist wohl schon verdammt lange her, dass du sie das letzte Mal gesehen hast, nicht wahr?«, sagte sie und stemmte dabei die Hände in ihre Hüften.

Zoe blickte sie nur trotzig an.

Mags fuhr fort. »Wir haben uns auf einen Kaffee getroffen, und sie wollte bei Sainsbury's reinschauen, während ich ein paar Besorgungen gemacht habe. Als ich dort ankam, war bereits die Polizei vor Ort, und sie schrie sie an, sie sollten sie in Ruhe lassen, sie habe nichts getan. Und dann haben sie sie verhaftet und in einen Transporter verfrachtet.« Sie presste die Lippen aufeinander, und ihre Augen füllten sich mit Tränen. »Sie haben sie in Handschellen abgeführt, Zoe.« Die Falten auf ihrer Stirn vertieften sich. »Wir reden hier von Gina, Herrgott noch mal. Sie hat zwar eine große Klappe, aber sie würde doch niemals irgendjemandem etwas zuleide tun!«

Zoe schluckte. »Was hat sie denn angestellt?«

»Sie soll etwas zu essen gestohlen haben. Der Kaufhausdetektiv hat sie beim Hinausgehen erwischt und die Polizei gerufen.«

»Willst du mich auf den Arm nehmen? Deshalb ist sie hier?« Zoe blickte sich um, um sicherzugehen, dass sich die Welt noch drehte und das hier nicht ein überaus lebhafter Vor-Hochzeits-Albtraum war.

Schön wär's!

Okay. Das hier geschah also wirklich. Sie hätte ihre Mutter am liebsten zum Mond geschossen. So viel also dazu, dass der Anruf ein Zeichen gewesen war. Bei Mags hatte es geklungen, als sei sie wirklich in Not, dabei hatte sie bloß Lust auf einen kleinen Snack gehabt und vergessen zu bezahlen. »Ist so was schon mal vorgekommen, Mags?«

»Gott, nein!« Mags sah sie so entgeistert an, dass Zoe ihr auf Anhieb glaubte. »Ich weiß, dass es schon eine Weile her ist, seitdem ihr miteinander gesprochen habt, aber du solltest deine Mutter doch eigentlich besser kennen!«

Gerade weil sie ihre Mutter so gut kannte, wusste Zoe, dass sie zu allem fähig war.

Aber wenn sie nun schon einmal hier war, konnte sie auch versuchen, die Sache zu regeln.

»Wie geht es ihr denn?« Zoe vernahm ein knisterndes Geräusch, als sie sich daranmachten, die breiten Stufen zu dem großen braunen Gebäude hinaufzusteigen. Eine leere Chipstüte hatte sich an ihrer Schuhspitze verfangen. Sie wedelte ein paar Mal mit dem Fuß, versuchte dann, sich vorzubeugen, um sie abzuziehen. Doch ihr Kleid setzte seine heimliche Sabotagekampagne fort und ließ sie notgedrungen auf Taillenhöhe verharren. Als sie sich wieder aufrichtete, erklang hinter ihr das Sirenengeheul eines Polizeiwagens.

»Keine Ahnung. Sie wollen mich nicht zu ihr lassen.« Mags gab sich alle Mühe, Schritt zu halten, als Zoe, so gut es ging, die Treppe hinaufsprintete. Bei der Vorstellung ihrer Mutter hinter Gittern überkam sie trotz allem ein ungutes Gefühl. Sie eilte an einer Frau vorbei, die stank, als hätte sie in einer Mülltonne übernachtet, und erreichte eine braune Doppeltür, auf der in einschüchternd großen Buchstaben POLIZEIWACHE KENNINGTON zu lesen stand. Sie schluckte, stieß dann mit gerecktem Kinn die Tür auf und stürmte los. Wenn einer ihre Mutter hier rausboxen konnte, dann sie! Und sie war gerade in Kampfstimmung.

Als die Tür hinter ihr zufiel, hatte Zoe so viel Schwung, dass sie gleich in eine hünenhafte Gestalt hineinstolperte, die einen lächerlich kleinen Rucksack über die rechte Schulter geschlungen hatte. Er erinnerte sie an den, den Jamie immer zum Joggen trug, und sie versuchte sogleich, das Bild von einem im Wintergarten neben einem Blumenarrangement auf sie wartenden Jamie aus dem Kopf zu bekommen.

Sie musste sich konzentrieren. Durfte sich nicht ablenken lassen.

»Oh, Entschuldigung!« Sie blickte um den Mann herum nach vorn und sah sich mit einer Warteschlange konfrontiert, an deren Ende sie nun stand.

»So ein Mist!«, murmelte sie in sich hinein. Ein sonniger Samstag. Jede Menge Touristen, die die Sehenswürdigkeiten bestaunten und sich beklauen ließen. Kein Wunder, dass die Verbrechensrate in die Höhe schoss.

Es blieb ihr nichts anderes übrig, als sich irgendwie vorzudrängeln.

»Setz dich doch da drüben hin«, schlug sie Mags vor. »Du kannst es dir bequem machen, während du auf mich wartest. Sie werden mich bestimmt zu ihr lassen.«

»Da wäre ich mir nicht so sicher.« Mags zögerte, als wolle sie mehr sagen. »Du solltest …«

»Schon gut. Ich kriege das irgendwie hin«, schnitt ihr Zoe das Wort ab und wandte sich wieder dem kleinen Rucksack zu. Sie vernahm das Quietschen von Mags' Turnschuhen, als sich diese abwandte und Platz nahm. Gut. Zoe war nicht in der Stimmung für eine Diskussion. Sie betrachtete den Rucksack. Ein winziger Faden hing an einer Ecke herunter, und sie musste gegen den Drang ankämpfen, ihn abzureißen.

Sie war mit Adrenalin vollgepumpt.

»Entschuldigung.« Sie tippte dem Mann auf die Schulter. Doch der reagierte nicht.

»Entschuldi...« Sie bemerkte die weißen Kabel, die von seinen Ohren herabbaumelten, griff mit der Hand nach einem und zog daran, sodass ein Ohrhörer herausfiel. »Könnten Sie mich bitte ...«

»WAS ZUM TEUFEL SOLL DAS?« Dafür, dass er ein solcher Brocken von einem Mann war, fuhr er verdammt schnell herum. Und jetzt, wo Zoe seine Augen sah, musste sie zugeben, dass die ziemlich Furcht einflößend waren.

Scheiße.

Was soll's. Sie hatte ja schließlich nichts zu verlieren. Und wenigstens hatte sie nun seine ungeteilte Aufmerksamkeit.

»Hören Sie, meine Mutter ist dahinten in einer Zelle.« Sie deutete zu dem Schild mit der Aufschrift »Gewahrsamsbereich« hinüber. »Ich muss dringend zu ihr, und es wäre wirklich ganz toll, wenn Sie mich ...« – sein wenig ermutigender Gesichtsausdruck ließ sie zögern, doch es blieb ihr ja nichts anderes übrig, als fortzufahren – »... freundlicherweise vorlassen würden.«

»Verpiss dich«, erwiderte er nur und drehte sich nach vorn um. Sie beobachtete das Muskelspiel in seinem Rücken, als er den Ohrhörer wieder an Ort und Stelle verfrachtete.

Hm. Zoes Blick wanderte zu den schwarzen Flecken auf dem Linoleum hinunter, und sie überlegte gerade, womit sie ihn wohl überzeugen könnte, als er sich ihr unerwartet wieder zuwandte. Hoffnung keimte in ihr auf.

Er fuhr sich mit einer fleischigen Hand über den spärlichen braunen Bart und sagte: »Du siehst in dem Kleid übrigens total bescheuert aus.«

Na toll. Wut durchzuckte sie, als er sich wieder nach vorn drehte. Doch es blieb ihr nichts anderes übrig, als zu warten. Sie schaute zur Wanduhr hinüber. Jetzt sollte sie eigentlich mit dem Ehering am Finger bei ihrem Hochzeitsempfang sein. Doch stattdessen saß sie mit diesem Charmebolzen in einem Raum voller Leute fest, die offensichtlich fanden, dass sie es mit ihrer Garderobe ein wenig übertrieben hatte.

Sie drehte sich zu der Frau um, die inzwischen hinter ihr das Ende der Schlange bildete, doch statt dort die erhoffte Rückendeckung zu erhalten, musste sie sich zehn Minuten lang anhören, wie diese mit lauter Stimme über die Person wetterte, die ihr in den Wagen gefahren war. Es dauerte fünf Minuten, bis sich Zoe zusammengereimt hatte, dass besagte Person in Wirklichkeit ein Poller gewesen war. Und weitere zwei, dass die Frau selbst die Schuld an dem Unfall trug.

Das Fass zum Überlaufen brachte schließlich, als die Frau den Aufprall mit einer solchen Übertreibung schilderte, dass sie dabei im Eifer des Gefechts auf den Saum von Zoes Kleid trat und ein reißendes Geräusch ertönte, das Frauen auf der ganzen Welt das Fürchten lehrt. Zoe blickte über die Schulter an ihrem Rücken hinunter und stellte fest, dass sämtliche Anwesenden einen freien Blick auf ihre Brautunterwäsche genossen. Dies schloss den betrunkenen Teenager mit ein, der an der Wand lehnte, den Kopf zur Seite geneigt, und sie mit offenem Mund bewundernd anstarrte.

Sie überlegte krampfhaft, wie sie ihr Kleid zusammenhalten sollte, als sie – wie könnte es anders sein – ausgerechnet in diesem Moment endlich an die Reihe kam. Sie raffte den Stoff mit einer Hand zusammen und gab sich Mühe, trotz allem einen Respekt einflößenden Eindruck zu machen.

»Hallo«, sagte sie mit ihrem bezauberndsten Lächeln.

Doch der Polizist hinter dem Glas wirkte völlig unbeeindruckt.

»Ja?« Er starrte sie mit einem Blick an, der besagte, dass er schon alles gesehen hatte. »Was wünschen Sie?«

Sie spürte, wie das Loch in ihrem Kleid wieder aufzuklaffen

begann, und versuchte verzweifelt, den Stoff hochzuziehen. Der Polizist bürstete mit leichter Hand über eine seiner schwarzen Schulterklappen, und Zoe sah, wie eine Wolke aus weißen Haarschuppen zu Boden fiel.

»Auf der Suche nach 'nem Ehemann, Schätzchen?«, fragte er barsch.

»Nein.« Sie richtete sich in dem Versuch, wenigstens ein bisschen Würde zu bewahren, zu ihrer vollen Größe auf. »Ich bin auf der Suche nach meiner Mutter. Gina Whittaker. Offenbar wurde sie zur Befragung in Gewahrsam genommen.«

»Ach ja?« Er tippte auf der Tastatur herum. »Und was hat *sie* an? Ein Ballkleid?«

Er fand seinen Witz offenbar irrsinnig komisch und brach in ein asthmatisches Lachen aus, das eine Ewigkeit zu dauern schien. Zoe bezwang ihre Ungeduld, während ein Mann mit rasiertem Schädel und einem Haufen Tattoos von der Bank an ihrer Seite knurrte.

»Hören Sie, könnten Sie mich bitte einfach durchlassen?«

Während sie wartete, warf sie einen Blick über ihre Schulter in den Raum. In einer Ecke brabbelte eine Frau laut vor sich hin, die mit Nachdruck forderte, sich gegen das System zu wehren, und dabei trotzig ihre verbundenen Handgelenke in die Höhe hielt, während ihr das graue Haar in das verhärmte Gesicht fiel. Zwei Männer, die an einer Wand lehnten, debattierten über die aktuelle Aufstellung des FC-Sheffield und über den Manager, der wahlweise ein Idiot oder ein Genie war. Ein Mann mit unordentlichen blonden Haaren stöhnte unablässig über die Bürokratie, während er auf seinen Knien ein langes Formular ausfüllte. Kein Wunder, dass der Polizist vor ihr dringend etwas Zerstreuung benötigte. Das würde sie an seiner Stelle wohl auch.

Er tippte weiter auf seiner abgegriffenen Tastatur herum und schaute angestrengt auf den Bildschirm.

»Gina …?« Er blickte sie fragend an.

»Gina Whittaker.« Zoe verspürte den Drang zu schreien, und der Körpergeruch des Mannes neben ihr war auch nicht gerade hilfreich.

»Finde ich hier nicht.« Seine speckigen Finger trommelten gegen sein Kinn.

»Sie muss aber drinstehen. Sie wurde heute am frühen Nachmittag verhaftet.«

»War sie denn nicht bei Ihrer Feier?«, erkundigte er sich sichtlich überrascht.

»Nein.« Zoe ging sogleich in die Defensive. Aber war das ein Wunder, wo sie doch daran gewöhnt war, all diese bedeutenden Mutter-Tochter-Erfahrungen zu verpassen, über die sie ständig in irgendwelchen Frauenzeitschriften las? Wellnesstage im Spa. Einkaufsbummel. Gemeinsames Schönmachen für die Hochzeit, um sich anschließend der gesamten applaudierenden Familie zu präsentierten und einander einen freudigen, verstehenden Blick zuzuwerfen.

So war es bei ihnen beiden nie gewesen. Der letzte gemeinsame Einkaufsbummel hatte stattgefunden, als Zoe dreizehn war und ihre Mutter ihr die ersten Tampons gekauft hatte. Mum war wie üblich erschöpft gewesen, und die gemeinsame Zeit bei diesem für sie so wichtigen Schritt ins Erwachsenenleben hatte darin bestanden, dass sie die Schachtel in den Einkaufswagen warf und anschließend fragte, ob Zoe Fischstäbchen oder Hähnchennuggets zum Abendessen haben wollte.

Sie sollte sich konzentrieren. Beugte sich zum Glas vor. »Ich muss sie unbedingt sehen.«

Der Mann tippte wieder auf der Tastatur herum – mit einem Finger.

Sie würde wohl niemals zu ihrer Mutter kommen.

Es war so schwül hier drinnen. Ihre Handflächen waren ganz verschwitzt. »Haben Sie sie schon gefunden?«

Sie war sich sicher, dass sie den Computer stöhnen hörte.

»Ja. Hab sie.« Er nickte.

Zoes Magen zog sich zusammen. »Und?«

»Sie wird zurzeit vernommen.«

»Darf ich zu ihr?«

Er runzelte die Stirn. »Wer, sagten Sie, sind Sie noch gleich?«

»Ihre Tochter.«

»Ach ja. Natürlich.« Sein misstrauischer Blick bewirkte, dass Zoes Geduldsfaden riss.

»Hören Sie, heute ist mein verdammter Hochzeitstag! Glauben Sie im Ernst, dass ich aus lauter Jux und Tollerei eine Beziehung zu jemandem vortäusche? Dass ich Lust hatte, genau in dem Moment auf einen Sprung in einer Polizeiwache vorbeizuschauen, als ich eigentlich ›Ja‹ sagen wollte?«

»Schon gut, Schätzchen.« Er wirkte völlig ungerührt. Wahrscheinlich war sie im Vergleich zu den meisten Leuten, denen er hier begegnete, ein Schmusekätzchen. »Regen Sie sich mal wieder ab, sonst wird aus ihrem hübschen Frisürchen noch Kopfsalat.«

Zoe hatte niemanden, an dem sie ihren Frust auslassen konnte. »Dürfte ich bitte zu meiner Mutter?«, sagte sie mit gepresster Stimme.

»Also, die Sache ist die …«

Zoe sah ihn mit hochgezogenen Augenbrauen an.

»Sie können NICHT zu ihr. Sie müssen hier warten, bis die Vernehmung beendet ist und entschieden wurde, was mit ihr geschehen soll.« Er schaute an ihr vorbei. »Der Nächste.«

Scheiß drauf!

»Aber ich muss UNBEDINGT zu ihr.«

Damit hatte sie den Bogen ganz offenbar etwas überspannt. »Geht nicht. Nur Rechtsanwälte«, knurrte der Polizist.

Ihr Herz vollführte einen Hüpfer. »Ich bin Rechtsanwältin.«

»Wirklich? Weisen Sie sich aus.«

Verdammt. Selbst wenn Sie wirklich Anwältin wäre, hätte sie ganz bestimmt nicht probiert, einen Ausweis in ihre winzige Satintasche zu quetschen.

Sie versuchte, sich herauszureden. »Ich habe leider keine Papiere dabei.«

Er schüttelte den Kopf. »Netter Versuch. Der Nächste.«

Hinter der Doppeltür vernahm Zoe ein dumpfes Krachen. Dann Schreien und Fluchen.

Ihre Mutter war da drin. Verängstigt und allein.

Sie versuchte es erneut. »Können Sie nicht mal eine Ausnahme machen? Sie verstehen nicht, wie wichtig …«

»Nein.«

»Aber …«

»Nein! Und jetzt treten Sie zur Seite.«

Zoe blieb nichts anderes übrig, als sich geschlagen zu geben. Sie sackte in sich zusammen, drehte sich um und ging zu Mags hinüber, um neben ihr auf einer der Plastikbänke Platz zu nehmen, die an den Wänden entlangliefen. Die Schleppe ihres Kleides eignete sich dabei hervorragend, um jedes Stäubchen und jedes bisschen Schmutz vom Boden aufzusammeln. Und davon gab es eine Menge. Der Teenager warf ihr einen anzüglichen Blick zu, als sie an ihm vorbeiging, und sie packte den Stoff in ihrem Kreuz, der sich in Wohlgefallen aufzulösen drohte, noch ein bisschen fester.

»Krieg ich deine Nummer, Süße?«, raunte er ihr zu.

O GOTT!

Als sie sich setzte, legte Mags eine warme Hand auf ihren Arm. »Du hast dein Bestes getan. Nun müssen wir eben warten.« Sie kramte in ihrer Handtasche herum, die sie sich über die Schulter geschlungen hatte, und brachte eine Sicherheitsnadel zum Vorschein. »Möchtest du die hier haben?«

»Ja, vielen Dank.« Zoe schluckte ihre Verlegenheit hinunter und rutschte ein Stück nach vorn, damit Mags das Kleid hinten mit der Nadel zusammenstecken konnte. Sie musste unbedingt irgendwie durch diese Tür gelangen. Sie war es nicht gewohnt, zu versagen – und das gleich zweimal an einem Tag. Das weckte Erinnerungen an jene schrecklichen Sommertage aus der fernen Vergangenheit. An das Gefühl, als das Metall gegen ihren Bauch schlug. Die Worte, die sie zu vergessen versucht hatte, die aber wochenlang durch ihre Träume gegeistert waren. Seine Worte. Jeden Morgen hatten sie sie auf dem Weg ins Büro in der Bahn verspottet. Und jeden Abend bildeten sie die Hintergrundmusik, zu der sie heimkehrte.

Hier in diesem schmucklosen Loch kam ihr ihre Hochzeit unwirklich vor. Aber diese Worte schienen umso glaubhafter.

Die Minuten verstrichen, in denen Zoe und Mags Seite an Seite saßen. Zoe wippte nervös mit einem Bein, denn die Fantasie ging mit ihr durch, und sie stellte sich vor, wie ihre Mutter von skrupellosen Polizisten mit Tasern und Schlagstöcken verhört wurde. Mags besorgte zwei Becher Tee und einen Crunchie-Schokoriegel aus dem Automaten, aber Zoe rührte nichts davon an. Sie brachte es einfach nicht fertig.

Und gerade als sie kurz davorstand zu explodieren, öffnete sich die Tür zum Gewahrsamsbereich, und da war sie: ihre Mum. Längst vergessen geglaubte Erinnerungen wurden mit einem Schlag wieder lebendig. Ihr Gesicht am Schultor und der sehnliche Wunsch, nach Hause zu dürfen. Die feste Überzeugung, nur nach dieser Hand greifen zu müssen und alles würde wieder gut.

Ihre Mutter hielt den Kopf leicht gesenkt. Ihr rotes Haar hing ihr noch immer auf den Rücken hinunter. Die vertrauten braunen Augen glänzten, als sie aufschaute. Und da war immer noch diese winzige Narbe an ihrer Lippe, wo sie der Nachbarhund gebissen hatte, als Zoe drei war. Beim Anblick ihres Gesichts verschwamm die Gegenwart, und Zoe wurde zurückversetzt in die Spielzimmer ihrer Kindheit, sah ihre mit Magneten am Kühlschrank befestigten Kritzeleien vor sich und roch die an verregneten Nachmittagen gebackenen, unförmigen Kekse.

Sie benötigte eine Sekunde, um zu erkennen, was anders war.

Nicht, dass ihre Mutter ungeschminkt war.

Und auch nicht, dass sie eine Brille trug.

Nein.

Es war der Ausdruck auf ihrem Gesicht.

Zoe hatte sich unwissentlich auf diese enttäuschte Miene gefasst gemacht, wie sie sie von den letzten Begegnungen mit ihrer Mutter kannte. Doch jetzt lächelte sie. Und es war dieses breite, warmherzige Lächeln, das Zoe noch aus Kindertagen kannte, wenn sie sich die Knie aufgeschrammt, einen schlechten Tag in der Schule gehabt oder vor der Schlafenszeit im Badezimmer mit ihr Hokey-Pokey getanzt hatte.

Dieses Lächeln aus der Vergangenheit.

Bevor alles kaputtging.